고독한 말

지은이 **최강민**(崔康民, Kang-Min Choi)

1966년 서울 출생. 2002년 ≪조선일보≫ 신춘문예에 문학평론이 당선되어 평론 활동을 시작했다. 2004년에 비평전문지 ≪작가와 비평≫을 창간하고 편집주간으로 활동했다. 2012년에 ≪작가와 비평≫에 이어 웹진 ≪문화 다≫를 창간해 발행인 겸 편집주간으로 활동하고 있다. 첫 평론집 『문학 제국』(2009)으로 문학판의 낡은 관행과 모순을 비판했고, 이어서 문단 주류의 지배 질서에 공감하지 않는 두 번째 평론집 『비공감의 미학』(2010)을 냈다. 현재 문학평론에서 문화평론으로 영역을 확장하고 있다. 그의 평론은 불온한 목소리를 내고 있지만 고독한 주변부의 삶을 여전히 벗어나지 못하고 있다. 그래서 그의 평론은 '고독한 말'이 되었다.

고독한 말

© **최강민**, 2014

1판 1쇄 인쇄__2014년 09월 10일
1판 1쇄 발행__2014년 09월 20일
지은이__최강민
펴낸이__양정섭
펴낸곳__작가와비평
        등록__제2010-000013호
        블로그__http://wekorea.tistory.com
        이메일__mykorea01@naver.com

공급처__(주)글로벌콘텐츠출판그룹
        대표__홍정표
        편집__김다솜 노경민 김현열 **디자인**__김미미 **기획·마케팅**__이용기 **경영지원**__안선영
        주소__서울특별시 강동구 천중로 196 정일빌딩 401호
        전화__02) 488-3280 **팩스**__02) 488-3281
        홈페이지__http://www.gcbook.co.kr

값 18,000원
ISBN 979-11-5592-121-0 03800

※ 이 책은 본사와 저자의 허락 없이는 내용의 일부 또는 전체의 무단 전재나 복제, 광전자 매체 수록 등을 금합니다.
※ 잘못된 책은 구입처에서 바꾸어 드립니다.
※ 이 도서의 국립중앙도서관 출판시도서목록(CIP)은 e-CIP홈페이지(http://www.nl.go.kr/ecip)와 국가자료공동목록시스템(http://www.nl.go.kr/kolisnet)에서 이용하실 수 있습니다. (CIP제어번호: 2014024281)

고 독 한 말

최 강 민 평 론 집

| 작가와비평

책머리에

2010년에 두 번째 평론집을 낸 지 4년 만에 세 번째 평론집을 내게 됐다. 평론집 『고독한 말』에 게재된 글들은 2000년대부터 최근까지 문학판과 텍스트, 그리고 세계에 대한 나의 고민을 담고 있다. 그동안 문학은 한국사회에서 비중이 더욱 축소되었다. 이에 비례하여 돈이면 뭐든지 해결할 수 있다는 자본주의는 이 시대의 신이 되었다. 신년 덕담이 '부자 되세요!'로 바뀐 지 십 년이 넘었다. 그렇다면 우리는 행복해졌을까. 우리의 체감지수는 1990년대와 2000년대에 비해 더 불행해졌다. 절망감과 허무감이 우리를 독버섯처럼 지배한다.

승자독식사회, 불안증폭사회, 절벽사회라는 한국사회에 대한 진단은 이 시대가 처한 깊은 상처를 말해주는 상징적 기호이다. 적자생존, 약육강식, 무한경쟁으로 대표되는 신자유주의 체제는 전 지구를 정복했고, 우리의 미래는 죽을 때까지 힘겹게 일해도 불안과 공포에서 벗어나지 못하는 신세가 되었다. 행복은 개나 줘버려라! 후기 자본주의 사회는 인간을 불만족, 결핍의 존재로 만들었고, 끊임없이 새로운 욕망을 소비하도록 만들었다. 사회 양극화 현상, 빈부 격차, 서울역의 노숙자 풍경은 사람들에게 돈을 향해 목숨 걸고 달려들도록 만들었다. 중도 정권인 김대중 정권, 노무현 정권 이후로 극우인 이명박 정권, 박근혜 정권이 계속 들어서는 것도 현재와 미래에 대한 공포와 불안이 만들어낸 비정상의 산물이다. 이들 극우 정권은 다수 국민들의 불안과 공포를 해결하겠다면서 오히려 심화시키는 아이러니를 보여준다. 2014년 4월 SBS 8시 뉴스에서는 한국이 자살률 1위, 음주율 1위, 이혼율 3위, 청소년 행복지수가 꼴찌라고 밝히고 있다. 이 통계가 한국사회의 환부를 모두 말해주는 것은 아니다. 하지만 적어도 이 통계는 한국사회가 많은 문제점이 있다는 사실을 적나라하게 보여주고 있다.

한국은 지배층의 비리가 드러나도 잠시 시끄러울 뿐이다. 일부 국민들은 비리 정권의 심판 대신에 극우 정권을 향해 묻지마 표를 던지고, 극우 정권은 온갖 비리가 발생해도 땅 짚고 헤엄치기 식으로 정권을 유지한다. 지난 대선에서 조·중·동의 종편은 국민의 눈을 가리며 극우 정권을 탄생시킨 일등 공신이 되었다. 한국은 현재와 미래에 대한 불안과 공포감에 중독되어 합리적 사고가 제대로 작동하지 못하는 비정상적 사회이다. 박근혜 정권은 국정원 등의 선거 개입을 통해 불법적으로 대선에서 승리했지만 사과 한 번 제대로 하지 않은 채 순항하고 있다. 오히려 불법 선거를 규탄하는 사람들을 종북좌파, 빨갱이라고 매도하는 매카시즘의 공안정국을 만들었다. 비정규직의 문제는 해결되지 않은 채 양산되고 있다. 유치원생부터 대학교까지, 아니 좋은 직장에 취직할 때까지 학생들은 안식을 갖지 못한 채 무한경쟁의 생존 싸움에 내던져졌다. 학교 폭력과 왕따 현상은 다양한 이유가 있겠지만 감금된 청춘의 에너지가 제대로 분출되지 못하면서 발생한 반작용의 현상이기도 하다.

사람들이 열심히 공부했다면 안정된 직장에서 밝은 미래를 설계할 수 있어야 한다. 하지만 대학 졸업은 새로운 전쟁터로의 이동일 뿐이다. 20대는 일자리가 없어 대학교 졸업을 늦추며 스펙

쌓기에 공을 들이지만 그들이 좋은 직장에 갈 가능성은 극히 낮다. 어렵게 취업에 성공한 사람들도 명퇴, 조퇴 등의 칼바람 속에 직장에서 언제 쫓겨날지 모른다. 중산층은 줄어들고 빈곤층이 늘어남에도 전체 한국사회의 GNP는 오르는 기현상이 발생한다. 불확실한 현재와 미래는 부동산의 침체와 높은 전세가 현상을 불러왔다. 주거비는 오르지만 국민들의 호주머니는 넉넉하지 못하다. 한국사회의 다양한 문제를 지적한 내부 고발자들은 배신자라는 오명 속에 직장에서 쫓겨나고 있다. 대선과 총선에서 극우 정권이 계속 권력을 획득하면서 이 빌어먹을 시스템을, 체제를 바꿀 현실적 권력은 존재하지 않는다. 이런 상황에서 우리에게 요구되는 것은 불온한 분노이다. 이 분노가 파괴적 힘이 아니라 창조적 원동력으로 작동할 때 새로운 세계는 우리에게 다가올 수 있다. 한국사회의 갈등과 모순이 발생하는 지점으로 달려가는 '희망버스'는 우리에게 남은 마지막 희망의 몸짓인지도 모른다.

한국문학은, 비평은 희망을 찾기 힘든 상황에서 과연 어떤 몫을 하고 있을까? 전반적으로 보았을 때 한국문학은, 비평은 제대로 대응하지 못한 채 무기력했다고 할 수 있다. 공지영의 장편 『도가니』와 르뽀 『의자놀이』, 손아람의 장편 『소수의견』, 주원규의 장편 『망루』, 이시백의 장편 『나는 꽃도둑이다』, 송경동의 산문집 『꿈꾸는 자 잡혀간다』 등의 의미 있는 문학 작업도 있었다. 하지만 한국문학은 당대 독자들의 기대 욕망을 제대로 충족시켜주지 못했다. 베스트셀러 문학 작품에 외국문학 작품이 다수를 차지하는 현상은 한국문학의 직무유기를 우회적으로 말해주는 것이다. 현장평론은 당대의 한국문학이 직면한 위기를 말하면서 새로운 출구를 모색하는 임무를 갖고 있다. 하지만 대다수의 현장편론은 미시적 텍스트에 갇힌 채 길을 잃어버렸다. 한국문학을 지속적으로 성장시켰던 불온한 문학 움직임은 출판 자본에 포획된 채 사망했다. 상당수의 문학평론은 서구이론을 화려하게 소비하면서 독자들의 눈을 기만했다.

나는 이 시점에서 묻는다. 또 묻는다. 한국문학은, 현장평론은 과연 무엇을 할 수 있을까. 나는 자신 있게 무엇을 할 수 있다고 답변할 수 없다. 내가 독자들에게 보여줄 수 있는 것은 비명과 신음의 평론일 뿐이다. 불온한 평론. 이 얼마나 아름답고 매혹적인 말인가? 그러나 실제 문학판에서 불온한 평론을 쓰면 주류 문예지에서 왕따를 당한다. 적당한 불온함, 위장된 불온함은 주류 문예지들이 좋아하는 미학이다. 벼랑 끝에서 내가 발언하는 평론의 언어들은 제대로 유통되지 못한 채 매장되었다. 그렇다. 내 평론은 소수의 독자에게만 전달되었을 뿐이다. 이번 평론집에서 내가 가장 많이 썼던 단어 중의 하나가 '좀비'이다. 살아 있으되 살아 있지 못한 존재, 존재하되 존재하지 않는 유령. 나의 비평은 '고독한 좀비'였다. 나는 점차 비판적인 말을 하기 싫어졌다. 어쩔 수 없이 동어반복이 되는 비판도 점차 하기 싫어졌다. 문학판이 바뀌지 않음에도 불구하고 바보처럼 쓴소리를 쏟아냈던 나의 아둔함에 경의(?)를 표한다. 십 년 넘게 비판적인 평론을 썼음에도 낡은 문학제도와 문학판의 부조리한 모순은 여전히 그대로이다. 내 평론은 문학판에 쇠귀에 경 읽기로 전락했다. 문학판에서 변한 것은 없다. 아니다. 나는 30대 청춘에서 곧 50대를 바라보는 중년이 되었다. 낡고 병든 문학판은 변한 것이 없는데 나만 잘난 척하는 이상한 놈으로 찍혔을 뿐이다. 한국 문학판이 내게 준 선물은 깊은 환멸과 허무이다.

내 평론은 '고독한 말'이 되었다. 고독, 고독, 고독! 세 번째인

내 평론집도 『문학 제국』, 『비공감의 미학』처럼 우수도서에 선정되지 못할 것이다. 평론에 수여되는 문학상도 나와 영 관련이 없을 것이다. 내 글들은 심사위원들을 한없이 불편하게 만드는 글이기 때문이다. 만약 내 글이 심사위원을 불편하게 만들지 못했다면 내 평론은 실패작이다. 나는 주변부 어둠에서 활동하는 3류(?)의 잡놈 평론가이다. 고독한 말, 고독한 평론, 고독한 문학, 고독한 한국사회. 나는 '고독한'이라는 형용사를 뜨겁게, 질겁할 정도로 사랑한다. 이런 이유로 내 평론집 제목은 '고독한 말'이 되었다. 원래 고독한 개소리라고 제목을 붙이고 싶었으나 주변 사람들이 적극 말리는 탓에 '고독한 개소리'는 '고독한 말'이 되었다. 내 페이스북에는 메가폰을 들고 뭐라고 지껄이는 개 한 마리가 내 사진 대신에 떡하니 붙어 있다. 이 평론집은 고상한 인간이 아닌 천박한(?) 개소리의 언어들로 가득하다. 따라서 개소리에 관심 있는 독자들만 읽기를 권한다. 나는 내 개소리 평론이 파괴된 공동체적 연대를 회복시키고 인문학적 가치를 부활시키는 작은 밑거름이 되기를 희망한다.

이 책은 당시에 발표되었던 원문을 그대로 게재하지 않고 문장들을 일부 손보았다. 몇 개의 평론들은 많이 고쳐졌다. 이 세 번째 평론집은 아내의 뒷바라지가 없었으면 결코 태어나지 못할 '고독한 말'이다. 돈벌이를 제대로 하지 못하는 무능력한 남편을 외조(?)하는 아내에게 늘 미안할 따름이다. 그녀에게 『고독한 말』을 선물하고자 한다(하지만 삶에 치인 그녀는 '고독한 말'을 무척 싫어한다). 장남은 올해 초등학교 6학년이, 둘째 아들은 4학년이, 막내 딸은 드디어 초등학교 1학년이 되었다. 세월의 무상함을 요즘 무섭도록 실감하고 있다. 그동안 잡놈 평론가는 대학에 자리 잡는 것을 포기했다. 2014년 봄에는 대학 강의 자리도 얻지 못해 실업자가 되었다. 나는 아무리 생각해봐도 그동안 해 놓은 게 많지 않다. 아, 2012년 10월 15일에 비평전문지 ≪작가와비평≫을 대신할 웹진 ≪문화 다≫를 창간했다. 그 외에는 뚜렷하게 떠오르는 것이 없다. 내가 게으른 탓일까. 반성하고 반성할 일이다. 돈도 되지 않는 웹진 ≪문화 다≫를 함께 만들며 고생하는 편집 동인들에게 이 자리를 빌어 감사의 말을 전한다.

나는 평론집 원고를 마지막으로 정리하고, 샤뮤엘 베케트의 『고도를 기다리며』를 떠올리며 독자를 기다린다. 제발, 응답하라, 응답하라! 내 평론집은 『고독한 말』이다. 투혼을 불사른 내 평론이 언제까지 계속될 수 있을지 극히 의문이다. 나는 지쳤고, 지쳤다. 고도(Godot)는 과연 올까?

2014년 9월
최강민

목 차

제1부
part I

쓴소리를 배설하다!

권력과 저항을 생각한다, 그리고

1. 한반도를 점령한 권력의 언어들

우리는 공기에 대해 별로 생각하지 않는다. 공기에 대해 떠올릴 경우는 공기가 극히 맑아 가슴이 상쾌하거나 아니면 반대로 탁할 경우이다. 권력이 시민들을 위해 낮은 자세로 봉사할 때, 우리는 권력에 대해 떠벌리지 않는다. 하지만 권력이 저 높은 곳에서 수직적 상명하달의 방식으로 작동하면 권력을 비판하는 목소리는 한껏 높아진다. 김대중, 노무현 정권에 있어서도 권력의 문제점은 존재했다. 문제는 이명박 정권 주체들은 자신을 비판하는 타자의 목소리를 배제한 채 따로국밥을 편식하고 있다는 점이다. 정권을 비판하는 목소리에 대해 이명박 정권이 준비한 것은 '고소나 법대로'라는 서스펜스 사운드이다. 2010년 7월에 유명환 외교통상부 장관은 여당인 한나라당을 찍으면 전쟁이고 민주당을 찍으면 평화라고 주장하는 젊은이들에게 김정일 밑에 가서 어버이 수령하고 살라는 실언을 했다. 아니다. 그것은 실언이 아니다. 이명박 정권의 중요 구성원들을 지배하는 것은 자신과 다르면 왕따 시키겠다는 배제의 이분법 논리이다. 이러한 극단적 배제의 시스템을 상징적으로 보여준 것은 문화체육관광부 장관 유인촌의 행보였다. 그가 권력의 완장을 차고 보여준 것은 자신과 코드가 다르면 법에 보장되는 임기라도 무시하고 축출하는 친위대의 폭력이다.

국민들은 이명박 정권의 일방적 국정 운영과 권력 행사에 대해 올해 2010년 6월 지방선거에서 레드카드로 심판한 바 있다. 하지만 7월 28일 재보궐 선거는 야당인 민주당의 무능력과 여당의 냉전 안보 공세가 힘을 발휘하면서 한나라당의 압승으로 끝나고 말았다. 불과 두 달여 만에 극과 극의 널뛰기 선거 결과는 당혹스럽기 그지없다. 이것은 국민들이 이명박 정권의 권력 작동 방식에 만족을 했다는 것일까. 실제로 입에 발린 서민성 우대라는 수사학이 잠시 등장했을 뿐 이명박 정권은 변한 것이 거의 없다. 민주주의 사회에서 국민들의 의식이 바뀌지 않는 한 변화를 이끌어내기 어렵다. 현재 한국사회는 진보 진영의 국회의원 의석수가 교섭단체를 구성할 수 없을 정도로 보수화되어 있다. 이런 보수화는 민간 정부가 들어서면서 그나마 개선된 것이 겨우 이 정도이다. 비교적 진보적이었던 김대중과 노무현 정권이 있었지만 한국전쟁 이후 남한의 주도 지배세력은 냉전이데올로기와 개발주의가 연대한 세력이 주류를 형성해 왔고, 이것의 영향 속에 국민들은 상당 부분 보수적 이데올로기로 세뇌되었다. 2000년대 조·중·동이라는 주류 신문과 진보 진영의 인사들이 대립각을 세웠던 것도 기존의 정치 지형을 바꾸기 위한 담론 장악 싸움이었다. 이 전쟁에서 진보 진영은 패배했고, 이명박 정권이 탄생했다. 지역주의와 냉전이데올로기로 무장한 보수 정치 권력, 조·중·동의 언론 권력, 재벌로 대변되는 자본 권력. 한국사회는 이 삼각관계의 카르텔이 생산하는 수구보수 반동의 권력에 의해 지배되고 있는 것이다.

이런 현실에서 주변부의, 타자의 저항은 생각만큼 쉽지 않다. 역사적으로 보았을 때 자유는 피의 대가를 지불하고서야 겨우 확보되는 식량이다. 권력이 승할 때 저항은 숨죽이고, 저항이 기세 좋게 불타오르면 권력은 오그라든다. 권력과 저항 중 어느 한 쪽이 양보하지 않고 갈등과 대립의 임계점으로 치달을 때 파국은 유령처럼 찾아온다. 역사는 그것을 지배자의 학살이나 피지배자의 혁명으로 기록한다. 이처럼 권력과 저항의 관계는 대척점의 평행선이었다. 이명박 정권 초기에 지배 권력과 피지배의 권력은 화해와 타협을 모색하기보다 충돌하면서 '촛불 시위'가 등장했다. 촛불 시위는 권력의 일방성에 동의하지 않는 다중들이 모여 저항의 언어를 생산해내는 시민불복종이었다. 정치학자 오현철에 따르면 "시민불복종은 공개성, 공공성, 의도성, 비폭력성, 위법성, 불가피성의 요건을 만족시켜야" 성공 가능성이 높다고 한다. 촛불 시위는 이러한 시민불복종의 요건을 충족시키고 있다.

문인들의 이념적 지향성이 모두 동일한 것은 아니다. 그들은 보수적, 진보적 이념에 따라 문학적 정체성에 있어서도 서로 상이한 색깔을 드러낸다. 그렇지만 이들이 보편적으로 공유하는 것은 문학적 상상력이 감금보다 자유라는 자양분을 먹고 성장한다는 사실이다. 문학적 상상력은 검열로 대변되는 통제 시스템이 전면화되면 질식사 한다. 따라서 이런 상황이 도래하거나 그 징후가 보이면 문인들은 진영을 뛰어넘어 억압적, 폭력적 권력에 저항하는 언어를 생산한다. 특히 유인촌 장관의 막가파적 블랙 코미디는 의식 있는 문화계 인사들의 대규모적 저항의 언어를 촉발시킨 도화선이었다. 2009년 '69작가선언'은 이와 같은 맥락에서 발생한 시민 불복종이라는 시위였다.

2. 변호사 김용철, 무소불위의 경제 권력과 맞짱을 뜨다

당대 지식인이자 예술인이었던 진보적 문인들은 과거에 체제 저항의 언어들을 선도적으로 생산했다. 1970년대에 김지하와 조세희, 1980년대에 박노해, 김남주, 조정래 등은 그 시대를 가로지르는 저항의 언어를 생산한 대표적 문인이었다. 그런데 1990년대 이후부터 시대를 선도하는 문인들의 역할은 급격하게 축소되기 시작한다. 현실 사회주의권의 몰락 속에 거대담론은 지향점을 잃은 채 표류했고, 주체의 죽음이 논의되는 상황에서 현실주의 지향의 문인들은 가야 할 목적지를 상실했다. 이 틈을 타고 문학 내부인 텍스트에만 주로 애정을 쏟는 편집증의 문학주의가 독버섯처럼 번성했다. 세계를 바라볼 주체적 시선이나 자신감을 상실한 문인들은 출판 자본과 문학 권력에 종속된 채 왜소화되어 갔다. 2000년대를 대표하는 체제 저항의 언어들은 문인들보다 비문인들에게서 좀 더 많이 생산됐다. 내가 보기에 2000년대를 대표하는 체제 저항의 언어를 생산한 사람은 박노자와 김용철이다. 러시아 사람으로서 한국에 귀화한 박노자는 외부자의 시선을 통해 한국의 문제점을 신랄하게 비판했다. 변호사 김용철은 내부 고발자의 목소리를 통해 통제 되지 않은 경제 권력의 폐해성을 신랄하게 고발했다. 특히 김용철의 『삼성을 생각한다』(2010)라는 책은

1980년대 광주사건의 진실을 기록한 황석영의 『죽음을 넘어 시대의 어둠을 넘어』(1985)와 같은 충격적 내용을 담고 있다.

육사 출신들은 1960년대에서 1990년대 초반까지 군사정권 시절 가장 강력한 파워 그룹이었다. 그들은 초월적 정치 권력을 휘두르며 국민 위에 군림했다. 하지만 군과 결탁한 초월적 정치 권력은 1990년대 들어 민간 정부가 들어서면서 대폭적으로 축소되기 시작한다. 반면에 자본은 1997년 'IMF 금융 위기'와 전 지구적 자본주의화 현상 속에 일국을 뛰어넘어 막강한 권력으로 성장한다. 1980년대 노동자 대투쟁을 경험한 한국의 자본가들은 노동자 간의 연대 해체를 위해 능력별 임금 지급이라는 신자유주의 체제를 앞세워 노동자 상호간의 연대를 파괴시켰다. 1980년대에 노동자들이 굳건하게 상호 연대할 수 있었던 것은 민주주의에 대한 열망도 있었지만 비슷한 임금과 노동 조건이 강력한 연대의 접착제 역할을 했다. 하지만 1990년대 이후 신자유주의 체제에서 비슷한 임금과 노동 조건은 사라졌고, 노동자들 내부에서 정규직과 비정규직, 능력별 연봉에 따라 새로운 계급적 분화가 이루어졌다. 노사 갈등만이 아니라 노노 갈등이 심심치 않게 등장했던 것도 자본 권력이 파생시킨 현상 중의 하나이다.

한국사회에서 여전히 가장 큰 권력은 대통령이라는 정치 권력이다. 하지만 그의 권력 임기는 5년이라는 한시적 꼬리표를 갖고 있다. 선출직의 정치 권력과 달리 경제 권력은 정권의 교체에도 불구하고 더욱 오래 생존하는 장수 만세를 보여준다. 정권은 바뀌어도 재벌 내지 자본은 바뀌지 않는다는 말이 이 시대의 진실인 것이다. 1950년대에 주력 기업인 삼성과 현대가 아직도 막강한 경제 권력을 누리는 것을 떠올려 보면 쉽게 이해할 수 있다. 삼성과 현대로 대표되는 경제 권력은 정치 권력에 대해 형식적으로 낮은 자세를 취하지만 일상에서 한국사회를 지배한다. 경제 권력은 이제 정치 권력도 함부로 할 수 없는 막강한 공룡이다. 시민들은 정치 권력에 대해 술자리에서 마음껏 비판하지만 정작 경제 권력에 대해 비판을 삼간다. 혹시 자신의 비판이 상사나 회사의 귀에 들어가 불이익을 받을 수 있다는 가능성 때문이다. 한국의 대표적 기업인 삼성은 퇴근 후에 직장 동료들끼리 술자리에서 자유롭게 나누는 언어 소통도 감시한다고 한다. 동료가 동료를 감시하는 무서운 감시 시스템이 작동하고 있는 것이다. 삼성에 아직 노조가 없는 것도 국정원과 맞먹을 정도의 정보력과 상호 감시 체계에서 비롯한 것이다. 전종철 신부는 김용철의 『삼성을 생각한다』라는 책의 서문에서 경제 권력이 대한민국에서 작동하는 살벌한 풍경을 다음과 같이 이야기한다.

박종철 사건처럼 그는 파놉티콘을 연상케 하는 그룹의 심장부에서 탈출하여 이곳저곳을 헤맸지만 그 어디서도 받아들이지 않았습니다. 검찰은 물론이고 방송사와 주요 일간신문 데스크, 시민단체를 찾아갔지만 대한민국의 신흥독재자인 재벌기업의 범죄사실을 귀담아 들어주는 사람은 아무도 없었습니다. 검사 출신의 기업 변호사가 자신이 손수 꾸민 일과 직간접적으로 가담하거나 목격했던 일들을 낱낱이 자백하고 증언하겠다고 했지만 수사와 감찰의 권능을 지닌 국가기관들은 일찌감치 가당찮은 일이라며 손사래를 쳤고 더러는 가족을 생각해서라도 그러지 말라고 다독였습니다.
결국 그는 사제관의 문을 두드렸습니다. 낯선 방문객의 사연을 듣고 우리는 경악하였습니다. 사람이 탐(貪), 진(嗔), 치의 짐승이라거니 평소 깨끗하고 세련된 이미지를 과시하던 기업이 그런 비참의 실상에 시달리는 딱한 괴물이었습니다. 그것은 회장 일가와 몇몇 가신들의 문제였지만, 삼성그룹은 물론이고 대한민국 전체를 심각하게 망치는 해악이었습니다.

한국의 일등 기업인 삼성의 문제점을 밝히겠다는 김용철의 생각은 많은 사람들에 의해 무시되었다. 삼성을 비판해 잘 나가는 기업에 손해를 끼치는 것이 국가와 삼성에 손해라는 다수의 인식이 진실 알리기를 가로막았던 것이다. 이런 상황에서 김용철의 진실 알리기는 도덕 파탄자나 배신자의 돌출 행동으로 낙인이 찍혔다. 돈키호테 김용철은 과연 누구인가? 김용철은 30대에 검찰에서 주로 특수부 검사로 일했고, 40대에는 검찰을 퇴직해 삼성에 입사하여 7년 동안 재무팀과 법무팀에서 일했다. 그는 2004년 8월 삼성 구조본 법무팀장을 그만뒀고, 얼마 후 삼성의 비리를 알리는 양심 고백을 통해 사회에 큰 파장을 불러일으켰다. 삼성에서 고위 임원이 되어 호의호식하며 잘 살았던 김용철은 왜 이렇게 바보 같은 행동을 했을까.

김용철은 삼성에 입사한 후 각종 경제적 특혜를 누렸지만 반대로 자신의 육체적, 정신적 붕괴를 경험해야 했다. 정의를 수호하며 진실을 찾고자 했던 김용철의 검사 생활은 삼성에 다니면서 철저하게 부정되었다. 삼성이 김용철에게 요구한 것은 삼성을 옹호하기 위한 각종 탈법과 변칙이었다. 이것에 환멸을 느낀 김용철은 호사로웠던 삼성의 생활을 청산하고 로펌에 취직했고, 삼성을 비판하기 시작했다. 이러한 그의 행동은 삼성의 압력 속에 로펌 직장을 잃는 사태로까지 발전했다. 삼성의 놀라운 경제 권력은 김용철의 모든 일상을 파놉티콘의 시선 속에 감금시켜 버렸다. 김용철은 자신의 진실이 거짓말로 유통되는 상황에서 자살까지도 생각했다. 김용철은 '정의구현사제단'을 만나 비로

소 자신의 말을 진실로 인정받게 된다.

그 이후 김용철은 정의구현사제단과 함께 삼성의 비리를 폭로하고, 삼성의 뒷돈을 받았던 검사를 고발했다. 하지만 탈법을 저질렀던 자신과 삼성의 주요 인사들을 감옥에 보내라고 외쳤던 그의 돌발적 행동은 성공적인 결실을 맺지 못했다. 검찰의 특별조사는 유야무야되었고, 조준웅 특검은 삼성에 면죄부를 주었다. 삼성의 이건희 회장은 집행유예의 판결을 받았다가 2009년에 동계올림픽 유치라는 명분하에 이명박 대통령의 사면으로 복권이 되었고, 2010년에 왕의 귀환이라는 타이틀과 함께 삼성에 화려하게 복귀했다.

김용철의 『삼성을 생각한다』는 자신의 현실적 패배에도 불구하고 진실은 여전히 소중하다는 생각을 밝힌 패배 전말서이다. 그는 자신의 책이 많은 사람들에게 읽히는 베스트셀러가 되리라고 결코 생각하지 않았다. 그의 진실 알리기는 소기의 성과를 내지 못한 채 좌절되었기 때문이다. 하지만 진실은 일시적으로 은폐될 수 있을지 모르지만 영원히 감금할 수는 없다. 김용철의 책은 입소문 속에 날개 돋친 듯 팔리면서 그의 진실 알리기 싸움은 다시 점화되었다. 자신의 모든 것을 걸고 삼성의 비리를 폭로했던 김용철은 유명 문인도, 저명한 사상가도 아니다. 그럼에도 불구하고 그의 글은 어떤 책보다 더 진한 감동을 선사한다. 삼성에서 잘 먹고 잘 살 수 있었지만 오히려 진실을 폭로해 사면초가의 곤경에 빠졌던 김용철. 그는 바보다. 그러나 이러한 바보들이 바로 역사의 진보를 이끌어내지 않았던가. 진실을 외면하지 않는 김용철의 행동은 저항의 언어를 생산하려는 다른 이들에게도 시사하는 바가 크다.

3. 문학판을 생각한다

2000년대 문학판은 논자에 따라 다르겠지만 전반적으로 보았을 때 암울했다. 문학은 독자성을 띠지 못한 채 출판 자본에 종속된 시녀 신세를 면치 못했다. 일부 문학판을 부활시키려는 불온한 움직임은 있었지만 그것이 문학 전반의 쇄신으로 이어지지 못한 채 깊은 침체의 늪에 빠졌던 것이다. 아직도 문예지는 여전히 많이 발행되고 있지만 그것을 읽어줄 대다수의 독자는 문학판을 떠난 상태이다. 그러나 문학계는 떠난 독자들을 다시 불러올 혁신적 방법과 내부 성찰을 제대로 하지 못했다. 물론 문학의 침체는 문학계 내부의 문제만이 아니라 문학 외부의 요인에서도 찾을 수 있다. IMF 금융 위기 이후 경제와 교육 등 실용 위주의 서적을 찾는 독자, 인문학적 가치의 평가 절하, 취업을 위한 스펙 열풍, 책읽기 시간의 절대 감소 등이 복합적으로 작용하면서 문학 침체는 구조적 문제가 되었다. 그 결과 문학 작품들 대다수가 창고에 잠들어야 했고, 일부 베스트셀러 작가의 작품만이 활발하게 유통되었다.

다수의 문예지들이 무력화되었지만 상대적으로 주류 문예지의 영향력은 더욱 높아졌다. 문예지와 문학 작품의 침체 속에 그나마 독자들이 찾았던 것은 메이저 문예지와 메이저 출판사의 작품들이었기 때문이다. 이것은 2000년대 이후의 문학판이 참신한 비주류의 혁신적 실험이나 불온한 담론이 진입하기 어려운 조건임을 의미한다. 불온한 문학 담론과 혁신적 실험 의식보다 문학판을 좌지우지 했던 것은 메이저 문예지와 대규모의 출판 자본이었다. 이것은 2000년대 문학판이 1990년대 문학판과 질적으로 다른 문학적 흐름을 양산하는 데에 실패했음을 뜻한다.

이런 점에서 2009년 '69작가선언'은 상징적인 의미를 띤다. 문학 내부에 갇힌 2000년대 문학의 영역을 뛰어넘어 문학 외부로 시선을 확장하려고 했기 때문이다. 현실주의와 문학주의 진영의 문인들이 일부 참여한 이 선언은 비록 수사적 과장이 일정 부분 있었지만 이 땅의 일그러진 현실을 외면하지 않으려는 문인들의 대규모적 움직임이었다. 문인들은 오랜만에 진영을 넘어 민주화의 퇴행을 초래하는 이명박 정부를 비판하는 목소리를 생산했다. 특정 이념에 기대어 발언하지 않는다는 '69작가선언'은 자신들이 특정 세력에 기우는 것이 아니라 보편적 가치의 입장에서 말한다는 것을 강조하기 위한 발언이다. '69작가선언'은 용산 참사 사건, 미국산 쇠고기 수입, 한국문화예술위원회와 한국예술종합학교 사태, 언론 장악 시도와 사이버 광장의 통제, 시대착오적인 색깔론 등을 언급하며 이명박 정권을 신랄하게 비판한다. '69작가선언'은 문학의 이름으로 이명박 정부를 '민주주의의 아우슈비츠, 인권의 아우슈비츠, 상상력의 아우슈비츠'라고 명명한다. 한 마디로 이명박 정권이 집권해서 한 일은 민주주의의 파탄이었다는 것이다. 이러한 '69작가선언'은 문학이 한 사회의 가장 예민한 살갗이라고 하면서 은연중에 문학 중심주의라는 한계를 노출하기도 한다. 그럼에도 불구하고 '69작가선언'은 문단에서 이명박 정부에 대한 불신이 급속도로 번져나가고 있음을 2009년에 보여준 대표적 사례이다.

　　그러나 이것으로 족한가? 기세 좋게 출발했던 '69작가선언'은 시간의 늪 속에 침몰한 채 허우적거렸다. 진보와 보수를 함께 묶어주었던 당시의 선언은 희미한 옛사랑의 그림자가 되어 가고 있다. 진영을 뛰어넘은 하나의 단일대오는 일시적 현상이었을 뿐 선언 이후 문인들은 원심력의 작용 속에 하나 둘씩 사라져갔다. 문인들은 선언 이후에도 상업 자본, 주류 문예지, 권위 있는 문인 선배들의 헤게모니 속에 여전히 갇혀 있다. '69작가선언'은 문학 내부가 아니라 외부의 문제였기에 쉽게 동참해서 하나의 목소리를 낼 수 있었다. 하지만 정작 자신의 문학관에 대해서는 똥폼(?)조차 잡지 않았다. 문학 외부만이 아니라 문학 내부를 향한 비판이 동반되지 않는 선언은 추상적, 낭만적 관념주의와 포퓰리즘의 함정에 빠질 가능성이 높다. 권력은 지배층이라는 상층부에만 존재하는 것이 아니다. 학교, 병원, 군대, 회사, 문단 등 각각의 영역에서도 권력은 존재한다. 미셸 푸코가 언급했듯이 이러한 권력의 다중성은 정치 권력의 상층부만 비판해서는 체제 변혁을 이룰 수 없다는 것을 의미한다. '69작가선언'은 아직 문인들이 죽지 않았다는 것을 대사회적으로 보여준 몸부림이었을 뿐 그 이상도 그 이하도 아니다.

'69작가 선언'과 직접적 연관은 없지만 2009년 11월에 반연간지인 ≪리얼리스트≫의 창간은 문학의 현실 참여를 보여주는 또 하나의 의미있는 움직임이었다. ≪리얼리스트≫는 현실주의 문학 집단 '리얼리스트100'에서 펴내는 일종의 기관지이다. '리얼리스트100'은 2007년 9월 노동문학, 현장지향적인 민중문학, 진화하는 리얼리즘을 고민하고 창작적 노력에 분투하는 작가들을 주축으로 탄생했다. ≪리얼리스트≫는 회원들의 자발적 회비를 갹출하여서 발간된다. ≪리얼리스트≫는 창간호에서 용산 참사 사건의 진실을, 2호에서 이명박 정권이 자행하는 자연 파괴의 4대강 사업에 대한 비판을 특집으로 싣고 있다. 다음은 ≪리얼리스트≫ 창간사의 일부분이다.

법치로 무장한 국가기구와 탐욕으로 뭉친 자본의 무자비한 이빨

이 정상적인 삶을 물어뜯고 있다. 사람들이 불구덩이 속으로 끌려가고 차디찬 냉동고 속으로 처박힌다. 폭력이 일상화되고, 다스려지지 않는 분노와 절망이 독(毒)처럼 스며든다. 지금 이 순간에도 법정에서 흘러나오는 말들, 권력자의 입에서 튀어나오는 말들, 자본가의 입에서 뱉어지는 말들은 하나같이 제대로 된 언어가 아니다. 거짓의 언어이자 죽임의 언어이며, 상생보다는 각자도생의 비굴함을 강제하는 폭력의 언어이다. 나날이 훼손당하고 능멸당하는 언어들을 접하는 참담함이 펜을 든 작가들의 손을 떨게 만든다.

≪리얼리스트≫는 시, 소설, 희곡, 평론 같은 문학의 주요 장르를 중심으로 하면서도 산문, 만화, 르포 등 다양한 장르도 포용하고 있다. ≪리얼리스트≫는 현실의 눈으로 대상을 바라볼 수만 있다면 어떤 문학 장르도 포용한다는 입장이다. 문제는 자본과 문예지의 지명도이다. 유명 문인이 많이 참여하지도 않고, 출판 자본의 도움 없이 ≪리얼리스트≫는 계속 발간될 수 있을까. 문예지의 창간은 의기투합한 사람들의 열정만 있으면 일단 창간호는 발간할 수 있다. 하지만 그것을 지속적으로 이어나가려면 편집진의 열정만으로는 한계에 부딪친다. 출판 자본의 도움, 독자들과 문인들의 열띤 호응, 시의적절한 문예지의 기획력이 상호 맞물릴 때 문예지의 장기 지속은 가능하다. (이런 염려에도 불구하고 ≪리얼리스트≫는 2014년에 10호까지 발간하는 저력을 발휘하고 있다.) 문학시장이 대규모의 출판 자본과 유명 문인들을 통한 세몰이로 운영되고 있는 실정에서 ≪리얼리스트≫의 발간은 이례적인 일이다. 이것은 참여한 문인들이 당대 현실을 치열하게 고민하면서 형상화해야 한다는 작가 신념을 굳게 유지한 결과이다. ≪리얼리스트≫가 직면한 고난의 행군은 앞으로도 계속될 것이

다. ≪리얼리스트≫ 파이팅!

　1960년대에 시인 김수영은 불온함을 통해 자유를 꿈꿨다. 온몸의 시론을 통해 불온함을 주장한 그의 말은 수사적 언어를 뛰어넘는 진실의 무게감으로 독자에게 전달되었다. 그렇다면 이 시대의 문인들은 과연 김수영을 뛰어넘는, 아니 그에 준하는 불온한 담론을 제대로 생산하고 있는 것일까. 2000년대의 문학 언어들은 수사적 포즈는 가득하지만 그에 값하는 진실의 무게감을 독자에게 효과적으로 전달했다고 보기는 힘들다.

　문학과 정치를 다루는 글에서 최근 자주 인용되는 시인 진은영의 「감각적인 것의 분배」(≪창작과 비평≫, 2008년 겨울호)라는 평론을 보자. 진은영은 현실 참여와 참여시의 문제를 고민하던 중 자끄 랑씨에르의 『감성의 분할』을 읽고 달콤한 과자상자를 받아든 아이처럼 설레었다고 고백한다. 하지만 진은영의 글은 문학과 윤리, 미학과 정치 등의 문제를 다룬 기존의 글과 크게 다르지 않다. 다만 이 글이 눈에 띌 수 있었던 것은 기존의 글에서 잘 보이지 않던 랑씨에르라는 새로운 상표, 당대 현실을 비판하려는 사회적 분위기, 게재된 ≪창작과 비평≫의 문학적 영향력이 합쳐져 시너지 효과를 발생시켰던 것이다. 진은영은 이 글에서 서구의 역사를 말하지만 정작 이 땅의 역사와 현실에 대해서는 별다른 언급이 없다. 서구적 텍스트를 활용해 서구를 주로 예시하면서 한국사회를 꿰뚫는 현실 참여시가 나오기는 어렵다. 아카데믹한 엘리트적 글쓰기인 진은영의 글도 필요하겠지만 그보다는 대중들에게, 다중들에게 다가가려는 낮은 자세의 글쓰기가 좀 더 필요하다.

　나는 요즘 문인들보다 비문인들의 글에서 오히려 더 삶의 진정성을 확인하는 경우가 많다. 문학만이 시대를 예민하게 누구보다 먼저 포착할 수 있다는 문학적 오만은 이제 폐기되어야 한다. 문학이 문화계의 왕으로 군림할 때는 그것이 통용되었을지 모른다. 하지만 이제 많은 사람들이 그것에 동의하지 않거나 의구심을 품고 있다. 체제 저항의 언어들은 떼거리로 무리지어 '작가 선언'의 형태로 나올 수도 있다. 그것이 무의미한 것은 절대 아니다. 다만 그것이 일회성의 선언으로 그치고, 그것을 구체화하는 글쓰기가 미흡한 용두사미의 형태는 극력 피해야 한다. 문인은 일차적으로 글로써, 언어로써 제 소임을 다하는 존재이다. 그 글이, 언어가 이 땅의 현실을 미학적으로 치열하게 빚어내지 못했다면 일차적으로 문인들의 무능력에서 비롯한 것이다. 참다운 문학은 수사적 언어라기보다 수사적 진정성이다. 진정성이 담보되지 않은 척하는 수사적 언어의 나열은 그것을 읽는 독자에게 견딜 수 없는 구역질을 유발시킨다. 글의 진정성이 사회, 세계라는 거시적 범주를 꼭 향할 필요는 없다. 미시적 일상이나 개인에게 집중되어도 좋다. 문제는 대상 텍스트의 영역이나 소재가 아니라 그것을 관통해 삶의 진정성을 실현시키려는 문인들의 날카로운 시선과 굳은 의지이다. 작은 목소리라도 진정성이 담긴 언어라면 멀리, 더 멀리 퍼져나간다. 그렇지 않고 거짓 진정성이 담긴 저항의 언어는 목소리가 높아도 이상하게 멀리 퍼져나가지 않는다. 신기하게도 사람들이, 예민한 독자들이 본능적으로 그것을 간파해낸다. 자신의 모든 것을 걸지 않은 상태에서 새로운 미학을, 오만한 권력을 비판하는 체제 저항의 불온한 언어가 생산되리라고 기대하는 것은 도둑놈의 심보에 다름 아니다.

4. 권력의 언어와 저항의 언어

2010년에 천안함 침몰 사건 이후 한반도는 남북 문제만이 아니라 미국과 중국이라는 빅2 체제의 갈등이 부딪치는 일종의 전쟁터로 변하고 있다. 한반도를 점령한 신냉전의 물결은 안타깝게도 이명박 보수 정권이 자초한 면이 크다. 한반도의 평화, 더 나아가 동아시아와 세계의 평화를 기원하는 세력들에게 있어 작금의 현실은 최악의 상황으로 가는 시발점으로 해석될 수 있다. 문제는 이명박 정권의 막가파적 행동을 제어할 민주화 연대가 제대로 구축되어 있지 못하다는 점이다. IMF 금융 위기 이후 국민들은 고용 불안이라는 상시적 생존의 위기에 무방비로 노출되어 있다. 그 결과 민주주의적의 사고와 행동을 일관되게 표출하지 못하고 있다. 야당인 민주당의 무능력과 북한의 도발적 적대는 더욱 일을 꼬이게 만들고 있다. 이와 같은 난국에서 새로운 시대를 여는 결정적 계기가 필요하다. 이것은 무엇보다 각성된 시민 의식과 시민적 저항에서 새로운 출구를 찾을 수 있다. 울리히 벡은 『위험사회』에서 현대 사회를 위험사회로 규정하면서 새로운 근대화를 위해 성찰적 근대화가 필요하다고 역설한 바 있다. 이명박 정권에도 필요한 것은 자신들에 대한 깊은 성찰이다. 이명박 정권이 그렇게 할 수 없다면 그렇게 하도록 깨우쳐주는 역할을 저항의 언어가 수행해야 한다.

이명박 정권 들어 자주 등장하는 것이 '법대로'라는 말이다. 그러나 법을 준수하는 합법성이 정통성을 자동적으로 획득하는 것은 아니다. 합법성은 정당성이 보장될 경우에만 법의 권위를 보장받을 수 있다. 합법성은 그 정당성이 의심 받거나 부정될 경우 폐지되거나 개정되어야 한다. 권위주의적 합법주의는 '법대로'를 공공연하게 내세우지만 정당성을 시민들에게서 받지 못했기에 시민불복종에 부딪칠 수밖에 없다. 반성하지 않는 권력의 일방적 전횡은 '촛불 시위'같은 시민불복종의 형태로 다시 재연될 수 있다. 오현철은 『시민불복종』(2001)이란 책에서 "시민불복종은 공공의 이익을 위해서, 의도적이며 공개적으로, 법률이나 명령을 위반하거나 법률에 대한 공적인 해석 또는 정의에 대한 일반적인 해석에 항의하는 행위다. 시민불복종은 폭력을 행사하지 말아야 하지만, 사회적 통념에 의해 인정되는 한계 내에서는 정당하다. 또한 시민불복종은 부정한 기업이나 사회단체에 대해서도 행사될 수 있다."고 말한다. 헨리 데이비드 소로, 전봉준, 마하트마 간디, 마틴 루터 킹, 5·18민주항쟁은 이러한 시민불복종의 선례를 보여준 바 있다.

변호사 김용철이 보여주었던 것도 이러한 시민불복종이었다. 김용철은 자신이 소속되었던 조직의 문제점을 고발했다는 점에서 내부 고발자이다. 내부 고발자가 해당 조직의 문제점을 고발한 것은 자체적으로 그것을 정화할 자정 능력이 상실되었기 때문이다. 따라서 내부 고발자는 해당 조직의 배신자가 아니라 오히려 그 조직의 미래적 건강성과 발전 가능성을 증가시키는 일종의 백신이다. 문제는 한국사회에서 내부 고발을 하면 해당 문제점이 개선되지도 않을뿐더러 오히려 고발을 한 당사자만 괴롭게 되는 경우가 많다는 점이다. 이런 상황에서 내부 고발자들이 다수 나올 가능성은 극히 적다. 김용철은 『삼성을 생각한다』에서 "삼성 재판을 본 아이들이 "정의가 이기는 게 아니라, 이기는 게 정의"라는 생각을 하게 될까봐 두렵다. 그래서 이 책을 썼다."고 고백한다. 그는 이 내부 고발을 한 대가로 기존에 누렸던 거의 대부분의 것을 잃었다. 체제 저항의 언어를 생산하려면 이처럼 자신이 불이익을 받더라도 기꺼이 감수하겠다는 구도자적 자세가 필요하다. 과연 오늘의 문인들이 이와 같은 희생적 모습을 오늘의 문학판에서 보여주었을까. 그보다는 출판 자본과 문학권력에 순응했던 것이 좀 더 진실이 아니었을까.

체제 저항의 언어는 고정된 것이 아니다. 소설가가 소설로, 시인이 시로 체제 저항의 언어를 생산할 수도 있겠지만 그것을 넘어서는 발상의 전환도 필요하다. 체제 저항을 위해 가용할 수 있는 모든 언어 수단을 활용해 경직된 지배체제와 권력에 맞서겠다는 불굴의 자세가 필요하다. 여기에서 오히려 새로운 소설과 시가 탄생할 가능성이 높다. 제도화된 문학 장르라는 틀만을 고집할 때 새로운 미학의 가능성은 사라질 수 있다. 권력의 언어가 파놉티콘의 시스템으로 사람들을 옥죄여오는 상황에서 가용할 수 있는 모든 언어들이 바로 저항의 소중한 자산이다. 체제 저항의 언어는 수사적 미사여구가 아니다. 그것은 삶과 세계를 성찰한 존재가 자기 희생이라는 값비싼 대가를 지불하고서도 기꺼이 하겠다는 온몸으로 던지는 투쟁의 언어이다. 투쟁에서 겉멋 든 언어는 사치이다. 현실참여와 참여시에 대한 미학적 고민보다 그러한 고민도 의식하지 못한 채 치열하게 현실과 부닥치면서 생산하는 언어들이 오히려 미학적으로 완결된 언어일 수 있다. 물론 때로는 미학적으로 실패할 수도 있을 것이다. 그러나 실패를 두려워해서는 아무것도 나올 수 없다. 실패는 오히려 새로운 성공을 위한 보약이다. 미학성을 핑계로 대지 말고 지금, 이곳에서 좀 더 현실 속으로 파고 들어가는 몸부림을 지금 문인들이 보여줄 때이다.

해설비평, 비평의 타락인가
아니면 소통의 통로인가?

1. 해설비평의 본색과 주례사비평

나는 2002년에 등단해 문학평론을 쓰기 시작했다. 햇수로 보면 벌써 8년째이다. 그동안 나름대로 다양한 비평적 글쓰기를 하려고 노력해 왔다. 그런데 독자들에게 부끄럽게(?) 고백할 일이 하나 있다. 8년 동안 불행하게도 책 뒷장에 실리는 해설비평을 단 한 번도 써본 일이 없다. 내가 능력이 부족해서인지 아니면 천생연분의 인연이 없어서인지 해설과는 연분이 닿지 않았다. 이런 딱한 처지인데 ≪오늘의 문예비평≫에서 해설비평을 해부하는 글을 어찌 된 일인지 청탁해 왔다. 나의 부끄러운(?) 전력 때문에 이 글을 잘못 쓰면 오해 사기 십상이다. 해설비평에 대해 쓴소리를 하면 해설을 한 번도 쓰지 못한 B급 평론가의 저주와 악담으로 해석될 수 있기 때문이다. 그렇다고 기존 해설비평이 별 문제 없고, 제발 내게 해설비평을 청탁하라고 구걸을 할 수도 없다. 이러한 고민을 안고 나는 해설비평과 맞짱을 뜬다.

홍콩 느와르 영화인 오우삼 감독의 〈영웅본색(英雄本色)〉(1986)에서 성냥개비를 입에 문 영화배우 주윤발은 암흑가의 영웅이 어떤 것인지를 가슴 뜨겁게 보여준 바 있다. 그렇다면 해설비평인 '해설본색'은 무엇일까? 해설비평이란 그 책을 읽은 독자나 아니면 읽지 않은 독자의 이해를 돕기 위해 쓴 글을 지칭한다. 이때의 이해란 해당 텍스트에 대한 해석과 감상만이 아니라 평가를 포함한다. 이처럼 해설비평은 텍스트를 분석 해부하고, 텍스트와 관련한 다양한 지식을 제공하고, 궁극적으로 텍스트와 관련한 가치판단인 평가를 수행한다. 해설비평에서 평가는 더부살이가 아니라 독자의 궁극적 이해를 돕기 위한 필수 항목이다. 가치판단이 부재한 해설비평은 해설'비평'이 아니라 그저 '해설'일 뿐이다. 물론 특수한 경우 해설비평을 쓰는 저자의 비판적 입장이 생략되거나 축소될 수는 있다. 그렇다고 해서 해설비평의 가치판단이 불필요하다거나 중요하지 않다는 것이 결코 아니다.

1990년대에 거대담론이 쇠퇴하고 무한경쟁의 신자유주의 체제가 성립하면서 해설비평에서 평자의 비판적 가치판단은 출판사와 작가에게 '공공의 적'으로 취급되어 추방되거나 몰살당했다. 그러면서 해설비평은 '주례사비평'으로 화려하게 변신한다. 이때 주례사 평론가에게 필요한 것은 졸작도 명작으로 선전할 수 있는 안면몰수의 '뻔뻔함'과 텍스트의 결핍을 독자들이 눈치채지 못하도록 하는 '문학적 수사'의 사기술이다. 문학의, 비평의 진정성을 향한 논개의 절개는 시대에 뒤떨어진 구닥다리로 취급되었던 것이다. 이 흐름에 동참하지 못한 평론가들은 출판사와 작가의 청탁 대상에서 자동적으로 배제되었다. 1990년대 즈음에 등단한 문학주의 계열의 신세대 평론가들은 개인과 미시

서사에 집착하는 동세대 작가들을 적극적으로 옹호하는 해설비
평을 대량생산했다. 대개 출판 자본이나 문학제도를 등에 업은
이들 젊은 평론가들은 1980년대의 비평을 계몽적 거대서사의
정치비평으로 규정해 비판하면서, 억압되어진 것들의 복귀라는
이름 아래 신세대작가들의 대변자 역할을 자임했다. 텍스트에
대한 비판은 이들에게 1980년대의 계몽적 퇴행의 유산물로 규
정되었고, 텍스트를 존중한다는 텍스트 중심주의가 맹위를 떨쳤
다. 그런데 어이없게도 이러한 텍스트 중심주의는 출판 자본과
문학평론이 결탁해 주례사비평으로 이어지는 거간꾼 역할을 담
당한다.

문학계는 주례사비평의 번성 속에 아이러니하게도 1990년대
이후 '문학의 종언'이라는 위기 담론에 내내 시달려야 했다. '문
학의 종언' 논쟁은 문학적 전망을 생산하는 데에 실패한 진보진
영의 침체에서도 기인하지만, 출판 자본의 주구로 전락한 주례
사비평의 활성화와도 불가분의 관계에 놓여 있다. 권성우와 이
명원을 비롯한 비판적 글쓰기의 평자들은 주례사비평의 번성 속
에 문학의 종언이 가속화되었다고 판단한다. 만약 이것이 사실
이라면 부실한 텍스트를 명작이라고 사기 쳤던 주례사 평론가들
은 직무유기를 한 셈이다. 2000년대 초 '문학권력과 주례사비평'
논쟁이 잠시 있었다. 이 논쟁의 최종 승자는 출판 자본과 문단
주류였다. 출판 자본과 문단 주류의 야합 속에 주례사비평 논쟁
은 잊혀진 전설로 전락했다. 주례사비평을 비판한 비판적 글쓰
기의 평자들은 단기전의 진실 싸움에서는 당당하게 승리했다.
하지만 자본과 체계화된 조직을 갖지 못한 단기필마의 비판적
글쓰기 진영은 장기전에서 패배한 채 주례사비평이라는 거대한
흐름을 막는데 실패했다. 문제는 주례사비평이라는 진단 속에

진행되어야 했을 내부적 성찰의 치료가 제때에 이루어지지 못하면서 문학계는 말기암 내지 식물인간 상태가 되었다는 것이다. 2000년대 중반 가라타니 고진이 언급한 근대문학의 종언론은 한국문학계의 서글픈 자화상이 되었다.

그러나 문단 주류는 여전히 문학계는 건강하다는 식의 착시 현상을 유발시킨다. 그렇다면 현재의 문학계 불황이 초래된 책임은 독자들에게 전적으로 있다는 말인가? 그런 판단이 들었다면 돌대가리 독자와 전쟁을 선포해야 한다. 훌륭한 문학 텍스트를 사서 읽지 않는 무식한 독자들을 혼내주고 회초리로 때려야 한다. 어리석은 독자들이여, 반성하라, 반성하라! 하지만 이러한 구호는 어디에서도 들리지 않는다. 2001년 '이문열의 책 장례식' 사건은 독자와 문인 사이에서 벌어진 국지전이었다. 나는 문학의 위기와 관련한 '문인 대 독자의 전쟁'이 벌어진다고 하더라도 독자나 외부적 요인에 책임을 전가하는 더러운 전쟁에 결코 참전하고 싶지 않다. 진실이 당대에서 반드시 승리하는 것은 아니다. 하지만 전체적으로 보면 당대에 패배했던 진실이 장기전인 역사에서 승리하는 것을 종종 목격한다. 출판 자본과 결탁한 주례사비평과의 싸움은 아직 끝나지 않았다. 나는 해설비평을 중심으로 주례사비평 논쟁을 다시 점화한다. 싸움은 아직 끝나지 않았다.

2. 해설비평의 생산과 유통 구조

문학평론가가 책 뒤에 해설비평을 쓰는 것이 언제부터 시작되어 정착되었는지는 불분명하다. 이것과 관련한 연구가 제대로 이루어져 있지 않기 때문이다. 그러나 전후 맥락을 살펴보면, 한국전쟁의 상처가 아물어가고 비평계가 활성된 1960년대 이후에 해설비평이 정착되었다고 보아야 할 것이다. 일반 독자들은 문학 텍스트를 읽으면서 느끼는 독해의 어려움 속에 이것을 도와줄 수 있는 글을 필요로 한다. 일반 독자들은 자신이 읽은 책의 주제, 핵심 내용, 모호한 상징성 등 독해 과정에서 느낀 의문점을 해소시키고 상호 대화할 수 있는 비평적 대화의 장을 원했던 것이다. 작가들은 자신이 힘들여 쓴 텍스트를 같은 문인이 이해하고 인정해주는 옹호성의 해설을 통해 인정욕망을 충족시키고 문학적 권위를 확보하고자 했다. 출판사의 입장에서도 해당 텍스트를 이해하는 길잡이로서의 글만이 아니라 텍스트의 매력을 선전하는 해설비평의 필요성을 느꼈을 것이다. 문학평론가는 저자와 일반 독자 사이에서 일종에 복덕방처럼 소통을 중계하여 문학적 입지를 확인하고 확대하고자 했다. 이러한 다양한 요인 때문에 해설비평이 탄생되어 왕성한 생명력을 유지할 수 있었던 것이다. 그렇다면 이러한 해설비평은 왜 주례사비평으로 전락했던가. 문학평론가 김명인은 해설비평이 주례사비평으로서의 운명을 타고났다며, 비평적 자의식이 개입하지 않는 주례사 해설비평은 출판 자본의 들러리에 불과하다고 경고한다.

원래 '해설'은 비평 장르 중에는 천덕꾸러기에 속하는 것이다. 한 편으로는 작품집을 읽는 독자들에게 선뜻 이해가 곤란한 해당 작품들을 이해하는 길잡이 글이 필요하다는 점에서 존재 의의가 있지만, 다른 편으로는 기본적으로 특정 비평가가 특정 작가의 작품집 출간에 들러리를 선다거나 부조를 한다는 의미가 있다는 점에서는 원천적으로 비판이 봉쇄된 '주례사'로서의 운명을 타고난 것이기도 하다.

특히 출판 자본의 입장에서는 '비판적 해설'은 말하자면 '남의 죽에 코 빠뜨리는' 일종의 행패 같은 것으로 있을 수 없는 일이다. 그러니까 애초부터 그 작가와 입장이 다르거나, 그 작가에 대해서 비판적인 평론가는 그 작가의 작품집에 '해설'을 쓸 수가 없게 되어 있다.[1]

해설비평은 작가, 출판사, 독자의 세 가지 욕망이 상호 충돌하는 욕망의 장이다. 이들은 해설비평에 대해 공통적 견해도 갖고 있지만 입장 차이에 따라 상반된 견해를 표명한다. 이런 상황에서 해설비평은 3자와의 등거리 외교 속에 비평적 성과물을 산출해야 한다. 비평의 주도권은 '작가 → 텍스트 → 문학평론가 → 출판 자본'으로 문학권력이 이동해 왔다. 이러한 문학권력의 교체는 한국 자본주의의 심화 과정과 맞물려 있다. 1990년대 중반 이후 거대담론의 쇠퇴와 민족민중문학론의 위축 속에 출판 자본이 확대되면서 해설비평의 헤게모니는 문학평론가에게서 출판 자본으로 넘어간다. 3자의 팽팽한 입장이 충돌하던 해설비평의 삼각형 욕망 구도는 출판 자본이 주도하는 수직적 일극 체제로 변질되었던 것이다. 이러한 서열화 속에 해설비평은 상층의 출판 자본에 충성할 수밖에 없는 생산 유통 구조에 편입된다. 그러면서 해설비평은 문학적 자의식의 실종 내지 위축 속에 실체와 무관한 수사적 주례사비평을 양산한다.

해설비평이 생산되는 과정을 알아보자. 작가가 완성한 창작집이나 시집 원고를 출판사에 넘기고 난 다음, 작가와 출판사는 해설비평을 누가 쓸 것인지 결정한다. 극소수의 유명 작가는 자신

---

1) 김명인, 「신화는 어떻게 만들어지는가」, 『주례사비평을 넘어서』, 한국출판마케팅연구소, 2002, 17~18쪽.

이 원하는 문학평론가에게 해설을 부탁할 수 있지만 그렇지 못한 대부분의 작가들은 출판사가 지명한 문학평론가에게 해설을 맡기는 경우가 대부분이다. 특히 메이저급 문예지를 함께 운영하는 대규모 출판사의 경우 더욱 그러하다. 이런 상황에서 문학평론가가 자신의 독자적 비평 세계를 펼쳐서 칭찬과 비판이 공존하는 해설비평을 쓰기는 쉽지 않다. 한국에서 '창비', '문학동네', '민음사', '문학사상', '현대문학'같은 대형 출판 자본에서 독립하여 독자적 목소리를 낼 수 있는 문학평론가들은 극소수다. 문학평론가들은 문학판에서 생존하기 위해 크건 작건 출판 자본의 욕망을 자신의 욕망으로 내면화한다. 다수의 문학평론가들은 독자적 정부가 아니라 메이저 출판사에 종속된 말단 행정기관에 불과하다. 주류 문예지의 편집위원 출신 문학평론가 빼고는 대부분의 평론가들은 출판 자본의 공세에 취약한 방어 구조를 갖고 있다. 그렇다고 해서 이것이 문학평론가의 주례사비평을 합리화시키는 논리적 근거일 수는 없다. 어찌 됐든 주례사비평은 개별 문학평론가의 현실추수주의와 기회주의의 산물이기 때문이다.

해설비평을 청탁 받은 평론가는 해당 출판사에서 고용된 편집위원 내지 기획위원 평론가와 일반 평론가로 크게 분류된다. 출판사의 기획위원이나 문예지의 편집위원일 경우 자사에서 출판되는 작가들을 옹호하는 주례사 해설을 통해 출판 자본의 극대화를 할 가능성이 높다. 이들 주류 문학평론가들은 해당 작품이 상품성이 있을 경우 문학적 가치는 떨어진다고 하더라도 출판 자본의 욕망에 따라 과장 선전하는 선봉대의 역할을 수행한다. 주류 문학평론가들이 쓴 해설비평은 차후에 그 작품이나 작가를 비평하는 표준적 준거로 활용되는 경우가 많다. 해설비평을 통한 비평적 선점은 주류 문학평론가의 문학권력을 확인시켜 주는 것이자 동시에 해설비평의 기준에 의해 움직여지는 문학판의 전근대성을 보여주는 것이다. 메이저 출판에서 집중적으로 밀어주는 책의 경우 문예지의 작가론이나 작품론, 리뷰 등을 통해 또 한 번 주례사가 재탕된다. 해설비평과 리뷰·서평의 세트메뉴에 반발하는 비주류의 목소리들은 주류의 공세 속에 묻혀 버리기 일쑤이다. 주류의 문학평론가는 메이저 출판 자본과의 결합 속에 스타작가의 양산에 일조하면서 출판 자본의 성장과 함께 문학적 지분을 확대해나간다. 메이저 출판사와 일심동체의 공생 관계 속에 주류 문학평론가들은 각종 문학상과 지원금, 신춘문예나 문학상 심사위원, 그리고 문학 관련 기사나 서평 등의 단골 명단이 되어 문학적 유명세를 얻게 된다. 물론 이들이 함량 미달의 텍스트들을 모두 주례사비평 하는 것은 아니다. 문학적 상품성이 떨어지는 무명의 신인급 작가에게 지도 차원에서, 문학권력의 확인 차원에서 약간의 비판적 언어를 선사하기도 한다. 자신이 주례사비평을 쓸 정도의 작품도 안 되거나 상품성이 전혀 없는 경우 이들은 일반 문학평론가에게 해설비평의 악역을 인심 쓰듯이 양도하는 영리함도 보여준다. 이것을 통해 주류의 문학평론가는 최소한의 문학적 양심을 지키고 있다는 이미지 관리를 한다.

일반 문학평론가가 해설비평을 청탁 받은 경우 '그/그녀'가 선택할 수 있는 경우의 수는 많지 않다. 주례사비평을 쓰거나 쓰지 않거나 하는 이분법적 선택의 길만이 제시되어 있기 때문이다. 비판성이 많은 해설비평을 쓸 경우 향후에 해당 출판사나 문예지와 관계가 소원해질 가능성이 높다. 출판 자본의 욕망을 제대로 충족시켜 주지 못한 문학평론가는 도태 대상 일순위로 낙인이 찍힌다. 외주로 선정된 문학평론가의 해설비평은 출판 자본의 심사 속에 '통과, 수정 후 게재, 거부'라는 세 가지 형태를 띤다. 대부분의 해설비평은 출판 자본의 요구에 의해 수정을 거치게 되고, 이 과정에서 출판 자본이 용납할 수 없는 비판적 해설비평은 삭제되거나 대폭 축소된다. 이것에 끝까지 항거하는 불온한 문학평론가의 경우 원고료만 지불된 채 아예 다른 필자로 교체되는 수모를 겪기도 한다. 이러한 문학판의 생리를 알기에 대개의 문학평론가들은 눈치껏 주례사비평을 쓸 수밖에 없고, 필연적으로 비평의 타락과 문학의 진정성이 훼손된다. 이 과정에서 질 좋은 문학 상품을 소비해야 하는 독자의 권익은 일방적으로 침해된다. 독자들은 문학판을 떠나는 행위를 통해 문학판에 복수한다. 복수혈전. 그 끝은 문학계의 깊은 침체이다. 악순환의 반복이 일상화된다.

3. 신형철과 이광호의 해설비평

2008년 2월 4일자 ≪한국일보≫는 2007년 무렵에 단행본 해설을 가장 많이 쓴 평론가로 1위 신형철(6건), 2위 이광호(5건), 3위 김종회·김형중(4건)이라는 기사를 실은 바 있다. 나는 이번 장에서 해설비평의 1, 2위를 차지한 신형철, 이광호를 통해 해설비평의 현주소를 탐색하고자 한다. 해설비평을 많이 쓴다는 것은 출판사와 작가 모두에게서 선호도가 높다는 것을 의미한다. 역으로 생각하면 그만큼 출판사와 작가에게 이들 평론가들의 영향력이 높다는 것을 의미한다. 공교롭게도 신형철(≪문학동네≫)과 이광호(≪문학과 사회≫)는 모두 한국을 대표하는 계간지의 편집위원이다. 메이저 문예지 편집위원이 해설을 써준다는 것은 문학적으로도, 상업적으로도 조명받을 가능성이 그만큼 높아진다. 그래서 이들은 해설비평을 써달라고 부탁하는 작가들 때문에 즐거운 비명을 지른다. 신형철과 이광호는 유력 문예지의 편집위원이기도 하지만 해설비평에 있어 탁월한 비평적 내공을 보유하고 있다. 나는 이것을 부인할 생각이 추호도 없다. 문제는 그들의 비평이 주로 칭찬만 하는 전형적인 주례사비평이라는 것이다. 특히 이광호에게서 이러한 점은 극명하게 드러난다. 이것은 문단 생활을 오래한 경력의 차이에서 비롯한 것으로 보여진다. 신형철도 주류 문단의 관행에 익숙해지면 또 하나의 이광호가 될 가능성이 농후하다. ≪문학동네≫ 편집위원으로 신형철의 문단 선배인 서영채와 류보선도 초기에는 불온한 글쓰기를 잠시 보여준 바 있다. 하지만 이들은 현재 전형적인 주례사비평을 생산하는 출판 자본의 모범생들이다.

1976년생인 신형철은 2000년대가 주목하는 신예 평론가 중의 한 사람이다. 그의 비평은 유려한 감성과 명료한 단문형 문체의 상호 조화 속에 읽을거리로서의 예술적 비평을 생산한다. 그는 당대의 많은 젊은 비평가들이 서구 이론에 빠져 자신의 비평적 목소리를 상실하는 상황 속에 자신만의 감성적 비평 언어로 텍스트를 재창조한다. 서구이론에 얽매이지 않고 거침없이 자신의 비평 언어로 이야기한다는 점에서 그는 '제2의 김현'이라고 불리우기까지 한다. 이러한 신형철이 해설비평을 즐겨 쓰는 것은 일반 독자와 소통하고 싶은 욕망 때문이라고 밝히고 있다. 그는 독자가 해당 텍스트를 읽고 그것과 관련한 대화의 첫 번째 상대가 해설이라며 그 중요성을 강조한다.

신형철은 은희경의 『아름다움이 나를 멸시한다』(창비, 2007)란 창작집의 해설에서 은희경의 소설을 통쾌한 산문정신의 복권이라고 칭찬한다. 이어서 그는 이 소설집이 루카치와 프레드릭 제임슨의 고뇌와 고투의 동격선상에 놓여 있다고 극찬한다. 그러나 이 글에서 신형철이 말한 은희경의 통쾌한 산문정신이 무엇인지 그 정체가 상당히 모호할뿐더러, 리얼리즘의 핵심적 이론가였던 루카치와 프레드릭 제임슨의 고투와 고뇌를 은희경과 연결시키는 것은 무리라고 하지 않을 수 없다. 신형철은 해설비평의 서두와 말미에서 은희경을 하나의 장르로 독립시켜 분가시키는 특혜를 제공한다. 모든 작가들은 자신들의 작품들이 기존과 획기적인 차별성을 지닌 아우라의 텍스트로 호명되기를 열망한다. 나는 은희경의 창작집이 신형철의 호평만큼 하나의 장르로 독립시킬 수 있을 정도의 텍스트인지 의문이다. 신형철의 해설비평은 ≪문학동네≫ 출신의 은희경 작가를 띄워주기 위한 주례사적 욕망의 과잉으로 보여진다. 물론 비평에서 해석학적 충돌의 가능성은 항상 있고, 이 가능성은 다양한 비평을 낳는 터전이다. 따라서 은희경의 소설을 신형철처럼 읽을 수도 있다고 생각한다. 문제는 신형철의 해설비평은 텍스트의 취약점을 전혀 언급하지 않으면서 은희경의 장점만을 부각시켜 일종에 신화화하고 있다는 점이다. 비판 없는 신화화는 맹종과 우상을 낳는다. 빛이 있으면 어둠도 있는 법. 은희경의 소설을 칭찬만 하는 해설비평은 '해설비평'이 아닌 '해설'일 따름이다.

　신형철은 자신의 비평에서 작가들을 비판하지 않는다. 아니다. 그는 비판을 하기도 한다. 그럴 경우 그는 다른 사람들의 비판을 가져와 소개하는 형식을 취한다. 신형철은 이기호의 『갈팡질팡하다가 내 이럴 줄 알았지』(문학동네, 2006)라는 창작집의 해설에서 개념 없는 이기호의 소설이 주는 아이러니의 유쾌함을 높이 평가한다. 그러면서 그는 김영찬과 심진경이 이기호의 소설을 비판한 부분이 다소 가혹하다고 인용하면서 그 벽을 뛰어넘어설 것을 주문한다. 여기에서 내가 문제 삼고 싶은 것은 이기호를 비판하는 방식이다. 물론 인용을 통해 해당 작가를 비판할 수도 있다. 하지만 그보다는 자신의 목소리를 통해 먼저 비판하는 것이 더욱 떳떳해 보인다. 신형철은 작가들을 직접 비판하지 않아 자신의 손에 피를 묻히지 않았다고 다행스럽게 생각할지 모르겠다. 하지만 그것은 일종에 비평가의 직무유기일 수 있다. 비평가는 독자를 대신해 악역도 기꺼이 마다하지 않아야 한다. 좋은 이미지의 역할만 하려는 신형철의 비평은 문단에서 적을 만들지 않으려는 고도의 영리한 처세술로 느껴져 우려를 하지 않을 수 없다. 개인에게 그것이 출세의 지름길이 될지 모르겠지만 독자의 기대 지평을 제대로 충족시켜 주지 못한 부실한 비평이라는 오명을 피할 수 없다.

신형철은 "좋은 비평은 멋진 비판이 아니라 멋진 칭찬"이라고 말하면서 작가의 장점에 주목하는 해설 비평을 시도한다. 이렇게 작가에게 듣기 좋은 말만 골라하는 포퓰리즘적 공감의 비평은 시대를 선도하여 이끌어나가기 힘들다. 의기소침하여 슬럼프에 빠진 작가에게 칭찬은 경우에 따라 보약이다. 하지만 그렇지 않은 경우에는 칭찬과 비판은 적절하게 공존해야 한다. 칭찬이라는 편식은 배에 기름기를 끼게 만들어 궁극적으로 작가와 텍스트를 부실화한다. 신형철은 비평가가 한 작가나 작품의 단점을 지적하는 것은 쉬운데 비해 그것의 장점을 언급하는 것은 상대에 대해 깊이 있게 이해해야만 얻을 수 있다고 말한다. 과연 그럴까? 내 경우를 보면 해당 텍스트에 대한 칭찬 못지않게 날카로운 비판도 상당히 어려운 작업이다. 대상 텍스트의 본질을 꿰뚫어야만 날카로운 비판도 할 수 있다. 신형철의 주장은 비판을 하는 평론가를 감식안이 부족한 3류 평론가로 규정하는 근시안적 주장이다. 신형철의 말대로라면 높은 품격의 평론가가 되는 지름길은 풍성한 칭찬인 주례사비평에 전적으로 달려 있다. 얇은 칭찬과 비판 일색인 평론을 하지 않겠다는 신예 문학평론가 신형철. 나는 그의 말에서 안타깝게도 자신의 주례사비평을 합리화하는 아전인수의 논리와 기회주의적 징후를 발견한다. 신형철의 좋았던 글쓰기는 ≪문학동네≫ 편집위원이 된 후 시간이 갈수록 '수상'해지고 있다. 아니, 망가지고 있다. 신형철은 '수상'해진 글의 대가로 중요 문학상을 조만간에 '수상'하게 될 가능성이 무척 높다.

문학평론가 이광호의 해설비평은 단문체형의 속도감 있는 문체로 해당 텍스트의 결을 드러낸다는 점에서 신형철과 유사하다. 이광호의 해설은 신형철에 비해 감성적 부분이 덜한 대신에 좀 더 조리 있는 언어를 능수능란하게 사용한다. 이광호의 해설비평에 등장하는 첫 문장의 명사형은 대개 해당 텍스트를 관통하는 핵심 키워드이다. 그는 명사형의 키워드와 관련한 문제들을 상호 연관시켜 꼼꼼하게 분석하고, 때때로 감각적 문장으로 텍스트를 장식한다. 이광호의 해설비평에는 작가나 텍스트에 대한 비판은 삭제되어 있고, 긍정적 칭찬이 전면화되어 있다. 이광호는 전형적인 주례사비평가이다. 주례사비평을 탁월하게 하는 것도 분명 남다른 재주이다. 이러한 이광호의 해설이 가장 빛나는 경우는 중견 작가보다 신인 작가의 해설에서이다. 세대 담론을 선점한 이광호는 신세대 작가의 텍스트를 당대적 의미와 연관시켜 띄워주는 데에서 발군의 실력을 발휘한다. 이광호는 뻥튀기 주례사비평을 하는 탁월한 기술자인 것이다. 이광호의 해설비평이라는 지원사격을 통해 2000년대 문학에서 주목할 만한 신인으로 떠오른 작가는 정이현과 편혜영이다.

이광호는 정이현의 첫 창작집인 『낭만적 사랑과 사회』(문학과 지성사, 2003)에서 많은 분량의 지면을 할애해 해설을 쓴다. 나는 이 소설을 읽으면서 소설보다 해설이 더 좋았다는 느낌을 지울 수 없었다. 다시 말해 텍스트를 읽으면서 그렇게 두드러져 보이지 않았던 정이현의 소설은 이광호의 해설을 통해 놀라운 소설로 변신된다. 정이현의 소설은 기존의 여성문법에서 벗어나 새로운 여성화법을 개척한 냉소와 위장의 소설 미학으로 재탄생된다. 더 나아가 정이현의 소설은 이광호의 해설을 통해 20세기 소설 관념을 교란하는 2000년대 문학의 총아로 자리매김된다. 이 해설비평에서 정이현의 부족한 점을 지적하는 이광호의 목소리는 찾을 수 없다. 정이현은 단편소설 「낭만적 사랑과 사회」로 제1회 ≪문학과 사회≫ 신인문학상을 수상하며 문단에 나왔다. 정이현은 서울예대 출신이고, 문학평론가 이광호는 서울예대 교수이다. 더욱이 창작집 『낭만적 사랑과 사회』는 이광호가 편집위원으로 있는 '문학과 지성사'에서 책이 발간되었다. 이처럼 이광호의 해설비평은 학벌과 문학제도의 끈끈한 인연 속에 스타작가를 만들기 위한 화려한 주례사비평의 잔치를 벌인다. 이광호의 말을 빌리면 정이현은 새로운 2000년대 문학을 책임질 수밖에 없는 필연적인 운명이다. 이광호의 주례사 해설비평은 이후 정이현 소설을 비평하는 기준으로 자리매김하면서 위세를 떨치게 된다. 다음 글은 이광호가 정이현의 소설에 대해 쓴 주례사비평의 일부분이다.

남성적 위선과 엄숙주의를 뒤집는 발칙하고 불온한 상상력과 언어 구성력을 통해, 정이현은 새로운 여성 문법의 가능성을 스스로 발견한다. 소설 미학의 유연함과 발랄함, 로맨스의 정치학에 대한 통찰력은, 한 문제적 신인 작가의 '도발'에 세대적인 의미를 부여하게 한다. 정이현의 '나쁜 여자들'과 '위장하는 그녀들'은 이 시대의 '신여성'이라고 볼 수 있으며, 그들에 대한 작가적 시선은 '20세기적인' 소설 관념을 교란하고 있다. 이제 정말 '2000년대적인' 문학이 시작된 것일까?[2]

이광호는 편혜영의 창작집 『아오이가든』(문학과지성사, 2005)의 해설에서 편혜영의 소설을 하드고어적 상상력이 만든 엽기적 괴담의 세계로 해석한다. 이광호의 해설에서 편혜영의 소설은 이전의 리얼리즘 소설의 문법이나 1990년대 여성소설에 나타나는 일상의 세부 묘사와는 전혀 다른 소설로 간주된다. 편혜영은 자본주의 문명의 미끈함과 자연스러움을 충격적으로 벗겨내는 독특한 소설미학으로 규정된다. 이러한 편혜영의 소설은 이광호에 의해 "현대소설 미학의 낯선 차원을 만나는 두근거리는 모험"으로 규정된다. 이광호는 『아오이가든』에서 정이현의 소설보다 상대적으로 약한 수준의 주례사비평을 한다. 편혜영도 정이현처럼 서울예대 출신이고, 『아오이가든』은 이광호가 편집위원으로 있는 '문학과 지성사'에서 책이 발간되었다. 이러한 끈끈한 인연 속에 이광호의 주례사 해설비평은 출판 자본의 욕망을 적극적으로 대변하는 기능을 수행한다. 게다가 그는 '문학과 지성사'의 주주이기도 하다. 이광호는 출판 자본과 비평의 밀월 관계를 가장 잘 보여주는 비평가 중의 한 사람인 것이다.

---

2) 이광호, 「그녀들의 위장술, 로맨스의 정치학」, 정이현, 『낭만적 사랑과 사회』, 문학과지성사, 2003, 248~249쪽.

출판 자본은 해설비평만으로 주례사비평을 종료시키는 것이 아니다. 책이 출간된 이후 ≪문학동네≫와 ≪문학과 사회≫ 등의 출판 자본은 작가나 작품을 조명하는 글을 통해 또 한 번의 주례사비평을 재방송한다. 출판 자본과 편집위원들의 뻥튀기 작전 속에 스타작가가 탄생한다. 그러나 문제는 주례사 해설비평은 유기농 거름이 아닌 화학성의 비료라는 것이다. 그 결과 해당 작가의 성장 잠재력이 크게 훼손당하는 값비싼 대가를 치러야 한다. 주례사비평 속에 성장한 스타작가의 생명력은 그렇게 오래가지 못한다. 그것은 또 다른 스타작가를 필요로 한다. 이것을 위해 오늘도 주례사비평은 계속되고 있다. 이러한 악순환의 고리를 단절시키려면 비평적 고언이라는 쓴 약이 필요한 것은 아닐까.

4. 주례사비평과 문학주의의 간통

나는 최근에 약국에서 아스피린 프로텍트를 샀다. 사용설명서에는 이 약의 작용 및 특징, 원료약품의 분량, 효능·효과, 용법·용량 등이 적혀 있었다. 그 다음에 있는 것이 앞의 것보다 5배 정도 분량의 주의사항이다. 예를 들어 "경고: 매일 세잔 이상 정기적으로 술을 마시는 사람이 이 약이나 다른 해열진통제를 복용해야 할 경우 반드시 의사 또는 약사와 상의해야 합니다. 이러한 사람이 이 약을 복용하면 위장 출혈이 유발될 수 있습니다." 라는 고딕체 문구가 소비자에게 경각심을 불러일으킨다. 약의 작용과 특징이 해설비평에 있어 해석과 감상이라면 약의 주의사항은 해설비평에서 가치판단의 평가라 할 수 있다. 원래 철학에서 분화된 문학은 정신적인 건강을 담당한다는 점에서 의료약과 상통하는 점이 많다. 문학의 타락 내지 저급함은 인간의 정신상에 막대한 해악을 끼친다. 플라톤 이래로 함량 미달의 문학에 대해서는 신랄한 비판이 있어 왔다. 해설비평도 약의 사용설명서와 똑같을 수는 없지만 적어도 해당 텍스트의 문제점이나 한계점에 대해 일정 정도 지적하는 것이 정도(正道)라고 본다. 작금의 주례사 해설비평은 독자와의 소통을 지향한다면서 실제적으로는 작가와 출판사의 권익만을 대변한다. 독자는 텍스트의 장점만이 아니라 단점도 알고 싶어 한다. 그러나 주례사 비평의 번성 속에 텍스트의 단점을 알려주는 고언 성격의 해설비평을 찾기 힘들다. 충신은 목에 칼이 들어와도 왕의 잘못을 직언한다. 비평은 대상 텍스트에 대한 칭찬 못지않게 그것의 문제점을 지적하는 충언이 필요하다.

　출판 자본에 의해 해설비평이 변질되기 이전의 해설비평을 살펴보는 것은 현재의 해설비평이 어느 정도 변질되었는지 살펴볼 수 있는 척도가 될 것이다. 1988년 ≪실천문학≫에 소설을 발표하면서 작가 생활을 시작한 방현석의 첫 창작집은 『내일을 여는 집』(창작과비평사, 1991)이다. 문학평론가 김재용은 「비장함에 새겨진 거인의 발자국」이라는 해설비평에서 방현석의 작품을 튼튼한 현실인식과 이에 기초한 혁명적 낙관주의가 빚어내는 비장함의 세계로 파악한다. 또한 김재용은 방현석 작품의 또 다른 특징으로 노동자 계급 당파성의 구체성을 언급하면서 획기적이라고 높게 평가한다. 이러한 칭찬 속에 김재용은 "방현석의 작품에서는 노동자들이 이대로 더 이상 살 수 없다는 것을 잘 보여줌에도 불구하고 이들을 여러 가지 방법으로 지배하고 있는 사람들이 왜 지금 이 방식으로는 더 이상 현상태를 유지할 수 없는가 하는 것을 보여주는 데까지는 아직 이르지 못하고 있"다는 고언을 잊지 않는다. 김재용의 해설비평은 칭찬과 비판의 적절한 조화 속에 균형적인 해설비평이 무엇인지 독자에게 효과적으로 보여준다. 이러한 균형적 해설은 방현석의 소설이 지닌 매력을 오히려 효과적으로 보여준다. 그런데 출판 자본은 텍스트의 취약점을 드러내는 해설비평이 상품 판매에 막대한 지장을 초래한다는 근시안적 사고를 보인다. 나는 해당 텍스트의 문제점을 일정 정도 밝힌 해설비평이 실린 책에 더 신뢰감을 느낀다. 텍스트의 문제점을 드러낸 것은 그만큼 해당 텍스트에 대한 작가와 출판사의 자신감으로 읽혀지기 때문이다. 결국 주례사비평은 텍스트에 대한 자신감의 결여와 텍스트의 미흡함에서 상당 부분 발생한 것이다.

주례사비평을 뒷받침하는 이론적 토대로 이용되는 것은 문학주의와 텍스트 중심주의이다. 문학주의와 텍스트 중심주의는 동전의 앞뒷면과 같다. 문학주의는 문학의 자율성 옹호 속에 모든 것의 중심을 문학에 놓고 사유하고 행동한다. 따라서 문학주의는 텍스트 중심주의라는 외향을 취하게 된다. 문제는 문학을 중심으로 사고하고 행동한다는 문학주의가 문학 외적 요소인 출판 자본에 포섭되어 있다는 아이러니다. 출판 자본은 문학주의를 외부의 신랄한 비판을 차단시키는 얼굴 마담으로 이용한다. 출판 자본의 공세 속에 문학의 자율성을 지키고 있다는 문학주의의 믿음은 허구적 신화로 전락한다. 알맹이는 사라진 채 껍데기만의 문학주의가 출판 자본과 간통해서 낳은 사생아가 바로 주례사비평이다. 이러한 주례사비평의 범람은 문학주의의 숨통을 옥죄는 자충수이다. 주례사비평의 청산 없이 한국문학의 밝은 미래는 기약할 수 없다. 문단의 중심축인 작가들도 야생의 들판이 아닌 비닐하우스라는 주례사비평의 보호막에 길들여져 약간의 비판에도 마음 상해 흥분하는 체질로 탈바꿈했다. 그래서 비평가의 고언은 고언으로 들리기보다 자신을 헐뜯는 음모로 해석된다.

많은 평론가들은 문학판에서 생존하기 위해 문학의, 비평의 진정성을 유보하고 어쩔 수 없이 주례사비평을 쓴다. 이러한 주례사비평이 반복되면 가랑비에 옷 젖는 것처럼 주례사비평의 독성에 자신도 모르게 중독된다. 그러면서 소장 평론가의 비판적 문제의식과 자성적 성찰도 생활고와 타성화된 문단 생활 속에 분실된다. 이 과정에서 자신만의 비평적 차별성을 확보하지 못한 대다수의 평론가들은 고만고만한 3류 평론가로 전락한다. 이들이 문단 주류로 진입할 수 있는 확률은 일종의 로또당첨과 같다. 문단 주류가 되는 것은 비평적 내공만이 아니라 학벌과 인맥도 상당 부분 작용하기 때문이다. 주례사비평에 봉사한 많은 평론가들을 기다리고 있는 것은 초심을 잃은 채 추하게 늙어버린 자화상이다. 최종적으로 이들을 기다리고 있는 것은 자신의 평론에 대한 견딜 수 없는 환멸과 허무이다. 그 끝은 문학의, 비평의 종언이다.

오늘도, 내일도 당신은 대박의 환상을 꿈꾸며 눈치껏 주례사비평을 계속 생산할 것인가. 언제부터인가 나는 해설비평을 꼼꼼하게 읽지 않게 되었다. 출판사 관계자 여러분들에게는 죄송(?)할 일이다.

5. 해설비평 무용론과 구조적 혁신

장편에는 대개 해설비평이 없다. 단편 위주로 묶인 창작집에만 주로 해설비평의 형식이 겨우 존립하고 있는 셈이다. 그렇다면 장편의 경우에는 독자와의 소통을 도와줄 수 있는 해설비평이 불필요하다는 것인가. 그것은 분명 아닐 것이다. 그럼에도 불구하고 장편에 해설비평이 없는 경우가 많은 것은 출판 자본이 해설비평이 없어도 출판 자본의 욕망을 채울 수 있다고 보기 때문이다. 해설비평의 부재는 일반 독자와 텍스트가 상호 교감할 수 있는 장 자체를 없애는 것과 마찬가지이다. 해설비평의 폐지는 빈대를 잡으려다가 초가삼간을 태우는 것과 같다. 그렇다고 광고 선전문구로 전락한 해설비평을 계속 방치할 수는 없다. 결국 주례사비평으로 전락한 해설비평이 본래의 기능에 충실해야만 해설비평의 존립 의미를 인정받을 수 있다. 그렇지 못할 경우 해설비평 무용론은 더욱 확산될 수밖에 없다. 해설비평 무용론은 곧 비평무용론으로 이어지게 된다. 주례사 해설비평은 일시적으로 비평의 역할을 확대시켰지만 종국에는 비평 자체를 붕괴시키는 거품 현상의 진앙지인 셈이다. 해설비평은 주례사비평 이외에도 서구 이론의 과잉, 문학평론가의 엘리트주의, 강단비평의 과잉 침투 현상, 당대사회와 연결 고리를 상실한 미시적 텍스트 분석 등이 복합되면서 현재 중병을 앓고 있다.

지금까지 비판적 해설비평은 평론가들이 가급적 해서는 안 되는 일종의 금기였다. 이러한 주례사비평은 텍스트의 옥석을 제대로 평가하지 못하면서 비평의, 문학의 위기를 자초했다. 문학주의와 텍스트 중심주의는 문학평론가의 목소리가 저자나 텍스트보다 앞설 수 없다면서 비판을 봉쇄하고 출판 자본의 욕망을 거드는 이론적 들러리로 전락했다. 출판 자본과 문단 주류는 비판적 비평을 이데올로기의 정치비평과 거대담론의 유산물로 몰아붙이면서 비평을 주례사의 광고 문구로 변질시켰다. 이제 이러한 주례사비평과 단절하고 텍스트에 대한 공감과 비판이 공존하는 비평의 장을 열어야 한다. 그래야만 비판적 논쟁이 활성화되고, 동맥경화에 빠진 문학 제도를 일신할 수 있다.

그러나 출판 자본, 주류 문단, 학계의 강고한 3자 유착 관계 속에 생산되는 주례사비평을 단절하기란 쉽지 않다. 출판 자본과 주류 문단이 주례사비평과 단절하고 비평의 본질을 찾으려는 자정 운동을 펼치면 좋겠지만 그것은 허황된 기대에 불과하다. 개별 문학평론가나 문인들의 양심에 호소해 주례사비평의 풍토를 바꾸는 것은 취지는 좋으나 비현실적이다. 그렇게 해서 바뀔 수 있는 문제가 아니다. 주례사비평의 타파는 출판 자본, 작가, 문학평론가, 독자 모두의 인식이 전면적으로 바뀌어야 성공할 수 있다. 주례사비평의 문제는 구조적 차원이지만 그렇다고 해서 개별 구성원의 혁신 없이 구조의 변화도 발생하지 않는다. 그렇다면 희망은 없는가. 안타깝게도 현재 희망의 조짐을 발견하기 힘들다. 주례사비평을 비판했던 비판적 글쓰기의 원조 1세대는 노쇠해졌고, 불온한 비평 후속 세대의 재생산은 가뭄에 콩 나듯 한다. 비판적 글쓰기는 2014년 현재 비주류인 웹진 《문화 다》·《오늘의 문예비평》·《리얼리스트》 등을 통해 명맥만 잇고 있을 뿐이다. 낡은 구체제가 계속되는 상황 속에서 희망은 살해당한다. 희망의 부재는 냉소를 생산하고, 냉소는 문학판 자체에 대한 환멸 속에 문학판을 떠나게 한다. 그 결과 브레이크 없는 주례사비평은 더욱 더 번성하는 악순환의 구조가 지속된다. 희망은 더욱 찾기 힘들다. 냉소는 환멸과 허무를 먹고 자폭한다. 될 대로 되라는 식의 자포자기가 구조적으로 일상화, 내면화된다. 지리멸렬이다.

그러나 디스토피아의 절망적 현실이 안겨주는 IMF 사태 같은 문학계의 불황은 역설적으로 현 체제를 변혁시키는 불온한 동력이 될 것이다. 주례사비평의 추방을 위해 우리는 좀 더 절망해야 한다. 문학의 진정성은 더 밑바닥까지 추락해야 한다. 그래야만 비로소 우리들은 배수진을 치고 생존하기 위해 봉기할 것이다. 문학의, 비평의 진정성을 찾기 위한 대장정의 투쟁에 나설 것이다. 그때까지 우리들은 좀 더 굶어봐야 한다. 문학의, 비평의 종언 담론은 더 계속되어야 한다. 비판적 글쓰기의 진영도 조직을 재정비하고 이론적으로 재무장을 해야 한다. 이것을 위해 헤쳐 모여도 필요하다. 짙은 어둠이다. 때로는 이 어둠을 밝히는 불장난이 필요하다. 불장난이 하고 싶은 평론가나 문인들은, 아니 독자들은 고언이라는 불장난을 하기 바란다. 이 글도 불장난의 하나이다.

공지영의 르뽀 『의자놀이』 발간과
뜨거웠던 논란들

1. 쌍용자동차 사태의 진실과 공지영의 재능기부

공지영은 쌍용자동차의 옥쇄 파업과 살인적인 구조 조정, 그리고 해고 이후 쌍용자동차 노동자와 가족의 자살 이야기를 기록한 르포르타주(일명 르뽀) 『의자놀이』(휴머니스트, 2012)를 발간했다. 공지영은 쌍용자동차의 진실을 알리고 해고된 노동자들을 경제적으로 도와주기 위해 원고료 전액을 기부하는 재능 기부의 형태로 이 책을 발간했다. 이 책이 나오고 사람들이 많이 찾게 되면서, ≪한겨레≫ 신문의 성한표 언론인은 "기자 수백 명이 못한 일을 작가 한 사람이 해냈다."고 높게 평가했다. 비주류 언론들은 공지영의 『의자놀이』를 자세하게 보도하며 후원했다. 반면에 주류 언론인 조·중·동은 침묵과 무시의 전략을 통해 『의자놀이』의 대사회적 영향력을 축소시키려고 했다. 그러나 이러한 조·중·동의 음험한 욕망은 뜻대로 실현되지 못했다. 『의자놀이』

는 발간된 지 얼마 되지 않아 베스트셀러가 되었기 때문이다.

공지영의 『의자놀이』는 불과 반 년 만에 기획되어 초스피드로 출간된 르뽀이다. 르뽀작가도 아닌 공지영은 갑자기 왜 르뽀를 쓰게 되었을까? 르뽀작가가 쌍용자동차와 관련한 책을 쓰면 더 잘 쓰겠지만 저자의 지명도가 떨어져서 많은 사람들이 읽지 않을 가능성이 높다. 유명작가인 공지영이 쓴다면 르뽀문학으로서는 다소 미흡하겠지만 많은 사람들이 쌍용자동차와 관련한 이야기들을 좀 더 많이 읽고 사태의 심각성을 알게 되는 장점이 있다. 이러한 점 때문에 공지영은 진보 진영에서 일종에 차출이 되어 이 책을 쓰게 된 것이다. 공지영이 『의자놀이』를 빨리 출간하게 된 것은 쌍용자동차 사건으로 인한 노동자의 절망이 자살의 대행진으로 이어지는 다급한 상황을 막기 위한 비상 조치였다. 하지만 초스피드의 발간은 작가 공지영에게 날림과 부실 공사라는 비판에서 자유롭지 못하게 한다. 이런 위험성을 안고 있음에도 불구하고 공지영은 사회적 책임 때문에 『의자놀이』를 빨리 발간할 수밖에 없었다. 공지영의 『의자놀이』는 전문적인 르뽀작가의 르뽀에 비해서는 손색이 있지만 단시간 내에 그녀가 보여줄 수 있는 최대의 지점을 보여주었다. 이것은 쌍용자동차의 비극에 대한 작가 공지영의 공감과 분노가 낳은 성과물이다.

쌍용자동차는 2009년에 회계장부 조작을 통해 회사의 위기를 과장했고, 그 통계를 기반으로 노동자의 절반인 2,464명을 해고하는 일방적인 구조조정을 단행했다. 쌍용자동차를 인수한 중국 상하이 자본은 자동차 생산 핵심기술을 확보하기 위해 쌍용자동차를 샀던 것이다. 이 목적이 달성되자 쌍용자동차는 더 이상 필요 없는 대상이었을 뿐이다. 한 마디로 중국 상하이 자본은 먹튀였던 것이다. 쌍용 자동차의 국내 경영진과 국가는 이것을 인정하지 않고 오히려 중국 상하이 자본의 편이 되어 노동자들을 탄압했다. 해고는 살인이다. 같이 살자. 이렇게 주장한 쌍용자동차 노동자들은 길고 긴 복직 투쟁을 해야 했다. 이 와중에 쌍용자동차 노동자와 가족들은 경제적 고통에 시달렸다. 생을 마감한 자살이 연이어 발생했고, 이혼과 가족 해체 현상도 나타났다. 쌍용자동차 노동자들과 가족들은 외상 후 스트레스 장애가 발생해 마음의 병을 앓기도 했다. 쌍용자동차 노동자들이 회사의 부당 해고 알리기와 복직 투쟁을 하는 행위는 일부의 사람들에 의해 밥그릇 챙기기나 빨갱이로 치부되기도 했다. 쌍용자동차 노동자들의 죄라면 열심히 일한 죄밖에 없다. 그런데 노동자들은 가짜의 통계 때문에 한순간에 거리로 내쫓겼다. 정부, 재벌, 조·중·동의 주류 언론은 쌍용자동차의 사실을 왜곡시켜 전달하면서 노동자들을 체제의 희생양으로 만들었다. 국가와 주류 언론이 내포한 정보에 중독된 일부 학교 선생님은 쌍용자동차 노동자들을 빨갱이라고 규정했고, 쌍용자동차 노동자의 자식이었던 학생들은 마음의 상처인 트라우마를 얻었다. 공지영은 이렇게 왜곡된 쌍용자동차 사태의 진실을 알리고, 벼랑 끝으로 내몰린 쌍용자동차 노동자와 그 가족들의 고통을 경감시키기 위해 『의자놀이』라는 책을 기획해 썼던 것이다.

처음에 나는 쌍용자동차 해고자들이 가여워서, 그들이 죽지 않게 하려고 이 일을 시작했다. 그런데 자료를 들출수록, 알아가면 알아갈수록, 그게 아니라는 것을 깨닫는다. 아무리 생각해봐도 이 나라는 노동자들에게 이렇게 말하고 있는 듯하다.

"너희는 우리를 위해 소모되다가 우리가 그만하라면 그만하고 죽어라. 알았지?" (『의자놀이』, 161~162쪽)

"우리가 놓친 아이들이 있었어요. 아빠가 파업할 때 학교에 다녔던 청소년들이에요. 사회 선생님이 아이들에게 묻더래요. '아빠가 쌍용차에 다니는 사람 손 들어봐. 그 반에 분명히 몇 명 있었지만 아무도 손을 들지 못했네요. 그러자 선생님이 다행이다. 지금 공장 안에서 파업하는 사람들은 다 빨갱이다.' 그랬다는 거예요. 우리가 그 아이들이 받은 상처를 몰랐어요." (『의자놀이』, 24쪽)

공지영은 『의자놀이』라는 책에서 1인칭 주어인 '나'(공지영 자신)를 수시로 등장시킨다. 이 책에서 공지영은 쌍용자동차의 진실을 발견하면서 슬퍼하고 분노한다. 그리고 독자에게 도와달라고 호소한다. 일반적으로 르뽀작가는 자신을 내세우기보다 타자인 현장의 목소리를 좀 더 전달하고자 한다. 이 점에 비추어 『의자놀이』는 현장문학인 르뽀의 형식을 제대로 보여주었다고 보기는 힘들다. 공지영을 대변하는 1인칭 '나'는 처음에 쌍용자동차의 진실을 피상적으로만 알았다가 조사를 하면서 심층적 사실을 알게 된다. 그러면서 1인칭 '나'는 쌍용자동차 관련 모임에서 어색했던 '나'에서 벗어나 그들과 함께하는 법도 터득한다. 이러한 '1인칭의 나'는 쌍용자동차 문제에 부딪쳐 뜨거운 눈물과 분노를 표출하는 평범한 일상인으로서의 공지영이다. 독자들은 텍스트를 읽으면서 이러한 공지영과 한몸이 되어 쌍용자동차 사건을 추체험한다. 쌍용자동차와 관련한 이성적 사고와 구조적 분석은 주로 인용되는 글이 담당하고 있다. 이것은 『의자놀이』에서 보여주는 인식과 사실이 상당 부분 기존에 밝혀진 것들에 공지영의 생각과 감상이 덧붙여졌음을 말해주는 것이다.

『의자놀이』는 베스트셀러가 되었지만, 많은 평자들이 『의자놀이』의 르뽀적 완결성이 미흡하다고 공통적으로 말한다. 문학평론가 손종업은 「도가니에서 살아남기」(≪교수신문≫, 2012.9.3)에서 "이 책은 깊고 신중하게 파고들지도 않는다. '보이지 않는 어떤 구조'는 다만 암시될 뿐이다. 그러나 바로 그렇게 함으로써 작가는 우리 사회의 침묵하는 중산층들에게 다가설 수 있지 않았을까."라고 반문한다. 문학평론가 신형철도 「문학과 비문학 사이의 르포」(≪한겨레 21≫, 2012.9.10)에서 『의자놀이』의 미흡함을 지적하면서도 긍정적으로 텍스트를 바라본다. "저자는 자신의 무지를 솔직히 고백하고, 인용에 기꺼이 의지하며, 이해할 수 없는 일들에 대해 진솔하게 아연해하고, 혹자들은 감상적이라고 할 만한 문장들을 쓴다. 그러나 흥미로운 것은, 바로 이런 단점들이 오히려 이 책의 장점이 되고 있기도 하다는 사실이다." 두 평론가는 『의자놀이』가 미흡하지만 당대 절박한 현실에 분노하고 이것을 시정하려는 공지영의 노력을 인정하고 있다. 많은 독자들은 공지영의 『의자놀이』를 읽으면서 르뽀작가와 동일한 수준 내지 그 이상을 기대했던 것은 아니다. 공지영의 눈을 통해 본 쌍용자동차의 진실을 듣고 싶었을 뿐이다.

『의자놀이』를 읽는 다수의 독자는 누구일까. 하루 벌어 먹고 사는 하층 노동자가 『의자놀이』를 읽기는 힘들다. 중산층, 대학생, 지식인들이 『의자놀이』를 찾는 주요 독자층이다. 이들은 쌍용자동차 문제에 관심이 있지만 그렇다고 쌍용자동차 사건에 대해 많은 것을 알지는 못한다. 이것은 공지영이 쌍용자동차 문제를 잘 알지 못했던 초기적 모습과 닮아 있다. 결국 독자들은 자신과 같은 처지였던 공지영이 시간이 지날수록 쌍용자동차의 진실을 알아가는 내적 동일시를 텍스트의 독서 과정에서 체험했던 것이다. 『의자놀이』에서 등장하는 '1인칭 나'는 마치 소설의 독자가 주인공과 동일시되어 사건에 빠져들어 가는 효과를 발산한다. 이것이 르뽀의 미흡함에도 불구하고 『의자놀이』가 지닌 중독성의 비밀이다. 공지영은 이 책을 통해 쌍용자동차 노동자에 대한 동정, 연민, 분노에서 더 나아가 신자유주의 체제와 한국자본주의 변혁을 촉구한다. '의자놀이'가 더 이상 놀이가 아니라 삶의 현실일 때, '의자놀이'는 사회적 약자들을 절망과 죽음으로 내모는 핵폭탄으로 작동할 수 있다.

2. 『의자놀이』를 맹공격한 보수파

2012년 12월, 제18대 대통령 선거라는 건곤일척(乾坤一擲)의 승부가 예고된 상황에서 쌍용자동차 문제는 진보의 새로운 미래를 가늠하는 중요한 상징적 지표가 되었다. 공지영의 『의자놀이』는 이 국면을 만드는 데에 중요한 공헌을 했다. 침묵과 무시로 일관했던 기득권의 주류 언론은 『의자놀이』의 대사회적 영향력이 급속도로 커지자 본격적인 공세로 전환한다. 공격의 첫 포문은 ≪동아일보≫의 송평인 논설위원이 2012년 9월 14일자 '횡설수설'이라는 코너에 글을 게재하면서 시작된다. 그는 쌍용자동차 현장 체험이 작가 공지영에게서 부재한 탓에 부실한 르뽀이고, 쌍용자동차와 관계된 사망자들의 개별적 사연을 구체적으로 모두 전달하지 못했고, 쌍용차의 새 소유주가 인도 마힌드라사라는 사실도 처음에 몰랐을 정도로 전문성이 미흡하다고 비판한다. 송평인 논설위원은 『의자놀이』가 비전문가가 쓴 함량 미달의 르포르타주로서 정치적 팸플릿이라고 격하시켰던 것이다.

이러한 송평인의 주장은 신문 코너 이름 그대로 악의에 찬 '횡설수설(橫說竪說)'에 가까웠다. 횡설수설은 두서가 없이 아무렇게

나 떠드는 것을 말한다. 르포르타주는 참여한 사람이 현장 체험을 기록하거나 아니면 사후에 조사한 것을 통해 구성된다. 2006년부터 시작된 쌍용자동차의 파업은 2009년 구사대와 경찰의 강제 진압을 통해 마무리된다. 하지만 이 마무리는 사태의 종결이 아니라 새로운 비극의, 싸움의 시작이었을 뿐이다. 약 4년간에 걸친 노동자들의 파업 투쟁에서 쌍용 자동차 직원도 아닌 공지영이 과연 현장에 있을 수 있었을까. 오히려 그 현장에 계속 있었다면 조·중·동의 주류 언론은 제3자가 불법으로 개입했다고 신랄하게 비판하지 않았을까. 르뽀는 작가가 당시 현장에 없었더라도 현장에 있던 사람들을 심층 인터뷰함으로써 현장성을 획득할 수 있다. 문제는 공지영의 경우 빠듯한 출간 일정 속에 사후 조사의 시간이 부족했다는 것이다. 그래서 공지영은 부족한 부분을 인용으로 메우면서 쌍용자동차의 진실에 접근했다. 한정된 지면에 모든 사람들의 사연을 구체적으로 다 적을 수는 없다. 모든 텍스트의 서술은 선택과 배제의 시스템이 필연적으로 작동한다. 송평인은 이 사실을 몰랐을까. 그것은 아니었을 것이다. 송평인의 글은 공지영이 쌍용차 문제에 있어 비전문가라는 것을 부각시켜 『의자놀이』를 신뢰성 없는 거짓말이라고 말하고 싶었던 것이다. 한윤형 기자는 ≪미디어뉴스≫(2012.9.14)에서 금속노조 쌍용자동차 지부 이창근 기획실장의 인터뷰 형식을 빌어 송평인 논설위원의 논리를 조목조목 비판한다. 공지영의 『의자놀이』 발간을 기점으로 해서 주류와 비주류의, 진보와 보수의 팽팽한 언어 전쟁이 미디어를 통해 벌어졌던 것이다.

송평인이 공격의 물꼬를 트는 선봉의 역할을 하자 대기업에 우호적인 ≪한국경제≫ 신문은 유근석 산업부장의 「제2, 제3의 '쌍용차'는 어쩔 건가」(2012.9.24)라는 글을 통해 쌍용차 정리해고의 정당성을 홍보하면서 야당과 공지영의 『의자놀이』를 비판했다. ≪문화일보≫의 김회평 논설위원도 「감성에 매몰된 '쌍용차 해법'」(2012.9.28)이라는 글을 통해 쌍용자동차의 구조 조정은 정당했고, 부당한 노동 파업을 벌였던 쌍용자동차의 노조를 비판했다. 그러면서 공지영의 『의자놀이』라는 책을 감성(感性)에 매몰된 '쌍용차 해법'이라고 신랄하게 꼬집었다. 『의자놀이』를 둘러싼 진보와 보수 진영의 첨예한 공방의 전선이 9월 들어 계속 전개되었다. 『의자놀이』는 베스트셀러 행진을 계속했지만 작가 공지영은 보수 논객들의 공격 속에 전시 상태에 놓여 있었던 것이다.

송평인은 자신의 주장이 조목조목 비판 당해 무장해제 되자, 다시 『의자놀이』에 나타난 옥의 티 찾기에 나선다. 이런 그의 치열한 노력에 하늘도 감동했는지, 그는 옥의 티라는 금맥을 마침내 발견해 환호한다. 먼저 그의 치열한 노고에 감사드린다. 송평인은 「팩트가 이기게 하라」(≪동아일보≫, 2012.11.8)는 칼럼에서 사망자와 자살자 숫자를 헷갈리게 쓴 공지영의 오류를 지적한다. 그의 지적은 전적으로 타당하다. 「의자놀이」의 미흡한 점을 지적한 '도우미'(?)로 돌연 변신한 송평인 논설위원을 '의자놀이' 게임에 기쁜 마음으로 동참시키자. 자, 여러분들 잘 아시겠죠. 신자유주의 노래 소리가 잠시 멈추면 재빨리 앉아야 합니다. 그렇지 않으면 아웃입니다. 노래가 들리고, 갑자기 노래가 끊긴다. 저런, 송평인 논설위원은 자리에 앉지 못하셨네요. 안타깝네요. 그래도 늘 준법과 팩트인 사실을 외치는 분이니 불만이 없으시겠죠. 아웃입니다. 잘 들리지 않는다고요. 송평인 아웃, 아웃, 아웃. 매우 부당하다고 생각하시죠. 쌍용자동차 해고 노동자들도 바로 그렇게 생각했습니다.

3. '의자놀이 사태'와 진보 진영의 분열

기득권의 보수 언론이 『의자놀이』를 씹어가는 와중에 돌발 사건이 터진다. 『의자놀이』는 다양한 사람들의 글이 상당 부분 인용되고 있다. 공지영은 자신의 책에서 인용했던 필자들의 출처를 책의 말미에 밝혀두었다. 그런데 성공회대 교수 하종강과 르뽀작가 이선옥의 글이 실린 22~24페이지 부분이 인용 표시 없이 약간 수정된 채 출간되었다. 하종강과 이선옥은 이메일과 사적인 통로를 통해 공지영 작가에게 문제를 제기했지만 본인들이 판단하기에 만족할 만한 사과의 답변을 듣지 못했다고 생각한 것으로 보여진다. 이선옥은 하종강과 공동 대응해 문제가 된 글을 삭제하고 배포된 책을 전량 회수해달라고 요구한다. 공지영은 이러한 상황 전개를 출판사를 통해 들었을 것이다. 하종강과 이선옥은 휴머니스트 출판사와의 두 번째 대화에서 대승적 입장에서 첫 번째 요구 사항을 철회하고 책에 이러한 문제가 있었다는 사실을 표기하는 것으로 마무리하자고 합의한다. 문제는 그러한 합의를 전달받지 못한 상황에서 공지영이 트위터에 아래와 같은 발언을 하면서, 조속히 종결될 것으로 생각했던 분쟁은 '의자놀이 사태'로 발전하게 된다.

언제나 적은 우리 내부에 있다. 내가 너무 단순한가? 정말 무섭다. 겉으로는 위선을 떨고 다니겠지. … 내면으로는 온갖 명예욕과 영웅심 그리고 시기심에 사로잡혀있는 그들은 남의 헌신을 믿지 않는다. 자신들이 진심인 적이 없어서 그런가보다. 헐!!

—공지영의 트위터 발언 중에서

원죄가 있는 공지영은 왜 이런 발언을 느닷없이 해 파문을 일으켰을까? 이것의 진실을 알려면 부분이 아니라 전체적 맥락에서 접근해야 한다. 공지영은 책에 나타난 자신의 실수와 잘못을 나중에 알게 되었고 이 오류 수정에 동의한 상태였다. 공지영은 수익금 전액을 쌍용자동차 노동자에게 전달하는 책 발간 의도를 이선옥과 하종강도 알기에 오류의 시정 정도로 끝날 것이라고 쉽게 생각했을 것이다. 그런데 상대방이 책의 전량 회수를 주장했다는 발언을 듣게 되면서 공지영은 실망과 배신감을 느꼈던 것은 아니었을까. 열악한 경제 상황에 놓여 있는 쌍용자동차 노동자를 도우려는 이 책이 전량 회수와 재배포의 과정을 거치면 상당분의 금전적 손실을 안아야 했다. 이것은 쌍용자동차 노동자에게 가야 할 기부금의 축소를 의미했다. 보수 논객들이 『의자놀이』를 비판하는 적대적 상황도 공지영의 대응 방식을 과격하게 만들었다. 주류 언론이 『의자놀이』를 거짓말이라고 몰아붙이면서 오체분시 하려고 하는데, 동지라고 생각했던 진보적 인사가 오히려 도와주지 못할망정 하이에나처럼 자신에게 달겨든다고 생각했던 것이다. 이런 이유로 공지영은 배신감과 절망감이 촉발한 분노에 휩싸여 과격한 트위터의 발언을 했고, '의자놀이 사태'를 소란 정도로 격하시켰던 것이다.

　소셜네트워크인 트위터는 자신의 생각을 즉각적으로 반영해 소통할 수 있는 장점이 있다. 하지만 소셜네트워크가 없었다면 좀 더 신중하게 생각해서 발언할 내용들이 채 숙성되지 못한 채 발언되는 부작용도 있다. 공지영 대 하종강·이선옥의 갈등도 즉각적인 감정의 발언이 트위터로 가감 없이 전파되면서 오히려 갈등과 분열을 증폭시켰다. 트위터가 없었다면 양자는 문제에 좀 더 차분하게 접근해서 갈등의 최소 지점을 찾아내 마무리했을 가능성이 높다. 공지영이 의사 소통에 걸리는 오프라인 시간을 감안해 하종강과 이선옥을 비판하는 트위터 글을 분노한 상태에서 쓰지도 않았을 것이다. '의자놀이 사태'는 소셜네트워크의 글쓰기가 지닌 장단점을 다시 한 번 생각하게 만드는 계기를 제공했다.

하종강과 이선옥이 『의자놀이』에서 발견된 오류를 갖고 작가 공지영을 괴롭히겠다는 생각을 처음부터 했다고 보기는 어렵다. 하종강과 이선옥은 공지영에게서 기대했던 만큼의 사과를 받지 못했다고 생각했고, 이것은 문화 권력을 가진 공지영이 무명작가인 자신들을 무시하려는 것은 아니었는가 하는 의구심과 불신을 갖게 되었다고 보여진다. 잘못을 저지른 공지영이 사과를 제대로 하지 않은 채 적반하장으로 자신들을 위선적 배신자라는 트위터 발언을 하자, 하종강은 명예를 지키기 위한 싸움에 나설 수밖에 없었던 것이다. 하종강은 공지영의 트위터 발언에 "거대한 문화권력에 맞서, 힘없는 르뽀작가의 권리를 지키기 위한 외로운 싸움을 시작해야 할듯. 상처받고 많은 것을 잃겠지만 피할 수 없게 만드는군요."라는 트위터 발언을 통해 공지영과 대립한다. 하종강의 발언은 『의자놀이』의 발간 취지에는 공감하지만 자기중심적인 공지영의 발언이 문화 권력의 오만한 폭력이라는 입장에서 나온 것이다. 그는 쌍용자동차 문제의 해결에 못지않게 개별 작가의 저작권과 명예를 지키는 것도 중요하다고 판단했던 것으로 보인다.

베스트셀러 작가 공지영이 전국 방송망을 지닌 거대한 네트워크의 소유자였다면, 이선옥과 하종강은 지방 소도시 정도의 방송망을 지닌 작은 네트워크의 소유자였다. 공지영이 『의자놀이』를 통해 쌍용자동차 문제를 대중적으로 알리는 주역이 되면서 음지에서 쌍용자동차의 진실을 알리려고 노력했던 무명의 저자들은 조연으로 추락할 수밖에 없었다. 쌍용자동차의 진실을 선구자적으로 알리려고 노력했던 이선옥과 하종강의 경우 뒤늦게 등장한 전국 방송망의 공지영에 의해 자신의 공로 자체가 망각되거나 축소되는 씁쓸한 상황에 처했다고 볼 수 있다. 물론 쌍용자동차 문제 해결이라는 대의에 의해 이러한 감정은 수면 위로 노출되지 않았다. 그런데 의사소통의 지체와 오해 속에 이선옥과 하종강은 자신들의 존재가 무시당했다는 피해의식을 느꼈던 것으로 보인다. 기록노동자로 자처하는 르뽀작가 이선옥은 '의자놀이 사태'에서 '쌍용자동차 사태'가 겹쳐진다는 발언을 ≪프레시안≫ 기자와의 인터뷰에서 말한 바 있다. 안은별 기자는 이 부분을 다음과 같이 정리하고 있다.

> 많은 이들은 '쌍용자동차 사태' 그 자체와 '의자놀이 사태'를 분리되어 다루길 선호했다. 언론은 이를 '트위터 스캔들'로 묘사했고 공작가는 "소란"이라고 칭했다. 그러나 이선옥은 일견 본질적인 공통점이 없어 보이는, 종속적으로 발생한 듯한 두 사태에서 닮아 있는 구석을 봤다. 투쟁을 어떻게 진단하고 기록해야 할지에 대한 자유로운 비판과 논의의 기회가 사라지고 있는 장면이었다. 불편한 문제제기 앞에서 다수가 침묵을 선택하는 장면이었다. 그는 사람들이 '대의'로 모이는 사이 등한시되거나 폄하되는 다른 가치들에 대한 아쉬움을 피력했다.[1]

공지영은 쌍용자동차의 진실을 대중적으로 알리는 축제의 총

---

1) 안은별, 「노동 현장의 기록자, 이선옥」, ≪프레시안≫, 2012.11.2.

연출자였고, 하종강과 이선옥은 이 무대에 등장한 배우였다. 상호 보완적 관계이어야 할 이들은 『의자놀이』라는 책을 통해 동료가 아닌 적으로 돌변하는 희극을 연출했다. 쌍용자동차 문제를 같이 해결하려는 동지에서 '오만한 문화 권력자'와 '시기심과 질투에 휩싸인 위선적 배신자'라고 상대방을 규정하며 논쟁의 총부리를 겨냥했던 것이다. 이 과정에서 원했든 그렇지 않았든 간에 쌍용자동차 문제는 뒷전으로 밀릴 수밖에 없었고, 문화 권력자 대 무명작가가 벌이는 '황야의 결투'로 초점이 변경되었다. 쌍용자동차 문제를 해결하기 위해 책을 발간했는데, 총 연출자와 출연 배우가 대립하면서 당초의 의도를 손상시키는 결과를 초래했던 것이다. 과연 이러한 정면 대결 외에는 피할 길이 없었을까? 이 점에서 공지영, 하종강, 이선옥은 모두 비판의 대상일 수밖에 없다. '의자놀이 사태'는 공익적 대의와 개인적 이해의 우선 순위에 대한 심각한 고민을 진보 진영에게 안겨주었다. 또 진보 진영의 일부 인사들이 '의자놀이 사태'와 관련해 분란적 논쟁의 자제를 하종강과 이선옥에게 알게 모르게 요청한 것은 자칫 잘못하면 편파적 조직보호의 논리로 해석될 수 있다. 대의를 위해 개인들의 권리가 무조건적으로 무시되어서는 곤란한다. '대의'라는 명분에 의해 개별적 권리가 침해당하는 것이 정당화할 때 그것은 폭력이자 진실의 왜곡이기 때문이다.

결국 '의자놀이 사태'는 쌍방의 소통 부족과 타자의 입장을 먼저 생각하는 배려심의 부족이 낳은 오해와 불신의 산물이었다. 이 문제는 공지영이 인내와 배려심을 좀 더 갖고 사태를 처리했거나, 아니면 하종강과 이선옥에게 바로 직접 연락해 사과했으면 해결될 것이었다. 하종강과 이선옥도 즉각적인 반발보다 시간을 갖고 신중하게 대처했다면 좀 더 좋았을 것이다. 『의자놀이』 173페이지에 실린 "고맙습니다/이 책은 수많은 분이 함께 만들었다."라는 지문의 깊은 뜻을 작가 공지영과 하종강·이선옥이 잊지 않았다면 문제의 해결은 무척 쉬웠을 것이다. 결자해지(結者解之)의 태도로 사태 해결에 좀 더 적극적으로 노력할 책임은 실수를 저질렀던 공지영 작가에게 분명 있다. 공지영이 통큰 작가의 모습을 먼저 보여주었다면 더 좋았을 것이라는 아쉬움은 '의자놀이 사태'가 끝난 이 시점에서도 여전히 남는다. 대한민국 땅이 넓어서일까? 이들은 제때에 만나지 못했고, 오해와 불신 속에 트위터 논쟁(?)을 벌였다. 진보 진영의 사람들이 상대방에 대한 배려와 이해의 부족 속에 발생하는 갈등과 분열의 싸움은 진보 진영의 누구에게도 도움이 되지 못한다. 그렇다고 조직보호의 논리 속에서 이러한 문제를 그대로 덮는다는 것은 구태의 반복일 뿐이다. 이렇게 다양한 문제점들을 생각하게 만들었다는 점에서 '의자놀이 사태'와 관련한 논쟁의 과정은 비생산적이었지만 생산적이기도 했다.

'의자놀이 사태'는 공지영의 사과, 오류의 표시, 하종강과 이선옥 글의 완전 삭제로 종결되었다. 이 사건에서 최종 승자는 누구였을까. 공지영은 트위터에 자신의 실수를 인정하고, 하종강과 이선옥에게 사과한다는 트위터 문자를 남겼다. 그렇다면 이선옥과 하종강이 최종 승리자가 되었을까? 이선옥은 쌍용자동차의 르뽀 취재를 그만둘 수밖에 없는 상황에 직면했고, 노동자의 권리를 위해 그 동안 싸워왔던 하종강은 속좁은 인간이라는 좀팽이 이미지에 갇혀야 했다. 재능기부를 한 공지영은 어이없게도 자기중심적인 오만한 문화권력자라는 인상을 일부에게 전달했다. '의자놀이 사태'는 첫 단추를 잘못 끼면서 『의자놀이』와 공지영·하종강·이선옥 모두에게 마이너스 상황을 초래했다. 스캔들의 당사자들은 논쟁의 과정에서 모두 패배자가 되었다. '의자놀이 사태'는 그 정도의 문제를 매끄럽게 처리하지 못한 진보 진영의 부실한 소통성과 능력, 공익을 위한 글쓰기의 적절한 방식, 개인 대 집단의 이익이 충돌했을 때 우선 순위의 문제를 남겼다.

'의자놀이 사태'를 기쁜 마음으로 관람했던 것은 주류 언론과 기득권 세력이다. 이들은 '의자놀이 사태'를 통해『의자놀이』의 판매 저하와 쌍용자동차의 진실이 묻혀지기를 욕망했다. 그들의 욕망은 일부 성취되는 것으로 보였다. 그들은 승리자가 되는 것처럼 보였다. 그러나 주류 언론의 지속적인 공격과 '의자놀이 사태'에도 불구하고『의자놀이』는 베스트셀러가 되어 많은 독자들의 가슴을 울렸다.

4. 감상적 진보주의는 해악일까?

진보적 인사들은 공지영의 『의자놀이』에 대해 대체적으로 긍정적 평가를 내렸다. 하지만 이와는 달리 좀 더 비판적인 목소리를 낸 진보적 인사도 있었다. 그 중의 한 사람인 문학평론가 전성욱은 「감상적 진보주의를 넘어서」(≪문화 다≫, 2012.10.31)에서『의자놀이』가 보여준 재현의 윤리 부분을 지적한다. 전성욱은 이 책이 쌍용자동차의 피해자인 노동자들에게 잊고 싶었던 고통과 상처를 잔혹하게 다시 불러낼 수 있다고 비판했던 것이다. 전성욱의 논리라면 피해자의 고통과 상처를 덧나게 할 수 있으니 쌍용자동차 문제를 다시 다루지 말고 덮어두자는 말인가? 쌍용자동차 노동자들은 자신들의 가슴 아픈 사연을 한국사회에 널리 알리기 위해 공지영의 글을 빌어 말하고 있는 것이다. 고통과 상처는 무조건 덮는다고 치료되는 것이 아니다. 고통과 상처를 정면으로 직시하고, 고통과 상처의 원인은 과연 무엇인지 정밀하게 검진하고 치료하는 과정이 필요하다. 이런 이유로 전성욱의 발언은 다소 뜬금없다.

전성욱은 공지영의 『의자놀이』에서 보여주는 선명한 적대의 서사가 통속적이라고 말하면서 감상적 진보주의라고 신랄하게 비판한다. 전성욱은 몇몇 개인들의 영웅적인 활동과 진보주의적 열정만으로 노동 문제 해결이 힘들다고 하면서 마르크스적인 노동조합과 노동계급 정당의 건설을 요구한다. 이러한 지적은 일면 타당하다고 보여진다. 그렇지만 "『의자놀이』와 같은 감상적 진보주의는 노동계급의 해방에 도움이 되기는커녕 오히려 해악에 가깝다."는 전성욱의 극단적 결론에 동의하기 힘들다. 먼저 전성욱에게 묻고 싶다. 신파적 감상주의는 항상 해로운 것인가? 전성욱은 공지영의 『의자놀이』를 선악의 이분법으로 도식화되어 있다고 비판하는데, 정작 자신도 신파적 감상성을 백해무익한 것으로 파악하는 1980년대 계몽주의적 현실주의자들의 이분법을 그대로 반복하고 있다.

신파적 감상성은 자기 퇴행만을 낳는 패배주의적 찌꺼기가 아니다. 일제강점기에 식민지 조선인들은 신파극을 즐겨 보며 울음을 터뜨렸고 카타르시스를 경험했다. 신파극이 생산하는 신파적 감상성은 식민지 조선인들을 구체적 투쟁으로 나아가게 만들지는 분명 못했다. 하지만 신파적 감상성의 눈물은 식민지의 고통스런 현실을 견디게 해주는 에너지이자 좀 더 나은 미래를 꿈꾸게 만든 힘이기도 했다는 사실을 잊어서는 안 된다. 1789년의 프랑스대혁명도 사람들을 처음 봉기하게 만든 것은 합리적 이성보다 주관적 감성의 분노였다. 『의자놀이』에 나타난 감상적 진보주의는 구체적 대안을 제시하지는 못한다. 하지만 공지영은 소설가이지 사회학자나 정치가가 아니라는 사실을 잊지 말자. 사회학자나 정치가가 할 일을 작가 공지영에게 과도하게 요구하는 것은 비판을 위한 비판일 뿐이다. 비판적 저항의 방식에도 다양한 방식이 있다는 것을 망각해서는 곤란하다. 탈구조주의적 인식론이 우리에게 준 열매는 다양성의 인정이다. 공지영의 감상적 진보주의도 불온한 저항 방식의 하나로 충분히 인정될 수 있는 것이다. 전성욱이 높게 평가하는 조영래의 『전태일 평전』에서도 신파적 감상성은 등장한다. 전성욱이 『의자놀이』를 비판하면서 다른 평자들이 지적하지 못한 부분을 말한 것은 좋지만 교각살우(矯角殺牛)의 잘못을 저질러서는 곤란하다.

노동자의 모순된 현실은 공지영의 개인적 노력만으로 바뀌지 않는다. 그렇다고 해서 개인의 영웅적 행위를 무가치한 것으로 판단하는 것은 위험한 사고이다. 세계를 만들어가는 것은 개인과 집단의 변증법적 산물이기 때문이다. 전성욱이 공지영의 일회성의 작업보다 바람직한 형태가 구조적으로 지속되는 마르크스적 노동조합과 노동계급 정당의 건설이라고 지적한 것은 적절했다. 그렇지만 그것이 지금 한국사회의 현실에서 현실 가능한 것인지는 의문이다. 현재 한국사회에서 노조 가입율은 10.3%에 불과하다. 이런 상황에서 마르크스적 노조의 건설은 아직 먼 이야기이다. 전성욱의 발언은 원론적 차원에서는 유효하지만 지금, 이곳의 현실에서는 부적절한 발언이다. 현실과 유리된 과도한 조건의 설정은 오히려 존재의 무기력을 합리화시키는 기만적 나르시시즘의 언어로 전락할 수 있다. 현재 한국사회의 현실에서 마르크스적인 노동조합과 노동계급 정당의 건설은 쉽지 않다. 설사 만들어진다고 해도 그것이 현실적인 힘을 발휘하기에는 몇십 년이 걸릴 것이다. 그 동안 진보적 명망가들은 그것이 건설될 때까지 손가락만 빨며 가만히 기다려야 하는가? 마르크스적인 노동조합과 노동계급 정당만이 정답이라고만 고집하는 교조주의적 발상은 다양한 정답을 배제하는 또 하나의 폭력적 이분법이다.

또한 비판에 앞서 자신의 글에 대한 성찰적 반성도 함께 이루어졌는지 묻고 싶다. 전성욱은 노동자 중심성을 말하면서 정작 자신의 글인 「감상적 진보주의를 넘어서」에서 지식인에 의한, 지식인을 위한, 지식인만의 언어를 구사한다. 예를 들어 전성욱의 글에서 조르조 아감벤을 말하는 그 부분이 과연 노동자들이 제대로 이해할 수 있다고 보는가. 아감벤의 인용이 문제가 아니라, 그 부분을 쉽게 전달하려고 노력하지 않으면서 서구적 이론을 과시적으로 배치한 듯한 수사학이 문제이다. 마르크스적 노동 문학의 필요성을 강조하기에 앞서 자신의 글이 과연 노동자들과 소통할 눈높이 자세가 되었는지 철저한 반성이 필요하다. 1980년대 노동문학과 민중문학을 주장했던 상당수의 진보적 문학평론가들도 이 현학적 언어의 유회라는 함정에 빠져 있었다. 사회과학과 지식인의 언어로 무장했던 1980년대의 진보적 문학평론은 어려워도, 너무 어려웠다. 노동자들은 이해 못하고, 지식인들만 이해할 수 있었던 배타적 평론의 언어들. 오늘의 문학평론가들도 서구적 이론을 현학적으로 소비하고 있다는 점에서 1980년대와 별반 다르지 않다.

공지영의 『의자놀이』는 통계의 오류, 과다한 인용, 1인칭 주어로 대변되는 작가 공지영의 과도한 전면 배치, 르뽀적 측면에서 심층적 접근의 미비 등은 분명 이 책이 지닌 한계점이다. 공지영

은 자신의 첫 르뽀가 조영래의 『전태일 평전』(1983)과 같은 고전
의 반열에 오르기를 희망했다. 하지만 그녀의 희망 사항은 말 그
대로 희망 사항에 그쳤다. 너무 급하게 썼기 때문이다. 그러나
불과 반 년 만에 쌍용자동차의 문제를 대중적 언어로 풀어쓴 공
지영의 글쓰기 작업 자체는 분명 칭찬받을 만한 것이다. 공지영
의 『의자놀이』를 감상적 진보주의라는 해악으로 규정하기에 앞
서 인정할 것은 인정하고, 공감할 것은 공감해야 한다.

5. 문제는 소고기다!

개그콘서트의 개그맨 김대희(?) 짝퉁 등장. "『의자놀이』많이
팔리면 뭐하겠노? 기부금 많이 전달하겠지. 기부금 전달하면 뭐
하겠노? 쌍용자동차 노동자들 기분 좋다고 소고기 10그램 사 먹
겠지. 소고기 사 먹으면 뭐하겠노? 이 땅의 기득권 주류들은 쌍
용자동차 사건 털끝만큼도 신경 안 쓰는데. 신경 쓰지 않는 권력
가와 자본가들은 배 터지게 소고기 사 먹겠지. 그러다가 배탈 나
겠지. 배탈 다 치료되면 뭐하겠노? 기분 좋다고 소고기 또 배터
지도록 사 먹겠지." "쌍용자동차 노동자들은 이것을 보고 한없
이 절망하겠지. 이때 공지영의 기부금이 이들에게 전달되면 또
좋다고 하겠지. 이들은 뭐하겠노?" 이야기 듣던 마을 청년 한명.
"어르신, 잠깐만요. 잠깐. 기부금 전달 받으면 소고기 사 먹겠지
요." "내가 그렇게 말할 줄 알았나. 아니지. 기부금 받은 것으로
쌀값, 방값, 아이들 학비, 신용카드 연체금을 일부 내겠지. 그리
고 소고기 1그램 사 먹겠지."

문제는 소고기야! 공지영의 단발성 기부금도 종료되면, 그때

는 어떻게 소고기를 사 먹지? 부당한 해고는 소고기를 사 먹을 지속적 기회를 아예 원천 봉쇄하는 살인 행위이다. 공지영이 『의자놀이』에서 말하고 싶었던 것이 바로 '소고기 분배'의 문제이다. 공지영은, 쌍용자동차 노동자들은 이 소고기를 독식하지 말고 더불어 나누어먹자는 것이다. 누구처럼 혼자 많이 먹어 배탈나는 것보다 나누어 먹는 것이 바로 행복의 지름길이 아닐까. 공지영의 『의자놀이』는 르뽀의 완결판이 아니라, 한국의 노동 현실을 더 깊이 있게 다룬 또 다른 르뽀를 요구한다. 『의자놀이』는 겨우 출발했을 뿐이다. 기록노동자인 이선옥 같은 전문적인 르뽀작가의 지속적인 작업이 계속 필요하다. '의자놀이 사태'를 낳은 공지영·하종강·이선옥, 『의자놀이』를 비판한 전성욱은 서로 적이 아니다. 그들은 이 땅의 민주화를 굳건하게 확립하고, 노동자의 처지를 개선하기 위한 싸움에서 함께 투쟁해야 할 동지이다. 우리는 이러한 사실을 결코 잊어서는 안 된다. 이것을 위해 한번 크게 웃어보자! 웃음은 눈물과 함께 가열찬 투쟁을 강화시키는 활력소이기 때문이다. 하하하! 껄껄껄! 히히히! 각자의 웃음소리는 다를지언정 우리는 모두 '인간'이다.

강단비평식 현장평론과 전면전을 선포하라!

1. 창조적 모험 정신의 결핍

한국의 현장 문학평론가들은 꿈이 대개 소박하다. 그들은 각고의 문학 수련을 거쳐 어렵게 등단했지만 백낙청과 김현과 같은 대가가 되거나 이들을 뛰어넘겠다는 도전적 포부가 별로 없다. 이러한 비평적 야망의 부재는 자신의 능력에 대한 객관적 판단에서 기인한 것도 있겠지만 그보다는 창조적 모험 정신의 결핍에서 기인한다. 이것은 문청 시절에 문학적 호연지기의 수양을 등한시한 후유증이다. 우리는 어린 시절부터 선생님이나 책에서 원대한 꿈을 가지라는 이야기를 많이 듣는다. 비록 원대한 꿈에 도전해 실패할지언정 도전하는 사람들이 보여주는 불굴의 의지와 꿈을 실현해가는 과정은 아름답다. 주인공이 온갖 어려움을 겪으면서도 자신의 꿈을 향해 조금씩 전진하는 인생 드라마에 사람들이 감동하는 것도 이와 같은 맥락에서이다. 문학평론가 백낙청과 김현도 처음부터 대가였던 것은 아니다. 그들은 당시 문단에 우뚝 선 선배 평론가 백철과 조연현을 극복하겠다는 당찬 의지 속에 구체적 비평 활동을 통해 이것을 실현시켰다. 그들은 선배 평론가들이 닦아 놓은 익숙한 길 대신 새로운 길을 개척했던 것이다.

그런데 막 등단한 신인평론가나 소장평론가들에게서 불온한 패기와 개척정신을 요즘 찾기 어렵다. 등단한 지 10년 이상인 중견평론가들에게서 이것을 기대하는 것은 더욱 어려운 일이다. 한국의 많은 문학평론가들은 창조적 모험보다 대개 안정적인 비평의 길을 선택한다. 그렇다 보니 들판이 아닌 온실 속의 화초와 같은 비평들이 대량 생산된다. 그들은 무난한 글쓰기를 금과옥조(金科玉條)처럼 신봉한다. 무난하다는 것은 거친 패기의 목소리로 자신의 개별적 개성을 드러내기보다 누가 보아도 흠 잡기 어려운 무색깔의 글인 경우가 많다. 신인이란 기존의 문학제도와 관습에 젖어 있지 않기에 도전적 문제제기와 새로운 비평적 정체성을 드러낼 수 있다는 점에서 신예평론가로 호칭된다. 국어사전을 찾아보면 신예(新銳)란 새롭고 기세나 힘이 뛰어남을 지칭한다. 하지만 대다수의 신인평론가들은 신예의 뜻과 상관없는 구태의연한 조로증(早老症)의 글쓰기를 당연하게 생산한다. 이러한 글들은 창조적 모험이 없기에 불온함이 없고, 불온함이 없기에 기존의 낡고 병든 체제를 위협하지 못한다. 이러한 비평들은 기존 체제를 오히려 강화시키는 수구보수의 역할을 한다. 따라서 등단제도를 통해 신인평론가가 많이 배출되어도 비평계에 새로운 바람이 불지 않는다. 신인평론가는 많지만 신예평론가는 없다는 탄식과 우려는 이제 연례행사로 전락했다. 무난한 비평 글쓰기를 신춘문예나 신인상에서 뽑는 재생산 구조와 대학교의 논문중심주의가 기세를 떨치고 있는 한 신예비평가의 출현을 기대하기는 참으로 어렵다.

현장평론이 어떻게 이 참담한 지경이 되었을까. 가라타니 고진의 '근대문학의 종언론'(2004)과 함께 '비평 무용론'은 불가분의 세트메뉴로 유통되고 있다. 비평은 전성기를 지나 이미 막장까지 간 것일까. 학술논문인 강단비평은 다양한 심층적 문학 이론을 현장평론에 접목시켜 문학 비평의 발전에 많은 공헌을 했던 것이 사실이다. 그러나 초기에 신선한 피를 공급한 강단비평은 오히려 현장평론의 건강을 해치는 바이러스로 탈바꿈한 지오래이다. 이제 현장평론에 필요한 것은 강단비평의 강고한 사슬을 끊고 현장평론 고유의 현장성과 문제의식, 그리고 실천성의 확보이다. 이것을 위해 현장평론은 강단비평식 현장평론과 전면전을 벌여야 한다.

2. 강단비평의 비대화와 현장평론의 위기

근대문학이 탄생한 시기에 강단비평과 현장평론은 분화되지 않은 자웅동체의 한몸이었다. 그렇다면 어떻게 해서 양자는 분리되어 고유의 정체성을 형성할 수 있었을까. 근대 이전에 문학평론은 독자적인 문학 장르로 인정받지 못했다. 문학평론은 자본주의의 발달 속에 신문 잡지가 창간·발행 되는 상황에서 작가와 독자를 연결하는 매개체 역할을 한다. 문학평론가들은 작품을 해석하고 옥석을 구별하면서 자신들의 문학적 입지를 확보했다. 현장평론은 당대의 문학작품을 주로 비평의 대상으로 삼아 신문과 잡지 등에 글을 게재했기에 대중성을 의식하지 않을 수 없었다. 또 문학평론가들은 상호 경쟁하는 가운데에 생존하기 위해 자신만의 고유한 개성과 문체를 형성시켰다. 이러한 특성으로 인해 문학평론은 독창성과 상상력을 강조하는 문학예술과 연결된다. 당대문학은 시간의 흐름 속에 필연적으로 과거의 문학이 된다. 이 과거의 문학이 상당 기간 동안 축적되면서 이것을 체계적으로 분석하고 정리할 사람이 필요했다. 이 일을 맡은 것이 바로 대학의 문학연구자이다. 문학연구자에게 중요한 것은 현장평론가의 직관과 감성보다 논리성과 이성이다. 학술논문의 주요 독자층은 일반 대중이 아니라 대학에서 전문적으로 학문을 하는 극소수의 엘리트 계층이다. 이것에서 보듯 현장평론과 강단비평은 글쓰기의 목적, 대상, 독자 계층의 차이 속에 대타적 정체성을 형성했던 것이다.

한국 평단에서 강단비평가의 효시는 1934년부터 평론 활동을 시작한 영문학자 최재서이다. 그는 영국에서 서구이론을 공부하고 돌아와 대학에 재직하면서 기존의 카프문학과 인상주의 비평을 반대하는 과학적, 객관적 주지주의 비평을 이 땅에 선보인다. 최재서 이후 강단비평이 다시 등장한 것은 1950년대이다. 대학에서 문학을 체계적으로 공부한 이어령·유종호 등의 전후세대, 대학교수나 강사를 주요 필진으로 활용한 월간종합지 ≪사상계≫는 강단비평의 성장에 중추적 역할을 담당한다. 1960년대에 서구이론을 학습한 김현과 백낙청으로 대표되는 4·19세대 평론가들은 현장평론에 강단비평을 접목시키면서 이런 흐름을 대세로 만든다. 이 무렵에 강단비평가가 구세대의 현장평론가에게 원전을 읽어보았느냐는 식의 질문은 논쟁을 승리로 이끄는 여의봉 역할을 했다. 이것을 눈으로 확인한 후속 세대들은 더욱 더 서구이론의 학습에 매진했고, 그것은 강단비평의 영향력을 더욱 증가시켰다.

1960년대까지만 해도 강단비평은 대학에서 체계적으로 문학 이론을 학습한 평론가들의 비평을 지칭했다. 하지만 1970년대 들어 대학교수나 대학강사 출신의 강단비평이 보편화되고, 문단 과 학술제도가 정비되면서 새로운 의미의 분화가 이루어진다. 강단비평은 대학의 교수나 강사들이 과거(보통 30년 이전)의 문학 텍스트를 대상으로 하여 학문의 논리성과 실증성을 강조하는 학 술논문의 형태로 재규정된다. 반면에 현장평론은 당대 문학을 대상으로 하여 텍스트의 가치평가, 사회적 문제의식, 실천성을 강조하는 개성적인 문학예술로 규정된다. 특히 강단비평과 현장 평론은 게재된 매체의 성격(학술지냐 문예지냐), 글의 형식(각주나 참고문헌의 유무), 대상 텍스트의 시기(과거의 작품이냐 현재의 작품이 냐) 등을 통해 차별화된다. 문학평론가 권성우는 양자의 차이를 다음과 같이 언급한다.

논문이 각주와 참고문헌, 연구사 비판, 연구방법, '서론, 본론, 결론의 구도' 등의 엄격한 전통적 형식의 통제 아래 대상에 대한 과학적 실증적 해석을 시도하고 있는 글쓰기의 방식이라면 비평은 특별한 형식의 통제 없이 대상에 대해서 자유롭게 분석하고 비판하는 메타적 글쓰기라는 점, 그리고 논문이 최소한 발표된 지 30년 이상의 세월이 흐른 연후에 연구를 위한 '객관적 거리'가 형성된 대상에 대해서 접근하고 있다면 비평은 주로 그 당대의 작품을 대상으로 한다는 점, 논문이 대개 글쓰는 주체를 명시적으로 드러내지 않으면서 '학문적 전통'이라는 보편적인 권위에 기대어 글쓰기를 전개하는 경우가 많다면 비평은 글쓰는 실존적 주체를 선명하게 드러내면서 그 주체의 개성을 자유롭게 표출하는 경우가 일반적이라는 점 등등이

논문과 비평을 가르는 중요한 기준이라고 할 수 있다. 물론 이러한 구분은 절대적일 수 없다.[1)]

학계의 강단비평과 문단의 현장평론은 가깝지도 않고 멀지도 않은 불가근 불가원(不可近 不可遠)의 평행적 관계 속에 독자적으로 발전한다. 문단제도와 학술제도의 정비 속에 같은 뿌리에서 출발했던 양자는 이질적 성격이 점차 강조되었던 것이다. 다소 멀어졌던 강단비평과 현장평론은 1990년대 후반 들어 친밀한 관계로 복원되더니, 2000년대 들어 본격적으로 유착 관계를 형성한다. 문학평론가들은 거대담론의 위축, 인문학적 가치의 하락, 대학 제도의 논문중심주의 강화, 후기 자본의 무차별 공세 속에 상실되거나 위축된 비평적 권위를 은폐하거나 보강하기 위해 강단비평의 학술적 권위를 노골적으로 빌려오기 시작했던 것이다. 강단비평과 현장평론의 유착 관계는 일시적으로 문학평론의 하락세를 저지한다. 그렇지만 이것은 현장평론의 고립과 절멸을 더욱 가속화시키는 악수(惡手)로 작용했다. 2000년대 후반에 강단비평과 현장평론은 수평적 동업자 관계에서 강단비평이 주도하는 주종 관계로 변질되었던 것이다. 이때 텍스트 중심주의와 문학의 자율성을 강조하는 문학주의는 강단비평과 현장비평의 유착 관계를 정당화시키는 이데올로기 역할을 수행한다.

현장평론의 미시적 텍스트에 대한 정치한 분석과 거시적 시각의 상실은 현장평론의 대중성 상실과 전문화 현상으로 이어진다. 현장평론에서 서구이론, 각주와 인용문의 남용은 형식적인 면에서 현장평론과 강단비평의 차별적 정체성이 상당 부분 사라

---

1) 권성우, 「비평과 논문 사이」, 『비평의 희망』, 문학동네, 196~197쪽.

지고 있음을 가시적으로 확인시켜 주었다. 강단비평에 중독된 현장평론의 강화 속에 비평의 독자는 대폭 축소된다. 현장평론은 일반 독자들이 참여하는 1부인 '우리들의 리그'가 아닌, 대학 제도를 무대로 한 2부인 '그들만의 리그'에서 소수의 독자에 기대어 겨우 목숨을 연명하고 있다. 일반 독자라는 물이 없는 상황에서 문학평론이라는 물고기가 계속 생존할 수는 없다. 그럼에도 불구하고 사막화 현상만을 재촉하는 강단비평식 현장평론을 여전히 대량 생산하고 있다.

이 땅에서 문학평론가들은 평론만을 써서 생계를 유지할 수 없다. 이것은 필연적으로 문학평론이라는 직업 이외에 또 하나의 직업을 갖도록 만든다. 현재 한국의 문학평론가들은 대다수가 대학원생, 대학강사, 대학교수들이다. 다시 말해 현장의 문학평론가들은 한쪽 발을 문단에, 또 한쪽 발을 학계에 걸치고 있다. 이것은 문학평론가들이 대학에서 요구하는 기준을 외면할 수 없다는 것을 의미한다. 2000년대 들어 학술진흥재단(현재 한국연구재단)의 논문중심주의가 위세를 떨치면서 현장평론의 활동에 강력한 제동이 걸린다. 대학강사나 교수 채용, 업적 평가 때 학술 등재지와 등재후보의 논문만이 주요 평가 대상이 되면서 현장평론은 찬밥 신세로 추락했던 것이다. 대학에서 밥벌이를 하고 있는 대다수의 문학평론가에게 이러한 외적 조건의 변화는 심대한 위협일 수밖에 없다. 문학평론가들은 현장평론보다 학술논문을 우위에 두도록 구조적 압력에 시달려야 했고, 현장평론은 2순위로 밀려나야 했다. 제반 현실 조건의 변화 속에 문학평론 등단과 활동은 궁극적으로 대학 교수가 되기 위한 스펙의 자격증으로 전락했다. 자격증이 목표인 상황에서 자격증을 따는 순간 이미 목적은 성취된다. 자격증을 목표로 삼은 문학평론가들은 아등바등 현장 평론을 계속 열심히 쓸 이유가 없다. 이런 평론가들은 몇 년 정도 현장평론을 쓰다가 유명세를 얻지 못하면 바로 포기하고 학술논문에 정력을 쏟는다. 대학에 발을 걸친 문학평론가들은 학술논문의 편수에 따라 능력이 측정되는 상황에서 생존하기 위해 논문 생산에 전력을 쏟게 된다. 논문을 많이 쓰는 것이 대학 교수가 되는 지름길이자 학자로서의 능력을 과시하는 절대적 척도가 된 것이다. 이런 상황에서 문학평론은 찬밥으로 전락했다.

문학평론가 고봉준은 「비평의 윤리와 질타의 정신」(2005)에서 "현재 평단의 절대다수는 대학원이라는 학문적 제도에 발을 담그고 있거나, 그 사회로의 진입을 갈망하는 연구자·평론가들이다. 그들 대부분은 상아탑으로의 귀환을 준비하고 있거나, 그 사회에 적을 두고 있다. 비평과 학문이, 문단과 대학이, 비평가와 교수가 자연스럽게 하나로 겹치는 현상"이 당대 비평의 현주소라고 쓴 소리를 내뱉는다. 고봉준의 지적은 학계와 문단의 유착적 관계가 문제의 핵심임을 잘 지적하고 있다. 문학평론가의 경제적 궁핍이 해결되기 어려운 상황에서 현장평론이 독자적으로 발전하기에는 많은 난관이 존재한다. 후기 자본주의사회에서 문학평론가의 경제적 궁핍은 문단과 학계의 유착 관계를 심화시킨다. 문단과 학계의 유착 관계 속에서 문학평론가들은 신랄한 비판이나 창조적 도전과 모험을 꺼리게 된다. 자칫 잘못해 주류에 의해 찍히면 학계와 문단에서 발붙일 곳이 없기 때문이다. 그렇다고 개별 문학평론가의 직업적 윤리 의식 고취와 열정에 호소해야 할까. 물론 그것도 필요하지만 그것만으로는 구조적 문제를 해결하기 힘들다. 이처럼 오늘의 문학평론가는 생계와 문학적 열정과 윤리 사이에서 끊임없이 번뇌할 수밖에 없는 불안정한 존재이다.

문학평론가의 생계 문제 이외에도 강단비평식 현장평론이 번성할 수밖에 없는 대표적 요인 중의 또 하나가 학벌주의이다. 한국은 지독한 학벌사회이다. 개별 존재의 능력보다 중요시 되는 것이 그가 어느 대학을 나왔는지 아니면 유학을 다녀왔는지 하는 것이다. 한국의 근대문학을 형성한 개척자들인 최남선, 이광수, 김동인, 염상섭, 김기진, 임화 등 주요 인사들 대부분이 동경 유학생 출신이 많다. 그들은 일본 유학을 통해 선진 서구의 이론을 배워 한국문학에 적용시켰다. 강단비평가의 효시로 평가받는 최재서도 영국의 런던대학을 졸업했다. 한국에서 근대문학을 주도했던 대부분의 문인들은 가방끈이 긴 사람들이었던 것이다. 이들이 생산한 근대문학은 근대성에 도달하기 위한 징검다리로서의 계몽주의 담론이 많았고, 근대문학을 소비했던 대다수의 일반 독자들은 계몽주의 담론의 수용자였다. 작가와 독자의 관계는 상하 서열의 교사와 학생이었던 것이다. 근대문학 초기부터 문학평론가의 주요 역할은 서구이론을 정기적으로 수입해 약간 가공하거나 그대로 유통시키는 것이었다. 최신의 서구이론을 수입할 수 있던 것은 최고 학벌 출신들이 대부분이었기 때문이다.

하버드대 영문학과 출신인 백낙청과 서울대 불문과 출신인 김현은 비평적 재능도 뛰어났지만 최고 학벌 출신이었다는 것이 문단 활동에 많은 프리미엄을 제공했다. 1990년대 이후 학벌주의의 강화 속에 거의 대부분의 문학평론가들은 석사 이상의 학력을 소유했고 명문대 출신이 많았다. 강단비평식 현장평론의 번성은 바로 이러한 상하 서열의 학벌주의를 그대로 반영한 것이다. 현재 주요 문예지의 편집위원 중 상당수는 SKY대학으로 대변되는 명문대 출신의 비평가가 압도적 다수를 차지한다. 이들은 서구이론을 재빨리 수용해 독자보다 우월한 지위를 확보한다. 서구이론의 선점효과를 통해 문학권력을 구축하는 이들 출신들의 행태는 비명문대 출신의 평론가들에게도 학습효과를 낳는다. 비명문대 출신의 평론가들은 명문대 출신의 평론가에 못지않게 자신이 똑똑하다는 것을 보여주기 위해 더욱 더 서구이론에 집착하는 현상을 낳는다. 학벌주의와 결합한 문학평론가들의 우월의식은 글쓰기에 고스란히 반영되어 일반 독자들을 좌절시키는 난해한 강단비평식 현장평론을 번성하게 한다. 강단비평식 현장평론의 번성은 학벌주의에 기반한 문학평론가의 선민의식, 우월주의, 엘리트주의, 나르시시즘이 기형적으로 만나 탄생시킨 괴물인 것이다. 일반 독자들은 이런 평론을 읽으면서 단 하나의 감정을 느낄 수밖에 없다. "그래, 니들 잘났어. 정말!"

3. 강단비평에 중독된 현장평론의 문제점들

강단비평식 글쓰기가 현장평론을 잠식하면서 대체 어떤 일이 발생했을까. 이번 장에서는 강단비평에 중독된 현장평론의 심각한 병세를 조목조목 진단해 보기로 한다.

첫째, 강단비평이 현장평론에 침투하면서 형식적으로 보아 크게 바뀐 부분이 인용과 각주의 빈번한 사용이다. 직접인용이든 간접인용이든 인용이란 인용된 대상을 돋보이면서 동시에 그것을 소개한 문학평론가의 뛰어난 안목을 선전한다. 적재적소에 배치된 인용은 맛깔스러운 맛으로 독자에게 폭넓은 문학적 즐거움을 선사한다. 그렇지만 강단비평식 현장평론의 경우 지나치게 많은 인용문이 등장해 오히려 역효과를 내는 경우가 비일비재하다. 인용문이 많이 등장할수록 평론가의 독자적 목소리는 줄어든다. 따라서 문학평론가는 인용의 비만을 방지하기 위해 적정 몸무게를 유지하는 다이어트가 필수다. 또 인용된 지문에 일일이 정식 각주를 달거나 쪽수를 밝히는 것도 불필요하다. 현장평론은 각주보다 본문에서 간략하게 언급하는 것이 더 좋다. 인용문의 출처를 밝히는 각주는 증거 자료의 타당성, 글의 확장성과 연계성에 있어 독자에게 도움을 준다. 하지만 일반 독자들은 대부분의 각주에 대해 무관심하다. 독자들이 일일이 각주의 내용을 확인할 경우는 그것에 대해 글을 쓸 경우가 대부분이다. 이러한 극소수의 독자를 위해 각주를 하는 것은 일반 독자와의 소통 측면을 고려한다면 비효율적이다. 지나치게 많은 인용과 각주 달기는 다수의 일반 독자를 위해 축소시키는 것이 바람직하다.

둘째, 강단비평식 현장평론은 서구이론이 과소비되어 장황하게 등장한다. 이것은 문학평론가의 주체성 약화, 문화적 식민성, 열등감으로서의 서구 콤플렉스 내지 새것 콤플렉스를 보여준다. 서구이론은 텍스트를 다양하면서 깊이 있게 설명하는 시각과 방법을 제공한다. 언제부터인가 서구이론은 독자에게 공감을 주기보다 문학평론가의 문학적 내공을 자랑하는 매개체로 변질되었다. 서구이론에 중독된 문학평론가들은 주기적으로 마약처럼 서구이론을 수입해 소비한다. 이때 중시되는 것은 서구이론의 현실 적합성이 아니라 선점 효과이다. 강단비평식 현장평론에서 선점 효과를 통해 서구이론을 소개 유행시키고, 약발이 떨어질 즈음에 신상품 서구이론을 또 다시 수입하는 전략은 고전적 공식이다. 2009년 문학판에서 유행하고 있는 서구이론은 자크 랑시에르와 조르조 아감벤의 이론이다. 서구이론이 유행할 경우 문학평론가들이 흔히 사용하는 전술은 잘 몰라도 잘 아는 척하는 기만적 허세이다. 서구이론에 대한 표피적 이해는 서구이론을 기계론적으로 텍스트에 적용시키는 박제된 문학평론들을 범람하도록 만든다. 이들은 당대에 유행하는 서구이론을 언급하지 않는 문학평론가들을 향해 제대로 공부하지 않는다고 오히려 탄식한다.

서구이론 수입상들이 문학판을 지배하는 상황에서 자신만의 비평적 길을 걷는 것은 갈수록 어려워지고 있다. 일각에서 서구이론의 수입과 소비에 대한 지속적 문제제기를 하고 있지만 상황은 좀처럼 나아질 기미가 보이지 않는다. 오히려 신자유주의 체제가 성립한 이후 고질병 증세가 더욱 심해지고 있다. 서구이론의 과소비는 있지만 이것과 관련한 깊이 있는 연구서나 원전 번역서가 부족한 것도 한국의 천박한 문화 풍토를 말해주는 것이다. 이론의 과소비(過消費)는 있지만 이론의 초과생산(超過生産)이 없는 것은 바로 이러한 이유 때문이다. 서구이론의 재빠른 수입과 소개를 비평가의 개성적 정체성으로 호도하는 비평 풍토는 비평무용론을 더욱 증폭시킬 뿐이다. 문학평론가 하상일은 「소통의 부재와 비판의식의 실종」(≪오늘의 문예비평≫, 2008년 여름호)에서 서구이론에 중독된 한국의 현실을 다음과 같이 매섭게 비판한다. "비평은 텍스트와 동떨어진 자리에서 이론을 논리적으로 포장하는 작업에만 열정적으로 매달리고 있고, 대학은 비평가를 양성하기 위해 끊임없이 이론 학습의 중요성을 강조하는 데 열을 올리고 있다. 이론의 부재는 곧 방법론의 부재라는 왜곡된 인식이 무분별하게 유포되고 있고, 이론의 과잉소비가 오히려 비평의 질적 가치를 보장하는 결정적 잣대로 인식되고 있는 실정"이라는 것이다. 새로운 서구이론의 발 빠른 수입과 활용은 중견평론가보다 소장평론가에게 유리한 환경을 제공한다. 그 결과 문단에서 허리 역할을 담당할 중견 평론가가 많지 않다. 현장 평론가의 빠른 세대 교체는 서구이론의 소비 패턴과 맞물려 빠르게 이루어지고 있다. 서구이론은 필요하다면 주체적으로 소비되어야겠지만 과소비는 언제나 문제를 일으킨다. 문학평론가들은 서구이론의 과소비에 중독되어 있는 한 문화적 식민성과 열등의식, 서구콤플렉스와 새것 콤플렉스라는 늪에서 영원히 헤어날 수 없다.

셋째, 강단비평식 현장평론은 저자 중심의 소통 단절의 난해한 글쓰기가 지배적이다. 문학평론가의 배타적 엘리트 중심주의와 자폐적 나르시시즘은 독자 중심주의가 아닌 저자 중심주의를 숭상한다. 그 결과 쉽게 쓸 수 있는 것도 가급적 어렵게 쓰는 비뚤어진 소통 단절의 현학성이 작동한다. 문학판에서 이렇게 난해한 현학성의 글쓰기는 전위적 실험성과 장인정신의 발현으로 호도된다. 독자를 무시하는 엘리트 중심주의와 나르시시즘은 필연적으로 우월적 권위주의로 변질한다. 이것은 문학평론가가 독자와 수평적으로 교감하는 것이 아니라 수직적 서열체계의 상급자임을 의미한다. 강단비평에 중독된 오늘의 현장평론은 배타적 엘리트 중심주의, 자폐적 나르시시즘, 우월적 권위주의라는 바이러스에 감염되어 신음하고 있다. 강단비평식 현장평론은 문학평론가만이 평론을 쓸 수 있다는 독과점의 신화를 전파시킨다. 강단비평식 문학평론에 중독된 문학평론가들은 서구이론을 앞세워 일반 독자들이 감히 입도 뻥긋할 수 없도록 자물쇠를 채웠던 것이다. 이렇게 독자를 무시하는데 독자가 바보가 아닌 이상 평론의 애독자로 계속 남아 있을 이유가 없다.

문학주의 계열의 현장평론가들은 문학평론가 김현을 이야기하며 '공감의 비평'을 주장하기도 한다. 그러나 실상을 보면 그들이 보여주는 공감의 비평은 대개 작가, 텍스트, 문학평론가 사이의 공감만을 지칭한다. '작가—텍스트—문학평론가'라는 삼각형의 카르텔 구조 속에 정작 문학책을 읽고 소비하는 독자의 몫은 없다. 문학평론가들은 독자를 중시하는 독자반응비평 이론도 소개하지만 그것은 대개 립서비스에 불과하다. 공감의 비평은 진실을 호도하는 수사학으로 이용될 뿐이다. 문학평론은 문학평론가만의 전유물이 결코 아니다. 작가를 선전하기 위한 말단 도구도 아니다. 소통 단절의 난해한 비평 글쓰기는 불량식품이다. 현장평론의 본질은 독자의, 독자를 위한, 독자에 의한 글쓰기이다. 물론 독자 중심의 평론이 독자의 말초적 흥미와 욕망에 영합하는 글쓰기를 말하는 것은 아니다. 내가 주장하는 것은 문학의 진정성을 지키면서도 독자를 배려하는 열린 소통의 글쓰기이다. 문학평론가가 독자의 눈높이에 맞춘다면 서구이론의 과소비를 사전에 방지할 수 있다. 아직도 많은 평론가들이 독자 중심주의를 입으로만 외칠 뿐 몸소 실천하는 경우가 많지 않다. 그들이 주로 신경 쓰는 것은 작가와 텍스트, 문학권력, 출판 자본이다. 문학평론가들이 문학판의 대주주인 일반 독자를 무시하는 비평을 계속 쓴다면 독자들이 나서서 문학평론가들을 응징할 수밖에 없다. 누구라도 글을 쓸 수 있는 인터넷의 등장은 문학평론가가 비평을 독과점한 시대가 종료했음을 말해준다.

넷째, 강단비평식 현장평론은 창조적 모험과 도전 의식보다 기존 지배질서에 순응하는 수구보수의 경향을 대체로 보인다. 그 결과 당대 사회현실에 대한 첨예한 문제의식과 사회적 실천성이 미흡하다. 강단비평식 현장평론의 번성은 사회 전반의 보수화 현상과 긴밀한 관련성을 갖고 있다. 불확실한 현실 속에 창조적 모험과 도전을 통해 새로운 비평적 의미를 찾는 것은 쉬운 일이 아니다. 사람들은 낯선 미지의 곳을 향해 여행하기보다 안정적인 기존의 터전에 머무르고자 한다. 이러한 보수주의적 성향은 강단비평의 논리실증주의와 결합하여 현장평론에서 확실한 논리적 근거가 확보된 것만 발언하도록 한다. 논란이 되거나 오해될 수 있는 주장 자체를 꺼리는 것이 학술논문의 생리이다. 문학평론에 대해 논문과 같은 수준의 객관성을 요구하는 것은 당대 현실에 대한 침묵과 변절을 합리화시킬 위험성이 있다. 객관성 지향의 학술논문은 나름대로 장점을 가지고 있지만 당대 현실에 즉각적으로 대처하기 어렵다. 문학평론가들이 학술논문이 요구하는 확실한 논거를 확보하려면 논쟁적 사안에 대해 침묵하거나 제때에 현실적 발언을 하기 힘들다. 학술논문은 당대의 첨예한 문제를 주도적으로 제기하기보다 사후에 정리하는 경향이 강하다. 2000년대에 학술진흥재단과 결합한 논문중심주의와 강단비평식 현장평론이 범람하면서 미시적 텍스트에 도피하듯 집착하는 경우가 더 많아졌다. 문학주의와 결합한 강단비평식 현장평론은 '있는 현실과 있어야 할 변화'를 이야기하기보다 '있었던 현실과 변화'를 말하는 데에 더욱 익숙하다. 대학을 보통 상아탑이라고 말한다. 상아탑이란 속세를 떠나 현실과 일정한 거리에서 존재한다. 따라서 상아탑의 학술논문은 객관적 논리성을 중시하면서 당대의 현실에 발언을 자제한다. 이에 비해 현장평론은 논리성만이 아니라 직관과 감성을 활용해 현실 속으로 들어가 적극적으로 발언한다. 창조적 모험과 도전 의식으로 무장한 현장평론은 기존의 쌓아놓은 논문 데이터가 거의 없는 상황에서 미지의 세계로 과감하게 들어간다. 현장평론이 보여주는 것은 무오류의 화석화된 데이터가 아니라 도약하는 숭어처럼 생생하게 살아있는 텍스트와 세계이다.

다섯째, 강단비평식 현장평론은 대중적, 개성적 글쓰기가 아닌 전문적, 객관적 글쓰기를 지향한다. 그래서 강단비평식 현장평론은 학술논문처럼 미시서사에 천착하는 형식주의적 텍스트 읽기가 상습적으로 등장한다. 미시서사의 강단비평식 현장평론은 일반 독자보다 소수의 오타쿠(otaku)나 고급 독자를 만족시킨다. 미시적 텍스트 읽기에 집착하는 강단비평식 현장평론은 해당 텍스트를 읽지 못했거나 아예 관심이 없는 일반 독자들을 소외시킬 가능성이 높다. 현장평론가는 전문적인 식견 속에 깊이 있는 비평적 지식을 보유해야 하지만 그것을 글쓰기로 형상화할 때는 비전문적인 언어로 표출시켜야 한다. 강단비평식 현장평론이 보여주는 폐쇄적 전문성은 다수의 일반 독자를 소외시킨다. 또 강단비평식 현장평론은 논리성, 객관성, 검증가능성이라는 족쇄에서 자유롭지 못하기에 개성적 비평보다 무난한 비평 글쓰기가 될 가능성이 높다. 문학평론이 객관화될수록 현장평론은 문학예술의 범주에서 학문의 영역으로 이동한다. 현장평론이 문학예술의 범주에 계속 소속되려면 그에 걸맞은 비평적 개성과 정체성을 보여주어야 한다. 2000년대 후반부터 대중성을 완전히 상실한 강단비평식 현장평론은 신문 방송에서 그 역할이 급격하게 축소되었다. 문학평론가 대신에 문학 전문기자들이 저널리즘 비평 글쓰기를 하는 세태는 문학평론가의 근본적 존재에 대한 심각한 의문을 갖게 한다. 강단비평식 현장평론이 유효했던 시기는 이미 종료되었다. 강단비평식 현장평론의 문제점을 일부 개선하는 것만으로 문제를 해결할 수 없다. 근본적인 변화가 필요한 시점이다.

4. 식물인간으로 전락한 현장평론의 현주소

강단비평식 현장평론은 요새도 쇠퇴의 기미를 전혀 보이지 않은 채 문예지에서 전성기(?)를 구가하고 있다. 강단비평식 현장평론은 서구이론과 관념적 어휘의 빈번한 사용, 수많은 각주와 인용의 나열, 미시적 텍스트 분석이 특징적이다. 1990년대 후반 이후 현장평론에서 서구이론의 남용, 각주와 인용의 급증은 강단비평이 현장평론을 강간한 대표적 흔적이다. 이것은 과거의 현장평론에서 보기 힘든 풍경이다. 물론 각주와 큰따옴표의 사용은 표절 방지면에서 일정한 효과를 얻고 있다. 한국의 대표적 문학평론가인 고 김현의 글에서 큰따옴표를 사용하지 않은 채 마치 자신의 독창적 사유인 것처럼 쓴 문장이 여러 개 있다. 이것은 당시 표절에 대한 문제의식과 표절에 대한 사회적 합의가 미흡한 상황에서 발생한 것이다. 그렇다면 각주와 인용 표시를 꼬박꼬박 하는 오늘의 현장평론은 과거보다 비평의 질이 좀 더 나아졌다고 볼 수 있을까. 안타깝게도 그렇지 못한 것이 현실이다.

오늘의 문학평론가들은 각주와 인용에 지나치게 얽매여 자신만의 비평적 사유를 제대로 전개하지 못한다. 문학평론가는 현장평론에서 '문학연구자 내지 학자'가 아니라 '문인'이라는 사실을 무엇보다 심각하게 자각해야 하다. 이것을 위해 현장평론을 오염시키는 강단비평적 요소를 조속히 분리 수거해야 한다. 2009년 문예지에 실린 평론 중 조강석과 권혁웅의 글은 강단비평식 현장평론을 보여주는 대표적 사례들이다. 강단비평식 현장평론이 이들에게만 발생하는 현상은 결코 아니다. 단적인 예를 들었을 뿐이다. 오해 없기 바란다. 대다수의 문학평론가들이 어떤 형태로든지 강단비평식 글쓰기의 영향권에서 비평을 하고 있다. 그렇다고 이것이 개별 문학평론가의 직무유기와 자기합리화를 정당화할 수는 없다.

　문학평론가 조강석의 「'서정'이라는 '마지막 어휘'」(≪세계의 문학≫, 2009년 봄호)는 현대시에서 서정의 문제를 '녹색', '소통'과 연결시켜 논지를 전개한다. 비평 제목에 사용된 단어인 '마지막 어휘'는 리처드 로티의 『우연성 아이러니 연대성』에서 인용한 것이다. 그는 글 서두에서 로티의 글을 인용해 '마지막 어휘'의 개념을 장황하게 이야기한다. 그런데 과연 마지막 어휘라는 단어가 서정성의 문제를 이야기하는 데에 그렇게 중요하게 언급할 필요가 있었는지 극히 의문이다. 조강석은 로티의 언어에 의존해 서정의 문제에 접근한다. 아니다. 로티만이 단독 출현하는 것이 아니다. 테오도르 아도르노의 『미학이론』, 롤랑 바르트의 『신화론』, 데이비드 흄의 『인간 오성의 탐구』가 중요하게 등장해 지면을 화려하게 장식한다. 나는 이 글을 처음부터 끝까지 꼼꼼하게 읽었지만 글의 논지가 선명하게 들어오지 않는다. 조강석의 비평은 하나의 초점으로 수렴되지 못한 채 끊임없이 다중 초점화되고 있기 때문이다. 로티, 아도르노, 바르트, 흄은 조강석의 논지를 보완하기보다 훼방시키면서 난해한 비평을 탄생시킨다. 극단적으로 말해 이 글은 서구 이론가들이 없으면 쓰여질 수 없는 비자립적 비평 글쓰기이다. 이 글에서 조강석 개인의 개성적 사유와 비평적 정체성을 찾기는 어렵다. 우리가 확실하게 찾을 수 있는 것은 서구이론에 대한 그의 현학적 주석이다.

　조강석은 결론에서 녹색과 성장을 어떻게 성장주의와 위원회로부터 구할 것인지 길을 봐야 한다고 주장한다. 그렇지만 내가 보기에 길을 끊임없이 물어야 할 사람은 조강석 자신이다. 나는 서정의 문제를 녹색, 소통과 연관시켜 말하면서 이렇게 난해하게 쓸 수 있는 그의 능력에 경의를 표한다. 조강석의 글을 읽으면 그가 공부를 많이 했다는 사실을 알게 된다. 그러나 그것이 현장평론에서 대체 어쨌단 말인가? 현장평론은 공부 많이 한 평론가들의 지식을 뽐내는 경연장이 아니다. 내가 진정 원했던 것은 서구 이론에 대한 조강석의 주석이 아니라 그의 자유로운 비평적 사유이다. 서구 이론을 제대로 알지 않으면 자신의 글을 제대로 읽을 수 없게 만든 조강석의 암호문 비평. 불행하게도 나는 머리가 나빠서인지 조강석의 글을 제대로 해독할 수 없었다. 나는 아무래도 바보(?)인 것 같다. 조강석의 글은 독자들을 한순간에 바보로 만드는 놀라운 마술을 보여준다.

조강석의 글과 함께 실린 권혁웅의 「실체에서 주체로- 그리고 기형도」는 강단비평식 현장평론이 보여줄 수 있는 경이로운 진수(?)를 보여준다. 권혁웅은 이 글에서 실체에서 주체로 이동해야 한다는 주장을 기형도의 시를 통해 말하고자 한다. 이것을 위해 권혁웅은 방대한 지면을 낭비한다. 이 글의 전체적 구성을 보면 1장에서는 실체라는 환상을, 2장에서는 실체에서 주체로 이동할 필요성을, 3장에서는 다양한 주체에 관한 서구의 이론을, 4장에서는 기형도 시의 주체를 언급한다. 전체 구성에서 알 수 있듯이 이 글의 중심은 기형도가 아니다. 기형도의 시를 설명하기 위한 다양한 서구이론과 자신의 방대한 지식의 자랑이 이 글의 핵심이다. 권혁웅은 기형도 시의 주체를 말하기 위해 3장에서 정신분석, 하이데거, 푸코, 레비나스, 데리다, 들뢰즈가 언급한 주체를 다채롭게 언급한다. 이외에도 권혁웅의 글에서는 슬라보예 지젝, 앤터니 이스톱, 브루스 핑크, 콜린 데이비스라는 서구이론가나 사상가들이 등장해 화려한 면모를 보여준다. 다음의 지문은 푸코의 주체를 언급한 부분이다. 독자들은 이 짧막한 지문을 통해 권혁웅이 보여주고 있는 강단비평식 현장평론의 참 모습을 만날 수 있다. 이것은 현장평론의 개성적 사유가 아니라 서구이론의 주석인 관념적 언어의 유희에 불과하다. 더 큰 문제는 권혁웅의 글에서 다양한 주체의 이론들이 그렇게 많이 등장할 이유를 찾기 힘들다는 것이다.

후기의 푸코에서도 사정은 다르지 않다. 푸코에 따르면 '자기 배려'는 (소크라테스의 '너 자신을 알라'에 포함된) 자기 인식보다 근본적인 개념이다. 자기 배려를 행한다고 할 때, '자기'는 '실체'가 아니라 '주체'다. 이것은 주체가 선험적으로 주어진 것이 아니라, 자기 배려를 행하는 전 과정—— 행위와 관계와 태도 전반의 과정에서 출현하는 것이라는 말이다. 결국 푸코의 주체는 행위의 능동적 작인(作因)이 아니라, (자기 배려라는) 행위의 수행적 중심이다. 시에서도 발화의 전개 과정에서 생겨나는 중심점을 주체라 부를 수 있을 것이다. 이 주체가 발화의 중심에 한 번 자리를 잡고나면, 발화의 맥락을 포괄하는 목소리로 기능하게 된다.2)

「실체에서 주체로—그리고 기형도」는 기형도의 시를 말하고자 했던 것으로 보이는데 정작 기형도의 시는 뒷전이고 서구이론의 나열이 전면화되어 있다. 서구이론이 필요하다면 인용하는 것은 어쩔 수 없다. 그러나 그것은 비평가 자신의 개성적 언어로 자연스럽게 녹아들어야 한다. 권혁웅의 글에 등장한 서구이론과 텍스트 분석은 상호 긴밀하게 연결되지 못한 채 불협화음을 보

---

2) 권혁웅, 「실체에서 주체로—그리고 기형도」, ≪세계의 문학≫, 2009년 봄호, 372쪽.

인다. 권혁웅은 기형도의 시집에 하나의 목소리가 아니라 두 개의 목소리가 있다는 소박한 결론을 말하기 위해 그 많은 서구이론을 총동원시켜야 할 필요가 있었을까. 주객이 전도된 그의 비평은 모호함과 난해함의 덫에 걸려 끝내 비명횡사하고 만다. 권혁웅의 글에서는 기형도의 시를 바라보는 문학사적 감각도, 당대 현실이나 역사와 연결시키는 문제의식도 부재하다. 오직 전면화된 것은 서구이론의 기형적 과소비와 서구이론을 기계적으로 텍스트에 적용한 추행의 흔적들이다. 기형도의 시는 서구이론의 과소비를 위해 등장시킨 얼굴마담에 불과하다. 정작 기형도를 초청해 놓고 기형도를 무시해버린 이 처사에 대해 권혁웅은 어떤 말을 할 수 있을까.

　문학평론가 조강석과 권혁웅은 평소에 텍스트 중심주의를 주장하는 것으로 알고 있다. 하지만 이 글에서 그들이 보여준 것은 중심부를 장악한 서구이론과 주변부로 밀려난 문학 텍스트의 풍경이다. 이것이 그들이 표방하는 텍스트 중심주의 내지 문학주의의 실체라고 한다면 자가당착의 모순이라고 하지 않을 수 없다. 자신의 주장에 걸맞은 비평적 글쓰기를 보여주지 못하는 비평은 독자들에게 분노와 실망감만을 일으킨다. 조강석과 권혁웅의 글은 배타적인 글이기에 소수의 독자만 선별적으로 초대된다. 다수의 독자는 축객령(逐客令) 속에 왕따 신세로 전락한다. 그래서 나는 일반 독자와 함께 거지처럼 쫓겨나야 했다. 나는 이들의 글에서 선택받은 소수라는 선민의식을 발견한다. 배타적 선민의식은 필연적으로 일방통행식 소통단절의 비평을 탄생시킨다. 문학평론가의 근거없는 오만과 편견, 그리고 우월의식은 현장평론에서 사라져야 할 나쁜 버릇이다. 이런 점에서 조강석과 권혁웅의 글들은 다시 쓰여져야 한다, 서구이론이라는 비곗살과 기름기를 말끔히 빼고. 그래야 이 글은 강단비평이 아닌 현장평론이 될 수 있다. 그렇지 못할 때 이 글들은 강단비평에 유린 당한 현장평론의 서글픈 자화상일 수밖에 없다. 문학평론가 고명철은 복도훈을 비판하는 글을 통해 나와 비슷한 비판적 생각을 하고 있음을 확인할 수 있다.

복도훈의 비평에는 '복도훈'이란 개별 비평가의 비평적 판단이 있는 게 아니라 서구이론가들의 크고 작은 계시와 잠언들이 울려대는 불협화음으로 가득 채워져 있습니다. 어느 글이라 할 것 없이 복도훈의 비평을 무작위적으로 대할 때마다 드는 곤혹스러움입니다. 좀 심하게 말한다면, 복도훈의 비평은 서구이론의 컴플렉스에 푹 빠져 있어 어떠한 주제의 글이든지, 서구이론의 도움 없이는 글이 전개되지 않는 것처럼 보입니다. 비유컨대, 서구이론의 수렴청정(垂簾聽政)을 받고 있다고 할까요.3)

강단비평식 현장평론이 번성하면서 나타난 돌연변이 현상 중의 하나가 현장평론을 학술논문으로 성형시키는 것이다. 교수 채용이나 업적 평가 때 문학평론이 점수로 제대로 인정받지 못하면서 새로운 글쓰기가 등장했다. 이 글쓰기는 문학평론을 각주와 인용의 형식틀에 집어넣어 학술논문으로 개조하거나 처음부터 논문화된 평론을 쓰는 것이다. 이것을 학계와 문단의 제도적 경계가 해체되고 통합되는 긍정적 현상으로 보아야 할까. 만약 그렇다면 학술논문도 각주와 인용을 가급적 빼고 논문체를

---

3) 고명철, 「'비평의 매혹'을 넘어 '비평의 진보성'을 쟁취하길」, ≪오늘의 문예비평≫, 2007년 겨울호, 232~233쪽.

평론체로 바뀌는 현상도 함께 증가해야 한다. 그러나 현실에서 빈번하게 등장하는 것은 현장평론의 학술논문화 현상이다. 현장평론에 각주를 달고 문체를 조금 바꿨다고 해서 바로 학술논문이 다 되는 것이 아니다. 기본적으로 엘리트 지향의 학술논문과 대중 지향의 현장평론은 다른 비평적 정체성을 지니고 있다. 논문적 문체, 각주와 인용의 첨가만으로 문학평론을 학술논문으로 완벽하게 형질 전환할 수 없다. 또 현장평론이 학술지 규격에 맞게 형식과 내용을 맞추어가는 과정에서 현장평론 고유의 불온한 생명력은 필연적으로 박제화된다. 따라서 현재에 벌어지고 있는 학술논문과 현장평론의 통합 현상은 현장평론도 죽고, 학술논문도 죽이는 공멸의 길이다. 학술논문과 현장평론은 상대방의 장점을 배울 수는 있겠지만 기본적으로 자신의 정체성을 망각해서는 안 된다. 이런 점에서 현장평론을 논문체로 바꿔 학술논문을 만드는 전신 성형은 즉각 시정되어야 한다.

5. 야성의 회복과 혼(魂)의 비평

2000년대 들어 강단비평인 학술논문과 문학예술인 현장평론의 상호 유착 관계는 한층 심화되고 있다. 강단비평이 비대화되어 현장평론을 지속적으로 강간하면서 현장평론의 무기력한 노화 현상은 더욱 가속화되고 있다. 문학평론가들은 거대담론의 위축과 삶의 불확실성 확대라는 절박한 상황에서 '서구이론의 과소비와 학술제도의 권위'로 비평적 권위의 상실을 회복하고자 했다. 이것은 각주와 인용을 필연적으로 대량 번식시켜 난해한 비평을 구조적으로 고착화시켰다. 문학평론가의 개성적 글쓰기는 사망한 채 비평은 정감 넘치는 '예술'이 아니라 무미건조한 '학문'이 되었다. 오만한 엘리트주의와 자폐적 나르시시즘에 중독된 비평 주류는 독자 중심의 글쓰기를 살해한 채 자신들만의 해석공동체를 만들었다. 문학평론가들만이 읽는, 아니 문학평론가마저도 별로 읽지 않는 현장평론. 이것이 바로 이 시대 현장평론의 서글픈 자화상이다. 그럼에도 불구하고 문단 주류는 여전히 달팽이 껍질에서 나오지 않고 있다.

나는 강단비평식 현장평론으로 인해 식물인간으로 전락한 현장평론을 소생시키기 위해 다음과 같은 백신을 긴급하게 처방한다.

첫째, 현장평론은 강단비평과 인연을 단호하게 끊고 지면에서 최소한의 서구이론만 언급해야 한다. 특히 현장 문학 종사자들은 서구이론을 장식용으로 소비하는 문학 평론에 문학상이나 우수도서와 같은 정전적 권위를 부여해서는 안된다. 그러면 자연스럽게 상당 부분의 인용과 각주가 줄어들게 되고, 빈자리는 문학평론가의 개성적 사유와 현실적 문제의식으로 채워질 가능성이 높다. 최근에 신예평론가 신형철은 서구이론과 비평적 현장 감각을 균형감 있게 주체적으로 소화한 비평을 보여주고 있다. 앞으로 신형철과 같은 신예평론가들이 더 많이 나와야 한다.

둘째, 문학평론가의 독선적 오만과 편견을 청산해서 독자의 목소리에 귀 기울이는 눈높이 자세가 필요하다. 이때 필요한 자세가 상대방을 배려하는 겸허한 마음이다. 현장평론은 전문가의 비전문가의 언어로 독자 중심의 대중성을 확보해야 한다. 1929년 문학평론가 김기진이 처음 제기한 '예술 대중화론'의 문제의식은 지금도 여전히 유효하다.

셋째, 강단비평식 현장평론을 번성하게 한 주요 원인인 학벌주의를 청산해야 한다. 학계와 문단의 유착 관계는 상당 부분 학벌주의와 관련성을 갖고 있다. 문제는 학벌주의가 문단과 학계만이 아니라 한국사회의 대표적 병폐라는 사실이다. 그렇다고 해서 사회에 전적으로 책임을 돌리는 것은 정당하지 않다.

넷째, 학술논문과 강단비평의 통합이 상대방의 정체성을 해치는 방향으로 진행되어서는 곤란한다. 다시 말해 문학평론가들이 한국연구재단 등재 학술지에 실리기 위해 현장평론을 학술논문의 규격에 맞춰 투고하는 행태는 지양되어야 한다. 논문을 감각적인 문체로, 현장평론을 객관식 문체로 바꿨다고 해서 논문이 평론이 되고 평론이 논문이 되는 것은 결코 아니다. 양자는 공통분모를 갖고 있지만 결코 환원할 수 없는 정체성을 갖고 있다. 논문은 논문다워야 하고 현장평론은 현장평론다워야 한다. 따라서 양자는 불가근 불가원의 관계를 서둘러 복원시켜야 한다. 학계와 문단의 유착 관계는 비평의 보수화를 촉진시켜 창조적 모험과 도전 정신에 기반한 현장평론을 죽이는 독이다. 문학평론가는 기존 체제에 안주하는 보수적 애완견이 아니라 들판을 가로지르는 야성의 늑대이어야 한다.

다섯째, 현장에서 열심히 글을 쓰는 현장평론가의 생계를 도와줄 수 있는 제도적 방안에 대한 다양한 모색이 필요하다. 생계가 막막한 상황에서 문학평론가가 지속적인 평론 활동을 하기는 지극히 곤란하다. 이때의 지원정책이 학연과 지연에 기반한 비평 주류의 나눠먹기식 형태로 전개되어서는 안 된다.

여섯째, 대학에서 등재 논문만 점수로 인정하는 대학의 획일주의식 평가에 대한 반성과 시정이 이루어져야 한다. 국문학 계통 학술논문을 쓸 때 많은 문학연구자들이 문학평론가의 글을 참조하여 쓰고 있는 것이 현실이다. 그렇다면 그에 걸맞은 부분

점수를 주는 것이 강단비평 쏠림 현상을 일정 정도 제어할 수 있다고 본다.

일곱째, 출판 자본의 무차별 공세와 학술제도의 폭력적 외압에도 불구하고 현장을 지키며 문학평론을 쓸 수 있는 호연지기를 문학평론가 스스로 키워야 한다. 후기 자본주의사회에서 사용가치를 지향하는 인문학적 글쓰기가 제대로 대접받지 못하고 있는 것이 현실이다. 그렇다고 해서 무비판적인 대중 내지 현실 추수주의는 궁극적으로 문학평론가의 존재 기반을 스스로 무너뜨리는 것이다. 문학평론가는 주례사 카피라이터가 아니다. 문학평론가는 문학의 진정성을 사수하려는 야성을 회복하고 혼(魂)의 비평을 전개해야 한다. 순수한 열정이 사라진 채 세속적 이익에만 집착하는 문학평론은 독자를 감동시킬 수 없다. 화려한 문학적 수사로 문학적 진정성을 이야기하지만 정작 자신의 이익과 관련해서는 침묵하거나 변절하는 비평가의 삶은 이율배반적인 자기모순의 삶이다. 글과 삶이 각개약진 하는 비평 글쓰기는 역겨움 그 자체이다.

여덟째, 강단비평식 현장평론의 문제점을 시정해야겠지만 그렇다고 강단비평이 현장평론 침체의 모든 근원이라는 식의 책임전가는 피해야 한다.

아홉째, 강단비평식 현장평론의 추방과 현장평론의 부활은 문학평론가의 노력만으로는 되지 않는다. 특히 문학평론가에게 글을 청탁하는 문예지가 중요한 역할을 한다. 주류 문예지 편집위원들이 앞장서서 인용과 각주를 줄이는 구체적 지침서를 청탁서에 반영한다면 강단비평식 현장평론을 획기적으로 줄일 수 있다. 달리 말한다면 오늘날 강단비평식 현장평론이 번성하게 된 데에는 주류 문예지에 큰 책임이 있다고 할 수 있다.

나는 서구이론의 주석에 불과한 강단비평식 현장평론에서 더 이상 희망을 찾을 수 없다. 나는 거칠더라도 자신의 목소리를 생산하기 위해 노력하는 글쓰기에서 작은 희망을 발견한다. 서구이론에 뼛속 깊이 중독된 오늘의 현장평론은 변해야 한다. 진화하지 않은 현장평론은 적자생존의 법칙에 따라 멸종할 수밖에 없다. 문학사는 영원불변의 장르가 없다. 당대의 시대적 요청과 욕망을 반영하는 문학평론만이 당당하게 생존할 것이다. 나는 생존하기 위해 강단비평식 현장평론의 목을 힘껏 조른다. 죽어라, 죽어! 이상하게도 나는 점차 숨을 쉬기가 어렵다. 창백해지는 내 혈액들. 의식이 가물거린다. 빛이 소멸하고 있다. 나는 대체 누구를 죽이고 있는 것일까. 나도, 예외일, 수는, 없다. 나는 목을 조르는 손에 더욱 힘을 가한다. 짙은 어둠이 밀물처럼 무섭게 밀려오고, 야성이 꿈틀거리는 혼(魂)의 비평이 탄생한다. 죽어야 산다.

양심 불량, 제도 불량의 표절 사태

1. 표절로 몸살 앓는 대학

표절은 남의 작품이나 학설 따위를 저자의 허락 없이 슬쩍 가져와 마치 자신의 것인 양 행세하는 일종의 지적 도둑질이다. 이러한 표절 논란은 과거에도 있었으나 최근 들어 문학, TV, 영화, 애니메이션, 가요 등 다양한 분야까지 확대되어 발생하고 있다. 이것은 표절의 정도가 증가한 것도 있겠지만 저작권에 대한 인식의 확산도 무시할 수 없다. 과거 표절 논란은 해당 분야의 전문가가 표절 의혹을 제기하고 당사자와 논쟁을 하는 식이었다. 하지만 인터넷의 발달과 방대한 정보량의 생산은 표절 의혹 제기를 더 이상 특정 몇몇 소수의 전유물일 수 없게 했다. 요즘 제기되는 표절 논란은 전문가보다 일반 네티즌에 의한 문제제기에 의해 촉발되는 경우가 많다. 이것은 표절에 대한 사회적 감시망이 좀 더 확대되었다는 점에서 일단 긍정적으로 바라볼 수 있을 것이다.

그런데 표절의 감시망이 활발하게 작동하지 않는 성역이 존재한다. 그곳은 다름 아닌 흔히 상아탑이라고 불리우는 한국의 대학이다. 대학을 상아탑이라고 비유하는 것은 현실과 일정한 거리를 유지하면서 학문과 진리 탐구에 고고하게 매진한다는 의미에서 사용되었다. 하지만 이러한 비유가 현재 적절한지 의문이다. 대학이 사회 현실과 멀리 떨어진 존재도 아닐뿐더러 오히려 일정한 거리가 대학의 구조적 모순을 은폐시키는 차단막 역할을 하고 있기 때문이다. 대학은 전문성이라는 이름 아래 일반인들의 감시망을 따돌리면서 표절이라는 바이러스에 중병을 앓고 있는 것이다.

많은 대학생들이 중간, 기말 리포트를 제출하는 시기가 오면 자신의 시각과 문체로 리포트를 작성하기보다 기존의 자료를 베끼거나 짜깁기하는 편집 기술을 화려하게 선보인다. 대량의 리포트 자료를 주제별이나 학과별로 저장해놓고 대학생들을 유혹하고 있는 인터넷 사이트도 성업 중이다. 리포트의 표절은 진리 탐구를 표방한 대학과 어울리지 않는 치부(恥部)이다. 결과만 좋으면 모든 것이 용서될 수 있다는 성과지상주의는 표절과 결합되어 대학가에서 위세를 보이고 있다. 표절의 대열에는 학생들만이 아니라 대학 교수나 강사도 일부 참여한다. 표절은 한국의 대학이 현재 앓고 있는 구조적 문제점을 적나라하게 드러내는 상징적 기호인 셈이다. 진리 탐구의 대학이 오히려 표절 공화국이라는 역설적 상황은 현재 한국의 대학이 직면한 위기의 단면을 드러낸다.

2. 교수와 강사의 표절 공모

대학생의 표절 문제를 해결하려면 무엇보다 학생을 가르치는 대학의 교수와 강사가 앞장서야 한다. 문제는 교수와 강사들이 표절 문제에서 자유로운 존재가 아니라는 점이다. 교수와 강사들은 학생들을 가르치는 일뿐만 아니라 자신의 학문적 업적을 논문이라는 성과물을 통해 대외적으로 발표한다. 논문은 한 학자의 학문적 성과를 말해주는 객관적 지표이다. 이러한 논문들은 기본적으로 이전의 업적과 다른 새로운 시각과 방법 등의 독창성을 요구한다. 이것은 결코 쉬운 일이 아니다. 열심히 연구해도 그 성과물이 제대로 나오지 않을 때 연구자의 불안과 초조는 표절이라는 악령과의 만남을 유혹한다. 이 욕망에 끝내 굴복할 때 표절이 생산되고, 그 유혹을 뿌리치고 연구에 매진할 때 독창적 성과물이 나오게 된다. 표절은 역으로 독창적 연구를 가능하도록 채찍질하는 악역의 역할을 담당한다고도 볼 수 있다. 대부분의 표절은 연구자가 열심히 연구하지 않는 상황에서 발생한다. 충분하게 연구를 진행하지 못했음에도 연구 성과물을 재빨리 내놓아야 하는 상황이 초래될 때, 일부 교수와 강사들은 표절을 통해 그 위기를 해소한다. 베끼기와 짜깁기로 이루어지는 표절은 손쉽게 한편의 논문을 만들어낼 수 있기 때문이다.

논문 표절을 하려면 반드시 지켜야 할 몇 가지 양심 불량의 기본 수칙이 있다. 첫째, 표절하는 데에 거추장스러운 학자적 양심을 쓰레기통에 버리고, 철면피의 **뻔뻔함**을 오매불망 고수하는 초지일관의 태도를 견지하라! 둘째, 가급적 국내에 알려지지 않는 외국원서를 활용하라! 셋째, 국내 저서일 경우 무명인의 저서에서 은밀하게 훔쳐라! 넷째, 한 책에서 집중적으로 가져오기보다 여러 책에서 자료를 가져와 정교하게 짜깁기 하라! 다섯째, 혹시 누군가에 의해 표절 의혹이 제기되면 딱 잡아떼라! 오히려 명예훼손 죄로 상대방을 고발하겠다는 적반하장의 자세를 취하라. 이때 표절 기준이 명확하게 없다는 것을 적극 활용하라. 여섯째, 표절이 명백해지는 객관적 상황이 초래되면 "하늘 아래 새로운 것은 없다"라는 논리로 적극 대응하라! 일곱째, 표절자는 어떤 상황에서도 자신이 표절했다는 고백을 결코 해서는 안 된다. 특히 술자리에서 실수로 표절을 고백하는 어리석은 짓을 하지 않아야 한다. 여덟째, 표절 논란이 벌어지면 단기전 보다 무조건 장기전을 택하라! 표절 논쟁이 발생할 경우 지리한 공방 속에 표절에 대한 외부의 관심이 줄어들어 표절 논쟁에서 유리한 고지를 확보할 수 있다. 이러한 수칙들을 철저하게 지킨다면 당신은 표절 우등생이 틀림이 없다. 당신의 앞길은 학자가 아닌 사기꾼으로서의 삶이 화려하게 펼쳐질 것이다.

1980년대까지 대학에서 한번 교수는 영원한 교수였다. 특별한 문제가 없는 한 대학교수들은 정년을 보장받았다. 이러한 영구집권의 낙원은 1997년을 기점으로 균열하기 시작한다. 대학경쟁력의 강화라는 이름 아래 제한적인 교수평가시스템이 도입되었기 때문이다. 2000년대 들어 더욱 강화된 신자유주의 체제는 대학교수의 정년 보장이라는 신화를 끝내 붕괴시킨다. 신규 채용 교수들은 계약제라는 형태로 그들의 자격요건을 정기적으로 대학 당국에 의해 심사 받아야 했던 것이다. 이때 중요한 평가 잣대 중의 하나가 한국연구재단이 인정한 등재지나 등재 후보지에 논문을 몇 편 게재했느냐이다. 논문이 교수의 절대적 위치를 위협할 살생부일 수도 있는 상황이 초래된 것이다. 도입 초기에 참조사항에 불과했던 논문 편수를 통한 평가 시스템이 1997년

IMF 구제금융 이후 절대적 잣대로 등극했던 것이다. 논문 쓰기는 이제 선택 사항이 아니라 필수 사항이다. 논문을 많이 써야 생존할 수 있는 환경에서 표절은 독버섯처럼 함께 성장한다.

한국의 대학교수들은 보통 한 학기에 9~12학점의 강의를 하게 된다. 이것은 대학 강사와 비교해 보면 연구에 필요한 시간을 상당 부분 확보할 수 있다는 의미이다. 하지만 일부 대학 교수들은 강의 이후에도 여전히 바쁘다. 학생들과의 면담, 교수회의 등과 같은 공적인 활동 외에도 교수들을 부르는 모임은 상당 부분 많다. 이런 모임에 다 참석하다 보면 연구 시간이 부족해지는 것은 당연지사이다. 교수들은 대학에서 생존하기 위해 논문을 지속적으로 발표해야 한다. 이때 일부 교수들은 기존 논문을 짜깁기 하거나 이전에 자신이 발표했던 논문을 자기 표절하는 유혹에 빠져 들게 된다. 여기에서 좀 더 나아가면 대학원생과 강사의 노동력을 동원해 논문을 대필시키는 단계까지 이른다. 어떤 교수는 초고 정리, 원고 교정이라는 이름 아래 대필을 시키고 마지막에 원고를 약간 손질하여 자신의 이름으로 발표한다. 이렇다 보니 일부 교수의 저서에서 머리말에 언급되는 강사나 대학원생의 이름이 실질적인 저자인 경우가 많다.

한국의 대학에서 교수와 강사, 교수와 대학원생의 관계는 철저하게 수직적 상하서열의 위계질서가 작동한다. 교수가 무소불위의 주인이라면 강사나 대학원생은 현대판 노예이다. 이방인의 시선으로 한국 사회를 통찰하는 한국인 박노자는 대학의 시간강사를 대학교와 학교 내지 학계의 실세에 의해 종속된 '제3세계형 착취공장'으로 비유한 바 있다. 교수의 눈 밖에 나면 강사들은 강의시간을 배정받지 못하거나, 대학원생들은 석·박사논문 통과시에 많은 어려움을 겪게 된다. 이러한 약자의 처지에 있기에 강사나 대학원생은 일부 교수의 논문 대필 요구를 쉽게 거절하지 못하게 된다. 이때 교수에게 써주는 논문의 질이 높으면 높을수록 강사나 대학원생의 능력은 교수에게 높은 평가를 받게 된다. 그것은 강사 배정이나 신임 교수 채용에 있어 유리한 고지를 차지한다는 것을 의미한다.

이러한 비합리적 구조 속에 길들여지다 보면 학문후속세대인 강사나 대학원생들도 논문 대필이 지닌 문제점을 망각하게 된다. 음성적인 표절의 공모 구조가 지속되면서 이제 교수의 논문 대필은 제자가 마땅히 해야 할 도리로 간주된다. 이것의 문제점을 지적한 강사나 대학원생은 주인을 문 미친 개로 몰려 도리어 왕따 당한다. 구린내 나는 표절을 외부에 제보하는 내부고발은 대학원 사회에서 발을 뗄 작정이 아니면 감히 감행하기 힘든 금기 사항이 된다. 표절은 아니지만 황우석 교수의 논문 조작 사건은 교수의 비리를 외부에 알린다는 것이 얼마나 어려운 것인지 보여준 좋은 사례이다. 이러한 부패 구조 속에서 독창적인 학자의 논문을 기대하는 것은 과한 욕심일 것이다.

교수의 영원한 노예인 대학 시간강사들은 논문 대필을 포함한 교수의 뒤치다꺼리와 강의에 시달리다 보면 논문 쓸 시간이 턱없이 부족하다. 특히 대학강사들은 강의평가제가 대학에 정착되면서 학생들에게 더 많은 시간을 쏟아야만 계속 강의를 할 수 있다. 이런 상황에서 여유있게 논문을 쓰는 것은 불가능하다. 비정규직인 시간 강사를 청산하고 귀족 신분인 교수로 수직 상승하려면 논문을 많이 써야 한다. 인문학 분야에서 연구자들이 새로운 논문 한편을 쓰는 데에 걸리는 시간은 최소 3개월에서 보통 6개월 정도가 소요된다. 대학 교수 임용시 논문 편수는 임용의 중요한 평가 잣대가 된다. 다다익선의 원칙이 작동하고 있는 것이다. 따라서 대학 강사들은 논문의 편수 경쟁 속에 단기간 내에 더 많은 논문을 쓰도록 내몰린다. 대학 강사들도 부패한 교수에게 배운 것처럼 표절을 통해 이 문제를 간단하게 해결할 수 있다는 유혹에 시달리게 된다. 그 유혹은 쉽게 뿌리칠 수 없을 정도로 강렬하다. 표절의 세계에 발을 들여놓은 순간, 그가 사석에서 그렇게 비판했던 교수와 똑같은 존재가 된다. 표절이 대물림되고 있는 것이다.

3. 표절의 구체적 사례들

대학에서 표절이 발생하고 있지만 그것을 적발하고 징계하는 경우는 많지 않다. 표절에 대한 정확한 기준과 시스템의 미비, 표절에 관용적인 한국의 대학문화 등이 복합적으로 작용한 결과이다. 설사 표절이 적발되더라도 공적인 문제로 확대되지 않고 당사자들의 합의하에 조용하게 끝내는 경우가 태반이다. 솜방망이 처벌은 표절을 근절시키지 못하고 계속되게 하는 악순환의 단초를 제공한다. 한국의 대학 사회에서 내부자만이 아니라 제3자의 표절 고발도 결코 쉽지 않다. 대표적인 사례가 김윤식 교수의 표절을 지적한 이명원의 경우를 보면 알 수 있다.

2000년에 서울 시립대 대학원생인 이명원은 서울대의 김윤식 교수가 일본의 저명한 문학평론가 가라타니 고진의 글을 표절했다고 주장해 논란이 발생한다. 당시 서울시립대 교수들은 전원이 서울대 출신으로 구성되어 있었다. 그들은 모교의 스승인 김윤식 교수의 명예를 훼손시키는 논문을 쓴 이명원에게 유형 무형의 압력을 주었고, 박사 과정생이었던 이명원은 서울시립대를 끝내 자퇴하고 만다. 이명원이 김윤식 교수의 표절을 지적한 부분은 다음과 같다.

　　한 마디로 말하면, 「풍경의 발견」과 「고백체 소설의 형식과 기원」은 가라타니 고진의 『일본 근대 문학의 기원』의 표절 혹은 번안이라는 주장에서 자유롭지 못하다. 때문에 이 두 편의 글을 분석하는 것은 별다른 의미가 없다. 물론 한일문학의 관련양상에 관한 실증적 검토까지 무의미해지는 것은 아닐 테지만 말이다.
　　가령 「문학적 풍경의 발견」에서 김윤식이 자신의 주장인 것처럼 슬며시 적어놓은 문장은 장장 4페이지에 걸쳐서 가라타니 고진의 글을 표절한 것이다. 아니 단적으로 말해서, 「풍경의 발견」과 「고백체의 발견」은 그 분석 대상만 한국문학이지 그 논리와 표현은 거의 완벽한 표절인 것이다.[1]

　　국문학계의 대가로 평가되는 김윤식 교수가 고진을 표절했다는 것은 고진의 『일본근대문학의 기원』이 번역되면서 학계에 점차 알려졌다. 하지만 김윤식이라는 성역에 대해 비판하기 힘든 학계의 분위기 때문에 공론화되지 못했다. 그런데 소장 연구자인 이명원이 논문에서 공식적으로 문제를 제기했던 것이다. 이명원이 학교를 계속 다니지 못하고 자퇴하고만 사건의 결말은 표절 고발이 학계에서 결코 쉬운 일이 아님을 다시 한 번 확인시켜 준다. '김윤식-이명원 사건'은 표절, 사제 카르텔, 서울대 패권주의 등의 문제를 환기시며 학계에 일파만파의 충격을 안겨주었다. 이 표절 논란 후 김윤식 교수는 자신이 고진의 생각을

---

1) 이명원, 『타는 혀』, 새움, 2000, 270쪽.

인용없이 가져왔다는 학문적 과오를 인정한 바 있다.

표절의 경우 문제가 되는 것은 흔히 타인의 저서에서 무단으로 글을 가져왔을 때이다. 그런데 이러한 표절 외에도 자신이 이전에 발표한 글에서 도둑질하는 자기표절의 경우도 있다. 한국연구재단은 학술지에 등재된 것만을 인정한다. 여기에서 문제가 발생한다. ≪창작과 비평≫·≪문학과 사회≫·≪문학동네≫라는 유력 잡지에 실린 글의 경우 설사 논문 형식의 글이어도 논문 평가 점수는 대학교에서 빵점으로 취급된다. 이런 상황에서 일부 저자들은 일반 잡지에 실린 것을 제목이나 각주를 첨가해 학술지에 발표하는 자기표절을 한다. 현재 인하대 동양어문학부 교수이자 문학평론가인 김동식은 ≪문학과 사회≫ 2001년 봄호에 「낭만적 사랑의 의미론」이라는 글을 발표한 적이 있다. 김동식은 이 글의 제목을 바꾸고 각주를 첨가하고, 글의 내용을 일부 보강해 ≪민족문학사연구≫라는 학회지 2001년 제18호에 「연애와 근대성」이라는 소논문으로 재발표한다.

국문학계에서 성실한 연구자로 평가받던 김동식은 왜 이러한 행동을 했을까. 그것은 유명 문예지에 글을 발표해도 학회지가 아니기에 교수 채용이나 업적 평가할 경우 점수로 인정받지 못하는 불합리한 현실 때문이다. 그래서 그는 자신의 글을 재탕하는 자기표절을 감행했던 것이다. 자기표절의 경우 저작권법 위반은 아니지만 도덕적 차원에서 비판을 받는다. 물론 이러한 자기표절은 김동식에게만 해당되는 것은 아니다. 자기표절은 의외로 학계에 널리 퍼져 있다. 이 사건은 학계의 논문과 평론 사이의, 학회지와 문예지 사이의 적절한 관계 설정에 대한 물음을 던지게 한다. 김동식의 경우보다 더 악질적인 것은 학술지에 발표했던 이전의 논문에 내용을 조금 첨가해 발표하는 경우이다. 이

러한 자기표절의 논문은 새로운 연구 업적이 아니기에 학문의
발전에 전혀 도움이 되지 않는 대표적인 근친상간의 행위이다.

4. 정확한 인용의 중요성

표절은 연구 역량과 시간의 부족에서 발생하기도 하지만 지나
치게 독창성에 과잉의미를 부여하는 주변 환경도 무시할 수 없
다. 독창성이라는 것은 100% 새로운 것의 탄생을 의미하지 않는
다. 하지만 우리들은 일반적으로 알게 모르게 그러한 것을 요구
한다.

이러한 압박감에 시달리다 보면 연구자들은 자신의 논문에 일
일이 인용표시를 정확하게 하기보다 슬쩍 생략함으로써 마치 많
은 부분들이 자신의 고유한 생각인 것처럼 착각하게 만든다. 또
논문을 짜깁기해 표절할 경우에도 이러한 행동을 취한다.

성공회대 교수이자 문학평론가인 임규찬은 ≪창작과 비평≫
2003년 가을호에 「최근의 비평적 양상과 문제점들」에서 정확한
인용을 하지 않음으로써 독자들에게 많은 부분을 마치 자신의
생각인 것처럼 느끼게 하는 일종의 부분 표절(?)을 저지른다. 이
글에서 임규찬은 문학권력을 비판한 논자들을 비판하면서 다음
과 같은 언급을 한다. 김춘식의 원문과 틀린 부분을 조금 진하게
표시했다. 그 이외의 부분은 김춘식의 문장과 똑같다.

우선 90년대 이후 문학권력, 비평권력에 대한 비판은 푸꼬(Michel
Foucault)가 말한 '담론의 권력' 비판과는 다른 형태로 이루어졌다고
할 수 있다. 최근까지 지속된 문학권력에 대한 비판은, 자체의 체계

를 지닌 '권위적 담론'에 대한 비판이라기보다는 특정한 잡지와 매체 등 제도적인 권력을 선점하고 있는 집단에 대한 '정치적인 공세'였다. 이런 '제도권력'에 대한 비판은 '담론권력'에 대한 부차적인 비판의 의미는 지닐 수 있지만, '담론' 자체에 대한 비판과 '해체'를 통해서 새로운 담론을 생산하는 행위와는 거리가 있었다.[2]

우리들은 여기에서 임규찬의 글이 고유한 자신의 생각이 아니라 문학평론가 김춘식의 「근원을 묻는 글쓰기」에서 거의 그대로 가져왔음을 확인할 수 있다. 물론 임규찬은 김춘식의 글을 인용했다는 사실을 문장의 맨 끝에서 각주로 밝히고 있다. 하지만 인용의 경우 3줄 이상이 넘을 경우 본문에서 독립시켜 어느 부분을 인용했는지 정확하게 밝혀야 한다. 또 직접인용이 아닌 간접인용의 경우 문장을 시작하기 전에 '김춘식의 견해에 의하면'이라는 문구를 먼저 삽입하고 난 다음 문장을 전개해야 독자들이 착각하지 않는다. 이 방식이 마음에 들지 않는다면 큰 따옴표(" ")로 인용된 부분을 정확하게 표기했어야 했다. 임규찬의 글은 간접인용과 직접인용을 마구 뒤섞어 인용의 원칙을 제대로 지키지 못했다. 이 문장들은 형식적 요건을 제대로 갖추지 못한 실망스러운 문장이다. 문제는 임규찬의 경우처럼 정확한 인용을 하지 않은 짜깁기성 글쓰기가 국문학계에 만연되어 있다는 점이다. 임규찬의 경우, 글의 전후를 살펴보면 사악한 표절 의도를 갖고 짜깁기 했다고 보기 힘들다. 하지만 임규찬은 적어도 일부 문장을 짜깁기했다는 점에서 마땅히 비판받아야 한다. 각주의

---

2) 임규찬, 「최근의 비평적 양상과 문제점들」, ≪창작과 비평≫, 2003년 가을호, 253쪽.

서지 정보에 있어서도 김춘식의 『불온한 정신』은 2002년이 아니라 2003년도에 발간되었다. 이것은 사소한 것이지만 학자로서 문학평론가로서 임규찬의 성실성과 꼼꼼함에 의문을 갖게 만든다. 혹시 임규찬은 글쓰기를 대충하면 된다는 안이한 생각을 갖고 있는 것은 아닌지 따져묻고 싶다. 각주 표기의 오류는 '창비' 편집부의 책임일 수도 있다. 하지만 교정본을 이메일로 받았을 때 꼼꼼하게 확인하지 못한 것은 임규찬의 최종 책임이다.

인용은 자신의 논리적 근거의 타당성을 증명하기 위해 해당 분야의 저명한 저자의 글을 가져와 논문의 보편성을 확보하기 위한 행위이다. 이러한 인용은 연구자의 독창성을 헤치는 것이 아니라 오히려 자신의 논거를 보충한다. 이렇게 자신에게 많은 도움을 준 저자에게 감사의 표시를 하고, 다른 연구자들에게 정보 공유의 기회를 제공하는 것이 바로 인용의 역할이다. 정확한 각주 처리는 오히려 논문의 신뢰성을 높이는 것이다. 따라서 연구자들은 무엇보다 정확한 인용을 하는 기본적 연구 자세가 필요하다. 기본에 충실하지 않은 연구자는 표절 유혹에 빠지기 쉽고, 자신의 학문적 발전에도 막대한 장애를 초래한다. 부정확한 각주 처리는 표절 입문의 첫걸음인 것이다.

5. 표절 극복과 공정사회로 가는 길

혹자는 왜 논문 하나 표절한 것 때문에 야단법석이냐고 반문할지도 모르겠다. 생명공학자인 황우석 교수의 논문 조작 사건은 논문 한편의 문제가 어느 한 개인의 문제가 아니라 연구공동체, 더 나아가 사회나 국가의 근간을 뒤흔들 수도 있음을 보여준다. 표절이 난무하는 곳에 학문의, 국가의 발전은 기대할 수 없다. 표절과의 전쟁은 공정사회이자 선진국의 필수조건이다. 올림픽 금메달리스트이자 태권 영웅인 문대성 선수는 국회의원에 당선되었지만 표절 논란에 휩쌓였다. 문대성은 문도리코라는 별명이 붙었고 동아대 교수직도 물러났다. 국민대는 2014년에 문대성의 박사논문을 표절 논문이라고 최종적 판단을 내렸다. 그렇지만 문대성은 자신의 논문 표절을 인정하지 않는 파렴치한 윤리의식을 끝까지 보여주었다. 새누리당은 표절자인 문대성을 복당시키는 비윤리성을 통해 불공정사회의 단면을 드러냈다. 문대성은 국회의원이자 IOC위원으로 활동하고 있는데 그의 표절은 국가적 망신이라고 할 수 있다.

이제 대학 당국은 대학원 석·박사 교육 과정에서 표절하지 않겠다는 대학원생들의 서약을 받고, 표절과 관련한 교육도 반드시 실시해야 한다. 대부분의 표절 확인이 심사위원의 기억에 의존하고 있는 상황이라면 표절 적발에 한계를 가질 수밖에 없다. 따라서 국가적 차원에서 표절을 검사할 프로그램을 개발해야 한다. 교강사의 논문 표절은 개별적 양심의 실종에서 발생하기도 하지만 그것을 밑받침하고 있는 사회적 환경에서도 원인을 찾을 수 있다. 성과지상주의에 중독된 중고등학생들의 커닝, 대학 리포트의 짜깁기와 베끼기, 교수와 강사의 수직적 서열주의, 일용 잡급직인 대학 시간강사의 열악한 처지, 논문 편수의 물량 실적주의, 청렴한 윤리의식의 결여 등은 상호 연관성 속에 표절을 양산한다.

저작권의 보호가 만능은 아니다. 선진국이나 일부 지배적 세력에 의한 저작권 독점 현상은 정보 공유를 통한 인류 발전을 저해하기도 한다. 그러나 그렇지 않은 경우라면 타인의 저작권을 인정하고, 그 바탕 위에서 새로운 것을 창조해야 한다. 교수와 강사들의 논문 실적이 부진하던 때에 한국연구재단이 주도하여 논문의 양적 성장을 급격하게 증가시키는 성장 정책을 추진했다. 그 결과 논문을 안 써도 교수를 계속하는 철밥통 문화에 철퇴가 가해졌고, 논문 편수의 급격한 증가가 이루어졌다. 하지만 이 과정에서 논문의 질적 평가를 등한시하는 오류를 빚기도 했다. 논문중심주의의 확산 속에 단행본 업적이 찬밥 신세로 전락하는 본말전도의 현상이 발생하기도 했다. 표절 문화의 추방 운동은 논문의 양적 성장이 질적 성장으로 전이되는 계기를 제공한다. 학문의 선진국이 되려면 표절 문화에 대한 자기 반성과 개혁은 꼭 거쳐야 할 진통인 것이다.

우상과 신화를 넘어

반체제의 저항시인과 노망난 우상

- 김지하론

1. 반체제의 영웅에서 시대의 변절자로

박정희는 1972년 유신체제를 선포해 남한에서 유일무이한 절대자가 되었다. 당시에 이 절대자에 맞선 민주주의 영웅들이 여럿 있었다. 그 중에서 1970년대에 박정희 체제를 향해 풍자 언어폭탄을 던진 테러리스트가 있었으니, 우리는 그를 김지하라고 기억한다. 긴급조치로 대표되는 유신체제에서 김지하는 '수배-체포-투옥-출소-재투옥'이라는 난관의 연속 속에 유신체제를 반대하는 1970년대 민주주의의 뜨거운 상징이 되었다. 타는 목마름으로 민주주의를 간절하게 불렀던 김지하의 언어들은 1970년대의 눈물이자, 분노이자, 감동이자, 연대의 울부짖음이었다. 박정희는 총과 칼로 무장한 노회한 군인 출신의 독재자였고, 김지하는 불과 30대의 문인으로 고작 언어만을 갖고 싸움에 나갔다. 박정희와 김지하의 싸움은 박정희의 일방적인 연전연승이었

고, 김지하는 아이러니하게도 연전연패하면서 오히려 반체제의
영웅이 되었다.

　1941년 목포에서 출생한 김지하(본명 김영일)는 1959년 서울대
미학과에 입학한 이후 4·19혁명과 5·16군사쿠데타 등 격동의
역사를 겪으면서 체제비판적 인물로 변신했다. 현실비판적 리얼
리즘 시를 쓴 김지하는 대학 시절 4·19혁명을 체험했다. 4·19혁
명이 내세운 민족주의와 자유민주주의는 그의 문학적 상상력을
낳는 원천이 되었다. 김지하는 1969년에 「황톳길」 등의 시를 발
표하면서 문단에 공식적으로 데뷔했다. 그는 1970년 ≪사상계≫
에 특권층의 부정부패를 풍자한 장시 「오적」을 발표했다. 김지
하의 출세작인 「오적」은 판소리 형식에 한자를 섞어 '재벌, 국회
의원, 고급공무원, 장성, 장차관'을 다섯 도둑이라고 지칭하며
신랄하게 풍자 비판한 담시였다. 이 시가 야당의 기관지 ≪민주
전선≫에 실리면서 김지하는 '반공법 위반'으로 체포 투옥되었
다. 이 사건은 유신체제를 비판하는 문학 영웅 김지하를 탄생시
키는 시발점이 되었다. 감옥에서 풀려난 김지하는 유신체제를
비판하는 반체제 활동을 하다가 지명수배되어 1974년에 체포된
다. 그는 재판정에서 사형을 선고받았다가 무기징역으로 감형된
다. 1975년에 형집행 정지로 출옥한 김지하는 필화사건을 다시
일으켰고 반국가단체를 찬양 고무했다는 이유로 다시 구속된다.

　1970년대 김지하의 문학은 체제 비판의 무기이자 미학적 생
산물이었다. 그는 첫 번째 시집인 『황토』와 두 번째 시집 『타는
목마름으로』를 통해 보듯 간접화법인 민중적 서정시와 직접화
법인 풍자시라는 쌍권총을 사용했다. 이런 그의 문학이 변모하
기 시작한 것은 1980년 감옥에서 출소한 이후 1982년 시집 『남』
을 발표하면서이다. 그는 유신체제와 투쟁하면서 죽음의 위기까

지 내몰리면서 생명의 소중함을 다시 한 번 깨닫고 생명사상가로 변신한다. 1980년대 중반부터 운동권을 중심으로 반체제의 투사에서 생명사상가로 변신한 김지하에 대한 비판이 등장하기 시작했다.

김지하가 진보 진영과 최초로 공식 결별한 것은 1991년 ≪조선일보≫에 「죽음의 굿판 당장 걷어치워라」를 발표하면서이다. 김지하의 완결판 변신은 2012년 대선 정국에서 새누리당 후보인 박근혜를 지지하면서이다. 김지하는 1970년대 좌파 구원투수에서 2010년대에 우파 구원투수로 충격적인 변신을 감행했던 것이다. 김지하의 변신은 민주화를 열망하며 투쟁해 왔던 많은 사람들에게 '변신'이 아니라 '변절'로 다가왔다. 과거 김지하에 대해 호의적으로 썼던 상당수의 글들은 휴지통에 가야 할 운명에 처했다. 김지하는 왜 변절했을까? 치매기 있는 노인의 노망일까, 아니면 그의 사상적 전향이 가져온 필연적 결과물일까? 나는 변신의, 변절의 비밀을 찾아 과거와 현재로, 더 나아가 미래로 이동하는 셜록 홈즈가 된다.

2. 저항시인과 생명사상의 발견

1970년대에 김지하(金芝河)의 시는 이름 그대로 지상에서 읽기 힘든 불온한 지하(地下) 문학이었다. 당시에 김지하의 시를 애독한다는 것은 반체제 활동에 대한 동조였다. 현실비판적 리얼리즘 시를 쓴 김지하는 20대 초반의 대학 시절 4·19혁명을 체험했다. 4·19혁명이 내세운 민족주의와 자유민주주는 그의 문학적 상상력을 낳는 원천이 되었다. 그의 시에는 '사월, 수유리, 민주주의'가 자주 등장한 것도 4·19세대의 정체성과 연관성이 깊다. 김지하는 4·19혁명을 통해 새로운 민주주의 시대가 열릴 것이라고 생각했지만, 1961년 박정희에 의한 군사쿠데타가 이러한 염원을 저버렸다. 혁명과 발전을 내걸고 집권한 박정희 군사정권은 조국근대화를 내세워 민주주의를 감옥에 감금했고, 비판적 지식인과 민중들은 민주주의를 찾아 감옥에 가야 했다.

이런 암담한 상황에서 김지하의 민중적 서정시는 "총칼이 파수 섰다, 네 가슴에도/또 내 가슴에도 그 누구의 가슴속에도/자라는 것은 구역이다, 자라는 것은/진한 진한 노여움이다,"(「사월」 중에서)라고 노래한다. 김지하의 시에서 자주 등장하는 노여움이란 분노는 「타는 목마름으로」라는 시에서 "떨리는 손 떨리는 가슴/떨리는 치떨리는 노여움으로 나무판자에/백묵으로 서툰 솜씨로/쓴다.//숨죽여 흐느끼며/네 이름을 남몰래 쓴다./타는 목마름으로/타는 목마름으로/민주주의여 만세."라고 외치게 만든다. 김지하는 암울한 시대상을 표출하기 위해 '칼날, 어둠, 매질, 총검, 먹구름, 죽음, 가위눌린 신음, 핏자국, 지옥'이라는 구절을 자주 등장시켰다. 반면에 김지하는 '새벽, 새, 빛, 새푸른 하늘, 외침'을 통해 희망을 꿈꿨다. 그는 문학의 언어를 통해 박정희 군사정권이라는 골리앗과 맞짱을 뜨는 반체제의 다윗이 되었다.

김지하는 반체제의 활동 속에 그의 부모도 경찰에 끌려가 고문과 모진 고생을 겪었다. 김지하의 반체제 투쟁은 아무런 연관도 없는 부모를 고문하는 박정희 군사정권을 타도하겠다는 복수심과 민주주의·민족통일·사회개혁을 완수하겠다는 역사적 사명감이 복합된 것이다. 저항시인 김지하는 1974년에 민청학련사건 배후자로 사형을 선고 받았다가 무기로 감형되었고, 1975년 2월 15일 형집행정지로 출감했다. 불과 1년도 안 되어 사형수로, 무기수로, 그리고 석방으로 이어지는 신분의 변화는 당시의 사형 판결이 얼마나 짜고 치는 고스톱이었는지 잘 보여준다. 김지하는 이런 코미디 같은 현실의 모습을 「고행… 1974」라는 제목으로 1975년 《동아일보》에 연재한다.

김지하는 이 글에서 민청학련 사건 관련한 사이비 재판에서 동료 김병곤이 사형 구형을 영광이라고 말한 부분을 언급한다. 김병곤의 말을 들은 김지하는 「고행… 1974」에서 "죽음을 받아들임으로써 죽음을 이겼고, 죽음을 스스로 선택함으로써" 당시에 영생을 얻었다고 고백한다. 김지하는 「여울 1」이라는 시에서도 "죽음으로밖에는/기어이 스스로 죽음으로밖에는/살길이 없어 가리라 매골모루로 가리라//아아 타다 타다가/사그라져 없어지는 새빨간 새빨간/저 촛불의 아픔."이라고 노래한다. 시인은 참된 민주주의의 달성을 위해 죽음이라는 희생마저 감수해 어둠을 밝히는 촛불이 되겠다고 말한 것이다. 이러한 김지하의 뜨거운 시는 많은 사람들의 가슴을 적시었다. 김지하는 첫 번째 시집 『황토』(1970)의 후기에서 "이 작은 반도는 冤鬼들의 아우성으로 가득 차 있다. 外侵, 전쟁, 폭정, 반란, 惡疾과 굶주림으로 죽어간 숱한 인간들의 恨에 가득 찬 哭聲으로 가득 차 있다."고 말한다. 그는 자신의 시가 이 억울하게 죽은 영혼들을 위로하는 신내림의 시가 되고자 했다. 김지하는 억울하게 죽은 원귀들의 사연을 해결하고자 시를 썼고, 비민주적 군사정권과 투쟁했다.

김지하는 젊었던 시절, 여러 번 자살을 시도한 적이 있다고 한다. 김지하는 가난, 첫사랑의 실패, 폐결핵, 암울한 시대상에서 세 번의 자살을 시도하고 실패한다. 견딜 수 없이 괴로운 나날의 연속. 김지하는 죽고 싶다는 생각 속에 스승이 추천한 노자의 『도덕경』을 읽고, 당대 일그러진 역사 현실을 접하면서 죽기 전에 해야 할 일이 생겼고, 살아야 할 이유를 발견했다. 그것은 민주주의를 파괴하는 군사정권과의 싸움이었다. 김지하는 민주화의 투쟁 속에 삶의 실존을 확인했고, 1970년대 민주주의의 전위가 되었다.

김지하는 1974년에 사형선고를 받고, 죽음에 대한 불안과 공포를 역사에 대한 책임감과 동료와의 연대 속에 극복했다고 말한다. 그러나 죽음에 대한 공포와 불안은 한번 극복했다고 해서 완전하게 극복할 수 있는 것이 아니다. 생명체가 살아있는 한 죽음에 대한 불안과 공포는 완벽하게 추방할 수 없다. 김지하는 1975년에 재수감되어 독방에 갇혀 언제 풀려날지 알 수 없는 유신체제의 암흑 속에 또 다시 죽음에 대한 공포와 불안을 만나게 된다. 기나긴 수감이 계속되면서 그의 정신은 약해졌고, 김지하는 1970년대 후반에 정신병의 일종인 벽면증(壁面症)에 걸린다. 벽면증은 천장이 내려오고 마루가 올라오고 벽이 조여 오는 현상이다. 벽면증은 망각되었던 극복했다고 생각했던 죽음에 대한 공포와 불안의 다른 이름이다. 이 벽면증은 김지하에게 깊은 트라우마를 형성시킨다. 에릭 프롬은 『인간의 마음』에서 "살려고 하고 그 존재를 유지하려고 하는 것은 모든 생명체의 고유한 성질이다."라고 말한다. 김지하는 죽음의 공포와 불안에서 벗어나 살고 싶었을 것이다. 그때 김지하는 감옥의 틈 사이에 피어난 개가죽나무의 풀을 발견하고 생명사상을 탄생시켰다. 김지하는 감옥에서 죽음의 공포와 불안을 체감하면서 살아 있다는 것 그 자체가 희망의 증거임을 깨달았다고 한다.

그러니까 그것은 무슨 철학적 명상의 결과도 아니었고, 외국 서적을 보거나 한 결과도 아니었습니다. 바로 실존적 위기 때문이었어요.

그때가 마침 봄이었는데, 어느 날 쇠창살 틈으로 하얀 민들레 꽃씨가 감방 안에 가득히 날아 들어와 반짝거리며 허공중에 하늘하늘 날아다녔습니다. 참 아름다웠어요. 그리고 쇠창살과 시멘트 받침 사이의 틈, 빗발에 패인 작은 홈에 흙먼지가 날아와 쌓이고 또 거기 풀씨가 날아와 앉아서 빗물을 빨아들이며 햇빛을 받아 봄날에 싹이 터서 파랗게 자라 오르는 것, 바로 그것을 보았습니다. 개가죽나무라는 풀이었어요. 새삼스럽게 그것을 발견한 날, 웅크린 채 소리 죽여 얼마나 울었던지! 뚜렷한 이유도 없었어요. 그저 '생명'이라는 말 한마디가 그렇게 신선하게, 그렇게 눈부시게 내 마음을 파고들었습니다.[1]

김지하의 생명사상은 박정희의 비참한 죽음과 5·18민주화운동의 희생자들로 인해 더욱 깊어졌다. 김지하의 생명사상은 '가해자/피해자, 독재/반독재, 지배층/민중, 삶/죽음'의 이분법을 해체하는 모성론적 세계관이다. 문제는 포용론적 생명사상이 독재의 탄압과 민주주의의 실종 사회에서 체제에 대한 투쟁력을 약화시키고 가해자를 용서하는 논리로 사용될 수 있다는 점이다. 1980년대에 김지하는 '진보 진영/보수진영, 가해자/피해자, 지배층/피지배층'을 모두 아우르는 생명사상이 양자의 갈등과 대립을 해소하는 제3의 통로라고 믿었다. 아니, 믿고 싶었을 것이다. 김지하의 생명사상이 제대로 펼쳐지려면 양자가 상대방의 생명을 존중하는 태도가 공유되어야 한다. 하지만 군사정권의 지배층은 피지배층인 민중의 생명을 존중하지 않았다. 5·18민주화운동, 민주화 시위와 노동쟁의 탄압은 지배층의 생명 무시 태도를 명백하게 보여준다. 가해자의 반성이 없는 상황에서 피해자만의

---

1) 김지하, 『생명과 자치』, 솔, 1996, 20쪽.

일방적인 생명 존중은 투쟁의 포기 내지 약화를 의미한다. 김지하의 생명사상은 1980년대 현실 조건에서 깊이 뿌리를 내기 어려웠던 것이다.

3. 출옥한 김지하와 생명사상의 전개

1980년에 출옥한 김지하는 많은 사람들의 기대와 달리 은둔과 침묵의 기간을 갖는다. 옥중 생활로 인한 심신의 치료와 휴식이 필요했지만 그의 은둔과 침묵은 예상보다 상당히 길었고, 그 공백은 대부분 생명사상의 전파로 채워졌다. 이런 상황에서 1980년대에 박노해와 김남주 시인이 김지하를 대신하여 새로운 반체제 저항문인의 상징으로 떠올랐다. 김지하는 민주화 운동에서 점차 잊혀진 왕년의 대스타가 되고 있었다. 1980년대는 민주화 투쟁이 5·18민주화운동을 계기로 더욱 격화되던 시기였다. 이런 시기에 김지하의 생명사상은 투쟁보다 타협을, 갈등보다 평화를 택했다. 체제 변혁의 혁명은 필연적으로 인민의 피를 요구한다. 민주주의는 인민의 피라는 연료를 통해서만 움직인다. 혁명은 일종의 흡혈귀와 같다. 혁명은 지속적으로 피를 요구하기에 개개인의 희생이 전제되어야 한다. 피의 희생을 통해서만 혁명이 가능한 것은 기득권의 세력이 너무나 강고하기 때문이다. 문제는 김지하의 생명사상이 개별 존재가 현실과 역사의 희생양이 되는 것을 거부하는 이데올로기였다는 점이다. 인간 존재의 생명은 소중하다. 그러나 이것이 무의미한 생명의 연장을 정당화, 합리화하는 것은 아니다. 소중한 생명을 지키기 위해 투쟁할 때도 있고 자신의 목숨을 희생할 때도 있는 것이다. 김지하는 이러한 면을 바라보지 못한 채 생명은 무조건적으로 존중되어야 한다는 생각을 보여주었다. 김지하의 생명사상과 현실의 민주화 투쟁은 병립하기 어려운 관계였던 것이다.

1970년대의 김지하는 역사의 발전을 믿었고, 체제 변혁의 혁명을 욕망했고, 필연적인 피의 희생을 불가피한 역사의 순리로 보았다. 하지만 1980년대의 김지하는 반체제의 투쟁이 생명을 위협하기에 부자연스러운 것으로 간주했다. 김지하는 ≪철학과 현실≫ 1990년 봄호에 철학자 윤구병과의 인터뷰에서 "투쟁이라는 것도 결국은 인간을 부자연스럽게 만들고 생명의 본성에 합당하지 못하다는 것을 깨닫기 시작한 거죠. 생명이라는 것은 투쟁하지 않고 상보적 관계라는 것, 그리고 그 근원에는 한 기운의 통일적인 역동적 움직임이 있어서 그것이 진화의 형태로도 나타나고 그것이 무궁한 제(諸) 사물과의 상호 공존과 화해, 상호 유통, 상호 교호 관계로 나타나는 것이라고 보기 때문에, 그런 식으로 세계관이 변경되지 않으면 생명의 실상은 늘상 공략당하고 인위적인 죽임에 의해서 찢겨진다고 보기 때문"이라고 말한다. 김지하의 생명사상은 당대의 투쟁 요구를 물리치는 자기 합리화의 이데올로기로 작동했던 것이다.

김지하는 1980년대에 반체제 영웅이라는 역할을 거부했다. 적과 아군의 대결 구도를 뛰어넘으려는 김지하의 생명사상은 5·18 민주화운동을 무력으로 진압한 군사정권의 폭압적 지배가 계속되는 상황에서 설득력을 갖기 어려웠다. 김지하는 피해자인 민중의 생명을 위협하는 가해자인 군사정권의 폭력을 비판하면서 전면적으로 투쟁하지 않았다. 결국 김지하의 생명사상은 생명의 소중함을 이야기하면서 가해자의 폭력을 용인하고 불합리한 현실을 그대로 인정하는 결과를 빚는다. 문학평론가 조정환은 「역사로부터 탈주한 김지하의 생명론」(월간 ≪말≫, 2001.7)에서 김지하의 생명사상이 "공포와 위축의 반응일 뿐 자유와 해방의 반응은 아니"라면서, 민중의 당면 문제를 해결하지 못한다고 비판했다. 물론 김지하는 생명사상을 이야기하면서 창조적 변혁의 필요성을 이야기했다. 하지만 그가 말하는 창조적 변혁은 추상적, 관념적 범주를 넘어서지 못했다. 특히 가해자인 지배층을 비판하는 김지하의 언어는 1970년대에 비해 두루뭉술했고 무뎌졌다. 1980년대에 등장한 김지하의 생명사상은 반독재와 민주주의 쟁취를 위한 투쟁의 촉매제가 아니라 오히려 투쟁의 걸림돌이 되었다. 이런 이유로 1980년대 중반 진보 진영의 일부는 김지하의 생명사상을 변절로 판단하기 시작했다.

김지하는 자신의 고백록인 『흰 그늘의 길』(2003)에서 출옥한 후 찾아온 사람들이 "나더러 반5공운동의 대장을 하라는 것이었고 하다가 또 감옥에 가라는 것이었다."고 말한다. 김지하는 자신에게 껍데기 대장 노릇을 하는 그들의 주장에 동의할 수 없었다고 말한다. 김지하는 자신의 생명사상에 대해 당시의 운동권 세력들이 "변절, 배신, 반동, 전열 이탈, 전열 혼란, 생명교 교주 따위의 마구잡이 비아냥과 욕설들"을 했고, "참으로 반지성적인 파시즘은 도리어 소위 운동권 사람들이 더욱 심했다고 기억될 정도"였다고 말한다. 1970년대 저항시인으로서의 김지하는 체제를 위협하는 존재였지만 생명사상을 말하는 김지하는 더 이상 체제에 위협적인 존재가 아니었다. 김지하의 생명사상은 투쟁하다가 감옥에 갇혀 또 다시 벽면증을 겪지 않으려는 무의식이 의식으로까지 전이되어 나타난 자기합리화의 사상이다. 그는 비민주적 정권과 투쟁하지 않는 자신을 정당화, 합리화시킬 이론적 토대로 생명사상을 활용했던 것이다. 자신의 이런 깊은 욕망을 타인이 눈치채면 곤란하기에 그의 생명사상은 난해한 추상성과 관념성의 장벽을 쌓는다. 김지하는 생명사상을 통해 죽음의 공포와 불안, 벽면증의 트라우마에 떨고 있는 자신의 알몸뚱이를 감출 수 있었다. 보수는 기본적으로 현재 향유하는 익숙한 대상을 안정적으로 지키고자 한다. 반면에 진보는 위험을 무릅쓰고 기득권을 포기하고 새로운 것을 향해 위험하게 도전한다. 김지하는 벽면증의 트라우마를 겪으면서 보수의 안정성으로 점차 이동했던 것이다. 김지하는 1979년에 자신의 숙적인 박정희가 시해되자 복수의 대상을 상실했다. 김지하는 복수의 대상 상실과 벽면증의 트라우마 작용 속에 투쟁성을 상실해갔고, 1980년대부터 그의 서정시는 생명을 노래하며 역사의 현실에서 후방으로 후퇴한다.

김지하가 생명사상 말고도 1980년대 운동권과 거리를 유지한 것은 사상적 입장이 달랐기 때문이다. 4·19세대인 김지하는 4·19 혁명에서 민족과 자유민주주의를 세례 받고 그것을 지상명제로 삼았다. 1970년대 반박정희 투쟁도 '민족과 자유민주주의의 수호'라는 기본적 입장에서 출발한다. 김지하는 옥중에서 자신이 빨갱이였다고 고백했다는 말이 세상에 퍼지는 것을 보고 경악했고, 조영래 변호사가 대신 써준 김지하의 양심선언을 통해 자신이 결코 빨갱이가 아니라는 사실을 대외적으로 알리기도 했다. 1980년에 세상으로 다시 복귀한 김지하는 운동권의 주류가 민족 대신에 계급에, 자유민주주의 대신에 사회주의와 가까운 현실을 목격했다. 김지하는 이것에 동의할 수 없었고, 기존의 운동권 주류 세력과 일정한 거리를 유지했다. 김지하가 계급적 사회주의 담론에 동의할 수 없는 또 하나의 이유는 그의 아버지 김맹모가 좌파 빨갱이였기 때문이다. 아버지와 같은 빨갱이가 되지 않겠다는 김지하의 레드 콤플렉스는 '계급' 대신에 '민족'을 택하게 만들었다.

4. ≪조선일보≫ 필화 사건과 보수화의 진행

김지하의 문학은 생명시가 실린 시집 『(대설) 남』이 발행된 1982년을 기점으로 이전과 이후로 나눌 수 있고, 김지하의 삶은 1991년 ≪조선일보≫에 「죽음의 굿판 당장 걷어치워라」를 발표한 이전과 이후로 나눌 수 있다. 1991년 무렵 노태우 군사정권에 의해 민주화의 진전은 더뎠고, 학생 운동권은 급진적 투쟁을 통해 민주주의를 성취하고자 했다. 이 해 4월 전경의 무자비한 진압에 의해 강경대 학생이 사망하는 사건이 발생했고, 곧 이어 3명의 학생들이 스스로 목숨을 끊는 자살정국이 초래되었다. 김지하는 생명운동가로서, 지식인으로서, 선배 운동권으로서 젊은 대학생의 자살을 막아야겠다고 생각했다. 그래서 그는 자살을 부추긴다고 생각하는 운동권 세력들을 향해 특정 목적을 위해 생명을 수단으로 삼지 말라고 경고하고자 했다. 그의 이런 순수한 의도는 제대로 전달되었을까?

이미 당신들의 화염병은 방어용 몰로토프 칵테일수준을 넘어서고 있었다. 파괴력에서가 아니라 상황과의 관계상실과 거기에 실린 당신들의 거의 장난기에 가까운 생명말살충동에서다. 당신들의 그 숱한 죽음을 찬미하는 국적불명의 괴기한 노래들, 당신들이 즐기는 군화와 군복, 집회와 시위때마다 노출되는 군사적 편제선호속에 그 유령이 이미 잠복해 있었던 것이다. 당신들은 맥도날드햄버거를 즐기며 反美를 외치고 戰士를 자처하면서 反파쇼를 역설했다. 당신들의 구호와 몸짓은 이미 순발적 정열을 이탈하여 儀式化되었다.
나는 그곳에서 이미 오래 전에 일본 全學蓮의 몰락의 냄새를 맡을 수 있었다.[2]

생명사상의 입장에서 자살 학생에 대해 비판적 태도를 취하는 것은 어쩌면 자연스러운 일이다. 문제는 이 글에서 김지하가 자살을 하도록 만든 일종의 가해자인 노태우 군사정권에 대한 비판은 전혀 없이 운동권 학생 그룹 전체를 자살을 부추기는 검은 세력으로 매도했다는 점이다. 운동권 학생 중에서도 김지하의 말처럼 다른 학생의 자살을 부추기는 사람이 100% 없다고는 말할 수 없다. 하지만 대다수의 학생들과 시민 민주화 세력은 목적을 위해 생명을 수단으로 삼는 것에 반대했다. 그런데 김지하의 글은 대다수의 운동권 학생과 시민 민주화 세력을 목적을 위해 죽음을 수단으로 삼는 불순한 세력으로 내모는 침소봉대(針小棒大)의 오류를 범했다. 언어를 일평생 다루는 사람이 자신의 글이 어떤 결과를 초래할지도 모르고 그러한 글을 썼다면 아둔한 바보이고, 정확하게 알면서도 그러한 글을 발표했다면 민주화 운동에 대한 변절이다. 김지하의 글과 ≪조선일보≫의 사설, 그리고 서강대 박홍 총장이 나서서 죽음을 부추기는 불순한 세력을 논할 때, 학생들이 자살할 수밖에 없도록 만든 가해자의 폭력성은 은폐되었다. 김지하의 글을 계기로 보수 진영은 진보 진영을 공격하는 대대적인 공세를 감행했던 것이다.

진보 진영은 김지하의 글에 대해 실망과 분노를 바로 표출했다. 김형수 시인은 「우리 그것을 배신이라 부르자」(≪한겨레≫, 1991. 5.8)라는 글에서 "왜 본질을 감추는가? 먼저 학생이 쇠파이프로 맞아 죽었다. 그에 대한 항의를 폭력이 막았고, 분노한 저항자가 분신까지 했다면 이는 타살이다. 이를 놓고 "그리도 경박스럽게 목숨을 버렸"느냐고 말하란 말인가? 참으로 큰 문제이다. 김지

---

2) 김지하, 「죽음의 굿판 당장 걷어치워라」, ≪조선일보≫, 1991.5.5.

하는 어서 뭇 생명들과 사람이 어떻게 다른가를 배워야 한다."
고 하면서 김지하를 민주화의 배신자라고 비판했다. 이외에도
문학평론가 김종철, 소설가 방현석의 비판적인 글이 이어졌다.
김지하는 10년 후 「대립을 넘어, 생성의 문화로」(≪실천문학≫, 2001
년 여름호)에서 자신의 글을 진보 진영이 오해했다면서, "스무 살
의 명지대생 강경대군을 쇠파이프로 '죽인' 정부와 백골단을 가
차없이 때렸고, 분신으로 숨진 이에 대한 조시(弔詩)도 함께" 다
음 주 칼럼에 게재했다고 말한다. 이 글의 원문을 찾아 확인해보
자. 김지하는 「김지하 시인 "생명 선언"」(≪조선일보≫, 1991.5.17)에
서 "민주화를 공약한 정권이 최루탄-곤봉-물대포 위에 백골단
따위 생명 말살 집단까지 조직투입 하여 타살하고 시체를 강제
탈취 부검한 일을 어떻게 합리화할 셈인가?"라고 비판적 의견을
제시했다. 그러나 김지하가 자살을 하도록 만든 가해자인 정부
에 대한 비판은 앞서 운동권 대학생을 비판한 것에 비해 정도가
미약하다. 김지하는 자신의 글에 대한 진보 세력의 오해에 대해
나름대로 해명했음에도 불구하고 자신의 글에 대한 지루한 비난
과 공격이 계속되었다고 말한다.

　이 시점에서 이 사건을 차분하게 복기해 볼 필요가 있다. 「죽음
의 굿판 당장 걷어치워라」가 발표되기 전, 김지하는 「"나는 도적"
고백운동 벌이자」(≪동아일보≫, 1991.2.17)라는 글을 발표했다. 이
글에서 김지하는 양심선언도 남의 것, 명성에 대한 과도한 집착,
터무니없는 영웅심, 여자 관계의 복잡, 낙태를 시킨 전력, 퇴폐이
발소의 출입 등의 과오가 있다고 고백한다. 김지하는 고백운동을
통해 "새로운 정신력과 삶의 양식이 바로 이상적인 민주화와 민
족통일, 그리고 새문명 사회를 창조하리라고 믿는다."고 말한다.
그렇지만 그의 자학적 고백운동은 그러한 결과를 도출하지 못했

다. 오히려 그의 고백운동은 도덕적으로 우파 세력에 비해 우위에 있었던 좌파 진보 진영의 도덕성을 약화시키는 자해 행위로 인식되었다. 이런 맥락의 연장선에서 김지하의 「죽음의 굿판 당장 걷어치워라」는 진보 진영을 공격하는 2탄으로 인식될 수밖에 없었던 것이다. 담론(또는 글)의 해석은 문장 자체의 의미보다 그것을 둘러싼 맥락 내에서 작동하여 독자에게 전달된다.

김지하가 일으킨 《조선일보》 필화 사건은 김지하만의 전적인 잘못일까. 1990년대 초반까지 50대 초반의 김지하는 우파의 이익을 대변하는 극우 인사는 아니었다. 보수화가 점차적으로 진행되고 있었지만 군사정권을 적극 옹호할 정도는 아니었다. 이런 점에서 김지하의 글에 대해 벌떼같이 들고 일어나 비판한 진보 진영 인사의 글은 정당했지만 과연 적절했는지는 의문이다. 김지하를 역사와 민주주의의 배신자로 내몰았던 처사가 지나치게 성급했던 것은 아니었는지 반성할 필요가 있다. 왜냐 하면 이 사건을 계기로 진보 진영과 김지하는 상대방에 대해 서로 배신감을 느꼈기 때문이다. 이 앙금은 2008년도에 쓴 김지하의 「좌익에 묻는다」라는 글에서 확인할 수 있다. 이 글에서 김지하는 자신이 좌익이 아닌 몽양계 중도 진보라고 말하면서 자신을 비판한 진보 진영의 사람들과 극좌 세력에 대해 불편한 심경을 노출했다.

저희 선배 김지하가 7년 독방살이로 미치광이가 되어 출옥 후 10여 차례나 정신 병원을 드나드는데도 무슨 보상이니 위문이니 관심은커녕 단 한 번 얼굴 내미는 놈도 없고 단 한 번 겉치레 인사 여쭈는 년도 못 봤다. 핑계는 있다.

연쇄 분신자살 때 자살하지 말라고 조선일보에 성토문 썼다는 것. 생명 사상 전파해서 배신자라는 거다.

이젠 저희들이 몽땅 '생명과 평화주의자'를 자처하는 주제에 말이다.[3]

이처럼 《조선일보》 필화 사건은 김지하에게 벽면증에 이은 또 다른 트라우마가 형성되도록 했다. 이 필화 사건은 김지하가 예전의 김지하가 아니라 변했음을 일반 대중에게 알려주었고, 김지하와 진보 진영의 별거 관계를 만들어냈다. 김지하는 2008년에 자신을 중도 진보라 했는데, 불과 4년 후에 극우파로 충격적인 변절을 하고 만다. 이것은 진보 진영이나 김지하 모두에게 불행한 일이었다.

5. 유신공주에 대한 지지와 변절

김지하는 1991년을 계기로 진보 진영에서 고립된다. 이때 그가 느낀 것은 바로 '외로움'이다. 김지하는 대립을 넘어 새로운 생성의 길로 나아가자면서 후천개벽의 신인간을 주장하는 생명사상, 율려운동, 평화운동을 계속 주장하면서 세력화를 꾀했다. 그러나 김지하를 바라보는 진보 진영의 눈은 여전히 싸늘했고, 김지하의 생명사상은 대중들의 외면 속에 창고에 갇혀버렸다. 김지하는 2000년 60세 때 민족문학작가회의의 자문위원으로 추대되어 진보 진영과의 화해를 모색했고, 2001년에 박정희기념관 건립 반대 일인 시위에 참가하기도 했다. 이런 노력에도 불구하고 한 번 추락한 김지하의 위상은 예전만큼 회복되지 못했다. 2000년대에 60대의 김지하를 찾는 진보 진영의 방문객 숫자는 갈수

---

3) 김지하, 「좌익에 묻는다」, 《프레시안》, 2008.10.9.

록 줄었고, 그는 외롭게 늙어가는 초라한 늙은 영웅이 되었다는 자괴감과 자격지심에 빠진 것으로 보인다. 한국 민주주의의 적통을 자신이 잇고 있다는 적자의식이 강한 김지하에게 이러한 현실은 치욕이었다. 주체 과잉의 김지하는 자신이 어느 자리에서나 중심이 되어야 한다는 영웅적 나르시시즘을 갖고 있었다. 이러한 영웅적 나르시시즘은 대중에게 잊혀지는 상황에서 찾아온 외로움을 견디지 못하게 했다.

김지하는 자신의 외로움을 한민족의 거대한 판타지와 조우하는 도피를 통해 해소하고자 한다. 김지하는 1999년에 단군 강조를 통한 상고사 바로세우기 운동을 벌였다. 그의 민족 중심주의 사고는 2002년 월드컵 열기에 대한 찬양으로 이어진다. 김지하는 산문집 『김지하의 화두』(2003)에서 한민족이 아시아의, 세계 중심이 될 수 있다고 주장한다. 그리고 그 민족의 중심에 생명사상가로서의 자기 자신이 굳건하게 존재한다는 거대한 판타지를 만들었던 것이다. 2000년대는 다문화사회의 논의 속에 '민족'의 강조는 우파의 폐쇄적 민족주의로 여겨졌다. 이런 상황에서 민족을 유독 강조하는 김지하의 모습은 시대에 뒤떨어진 보수의 모습 그 자체였다. 우파 세력에게 민족은 지고지순한 숭배의 대상이다. 김지하의 민족 찬양은 그간 멀리 떨어진 존재였던 우파와의 거리를 급격하게 축소시키고 소멸시킨다. 환경운동가 우석훈은 「나치 칭송곡 울린 바그너가 되려는가」(월간 ≪말≫, 2005.11)라는 글에서 민족을 강조하는 김지하를 비판한다.

김지하의 벽면증, ≪조선일보≫ 사건의 트라우마, 주체 과잉의 나르시시즘이 초래한 외로움은 괴테의 『파우스트』에서 파우스트 박사가 악마인 메피스토 펠레스에게 영혼을 판 것과 같은 일을 하도록 만든다. 2012년, 과거의 김지하를 사랑했던 모든 이들을 경악시키는 메가톤급 변신이 등장한다. 한때 민주화를 외쳤던 사람들은 아, 아, 김지하를 부르면서 통곡할 수밖에 없었다. 70대 초반의 김지하가, 바로 그 김지하가 소설가 이문열처럼 변신을, 아니 변절을 했던 것이다. 김지하 시인은 2012년 11월 5일 한 방송에서 "이 시기 민족과 세대, 남녀가 여성 대통령 박근혜의 노력에 지지를 보내기 시작했다"며 "엄마 육영수를 따라서 너그러운 여성 정치가의 길을 가겠다는 것에 믿음이 간다"고 말했다. 김지하는 18대 대통령 선거에서 자신의 적이었던 박정희의 딸 박근혜를 지지하는 선언을 했던 것이다. 그의 우파적 변절은 갑자기 등장한 것이 아니라 1980년대 초부터 지속된 보수화의 최종 귀착점이었다.

박근혜는 새누리당의 대통령 후보였다. 새누리당은 과연 무슨 당인가? 새누리당은 18대 대선에서도 진보적인 목소리에 대해 빨갱이 종북이라고 비난하는 냉전적 이분법의 틀에 갇힌 수구 보수의 집합체이다. 김지하는 1970년대에 빨갱이로 내몰려 감옥에 가야 했다. 김지하는 자신을 빨갱이로 조작하는 박정희 군사정권에 맞서 싸운 저항시인이었다. 시간이 40년 넘게 흘러, 김지하는 여전히 진보적인 목소리를 종북 빨갱이로 낙인찍는 새누리당의 대통령 후보를 지지하는 자기부정의 코미디를 보여주었다. 박근혜는 야권의 문재인 후보를 누르고 18대 대통령이 된다. 박근혜가 유신공주에서 유신여왕으로 신분 상승이 되면서 김지하의 대사회 발언권은 강화된다. 김지하는 박근혜 지지 선언을 통해 좌파 진영의 원로에서 순식간에 보수를 대표하는 원로 인사로 변신했던 것이다. 한물간 시인으로 잊혀졌던 김지하는 보수 언론에 의해 '위대한 시인'으로 호명되면서 지상으로 복귀한다. ≪동아일보≫는 20013년 4월부터 〈허문명 기자가 쓰는 '김지하와 그의 시대'〉라는 특집을 계속 연재했다.

김지하가 충격적으로 변절한 또 다른 이유는 동료에 대한 질투심 때문이었다. 김지하는 늙어가면서 자신의 대사회적 영향력의 급격한 몰락을 경험했다. 이에 비해 동 세대인으로 문학평론가 백낙청은 나이가 들었음에도 문전성시의 영향력을 행사했다. 김지하가 1970년대 반독재 투쟁의 선봉에 있었을 때 백낙청의 명성은 자신에 비해 하수였다. 하지만 김지하가 1980년대 생명사상을 전개하면서 진보 진영과의 사이가 점차 벌어지는 것에 비해, 계간 ≪창작과 비평≫의 수장인 백낙청의 영향력은 시간이 갈수록 커져만 갔다. 김지하는 감옥 생활을 하면서 힘겹게 보냈는데, 백낙청은 사회에서 나름대로 편하게(?) 있던 존재였는데 오히려 진보적 영향력은 더욱 커졌던 것이다. 백낙청이 진보 진영의 좌장으로 평가될 때, 김지하는 일각에서 전열이탈자·배신자·변절자라는 비판까지 받아야 했다. 이런 상황에서 김지하는 자신만 억울하게 희생되었다는 편집증 속에 백낙청에 대해 적대적 감정을 갖게 된다. 백낙청은 김지하에게 오랜 시절 동지였다. 하지만 불멸이라는 입장에서 볼 때, 백낙청이 지닌 문화 권력은 자신이 가져야 할 지위를 백낙청이 뺏어서 성취한 것으로 김지하에게 인식되었다. 김지하의 과도한 인정욕망은 「한류-르네상스 가로막는 '쑥부쟁이」라는 글에서 백낙청을 신랄하게 비판한다. 다음의 지문은 그 중의 일부분이다.

일곱째, 그 깡통 같은 시국담이다. 무슨 까닭인지 그의 입은 계속 벌려져 있는 상태. 그렇게 벌린 입으로 과연 지하실 고문은 견뎌냈을까? 그런데 하나 묻자. 백낙청은 지하실에 가 본 적이 한 번이라도 있었던가?

여덟째, 계속되는 졸작 시국담에 이어 '2013 체제'라는 설을 내놓았다. 그것도 시국 얘기인가? 아니면 막걸리에 소주를 섞어 먹은 상태인가? 그런 짓 하면 안 된다. 그러고도 '원로'라니?[4]

김지하가 백낙청을 비판하는 것은 그의 자유이다. 문제는 그의 인신공격성 비판이 객관적 보편성을 확보하고 있느냐이다. 불행하게도 김지하의 발언은 백낙청을 바닥으로 끌어내리기 위한 음해성 발언으로 가득하다. 김지하의 글은 감옥에도 가지 않고, 고문도 받지 않은 백낙청이 진보 진영의 좌장 역할을 하는 것에 대한 불만과 분노의 표시일 뿐이다. 김지하의 생명사상은 적과 아군을 뛰어넘어 포용하는 이데올로기이다. 하지만 70대의 김지하가 쏟아내는 언어들은 적과 아군이라는 이분법 속에서 적을 죽이겠다는 의도가 넘실거리는 반생명의 언어들이다. 김지하는 스스로 자신이 주장한 생명사상의 파탄을 보여주었던 것이다. 김지하는 백낙청을 한류 르네상스를 가로막는 독초라고 부르고 싶어 쑥부쟁이라는 비유를 사용했다. 그런데 쑥부쟁이는 독초가 아니라 관상용과 식용으로 쓰이는 산야초이다. 비유 자체가 잘못 사용되었던 것이다. 김지하는 제목만 잘못 쓴 것이 아니라 백낙청을 비판하는 그의 논리도 편파적 색맹의 시각에서 쓰여진 것들이다. 백낙청을 비판하려면 제대로 된 비판을 하라! 김지하의 억지스러운 비논리적 문장은 오히려 백낙청의 권위를 높여주는 자충수였다. 소설가 장정일, 문화평론가 이택광 등은 김지하의 변절을 매섭게 비판했다.

백낙청이 지지했던 문재인은 대선에서 패배했고, 김지하가 지

---

4) 김지하, 「한류-르네상스 가로막는 '쑥부쟁이'」, 《조선일보》, 2012.12.3.

지했던 박근혜는 대통령에 당선되었다. 그러면서 김지하는 현재 새로운 문화 권력을 누리고 있다. 만족하는가? 정말, 만족하는가? 그렇게 원하던 세속적 명성을 다시 얻었으니 만족하는가. 이것이 진정 당신이 원하는 생명사상의 귀착점인 불멸의 모습인가. 만약 그렇다면 그러한 불멸은 당장 쓰레기통에 처넣기를 바란다. 김지하는 과거 「어둠 속에서」라는 시에서 "저 잔잔한 침묵이 나를 부른다/내 피를 부른다/거절하라고/그 어떤 거짓도 거절하라고" 노래한 바 있다. 그러나 이러한 그의 울부짖음은 노년의 김지하를 강타하는 매서운 부메랑이 되어 돌아왔다. 세속적 권력 욕망에 사로잡힌 당신의 모습은 추하기 그지없다. 김지하는 2013년 1월 8일 CBS '김현정의 뉴스쇼'에서 북한을 경제적으로 지원했던 김대중과 노무현 대통령의 햇볕정책을 긍정적으로 보는 시각이 있다고 진행자가 언급하자 "이 방송 빨갱이 방송이요?"라며 불쾌감을 표출했다. 군사정권에 의해 빨갱이라고 낙인 찍혀 옥고를 치러야 했던 김지하가 한 나라의 대통령까지 지낸 사람을 빨갱이 취급하는 극우적 인사로 변신했던 것이다. 문재인을 찍었던 48%의 국민들도 빨갱이 추종 세력으로 판단하는 김지하의 망언 종결자를 보면서, 나는 김지하에 대해 분노를 넘어 한없는 절망을 체감한다. 이 땅에서 억울하게 죽은 사람들의 영혼을 위로해주겠다던 그의 문학은 빨갱이로 낙인 찍혀 억울하게 죽은 영혼들에게 과연 무슨 말을 던질 수 있을까.

6. 김지하의 변절이 남긴 것

1970년대 반체제의 저항시인이었던 김지하는 1991년 ≪조선일보≫ 필화 사건을 분기점으로 보수화가 진행되었고, 2012년 박근혜 대선 후보를 지지하면서 자기부정의 변절을 완성했다. 김지하의 변절은 1930년대 초 시인이자 문학평론가인 박영희가 "얻은 것은 이데올로기요 잃은 것은 예술이다"라고 말하며 전향한 것보다 더 충격적이었다. 김지하는 후배 문인들의 존경 대상에서 한순간 희화적 경멸의 대상으로 전락했다. 김소월, 이상, 김유정은 요절함으로써 비극을 낳았지만 친일문학이라는 덫에 걸리지 않는 행운아이기도 했다. 김지하는 요절하지 않고 장수 만세에 성공함으로써 오히려 요절보다 못한 영웅의 추락을 독자들에게 보여주고 있다. 노망난 영웅의 말로를 지켜보는 것은 김지하를 사랑했던 독자들에게 크나큰 고통이다. 문학평론가 이성혁은 「다시, 타는 목마름으로?」에서 현재의 김지하 시인을 긍정하지 못하지만, 과거 독재정권 시절 김지하의 뜨거운 감동을 주었던 김지하의 시 자체를 부정하지 말자는 중도적 입장을 취한다.

현재의 김지하 시인을 긍정할 수는 없지만, 독재에 항거하면서 시적 진리를 보여주었던 그 김지하를 버리지는 말자는 생각이 든다. 한 개체는 하나로 동일하지 않다. 한 사람은 하나로 동일화할 수 없는 다양한 면모를 가지고 있으며 또한 시간에 따라 계속 변모한다. 내가 존경했던 유신 시기의 김지하와 지금의 김지하는 다르다. 하여, 내가 존경했던 김지하에서 지금의 김지하를 떼어낸다면, 그의 시에 대한 나의 사랑을 철회할 필요는 없겠다. 「타는 목마름으로」는 현재의 김지하 시인과 무관한 시다. 그러니, 이젠 술자리에서 부르기는 뭣하게 되었지만, 「타는 목마름으로」를 버리지 않고 계속 사랑하련다.5)

---

5) 이성혁, 「다시, 타는 목마름으로?」, 웹진 ≪문화 다≫, 2013.1.18.

나는 문학평론가 이성혁의 주장에 상당히 공감한다. 김지하는 변절했지만 그가 주옥처럼 남겼던 1970년대에 창작된 시들 자체가 사라지는 것은 아니다. 공과를 나눠 판단하는 현명한 자세가 필요하다. 그럼에도 불구하고 1970년대의 김지하와 2010년대의 김지하가 동일인물이라는 사실을 부인하기 어렵다. 우리는 변절한 김지하에 대한 비판과 함께 진보 진영의 자기 반성도 함께 촉구해야 한다. 1991년 ≪조선일보≫ 필화 사건 때 진보 진영이 좀 더 따스하게 김지하를 감싸 안았다면 지금과 다른 김지하의 노년을 발견할 가능성은 충분히 있었다. 김지하는 벽면증과 ≪조선일보≫ 사건의 트라우마 외에도 노년의 외로움과 싸웠다. 언제나 주목받는 스타이기를 원했던 김지하의 주체 과잉성, 영웅적 나르시시즘, 명성에 대한 과도한 인정욕망의 집착은 그 외로움을 온전하게 견디지 못하게 만들었다. 만약 김지하가 그 외로움을 고통스럽지만 홀로 견뎠더라면 사후에 좀 더 높은 평가를 받았을지도 모른다. 그렇지만 김지하는 잊혀지는 것을 죽음으로 여겼고, 생명에 집착하는 그의 불멸 욕망은 세속적 권력 추구로 변질되어 나타났다. 세상에서 잊혀지고 진보 진영의 일부 사람에게서 인간적 배신감을 느꼈다고 해서 모두 김지하처럼 자신의 신념을 버리고 변절해야 할까. 그것은 물론 아니다. 자신의 신념과 인간적 배신감은 별도의 문제이다. 김지하의 변절은 일차적으로 그의 책임이다.

한때의 진보가 영원한 진보를 보장하지 못한다. 시대의 변화에, 분노하는 민중의 목소리에 귀 기울이지 않는 진보는 언젠가 꼴통 보수로 바뀔 수 있음을 김지하 시인이 똑똑하게 보여주었다. 진보가 보수로 변신했다고 비판 받을 일은 아니다. 사람은 변하기 때문이다. 문제는 그 변화가 보편적 타당성을 획득해야 하고, 전향의 변도 논리적 합리성을 가져야만 한다. 그렇지 않을 때 보수에서 진보로, 진보에서 보수로의 이동은 변신이 아니라 변절이다. 김지하의 변화가 변절로 느껴지는 것은 과거의 정체성에서 일탈한 그의 직설적 망언 때문이다. 김지하의 생명사상은 그가 노망난 우상으로 변절하면서 최종적으로 파산하고 말았다. 김지하의 시는 풍자적, 민중 서정적 리얼리즘의 시에서 추상적, 관념적 생명의 서정시로 퇴행했다. 이제 김지하에 대해 쓰였던 과거의 평론과 논문은 다시 쓰여야 한다. 반드시 그래야 한다. 그래야 후대의 사람들이 역사의 무게가 얼마나 무거운 것인지를 잘 알 수 있을 것이다.

김지하는 1991년 고백운동에서 김지하를 버리고 본명 김영일을 찾고 싶다고 말한 적이 있다. 이때 김지하는 김지하라는 이름을 부정적인 것으로, 김영일을 긍정적인 순수한 것으로 호명했다. 하지만 비판적 독자들은 이러한 호명의 의미를 정반대로 받아들인다. 김지하라는 필명을 부정하고 본명 김영일을 찾고 싶다는 김지하의 욕망에서 우리는 진보에서 이탈하려는 김지하를 발견한다. 1991년에 김지하는 자신의 필명에서 벗어나고 싶다며 "국민들, 그리고 벗들! 나를 돌로 쳐라!"라고 말한 바 있다. 나는 2012년에 장똘을 한번 들었다가 그대로 내려놓는다. 김지하가 더 이상 김지하가 아닌데 돌로 쳐서 무엇하냐는 생각이 들기 때문이다. 우리가 사랑했던 과거의 김지하를 떠올리며 변절의 길로 간 현재의 김지하를 잊어버리자. 이것이 한때나마 김지하의 글을 읽고 감동했던 내 청춘의 기억에 대한 묵념이다.

나는 셜록 홈즈가 되어 탐문한 김지하라는 낡은 파일을 고통스럽게 정리했다. 반체제 저항시인 김지하라는 필명의 사망과 세속적 권력 욕망에 중독된 김영일이라는 본명의 좀비화. 분열된 그의 이름은 진보와 보수라는 두 얼굴의 김지하를 각각 상징한다. 나는 이 사실을 확인하며 김지하 사건을 종결한다. 굿 바이, 김지하! 잘 있거라, 김지하! 내가 존경하던 당신은 대체 어디에 있나요? 우리 모두 장송곡인 레퀴엠을 부를 시간이다. "북망산천 멀다더니 건너 앞산이 북망이었네." 어디에선가 선소리꾼의 상엿소리가 들려온다. 내 마음이 아프다.

문학평론가 김현의 신화와 우상의 탄생

1. 뜨거운 상징과 박제된 김현 사이에서

1942년 전남 진도생인 김현(본명 김광남)은 서울대 불문과 및 동대학원을 졸업하고, 1962년 ≪자유문학≫에 「나르시스 시론—시와 악의 문제」가 추천되어 등단했다. 그 이후 김현은 1970년에 계간 ≪문학과 지성≫을 창간해 문학의 자율성을 주장하며 문학주의(또는 자유주의문학)를 체계화한다. 김현은 거대담론에 포박된 단일성의 문학을 거부하고 자유로운 개인의 다원적 상상력을 중시한다. 이러한 그의 비평적 노력 속에 문학평론은 시, 소설처럼 독자적인 문학장르로 자리매김한다. 김현은 1980년 제20회 '현대문학평론상'과 1990년 제1회 '팔봉비평문학상'을 수상해 문학적 위치를 인정받았다. 김현은 1990년 6월 27일 지병으로 세상을 마감한다. 그의 나이 불과 48세였다. 문학평론가로서 아직도 더 활동할 수 있는 시기에 김현은 세상을 떠난 것이다. 그의 사후 '문학과 지성사'는 16권의 방대한 김현 문학전집을 헌정함으로써 김현의 죽음을 추모했다.

그렇다면 김현은, 김현의 문학은 끝난 것일까? 아니다. 김현이 죽고 난 이후부터 김현의 문학은 하나의 신비한 아우라의 광채를 휘날리며 한국문학을 지배하기 시작한다. 그는 죽었으되 죽지 않는 '뜨거운 상징'이 되었던 것이다. 김현을, 김현의 글을 더 이상 볼 수 없다는 냉엄한 현실 속에 그를 아꼈던, 흠모했던 사람들은 김현을 더 높은 자리에 올림으로써 그가 떠난 빈 자리를 메우고자 했던 것이다. 이러한 김현에 대한 신비화는 김현을 특권화하면서 더 나아가 우상화한다. 김현의 신화화가 신격화로 변질되고, 신격화가 우상을 필연적으로 만들어가는 과정 속에서 김현은 일시적으로 불멸의 지위인 정전의 반열에 오르게 된다. 그러면서 김현은 천재 및 대가 평론가라는 초일류급 브랜드로 유통된다. 이와 같은 유통 구조 속에 일반인들은 문학평론가 김현의 신화에 자신도 모르게 감염된다. 문제는 이렇게 유통되는 김현은 살아생전의 김현이라기보다 '박제된 김현'이라는 것이다. 그래서 김현은 죽었으되 죽지 않은 일종의 강시처럼 한국문학을 배회한다.

김현이 속했던 문학주의 진영 내에서 김현에 대한 신랄한 비판은 금기의 성역으로 자리한다. 김현에 대한 전반적인 긍정 속에서 부분적이거나 지엽적인 비판만이 허용될 뿐이다. 문학주의 신봉자들은 현실주의(또는 민족민중문학) 진영의 김현에 대한 비판을 일종의 흠집내기나 편협한 비평으로 취급한다. 이제 김현 비평에 대한 부정적 평가는 웬만한 강심장이 아니면 입에 담지 않는 것이 신상에 좋다. 김현에 대한 지지는 ≪문학과 사회≫만이 아니라 문학주의를 신봉하는 ≪문학동네≫·≪현대문학≫ 등 우파의 대표적 메이저 문예지들이 정도의 차이는 있지만 공유하고 있기 때문이다. 김현을 언급할 경우가 발생한다면 황지우와 성민엽처럼 천재 평론가라고 극찬하라! 그것이 웬만한 잡음과 박해에서 벗어날 묘책이다. 그러나 이렇게 완벽한 문학 영웅의 이미지로 구축된 김현의 이미지는 유령 같은 허상에 불과하다. 완벽할 수 없는 것이 인간이기 때문이다. 인간의 근본 조건은 자크 라캉의 말처럼 결핍이다. 문학기자였던 고종석은 김현의 문학적 한계를 다음과 같이 압축적으로 요약한다.

　　이 시대의 문단 전체가 김현을 사랑하는 것은 아니다. 그는 생전에 부르주아 문학의 가장 강력한 수호자라는 혐의를 받았고, 사후에는, 동어반복이겠지만, 자유주의 문학의 시발점으로 평가되었다. 같은 맥락에서 그는 당대의 군사 파시즘에 정면으로 맞서지 못하고 심리주의로 도피했다는 비판을 받았으며, 자기 문학의 초창기부터 새것 콤플렉스의 극복을 내세웠으면서도 그 자신 끝내 그것으로부터 자유롭지 못했다는 평가도 받았다. 그리고 이러한 비판들은 모두 다 제 나름의 근거를 지니고 있었다.[1]

　김현은 신이 아니라 인간이었고, 그 인간적 한계 속에서 괴로워했던 실존적 개인이었다. 김현에 대한 평가는 김현의 실존적 고뇌와 방황의 흔적을 찾는 여정이 되어야 한다. 그래야만 비로소 김현에 대한 올바른 깊이 읽기가 성취될 수 있다. 김현을 우상화하는 몇 개의 핵심적 지지대는 '4·19세대 비평가의 선두 주자, 모국어의 감수성을 제대로 표현한 첫 번째 한글세대, 아름다

1) 고종석, 「문학은 꿈」 공감 속의 생성 실천: 김현」, 『책읽기·책일기』, 문학동네, 1997, 119쪽.

운 문체의 소유자, 섬세한 텍스트 읽기를 보여준 공감의 비평가, 문학의 자율성을 지킨 문학주의자, 반성과 성찰의 비평가' 등으로 요약된다. 이러한 것들은 정말 보편 타당성을 지니고 있는 것일까. 이 글은 이 물음에 대한 답변을 찾아가는 과정에서부터 출발한다.

김현, 아! 김현. 이처럼 김현 하면 항상 떠오르는 '김현'이라는 고유명사와 감탄사. 나는 김현 속으로, 그리고 김현을 넘어 여행을 떠난다. 이것은 김현에 대한 상반된 문학 담론을 가로질러 가는 논쟁의 길이다. 또한 이 글은 문학평론가 김현의 신화 형성 과정에 대한 계보학적 탐구이기도 하다.

2. 4·19세대의 정체성과 적자론

김현과 관련한 신화는 언제부터 발원되었을까. 김현의 신화는 김현과 가까운 지인과 후대 사람들의 욕망이 합작해 만들어낸 것일까. 이러한 의문 속에 김현 비평의 신화를 계보학적으로 따져보는 것은 필수 사항이다. 김현 신화의 단초는 1960년 4·19혁명에서 발원한다. 김현 신화를 이루는 첫 번째 항목은 '4·19세대 적자론'이다. 김현의 세대의식은 김병익·김주연·김치수·김현 공저의 『현대 한국문학의 이론』(1972)을 통해 집단적으로 처음 드러난다. 이 책에 수록된 「한국비평의 가능성」에서 김현은 4·19세대를 "우리가 아는 한 역사상 가장 진보적인 세대"로 평가하며 1950년대 세대를 비판적으로 바라본다. 김현은 『분석과 해석』(1988)에서도 "내 육체적 나이는 늙었지만, 내 정신의 나이는 언제나 1960년의 18세에 멈춰 있었다. 나는 거의 언제나 사일구

세대로서 사유하고 분석하고 해석한다. 내 나이는 1960년 이후 한 살도 더 먹지 않았다"고 고백한다. 이것은 4·19세대로서 꿋꿋하게 4·19정신을 계승 발전시켜왔다는 김현의 세대론적 입장 표명이라 할 수 있다. 또한 이것은 4·19혁명의 정체성을 유지한 덕분에 육체적으로 나이가 들었음에도 불구하고 여전히 정신적 젊음을 유지하고 있다는 자신감의 표현이기도 하다.

1960년에 김현은 서울대 문리대 불어불문학과에 입학한다. 그 해 한국의 민주화를 요구한 반독재 민주화투쟁인 4·19혁명이 발생한다. 영구집권을 꾀한 이승만 자유당 정권을 규탄한 4·19혁명은 이 땅에 서구식 민주주의를 요구한 시민혁명이었다. 4·19혁명은 고등학생, 대학생, 지식인이 중심이 되어 당대의 역사와 현실을 외면하지 않고 현실 변혁운동에 적극적으로 참여하겠다는 의지의 표출이었다. 4·19혁명은 서구적 근대성을 제대로 추진하라는 집단적 민의가 반영된 것이다. 이 혁명에 당시 대학생 1학년이었던 김현은 주도적으로 참여하지는 않았다. 그러나 4·19체험은 김현에게 커다란 충격을 안겨주면서 김현 문학의 뿌리를 형성하게 된다. 4·19혁명은 김현에게 다양한 개인성이 보장되지 않는 획일적 근대성이 가짜라는 인식을 낳게 한 근원이 된다. 김현이 초기에 문학사와 문학원론에 비평의 열정을 집중했던 것도 자신이 생각한 근대성의 문학을 전파하려는 토대 구축의 성격이 강하다.

김현은 1962년에 문단에 나가면서부터 격동의 4·19혁명을 경험했던 동세대와의 동질의식을 강하게 드러낸다. 1960년대에 등장한 4·19세대 평론가는 구중서·김병익·김주연·김치수·김현·백낙청·염무웅·임중빈·임헌영·김윤식·조동일·홍기삼 등이다. 4·19세대들은 비록 하나의 기치 아래 묶여지지는 않았지만 역사를 주도한 4·19혁명의 열정과 좌절 속에서 일종의 동질감을 공유했다. 이러한 동질감은 동인지와 잡지의 창간으로 이어진다. 김현은 동인지 ≪산문시대≫의 창간사(1962)에서 "새로운 유리아의 얼굴을 발견함이 없는 모든 촘와 우리는 결별한다"고 선언한다. 이때 새로운 유리아의 얼굴은 진보적인 4·19세대의 정체성을 의미한다. 기성세대들은 타락하거나 새로운 흐름을 주도하지 못하는 존재들이기에 동세대들끼리 뭉치는 것이 필요하다는 세대론적 인식을 드러냈던 것이다. 김현은 ≪산문시대≫에 이어 동인지 ≪사계≫와 ≪68문학≫ 등을 계속 창간하지만 모두 얼마 못가 폐간되는 불행을 경험한다. 이러한 김현의 행보는 1970년 계간 ≪문학과 지성≫(약칭 문지)을 창간하면서 결실을 맺는다.

김현은 ≪문학과 지성≫의 창간사에서 한국의 문제점을 패배주의와 샤머니즘이라고 언급한다. 김현은 이러한 패배주의와 샤머니즘을 보인 것이 구세대이고, 4·19세대인 자신들은 전후문학의 한계를 극복하는 새로운 문학을 보여주겠다고 선언한다. 당시 신세대 비평가였던 김현은 이미 구세대가 된 전후세대를 비판하면서 4·19세대의 정당성과 차별적 입장을 부각시켰던 것이다. 김현은 전후세대를 획일적인 집단주의의 체취가 여전히 남아 있는 구세대로 간주한다. 문제는 이 과정에서 김현은 전후세대에 대한 도식화된 범주화를 통해 자신의 세대를 정당화하는 차별과 배제의 폭력을 행사했다는 점이다. '우리'와 '그들'이라는 이분법적 차별화와 동질의식은 김현의 세대론이 배제와 차별이라는 이항대립체계에 기반해 있음을 보여준다. 기존 세대와의 차별화 시도는 자연스러운 것이지만 차별과 배제의 이분법적 폭력은 문학의 다원성을 주장한 김현의 비평적 입장과 배치되는 자기모순의 행위였다. 김현의 비평적 인정욕망은 전후세대에 대한 과도한 단순화와 범주화로 이어지며 세대론적 갈등을 낳았다. 대표적인 것이 1969년에 전후세대 작가 서기원 대 4·19세대 비평가 김현·김주연의 세대논쟁이다.

김현의 4·19세대론은 후대 '문지 에콜'들에게 김현의 신화를 정당화시키는 발원지의 역할을 수행한다. 이때 김현과 4·19혁명은 항상 등가의 관계로 묶여진다. 김현의 대표적 제자이자 '문지 에콜'인 정과리는 「김현 문학의 밑자리」(1990)에서 "사일구 세대 비평가들에게서 거의 공통적으로 드러나는 인간주의적 이념, 문학의 자율성에 대한 믿음과 삶의 주체성을 향한 열망, 문학과 사회의 대결 의지, 실제 비평으로부터 출발하기, 집약된 일관성에 대한 선호"를 김현 비평이 드러내고 있다고 평한다. 정과리는 이 글에서 김현을 4·19세대의 비평을 대표하는 선두 주자로 자연스럽게 자리매김한다. 정과리가 사용한 '거의'라는 부사는 김현의 대표성을 보여주기 위해 정교하게 선택된 언어이다. 따라서 이러한 특성과 동떨어진 성향을 보이는 백낙청, 임헌영, 구중서는 4·19세대의 중심부에서 벗어나 주변부에 있다는 인상을 독자에게 심어준다. 김현과 '문지 에콜'(이 글에서는 ≪문학과 지성≫과 ≪문학과 사회≫ 편집동인을 함께 지칭하는 용어로 '문지 에콜'이라는 용어를 사용했음)의 4·19세대 강조 속에 전후세대를 포함한 기성세대는 수구적 낡음으로, 4·19세대는 진보적 신선함으로 선전된다. 그러면서 4·19세대 비평가들은 한국문학의 신기원을 이룩한 주역이라는 이미지를 획득한다. 이 중심에 바로 김현이 존재한다. 4·19세대 비평가의 절대화는 곧 바로 김현의 절대화로 이어진다. 이것은 4·19세대 비평가의 공적에 대한 비판이 김현의 비평적 위상 하락으로 이어질 수밖에 없는 고리를 낳게 한다.

계간 ≪문학과 사회≫(이후 ≪문사≫)는 2000년에 '김현 10주기 기념 문학 심포지엄'을 개최해 김현의 신화화를 공식적으로 시도한다. 아마도 이 심포지엄은 '김현 문학상'을 제정하기 위한 사전 포석의 성격이 강했다. 이러한 ≪문사≫의 욕망에 찬물을 끼얹은 것은 김현의 문학적 영향 속에 다원적 자유주의를 지향한 문학평론가 권성우였다. 권성우는 「4·19세대 비평의 성과와 한계」(≪문학과 사회≫, 2000년 여름호)에서 김현 비평의 공로를 인정하면서도 김현의 비평이 전후세대를 배제하고 4·19세대를 특화하는 인정욕망을 드러냈다고 주장한다. 권성우는 "50년대 비평가에 대한 비판을 통해, 60년대 비평가들, 즉 4·19세대 비평가들의 새로운 입지를 효과적으로 강조하는 것이 김현이 「한국비평의 가능성」에서 구사한 비평적 전략"이라고 주장했다. 권성우는 김현 등의 4·19세대 비평가들이 세대론적 인정투쟁의 전략을 의식적으로, 혹은 무의식적으로 구사하여 큰 성공을 거두었다고 파악한다. 권성우는 이러한 인정투쟁 유무가 중요한 것이 아니라 어떤 인정투쟁인지가 더 중요하다는 고언을 제기한다. 권성우의 글은 김현에 대한 일방적인 비판이 아니라 김현을 포함한 4·19세대 비평가의 세대론적 인정욕망과 비평 전략, 그리고 그것의 지속성과 성실성 여부를 통해 4·19세대 비평가들의 정체성을 파악하려는 작업이었다.

그러나 ≪문사≫ 동인들은 김현을 포함한 4·19세대의 비평이 세대론적 인정 욕망에 휩쌓여 전후세대를 포함한 기성세대를 의도적으로 강도 높게 비판했다는 주장을 다양성의 입장에서 순수하게 받아들이지 못한다. ≪문사≫ 동인들은 권성우에 대한 신랄한 반박을 집단적으로 하면서 첨예한 논쟁이 발생한다. 이것은 김현으로 대표되는 '문지 에콜' 1세대인 4·19세대를 신화화하려는 ≪문사≫의 욕망과 탈신화화하려는 권성우의 입장이 첨예하게 부딪치며 발생한 현상이다. 권성우의 김현 비판에 대해 ≪문사≫ 동인들이 보여주었던 것은 성역인 ≪문사≫의 스승 세대를 비판했다는 것에서 촉발된 감정적이고 편협한 반응이었다. ≪문사≫ 동인 대 권성우의 '김현 비평 논쟁'은 '문지 에콜'의 폐쇄성과 자기모순성을 적나라하게 노출시켰다. '문지 에콜'이 주기도문처럼 외우는 '반성과 성찰'은 자신들을 향한 비판에는 적용되지 않는 덕목이었던 것이다. 권성우는 ≪문사≫의 집단적 반발을 유아적 주관성의 미망으로 규정하면서 안타까움을 다음과 같이 표시한다.

실상 문사 동인들이, 푸코나 부르디외·들뢰즈 등의 권력이론을 자신들의 글쓰기에 가장 적극적으로 활용하면서 문학과 예술의 탈신비화의 이론적 노력으로 평가받을 만한 작업을 수행했다는 사실을 잘 기억하고 있습니다. 그러나 바로 그러한 개념틀에 의해서 정작 당신들이 소속되어 있는 집단이 비판될 수 있다고 생각해 본 적이 없는 것은 아닌지요. 바로 이런 점이 현금의 문학장 내에서 문사가 공공연히 보여주고 있는 '문화적 지체현상' 내지 '퇴행적 태도'라고 불릴 수 있을 듯 합니다. 타자를 비판할 때는 현란한 탈신비화 이론을 적용하면서, 자신의 문학행위에 대해서는 미적 자율성의 신화에 기댄 신비화 내지 자기애 단계에 머물러 있는 것, 그리하여 스승과 문사에 대한 비판에 대해 지나치게 민감하게 대응하면서 못 견뎌하는 속성, 바로 이것이 '유아적 주관성의 미망'이 아닐까 싶습니다.[2]

---

2) 권성우, 「비판, 추억, 그리고 김현: ≪문학과 사회≫ 동인들에게」, 『비평과 권력』, 소명출판, 2001, 77쪽.

김현은 과연 4·19정체성을 제대로 구현한 적자였을까? 김현은 거대담론보다 미시담론인 개인, 욕망, 상상력에 관심을 집중시킨 평론가였다. 이것을 가능하게 한 이론적 토대는 프로이트와 바슐라르의 상상력 이론이다. 김현은 텍스트를 비평하면서 심리주의와 상상력 이론을 활용해 텍스트에 다가가 대화를 나눈다. 이때 그가 보여준 비평은 사회적, 역사적 영역을 보여주지 못한 채 개인적, 내면적 영역에 머물렀다. 김현은 『르네 지라르, 혹은 폭력의 구조』(1987)에서 "나는 욕망의 뿌리가 심리적이며 사회적인 것이라는 것을 발견하였으며, 모든 욕망은 역사적이라는 것을 깨닫게 되었다. 물론 나는 사회적인 것이나 심리적인 것을 다 욕망이라고 생각하지는 않는다. 그러나 어떤 형태로든지 그것과 관련되어 있다고는 믿는다. 그 믿음은 프로이드와 마르크스를 종합·극복해 보려는 내 오랜 시도와 맞붙어 있다"라고 선언적으로 말한다. 범'문지 에콜'인 황현산은 「4·19와 김현의 문학 유토피아」(2002)에서 김현의 고백을 그대로 추인한다.

　그러나 이러한 김현의 고백을 액면 그대로 수용하기에는 많은 문제점이 있다. 김현의 글에서 욕망을 사회성과 연결시켜 당대 현실과 역사를 분석하는 글은 찾기 어렵다. 그것은 어디까지나 김현의 희망 사항이었을 뿐이다. 김현은 문학을 당대의 현실 사회와 연관시켜 총체적으로 파악하는 세계관과 실천이 미흡했다. 이런 상황에서 프로이트와 마르크스를 종합하겠다는 김현의 말은 1980년대 격동의 역사 속에 당면한 현실을 외면하지 않았다는 자기 변명의 공허한 수사에 가깝다. 문학평론가 윤지관은 김현의 4·19세대 적자론이 지닌 기만적 허구성을 다음과 같이 신랄하게 비판한다.

무엇보다 지난 시절 나를 그토록 매혹시켰던 화려한 비평의 언어들, "문학은 꿈"이며 "문학이 있다는 것만으로도 사회는 꿈을 꿀 수가 있다"는 그러한 지극히 김현적인 언어들이, 고매하기 짝이 없는 문학에 대한 순정한 옹호로 읽혔던, 그리고 당시에는 소극적인 의미에서의 '저항'으로까지 읽혔던 그 언어들이, 모종의 이데올로기적인 성격을 지닌 격렬한 담론짓기의 일환이었음을 시인하지 않을 수 없다. 의식적이건 아니건 이같은 이념활동이 그야말로 적나라하게 일어나는 현장은 그의 텍스트로 우리 앞에 남아 있고, 이번 글을 쓰기 위해 다시 대하게 되었던 김현의 초기 문헌들에서 그 흔적을 너무나 명백히 확인하게 된 것은 나에게는 새삼 어떤 아픔조차 불러일으키는 착잡한 경험이었다. 김현의 당시 작업은 한마디로 4·19를 살아 생동하는 삶에서 강제로 끌어내어 형식주의 속에 환원시키는 일, 그것으로 나는 이해한다.[3]

윤지관의 말처럼 과연 김현이 4·19세대의 적자였는지는 의문이다. 역사와 현실에 적극 참여한 4·19혁명 정신에 비추어본다면 4·19세대 비평가의 적자는 김현보다 백낙청, 염무웅, 구중서, 임헌영이었다고 할 수 있다. 김현과 동세대인 염무웅도 「4월혁명과 60년대를 다시 생각한다」라는 좌담에서 김현이 자신을 4·19세대라 자칭한 것에 대해 다음과 같은 비판적 견해를 피력한 바 있다.

김현이 평론가로서 뛰어나지만 4·19를 자기 사유의 뿌리라고 주

---

3) 윤지관, 「4·19세대 문학론의 심층」, 『4월혁명과 한국문학』, 창작과비평사, 2002, 256~257쪽.

장하는 데에는 동감하기 어려웠거든요. 왜냐하면 아무래도 김현의 일종의 예술주의와 4·19의 비판정신은 상반된 것이라고 느꼈거든요. 그러다가 한참 지나고 나서 생각하니까, 사실은 4·19에는 4·19를 정신의 고향으로 생각하는 여러 종류가 있을 수 있겠구나 하는 생각이 듭니다.4)

문인에게 있어 현실 참여라는 것이 반드시 대사회적 행동으로 나타나야 하는 것은 아니다. 글을 통해서도 실천적 참여를 하는 것은 가능하다. 문제는 김현의 글에서는 문학의 자율성을 강조하는 발언들은 많지만 당대의 사회모순을 고발하고 시정을 촉구하는 글이 거의 없다는 점이다. 여기에서 김현의 4·19세대 의식이 지닌 추상적 관념성이 드러난다. 김현은 4·19혁명이 지향한 서구적 근대성에서 역사적, 사회적 근대화보다 '자유로운 개인과 문학의 자율성'이라는 항목에 절대적 가중치를 부여했고 그 이외의 것은 무시했다. 김현이 추구한 근대성은 개인성의 근대성이었을 뿐 사회 전체를 아우르지 못한다. 그럼에도 불구하고 '문지 에콜'인 정과리는 「김현 비평의 현재성」(《문학과사회》, 2000년 여름호)이라는 글에서 김현 비평을 4·19세대의 문학과 등가로 처리하면서, 4·19세대의 문학이 현대문학의 뿌리로서 "언어와 사유와 행동의 일치를 통해서 자기의 모순을 스스로 해결할 수 있는 능력을" 지닌 세대로 과잉 평가한다. 또한 김현을 포함한 '문지 에콜'은 1970년대에 《창비》가 실천적 이론이었고, 《문지》가 이론적 실천이었다고 주장하면서 상호보완적 관계를 여러 번 강조한다.

---

4) 염무웅, 좌담 「4월혁명과 60년대를 다시 생각한다」, 『4월혁명과 한국문학』, 앞의 책, 60쪽.

이것은 상호보완성의 강조를 통해 역사성, 사회성이 미흡한 ≪문지≫의 곤혹스러운 처지를 메워보려는 자기 합리화의 성격이 강하다. 이러한 '문지 에콜'의 모습은 ≪창비≫에 비해 사회적 연관성이 부족한 자신들의 처지에서 벗어나려는 열등콤플렉스의 산물이라고 할 수 있다.

4·19혁명은 혁명 주도 세력인 학생층의 한계성과 현실 정치인의 무능력, 그리고 5·16군사쿠데타에 의해 미완의 혁명이 된다. 4·19세대의 문학도 완결형이 아닌 완결을 향해 나아가는 미완의 진행형일 수밖에 없다. 이때 필요한 것은 대상에 대한 신비화가 아니라 현실을 철저하게 분석하고 실천으로 옮기는 실사구시의 정신이다. 김현에게 부족했던 것은 바로 이 '실사구시(實事求是)'의 정신이다. 김현은 언어와 사유가 일치했지만 행동까지 일치하지 못한 절름발이 지식인이었다. 이것을 인정하지 않고 '문지 에콜'처럼 자꾸 김현을 현실적 실천성도 겸비한 완벽한 비평가의 이미지로 조작하려면 필연적으로 논리적 무리수가 따르게 된다. 4·19세대인 김현은 문학평론을 통해 한국문학과 한국의 근대화를 동시에 추구했다. 하지만 군사정권의 탄압 속에 김현의 자유로운 욕망은 문학만의 근대성으로 축소된다. 김현은 군사정권의 파시즘이 지배하는 세계에서 개인이 자유롭게 휴식할 수 있는 마지막 쉼터로 문학을 생각했고, 이 문학을 지키기 위해 문학을 절대화한다. 그러면서 김현이라는 문학주의자가 탄생하게 된다. 4·19혁명에서 발원된 김현의 근대성 추구는 문학주의를 낳았지만 1980년대 전두환 군사정권이 등장하면서 최종적으로 파산하고 만다. 한국사회 전체가 자유로운 개인을 용납하지 않는 사회인 상황에서 문학만 자유로운 상상력이 존재할 수 없었기 때문이다. 결국 김현은 미시서사의 시 텍스트를 정교하게 해

석하는 일과 서구이론 공부에 매달리며 현실과 일정 정도 담을 쌓는다.

김현을 추종하는 사람들은 1980년대에 르네 지라르의 폭력 이론과 미셸 푸코의 담론 공부를 통해 당대 현실을 외면하지 않았다고 주장한다. 하지만 이것은 코에 걸면 코걸이, 귀에 걸면 귀걸이 식의 주장이다. 김현 자신도 사회적 현실에 동참하지 못하는 자신의 문학을 부르주아 문학이라고 자조하듯이 말한 바 있다. 이처럼 김현은 누구보다도 자신의 문학이 지닌 대사회적 결핍을 체감하고 있었다. 김현이 백낙청의 민족문학론과 ≪창비≫에 대해 비판적 태도를 견지했던 것은 자신의 비평적 입장에서 나온 것이기도 하지만, 그 심층에는 자신의 문학적 결핍을 은폐하고 싶은 욕망이 자리한다. 김현은 백낙청과 ≪창비≫에 대해 묘한 경쟁 의식과 열등콤플렉스를 지니고 있었고, 이것은 4·19세대 의식을 지속적으로 강조하는 현상을 낳게 했던 것이다. 김현은 4·19세대임을 끊임없이 강조한다. 하지만 나는 그의 반복되는 말 속에서 4·19정체성의 결핍을 아이러니하게도 느끼게 된다.

3. 첫 번째 한글세대와 문학주의자

김현의 신화를 형성하는 두 번째 항목은 4·19세대와 항상 세트 메뉴처럼 함께 등장하는 '첫 번째 한글세대'라는 세대론적 차별화이다. 4·19세대가 비평가의 이념적, 사회적 정체성을 드러내는 것이었다면, 한글세대는 구세대 문학세대와 자신들이 문학적으로 다르다는 것을 강조하는 문학적 차별화였다. 이러한 차별화는 김현이 「비평의 방법」이라는 글에서 4·19세대가 "한국어로 사고하며, 자기가 세계를 개조할 수 있다는 확신을 가진 세대에 속할 수 있는 행운을 그들은 가진 것이었다. 새로운 세대의 비평가들은 이른바 한글 세대에 속해 있었다"라는 언급을 하면서 촉발된다. 그 이후 '문지 에콜'에서 4·19세대와 한글세대라는 명칭은 이전 세대와 구분되는 상징적 기호 역할을 한다. 예를 들어 정과리는 「한글로 사유하며 한글로 글쓴 첫 세대 비평가」라는 글에서 "김현 선생은 한글로 사유하고 한글로 글을 쓴 첫 세대의 비평가였다"고 강조한다. 시인 황지우는 「이 세상을 다 읽고 가신 이」라는 글에서 김현의 한글주의가 "한자어를 모조리 한글로 바꾸는 문자상의 순결성으로 나타나는 것이 아니고 되도록 한글로 쓰되 그 한글의 속을 생각의 겹으로 두텁게 차곡차곡 채우는 의미론적인 깊이로 나타난다"고 말한다. 김현이 첫 한글세대라는 평가는 김현과 '문지 에콜'의 노력 속에 정전으로 자리한다. '문지 에콜'이 아닌 이휘현도 「뜨거운 상징으로서의 문학 그리고 공감의 비평」(2000)이라는 김현론에서 김현이 첫 한글세대라는 것을 별 의심 없이 사용하고 있다.

김현이 모국어의 감수성을 대변하는 첫 한글세대였다는 것은 일본어를 공용어 내지 국어로 내면화하여 언어를 구사했던 구세대와 달랐다는 차별화의 강조이다. 문학이 언어를 매개로 이루어지는 언어예술이라는 것을 감안한다면, 한글세대의 강조는 문학의 기본 수단인 언어를 장악함으로써 세대론적 비평의 새로움을 선전하려는 인정욕망이 발현되고 있는 것이다. 김현을 포함한 4·19세대 비평가들은 전후세대를 포함한 구세대가 의식과 무의식에 일본어의 흔적이 남아 있을 수밖에 없기에 순수한 한글세대가 아니라고 주장한다. 반면에 4·19세대는 유년시절에 해방이 되어 한국어로 생활하면서 초등학교부터 한글 교육을 받았다는 점에서 순수한 한글세대라는 것이다. 여기서 한글세대는 개별 주체의 노력에 의해 획득된 것이 아니라 시간적 흐름에 의해 자동적으로 획득된 것이다. 4·19세대는 남이 차려준 밥상을 편하게 앉아서 먹었을 뿐이다. 따라서 한글세대의 강조는 권성우의 말처럼 구세대를 주변부로 내몰고 문학의 중심부에 진입하려는 김현과 일부 4·19세대 평론가의 과잉 인정욕망이 낳은 비평 전략이었던 것이다.

한글세대라는 명칭도 많은 문제점을 안고 있다. 한국전쟁 이후 영어가 대규모로 침투했고, 일본어의 흔적도 뚜렷하게 존재했다. 일본어는 일제 식민지의 언어이고, 영어는 식민지 조선을 해방시키고 공산주의 침략에서 한국을 구원한 미국의 언어라는 점에서 차이가 있다. 하지만 한글을 기준으로 보면 이질적 언어의 침입은 동일한 현상이라 볼 수 있다. 김현과 일부 4·19세대는 자신들을 첫 한글세대라고 주장하지만 그것은 청정무구한 한글세대라는 의미가 아니다. 한글세대라는 범주는 이전 세대보다 순수한 한글을 배우고 사용할 가능성이 좀 더 높다는 상대론적 의미일 뿐이다. 전후세대의 비평가 중에서 유종호는 모국어인 한글의 아름다움을 보여주려고 노력했다. 이런 점에서 전후세대를 포함한 구세대가 한글세대의 잡종이고, 4·19세대가 한글세대의 순종이라는 식의 분류는 폭력적 이분법에 불과하다. 4·19세대가 첫 한글세대라는 주장은 순수한 한글로만 글을 썼다는 허구적 환상을 유포하여 진실을 기만했다고 볼 수 있다. '4·19세대=첫 한글세대'라는 담론의 유포는 차별적 범주화를 통한 비평적 인정욕망과 문학적 지분의 확대라는 욕망이 빚어낸 허구의 환상이다. 따라서 김현 평론의 우수성을 설명하기 위해 한글세대를 강조하는 것은 전혀 이치에 맞지 않는 억지 주장에 불과하다. 김현 비평의 우수성을 설명하는 방식이 '한글세대/비한글세대'라는 도식화된 이분법에 기반해 있는 것도 문제이다. 다원성, 대화성을 강조했던 김현과 '문지 에콜'은 정작 자신들과 관련된 것에 한해서는 그 원칙을 적용하지 못하는 색맹이었던 셈이다.

시인 곽재구는 「머슴새의 신화」라는 글에서 김현이 아름다운 문체의 소유자로 문학 평론을 읽기의 예술로 승화시켰다고 평한다. 이것에서 보듯 한글세대와 관련되어 김현의 신화를 형성하는 세 번째 항목은 김현체로 불리우는 독창적이고도 아름다운 김현의 문장이다. 김현의 아름다운 문체는 대명사와 쉼표가 많이 등장하는 섬세하고 독창적인 문장으로 소문 나 있다. 그의 유려하고 간결한 문체는 후배 평론가가 모방해야 할 문체의 전범으로 자리한다. 여기에서 우리가 유의할 점은 흔히 언급되는 김현체가 그가 등단하면서부터 시종일관 보여주었다고 생각해서는 안 된다는 사실이다. 김현체가 본격적으로 등장하기 시작한 것은 1970년대 초반부터이다. 그의 초기 비평을 보면 어색한 번역투의 문장이 등장한다. 독창성을 확보한 김현체는 서구문학의 모방과 많은 시행착오, 부단한 창조적 변용의 과정을 거치면서 생성된 것이다. 김현의 문장이 등단 초부터 완벽했다는 식으로 김현을 신화화하는 것은 진실과는 거리가 먼 것이다. 김현의 독창적 문체의 특성을 밝히는 것 못지않게 서구문학을 학습하면서 어떤 문체에서 영향을 받아 모방했는지에 대한 구체적 연구도 필요해 보인다.

김현 신화의 네 번째 항목은 '문학의 자율성 강조를 통한 문학의 절대화'이다. 김현은 4·19혁명에서 서구적 근대성과 개별 주체성을 발견한다. 이것은 글에서 개인과 자유, 민족 주체성의 강조로 나타나게 된다. 개인과 자유에 대한 김현의 관심은 외부의 요소에 의해 억압되지 않는 문학의 자율성을 강조했고, 민족 주체성의 눈뜸은 근대문학의 기점을 영정조로 잡은 김윤식 공저의 『한국문학사』(1973) 집필로 이어졌다. 이 중에서 특히 계몽주의 거대담론에 지배되지 않는 문학의 자율성 확보는 그의 삶을 관통하는 키워드로 자리한다. 그 결과 김현은 비평에서 개인, 자유, 자아, 욕망, 상상력 등에 많은 관심을 쏟았다. 김현은 계몽주의 거대담론을 비판했지만, 한국문학에서 미시담론의 중요성을 설파하며 자유주의 문학을 홍보했다는 점에서 계몽주의자였다고 할 수 있다. 김현은 비평 방법론으로 개인의 내면을 들여다볼 수 있는 심리주의 방법, 대상 텍스트에 구현된 저자의식을 중시하는 현상학, 텍스트를 꼼꼼하게 읽어내는 형식주의 방법을 애용했다. 역사적, 정치적 질곡 속에 살아온 20세기의 한민족에게 민족, 통일, 독립, 근대화와 같은 거대담론은 불가분의 관계일 수밖에 없다. 특히 4·19세대는 계몽적 근대성과 반공주의라는 냉전적 거대담론에 포박되어 있었다. 김현은 냉전적 거대담론의 포위 망 속에서 근대성의 개인을 사수하기 위해 '문학'을 특권화, 절대화한다. 이것을 통해 김현은 거대담론에 휘둘리지 않는 문학의 자율성을 확보하고자 했다. 다음의 지문은 김현이 문학의 자율성에 대해 언급한 부분이다.

문학이 그 독자성, 흔히 自律性autonomie이라는 말로 표현되는, 그것 자체의 특성을 갖기 위해 애를 쓰게 된 것은 그러므로 그것이 지배적 이데올로기와 동떨어지면서, 다시 말해 지배 계층의 이념을 선전하는 선전관의 역할에서 벗어나면서부터이다. 문학은 정치에서 벗어나면서 그 독자성을 획득한다.[5]

문학의 자율성을 강조하는 과정에서 김현 하면 떠오르는 유명한 문학적 명제들이 차례로 탄생한다. 김현의 원론비평, 이론비평은 흔히 '질문'과 '명제'로 구성된다. 질문은 '문학이란 무엇인가, 왜 문학은 되풀이 문제되는가, 문학은 무엇을 할 수 있는가, 문학은 무엇에 대하여 고통하는가, 문학 텍스트를 어떻게 이해할 것인가, 한국문학은 어떻게 전개되어 왔는가, 문학에 대한 논의는 어떻게 전개되었는가, 우리는 왜 여기서 문학을 하는가' 등의 물음을 던진다. 특히 이런 질문은 원론적인 문제에 대해 글을 쓸 때 그가 기본적으로 취하는 방식이다. 이러한 질문을 던지는 김현은 계몽적 주체로서 질문의 해답이 글 쓰는 과정에서 해결되기보다 이미 비평 주체가 결론을 내린 상태에서 전개된다. 그래서 김현의 글쓰기는 미괄식이 아니라 두괄식이고, 귀납법적이기보다 연역법적이다. 김현의 글에서 질문의 해답은 간결한 명제형의 형태로 제시된다. 예를 들어 '문학은 꿈이다' '문학은 비억압적이다' 등의 단순명료한 명제의 형태로 제시된다. 명제는 어떤 문제에 대한 하나의 논리적 판단 내용과 주장을 언어로 표시한 것으로 참과 거짓을 판단할 수 있다. 이러한 명제는 명료성, 단일성, 공정성을 기본 요건으로 한다. 김현이 제시하는 명제는 사실명제가 아닌 가치명제이다. 저자의 세계관이 들어가 있는 가치명제는 충분한 논거를 통해 증명되어야만 보편타당성을 획득한다. 김현의 경우 가치명제의 형태로 제시된 것들이 객관적 논거를 충분히 확보하지 못한 채 직관의 형태로 제시되는 경우가 많다. 이것은 객관적 세계보다 그것을 해석하고 판단하

---

5) 김현, 「왜 문학은 되풀이 문제되는가」, 『한국문학의 위상』, 문학과지성사, 1977, 12쪽.

는 비평 주체의 입장이 더 중요시되었기 때문이다. 비평 주체의 자유로운 욕망을 드러낼 수 있다면 객관적 타자는 무시될 수도 있는 것이 바로 김현의 비평이었던 것이다.

문학과 관련한 김현의 제1명제는 "문학은 억압하지 않는다. 그러나 그것은 억압에 대해서 생각하게 만든다"(「문학은 무엇에 대하여 고통하는가」)이다. 김현은 문학이 현실에서 유용하지 않기 때문에 비억압적이라고 주장한다. 그러면서 인간을 억압하지 않는 문학이 현실의 부정성을 폭로함으로써 독자를 고문하여 현실의 본질을 깨닫게 한다고 주장했다. 이러한 김현의 발언은 문학만이 억압하지 않는다는 문학중심주의를 통해 다른 것과의 차별성을 확보하면서, 동시에 문학을 통한 유토피아의 가능성을 열어놓은 것이다. 과연 문학만이 억압하지 않는 것일까? 이 부분에 대해 '문지 에콜' 구성원이었던 문학평론가 김진석은 「더 느린, 더 빠른, 문학」(≪문학과 사회≫, 1993년 봄호)이라는 글에서 문학만이 억압하지 않는다는 것은 적대적 이분법 논리의 생산물이자 조건이라고 비판한다. 김진석은 계속해서 문학이 전혀 억압하지 않는다고 하면서 모든 억압에 대해 일종의 메타담론의 역할을 자처하고 나설 때 또 다른 억압이 발생한다고 예리하게 지적한다.

김현은 문학의 비억압성을 통한 문학의 무용성이 현실의 부정성을 폭로시켜 오히려 유용성을 보여준다고 주장한다. 이동하 교수는 「김현의 『한국문학의 위상』에 대한 한 고찰」(1995)에서 문학을 통해 현실 권력에 도달한 사례를 들면서 문학의 무용성을 주장한 김현의 논리를 반박한다. 이것에 대해 김현의 입장을 옹호하는 문학평론가 장경렬은 「수사적 차원과 논리적/축어적 차원 사이에서」(≪작가세계≫, 2000년 여름호)라는 글에서 "김현의 문학 무용론을 축어적으로 받아들여서 문학 때문에 어떤 형태로

든 덕을 본 사람들을 〈예거〉할 수 있다면 그의 문학 무용론을 깨뜨릴 수 있다고 생각하고 있는 것처럼 보인다. 김현의 문학 무용론을 포함하여 모든 문학 무용론은 수사적 차원의 함의를 담고 있으며, 따라서 이 교수의 것과 같은 소박한 논리를 초월하여 존재하는 것"이라고 반박한다. 문학평론은 문학이라는 창조적 장르에 속한다는 점에서 문학적 수사는 분명 존재한다. 그러나 문학평론은 주관적 창조성만을 요구하는 것이 아니라 객관성도 함께 요구한다. 주객관이 동시에 존재해야 되는 것이 문학평론이다. 더욱이 김현의 주장이 다른 이들을 비판하거나 자신의 입장을 합리화하는 논거로 자주 사용되었기에 이것을 문학적 수사로만 분류할 수는 없다.

문학과 관련한 김현의 제2명제는 "문학은 꿈"(「문학사회학: 서장을 대신하여」)이라는 것이다. 문학은 김현에게 인간을 총체적으로 파악할 수 있게 하는 존재이다. 문학평론가 김치수는 「김현의 1주기를 맞이하여」라는 글에서 김현의 "꿈은 행복한 삶에 있지만 세계는 그에게 그러한 꿈의 실현을 허용하지 않습니다. 그의 글쓰기는 그러한 세계와 대결하는 그의 방식"이라고 말한 바 있다. 아도르노의 부정의 변증법과 기독교의 이원론적 세계관에서 영향 받은 김현의 문학관은 군사정권이 지배하는 현 세상을 디스토피아로 인식한다. 이러한 비극적 세계관 속에 김현은 행복이나 유토피아로 가는 출구를 문학만이 가능하다고 판단하다. 문학만이 가능하다는 김현의 입장은 기독교의 '예수'를 '문학'으로 자리바꿈한 것이다. 이것은 그의 문학적 세계가 기독교적 세계관에 많이 영향 받았음을 의미한다. 문학에 대한 절대화는 필연적으로 문학을 중심으로 모든 것을 배치한다. 그는 문학의 순수성을 파괴하는 구호비평과 계몽주의 문학에 대한 적대감의 표출

속에 민족민중문학에 대해 비판적, 적대적 태도를 견지했다. 김현은 「무엇이 지금 문제되고 있는가」라는 글에서 "한 그루우프의 세계관과 다른 그루우프의 세계관은 다를 수 있다. 그러나 다를 수 있다는 것이, 그것들이 반드시 적대 관계에 있어야 한다는 것을 의미하지는 않는다"고 말한 바 있다. 하지만 김현은 민족민중문학이 문학의 자율성을 침해한다고 판단하여 적대적 태도를 견지하면서 지속적으로 비판한 바 있다. 이것은 김현의 비평이 일관성을 지니고 있다기보다 상호모순성 위에 존재하고 있음을 의미한다. 이렇게 문학의 자율성을 옹호한 김현은 문학평론가 하정일의 「자유주의문학의 뿌리를 해부한다」(≪실천문학≫, 1991년 여름호)라는 글에서 "해방 이후 자유주의문학론의 독자성을 확립한 최초의 비평가"라는 평가를 받게 된다.

≪문사≫ 출신인 문학평론가 이현식은 「한국적 자유주의 지성의 곤혹스런 표정」(1999)에서 김현이 "개인을 억압하는 모든 정치적, 문화적 걸림돌에 맞서 저항한다. 김현의 비평 행위는 모든 형태의 억압과 맞서 싸워 온 일생이라고 해도 과언이 아니다"라고 주장한다. 이현식은 사적인 영역, 개인의 자유를 탄압하는 억압과 질곡에 맞서 싸운 김현의 진보성을 높게 평가한다. 김현이 개인을 억압하는 문화적 걸림돌에 맞서 싸웠다는 데에 공감하는 사람들은 많을 것이다. 그러나 김현이 정치적 걸림돌에 맞서 싸웠다는 것에는 쉽게 동의하지 않을 사람들이 많다. 김현은 평론을 통해 한국문학과 한국의 근대성을 지향했지만 현실변혁적 '근대'는 사라지고 개인적 구원으로서의 '문학'만이 초라하게 남았을 뿐이다. 이현식도 자신의 궁색한 논리를 인식해서인지 김현은 "목청 높여 주장하는 것을 극도로 혐오한다. 목청을 높이는 것은 또 다른 누군가를 억압하는 일이기 때문이다. 높은

목소리는 또 다른 억압을 부른다."고 변명한다. 이런 식의 논리라면 글을 통해 개인의 자유를 강조한 모든 사람들이 체제의 억압에 저항한 투사라고 평가해야 할 것이다. 그렇다면 이현식처럼 김현만을 분리해 모든 억압에 맞서 싸운 문학의 전사로 이미지화해서는 곤란하다.

결국 이것은 범'문지 에콜'인 이현식이 김현을 특권화, 신화화하려는 목적에서 발생한 과잉 평가의 오류라 할 수 있다. '문지 에콜'의 김치수는 「『문학과 지성』의 창간」(2005)이라는 글에서 "새로 등장한 신군부가 광주민주화운동을 총칼로 짓밟고 지식인들의 저항을 두려워한 나머지 『창작과 비평』·『뿌리깊은나무』·『문학과 지성』 등의 잡지를 '발행 목적 위배'라는 명목으로 등록을 취소했다"고 말한 바 있다. 이러한 발언은 계간 ≪문학과 지성≫의 폐간이 역사와 현실에 충실하고자 했던 활동이 빚어낸 것이라는 이미지를 독자에게 제공한다. 하지만 신군부가 ≪문학과 지성≫의 폐간 결정을 내린 것은 불온한 ≪창작과 비평≫을 폐간시키기 위한 일종의 물타기 수법의 일환이었다. ≪문학과 지성≫의 폐간을 통해 김현이나 ≪문학과 지성≫의 역사적, 사회적 역할을 강조하는 것은 견강부회(牽强附會)의 오류이다. 견강부회는 이치에 맞지 않는 말을 억지로 끌어 붙여 자기에게 유리하게 만들 경우 사용되는 용어이다.

4. 공감의 비평과 자폐적 텍스트 중심주의

김현은 『문학과 유토피아』(1980)에서 자신의 비평집 부제를 '공감의 비평'이라 칭한다. 이때 김현은 「책머리에」에서 "부제를

'공감의 비평'이라고 단 것은 비평이란 두 개의 의식의 능동적 부딪침-울림이라는 생각"에서라고 밝히고 있다. 그 이후로 김현의 비평은 공감의 비평이라는 인식이 확산된다. 김현은 「속꽃 핀 열매의 꿈」(1988)이라는 평론에서 모든 텍스트가 다 글 쓰고 싶은 욕망을 자극하지는 않지만 첫줄부터 마음을 사로잡는 글이 있다고 고백한다. 그러면서 그러한 글들이 어떤 이유로 자신의 마음을 끌었는지 성찰하다 보면, 그 성찰의 흔적들이 자신의 "마음을 움직인 작품으로 가 닿고, 그 길은 다시 그것을 쓴 사람의 마음의 움직임으로 다가간다. 내 마음의 움직임과 내 마음을 움직이게 한 글을 쓴 사람의 마음의 움직임은 한 시인이 '수정의 메아리'라고 부른 수면의 파문처럼 겹쳐 떨린다"고 말한다. 여기에서 시를 읽는 주체인 김현은 시의 이미지, 리듬의 분석 등과 같은 꼼꼼한 시 텍스트 읽기를 통해 시를 쓴 또 하나의 주체이자 타자인 시인의 마음과 만나 공명한다고 말한다.

김현의 신화를 형성하는 다섯 번째 항목은 바로 이 '공감의 비평가'라는 타이틀이다. 시인 임동확, 문학평론가 김병익·홍정선·구모룡·이명원도 김현을 공감의 비평가라고 부르는 데 동참한다. 이처럼 우리들은 김현의 비평을 공감의 비평이라고 칭하는 글을 많이 발견할 수 있다. 따라서 김현이 공감의 비평가라는 것은 자명한 진리인 것처럼 느껴진다. 나도 처음에 그러했다. 그러나 김현의 글을 꼼꼼하게 읽으면서 불쑥 의구심이 솟구치는 것을 막을 수 없었다. 김현은 과연 공감의 비평가였을까? 혹시 그것은 김현의 자기 고백과 『문지』 에콜'의 주장을 수동적으로 받아들인 산물은 아니었을까? 문제는 공감의 비평에 관한 충분하고도 객관적인 논의도 없이 김현의 발언과 '『문지』 에콜'의 적극적 지지 속에 '공감의 비평가'라는 칭호가 자명한 진리인 것처럼 통용되고 있다는 사실이다. '『문지』에콜'인 홍정선이 쓴 글에서 이러한 것들을 확인할 수 있다.

　　그(필자 주: 김현)의 비평에서 정신분석적 방법의 활용은 변함없는 것이었다. 그는 그 방법들을 통해 고립된 개인을 더욱 고립된 개인으로 파악해나간 것이 아니라 고립된 개인의 내면 세계를 함께 공감할 수 있는 세계로 이끌어내서 우리 앞에 보여주었다. 한국 비평은 김현의 그와 같은 비평을 통해 비로소 텍스트에 밀착된, 텍스트와 함께 나누는 감정의 여러 모습들을 즐겁게 맛볼 수 있게 되었다.6)

　그러나 김현의 비평을 검토해본 결과 나는 몇 가지 이유에서 김현의 비평을 공감의 비평이라 칭하기 어렵다고 생각한다.
　① 김현은 누구보다 주체의식이 강한 평론가이다. 공감의 비평을 위해서는 주체와 타자의 동등한 관계가 필수적이다. 하지만 김현의 비평에서는 자신감에 가득찬 김현이라는 자아가 대상 텍스트를 장악하는 식의 비평이 흔히 이루어진다. 주체 과잉의 이러한 비평 속에 대상 텍스트인 타자는 온전히 제 목소리를 내기 쉽지 않다. 문학평론가 조남현도 「땀과 줏대 그리고 힘의 비평」(≪문학과 사회≫, 1993년 가을호)이라는 글에서 "김현은 대상보다는 주체에 충실한 점에서 주관주의 비평가라고 할 수 있고, 또 이런 주관주의 비평가로서의 자세와 방법론을 고집한 점에서는 대가 비평을 지향했다고" 언급한 바 있다. 김현을 주체 의식이 과잉된 평론가로 생각하는 평자들은 조남현 외에도 이명원, 김형수 등이 있다. 김현의 비평에서 1인칭 '나'가 자주 등장하는 것

---

6) 김현, 「속꽃 핀 열매의 꿈」, 『분석과 해석』, 문학과지성사, 1988, 54쪽.

도 주체의식을 강조하는 김현 비평의 특성에서 기인한다. '문지 에콜'인 홍정선은 김현의 글에서 자주 등장하는 '나'라는 1인칭 대명사가 오만하거나 주관적인 느낌보다 겸손함으로 비쳐진다고 주장한다.

이런 그가 글을 쓸 때 '나'를 내세운 것이 나에게는 결코 오만하다거나, 주관적이라거나 하는 느낌으로 받아들여지지 않는다. 그것은 오히려 자신이 알고 있는 방식으로 작가의 작품을 읽을 수밖에 없다는 겸손한 태도로 나에게는 비친다. 물론 그 겸손함이 너무 탁월해서 종종 우리들을 알게 모르게 주눅들게 만들긴 하지만 말이다.
김현의 비평은 행복해지고 싶어하는 비평이고 즐거워지고 싶어하는 비평이다.[7]

그런데 과연 홍정선의 주장처럼 그러했을까? 방대한 지적 사유와 자신감에 가득한 김현을 대변하는 1인칭 대명사는 텍스트와 수평적으로 교감하기보다 전체적 조망 속에 대상 텍스트를 주눅들게 할 경우가 많았고, 그것은 수평적 공감의 비평을 방해했다. 홍정선이 김현의 비평을 칭찬하는 과정에서 나온 김현의 "겸손함이 너무 탁월해서 종종 우리들을 알게 모르게 주눅들게" 했다는 문장에서, 나는 역으로 김현이라는 1인칭 주체가 강조되고 타자가 억압되는 김현 비평의 실체와 만나게 된다.
② 김현의 사유 전개 방식은 이항대립체계에 기반해 있다. 김현은 자신이 인정한 타자에 한해서는 한없이 너그러웠지만, 그

---

7) 홍정선, 「김현의 술과 비평」, 『자료집: 김현 문학전집』 16, 문학과지성사, 1993, 272쪽.

렇지 못한 타자에 대해서는 부정적, 배타적 시각을 표출했다. 김현은 타자로 분류된 것들을 비판하거나 아예 비평의 대상으로 삼지 않았다. 이처럼 공감의 비평이 '긍정적인 것/부정적인 것' 등 이분법적 범주 속에서 전개될 때 공감의 폭은 제한적이거나 폭력적일 수밖에 없다. 하정일은 「자유주의문학론의 이념과 방법」이라는 글에서 "김현의 문학관은 철저하게 이원론적이다. 그는 억압 대 비억압으로 문학과 현실의 관계를 대립시킬 뿐 그 사이에 어떠한 매개도 설정하지 않는다. 요컨대 현실은 총체적으로 억압적이며, 문학은 총체적으로 비억압적이라는 것이다. 따라서 문학과 현실 사이에는 어떠한 화해도 불가능하다."고 주장한다. 반면에 성민엽은 「김현, 열린 문학적 지성」이라는 글에서 "김현이라는 문학적 지성이 열린 문학적 지성이기 때문에 가능한 것이었다. 그는 작가와 다른 사유들을 배척하지 않고 그것들과 만나 보다 넓은 사유의 공간을 열려고 애써왔고(평론집 『문학과 유토피아』의 부제가 '공감의 비평'인 것은 이런 맥락으로 이해될 수 있다), 충분히 평가받아 마땅할 성과를 이루어왔다"고 상반되게 주장한다.

그러나 김현은 열림, 다원성, 다양성, 대화성을 강조했지만 정작 자신이 타자로 분류한 것들에 이러한 항목들을 제대로 적용하지 못했다. 김현은 '문지 에콜'에 정서적으로 가까운 시인들만 주로 비평의 대상으로 삼는 편식성을 드러냈던 것이다. 자신이 좋아하는 것을 주로 비평 대상으로 선정한 김현의 비평을 공감의 비평이라고 할 수 있을까? 그것은 '공감'이 아니라 '호감'이라고 할 수 있다. 이처럼 김현은 비평대상에 대한 선호가 비교적 선명했고, 이것은 김현의 이분법적 세계관과 맞물려 자신의 편파성을 성찰하지 못하는 맹점으로 연결된다.

③ 김현의 텍스트 읽기는 시의 분석을 통해 시인의 의식에 닿고자 한다. 여기서 발생하는 오류가 김현이 시에 나타난 시적 자아의 표정을 시인과 곧장 연결시켜 해석한다는 점이다. 시적 자아와 시인은 겹치는 부분도 있지만 동일한 존재가 결코 아니다. 시인의 내면세계에 다가가기 위해 심리주의 비평 방법을 사용한다면 형식주의적 텍스트 읽기와 필연적으로 충돌할 수밖에 없다. 시인의 내면세계에 다가가려면 시인의 전기적 사실에 대한 충분한 고증이 함께 필요하다. 이것은 형식주의 비평과 공존하기 힘든 부분이다. 하지만 김현의 시 비평에서는 이러한 고민들이 생략된 채 시의 내면 분석을 통해 곧 바로 시인의 마음에 도달하는 식의 비평이 행해진다. 텍스트를 존중한다고 하고서는 정작 텍스트를 소외시켜 버리는 아이러니한 현상이 발생했던 것이다. 이것은 김현이라는 주체에 의해 보여지는 부분만 읽는 제한적, 주관적 비평이 생산된 결과이다. 문학평론가 구모룡도 김현의 시 읽기에 대해 다음과 같은 비판을 하고 있다.

시를 통하여 시인의 정신적 혼적, 삶의 혼적을 찾아내려다 보니까 시가 정신의 자료 정도로 취급된다. 그래서 몇 구절의 시구만 제시해 놓고 그 의미를 짚어가는 서술방식을 취한다든가, 시의 부분을 인용할 때에도 제목은 표시하지 않고 시집의 쪽수만을 제시한다든가 하는 방법을 사용하였는데, 이것은 작품 자체의 독자성을 훼손시키고 시를 파편화해 버리는 아주 나쁜 처리 방법이다.[8]

---

8) 이숭원, 「김현의 시 비평에 대한 고찰」, ≪선청어문≫, 서울대학교 국어교육과, 845~846쪽.

④ 공감의 비평은 김현의 비평 중 시 비평에 한해 칭하는 경우가 많다. 만일 이것을 그대로 인정한다면 김현의 비평은 불완전한 비평이라 할 수 있다. 김현의 비평이 이론비평과 원론비평에서 공감의 비평을 보여주지 못한 것은 공감의 비평이 불충분하다는 것을 객관적으로 보여주는 증거이다. 김현의 비평 중 왜 시 비평에 한해 공감의 비평이라는 수사가 유통되는지에 대해서도 생각해 볼 문제이다. 김현의 시 비평도 모두 공감의 비평은 아니다. 김현의 시 비평은 형식주의적 텍스트 읽기와 심리주의 비평이 배합된 비평이 많았고, 주체와 타자가 교감하는 현상학적 공감의 비평은 상대적으로 적었다고 볼 수 있다.

⑤ 김현이 보여준 공감의 비평은 비평의 핵심 요소를 충분히 충족시키지 못한 불구의 비평이다. 김현은 텍스트에 대한 존중을 이유로 텍스트에 대한 가치 평가를 다원주의적 이름 아래 종종 생략한다. 비평의 단계는 '해석-감상-평가'라는 세 개의 단계가 종합된 것이다. 그런데 김현은 텍스트를 이해하려는 노력 속에 가치 평가를 생략하고 해석과 감상을 전면화한다. 개별 가치의 존중은 바람직한 것이지만 이것을 핑계로 하여 가치 평가를 하지 않는 것은 비평의 직무유기이다. 평론가는 완벽한 존재가 아니다. 완벽한 평론이라는 것은 환상과 허구에서만 존재할 수 있다. 인간은, 평론은 결핍이기에 존재할 수 있다. 따라서 완벽한 평가의 기준을 마련할 수 없다는 이유로 개별 텍스트의 가치 평가를 하지 않는 것은 자신을, 문학을 신과 같은 동격에 올려 놓겠다는 오만의 소산이다. 이러한 문학적 오만의 근저에는 자신을 완벽한 이상형으로 만들고 싶어하는 김현의 나르시시즘이 존재한다. 김현의 등단작이 「나르시스 시론」이었던 것도 이것과 무관하지 않다.

⑥ 김현의 비평이 지닌 자폐적 텍스트 중심주의는 협소한 공감의 영역을 설정하는 한계를 노출한다. 김현이 대상 텍스트로 설정한 것은 시, 소설, 수필 등 전통적인 문학 장르에 들어와 있을 경우이다. 문학을 특권화한 김현은 문학 이외의 모든 것을 배척하는 비평적 입장을 드러낸다. 김현의 텍스트 중심주의는 정치적 외압을 핑계로 문학이라는 한정된 영역만을 대상 텍스트로 선정한다. 이러한 김현의 비평 세계는 문학이라는 텍스트와 관련되는 정치, 경제, 사회 등의 다른 컨텍스트를 외면함으로써 존립한다. 그 결과 김현의 글에서 텍스트는 확장되지 못한 채 고립적, 자폐적 내면의 영역으로 축소된다. 문학의 자율성이라는 명목하에 문학만이 생존하고 문학 이외의 것은 모두 죽어버린 것이 바로 김현이 보여준 자폐적 텍스트 중심주의였던 것이다. 그것은 궁극적으로 문학을 죽이는 아이러니에 봉착하게 한다. 김현의 비평은 고립적, 자폐적 문학의 영역 속에서 자기기만적 실존감을 확인하는 관념의 나르시시즘으로 추락했던 것이다. 이것은 타자인 텍스트와 진정으로 교감하려는 공감의 비평을 살해하는 참극을 연출하게 된다.

5. 김현 신화의 탄생과 우상화

'문지 에콜'에서 김현과 관련한 서평 이외에 김현론이 처음 등장한 것은 ≪문학과 사회≫ 1988년 가을호이다. 범 '문지 에콜' 소속인 김인환은 「글쓰기의 지형학」에서 김현의 비평을 맥락의 독서와 연결하여 총체적인 지형학의 비평으로 규정한다. 김인환은 김현의 글쓰기 지형학의 근저에는 정신분석에 대한 자유로운 활용이 존재한다고 주장한다. 이 글은 김현에 대한 비판적 접근이라기보다 김현의 비평세계를 글쓰기의 지형학으로 설명하는 데에 초점이 맞추어져 있다. 김인환은 명시적으로 언급하지 않았지만 김현의 비평을 적극적으로 긍정하는 자세로 논지를 이끌어가고 있다. 이후 김현과 관련한 평론은 《문학과 사회》에서 발표되지 않다가, 1990년 김현의 죽음을 계기로 일종의 추도사 성격의 글이 대거 등장하게 된다.

　《문학과 사회》는 1990년 겨울호에서 '김현과 그의 문학'이라는 특집을 통해 김현과 관련한 신화화의 단초 작업이 처음 이루어지는 계기를 제공한다. 필진은 정과리, 성민엽, 황현산, 김병익, 이인성이었는데 '문지 에콜'이 중심이었다는 것을 알 수 있다. 정과리는 「김현 문학의 밑자리」에서 4·19세대의 적자로서 김현의 비평을, 김병익은 「김현과 '문지'」에서 김현의 문학적 성과를, 성민엽은 「김현 혹은 열린 문학적 지성」에서 김현의 비평을 다원적 열림성으로 조명한다. 또 황현산은 「르네의 바다」에서 불문학자이기도 했던 김현이 프랑스 구조주의, 바슐라르, 르네 지라르 등의 영향을 받으면서 불문학에 많은 공헌을 했다고 주장한다. 특히 황현산은 「르네의 바다」라는 글에서 "김현은 신비화를 얼마나 증오했던가"라는 표현을 쓰며 신비화를 넘어 대상과 만나고자 했던 김현의 비평세계를 조명한다. 김현은 황현산의 주장처럼 자신의 글을 통해 맹목적인 신비화와 싸워온 존재이다. 김현은 평론집 『시인을 찾아서』의 「책머리에」라는 글에서 "나는 내 사고의 방향을 가능하면 의식화시켜, 거기에 아무런 신비감도 부여하지 않으려고 노력해왔다"고 고백한 바 있다. 그러나 '문지 에콜'의 글들은 알게 모르게 김현을 신비화하는 일등 공신의 역할을 수행한다.

김현의 신화화에 제동을 건 것은 같은 '문지 에콜'인 김진석이었다. 김진석은 「더 느린, 더 빠른, 문학」(≪문학과 사회≫, 1993년 봄호)에서 김현의 '억압하지 않는 무용성의 유용성 문학'이라는 김현의 대표적 명제에 이의를 제기했다. 이것이 갈등의 한 요인이 되어 편집동인이었던 김진석은 1994년 봄호에 ≪문학과 사회≫를 떠난다. 그 이후 ≪문학과 사회≫에 간혹 김진석의 글이 실렸지만, 2000년 이후에는 김진석의 글은 아예 자취를 감춘다. 그렇다고 김진석이 절필을 했던 것은 아니다. 그렇다면 이것은 무엇을 말하는 것인가. 독자들은 김진석이 ≪문학과 사회≫의 괘씸죄에 걸렸다고 짐작할 수밖에 없다. 김진석 외에도 문학평론가 조남현은 ≪문학과 사회≫에 김현론을 게재한다. 조남현은 「땀과 줏대 그리고 힘의 비평」(≪문학과 사회≫, 1993년 가을호)에서 김현 비평의 특징을 "치밀한 분석, 과감한 해석, 광범위한 참고 문헌의 원용, 작품의 핵심 추출, 명징한 문체 지향 등으로 요약"하면서 김현의 문학세계를 객관적으로 조명한다. 이처럼 1990년대 초반까지는 '문지 에콜'의 추모적 평론과 김현의 비평 세계를 객관적으로 보고자 하는 움직임이 비교적 균형을 이루었다고 볼 수 있다. 이러한 균형은 김현의 수제자로 보통 지칭되는 정과리가 ≪문학과 사회≫의 좌장이 되면서 무너지기 시작한다.

정과리의 주도 아래 ≪문학과 사회≫ 2000년 여름호에 실린 '김현 10주기 기념 문학 심포지엄'은 김현을 신화화하려는 뚜렷한 징후가 드러나는 자리였다. 정과리는 김현 비평의 위대성을 선전하는 선봉 역할을 했는데, 이번에도 김현 비평의 현재성을 언급하며 김현을 신화화하는 데에 앞장선다. 정과리에 못지 않게 김현의 신화화에 앞장선 것은 문학평론가 장경렬이다. 이외에도 김동식·박철화가 김현의 비평을 신비화하는 데에 직간접적으로 일조하고 있다. 그런데 당시 범 '문지 에콜'이었던 권성우가 김현을 포함한 4·19세대 비평의 문제점을 제기하면서 첨예한 논쟁이 발생한다. 그 이후 권성우는 ≪문학과 사회≫의 괘씸죄에 걸려 ≪문학과 사회≫ 지면에서 철저하게 배제 당한다. '문지 에콜'이 김현을 신화화하는 비평 작업은 이명원이 『타는 혀』에서 말한 것처럼 "권위에 대한 절대에 가까운 복종과 위계화된 서열에 대한 거의 본능에 가까운 집착으로부터 파생되는 것은 비판의식의 상실이며, 이로 인한 비평의 타락현상"이라고 할 수 있다. 지나친 신화화는 필연적으로 우상화로 이어지게 된다.

영국의 철학자 프란시스 베이컨(1214~1294)은 잘 포장된 이론이나 권위를 무비판적으로 받아들이면 '극장의 우상'이 탄생한다고 경고한 바 있다. 만약 죽은 김현이 다시 살아날 수 있다면 자신을 '극장의 우상'으로 만드는 후대의 작업에 대해 어떠한 발언을 했을까? 김현은 「문학은 무엇에 대하여 고통하는가」라는 글에서 "우상을 파괴하지 않는 한, 억압은 없어지지 아니한다. 그러나 그 파괴는 우상을 파괴해야 한다는 주장에 의해서 이루어지는 게 아니라, 문학이 그 파괴의 징후가 됨으로써 이루어진다"고 주장한 바 있다. 우상 숭배는 억압의 정체를 보지 않도록 가짜의 위로를 줄 뿐이라는 것이다. 이러한 김현을 떠올린다면 자신을 우상화하는 후대의 작업에 흔쾌히 동의하지 않았을 가능성이 높다.

김현의 신화화는 동시대의 같은 편집동인의 입장에서 보면 반드시 바람직한 현상이 아니다. 김현의 자리가 커진 만큼 김병익, 김치수, 김주연의 비중도 적어질 수 있기 때문이다. ≪문학과 지성≫을 창간하면서 성립된 4K의 핵심은 김현과 김병익이다. 그렇다면 김병익은 김현에 대해 어떤 입장을 취했을까? 김병익은 다음의 지문에서 보듯 작가에게 교사가 되기를 피했고 작품에 대해 공감자가 되고자 한 김현의 비평적 입장이 김현 개인만이 아니라 '문지 에콜' 모두가 견지했던 공통적 자질이라고 말한다.

> 그는(필자 주: 김현) 비평가가 자신의 이념에, 마치 프로크루스테스의 침대처럼 작가의 작품을 재단하는 것을 혐오하고 경멸하기까지 하면서, 작품을 통해 시인의 욕망을 분석하고 그를 통해 세계와 인간을 해석하며 그 분석과 해석에서 발견되는 시인의 인식과 언어의 독창성을 뛰어난 문학으로 평가하였다. 그에게 중요한 것은 그 자신의 문학적 틀이 아니라 그 틀을 깨뜨릴 수 있는 타인의 글이었으며 그가 감동하는 것은 자신의 논리가 견고하다는 것을 확인할 때가 아니라 그 논리가 이 복잡한 세계에서 얼마나 취약한가를 깨닫게 해주는 작품을 만나 그 스스로가 뒤집힘을 깨달을 때이다. 김현의 이러한 문학적 태도는 실상 '문지' 동인들의 공통된 자질이기도 했다. 우리 모두는 작가에게 교사가 되기를 피했고 그들의 작품에 대한 공감자가 되기를 바랐으며 작품을 우리의 틀에 맞추기를 반대하고 우리가 그 틀 속에서 세계를 정당하게 이해할 수 있기를 원했다. 이런 입장은 주장하기보다 해석하고 제의하기보다 의미 부여하며 그래서 도전하는 적극성보다는 수용의 소극성을 통해 적극적으로 공감하는 태도이다.[9]

김병익의 비평 전략은 김현의 비평을 칭찬하면서 동시에 김현과 함께 활동했던 다른 4K와 후배 동인들을 함께 띄우려는 욕망

---

9) 김병익, 「김현과 '문지'」, 『자료집』(『김현 문학전집』 16), 문학과 지성사, 1993, 326~327쪽.

을 담고 있다. 여기에서 김현은 개별 비평가로서의 김현이라는 마스크가 아닌 '문지 에콜'을 대표하는 집단적 상징 기호로서의 역할을 수행한다. 김병익을 포함한 '문지 에콜'은 김현의 신화화를 통해 '문지 에콜'을 정전화한다. 이제 김현은 '개별적 자아'에서 '문지 에콜'을 대표하는 '집단적 자아'로 확장된다. 김현의 일생이 어디에 구속되지 않는 '자유로운 개인'을 꿈꿨는데 《문학과 지성》의 후신인 《문학과 사회》 동인들에 의해 구속되는 현상이 발생한 것이다. '문지 에콜'은 현실 사회주의권과 거대담론의 몰락 속에 1990년대 중반에 약진할 기회를 얻게 된다. 그러나 달라진 1990년대 상황에 제대로 적응하지 못하고, 이 틈새를 《문학동네》가 치고 나오면서 1990년대 후반 '문학주의 진영'을 대표하는 선두 주자로서의 위치가 흔들린다. 1990년대 말에 《문학과 사회》는 판매량에서 《문학동네》에 밀리면서 문학주의 진영의 좌장 자리를 내놓게 된다. 1990년대 후반에 《문학동네》는 젊은 스타작가와 참신한 기획을 통해 《문학과 사회》의 아성을 넘었던 것이다. 1994년에 창간한 《문학동네》가 《문학과 사회》보다 부족한 것은 전통과 권위였을 뿐이다. 그것은 시간이 해결할 문제였다.

이러한 위기 앞에서 과거의 영광을 재현하려는 《문학과 사회》의 몸부림이 펼쳐진다. 그 중심에 김현의 신화화가 자리한다. '김현 10주기 기념 심포지엄'은 단순하게 김현의 비평 세계를 신화화하려는 목적만이 아니라 그것을 통해 '문지 에콜'이라는 명가를 재건하려는 욕망이 내재되어 있었다. '문학과 지성사' 대표를 24년간 했던 김병익은 김현의 신화화를 통해 무너져내리는 '문지 에콜'의 문단적 위치를 복원하려고 했기에 김현의 신화화에 적극 나설 수 있었던 것이다.

신화화는 살아있는 실체가 있을 때 이루어지기 힘들다. 김현이 죽음으로써 더 이상 조우할 수 없는 상황에서 김현이라는 대상은 신기루처럼 멀리 존재하게 된다. 이때 김현은 자크 라캉이 언급한 상징계나 실재계가 아닌 상상계 속에서 존재한다. 이러한 원거리 속에 김현 비평의 한계와 문제점들이 재빨리 묻혀지면서 김현 비평의 장점만이 도드라져 보이게 된다. 이러한 '이상화된 김현'의 모습은 '문지 에콜'이라는 주체의 의지가 탄생시킨 허구의 이미지이다. 이때 김현의 이미지는 독립되어 있지 못하고 '문지 에콜'과 정신과 몸이 상호 결합되어 있다. 그래서 김현의 신화화는 곧 '문지 에콜'의 신화화를 의미한다. 김현과 '문지 에콜'이 일심동체가 되면서 만들어진 김현의 이미지는 완벽에 가깝다. 이런 분위기에서 김현에 대한 비판은 '문지 에콜'에 대한 비판으로 해석된다. 문학판에서 상당한 지분을 보유한 '문지 에콜'에 찍힌다는 것은 문단 활동에 막대한 지장이 초래된다는 것을 의미한다. 따라서 김현의 신비화에 이의를 제기하는 목소리들은 침묵할 수밖에 없다. 이 침묵은 곧 바로 김현 신비화의 정당성을 옹호하는 논리적 근거로 활용되는 악순환으로 이어진다. 이처럼 김현의 신화는 김현의 절대적 신화를 저해하는 요소를 억압 배제하려는 제국주의적 문학 담론과 문단 제도를 통해 대량으로 유포된다. '문지 에콜'은 아니지만 시인이자 문학평론가인 장석주가 김현을 신화화하는 지문을 통해 김현 신화의 허구성 내지 객관성의 결여를 고찰해보자.

1974년 서른두살의 김현은 몇 달 앞서 떠난 김치수에 이어 유학차 북프랑스 스트라스부르로 간다. 그는 거기서 바슐라르 연구가인 망수이 교수 밑에서 공부를 하다 8개월 만에 돌아온다. 김현이 예정보다 일찍 귀국한 것은 표면상 가정 문제 때문이지만 박사 학위를 피하려는 속내가 작용한 결과라고 한다. 말하자면 김현은 학위 없는 대학 교수라는 전례를 만들고 싶어했다.

그는 가까운 동료이자 시인인 황동규에게도 학위 없는 교수이자 시인임을 자랑스럽게 여기길 바란다고 했다고 한다.[10]

장석주는 김현의 프랑스 유학 생활이 8개월 만에 끝난 것은 박사 학위를 피하려는 김현의 속내가 작용한 것으로 해석한다. 이것은 물론 그의 전적인 판단이 아니라 김현 주변에 있었던 사람들의 증언을 통해 나온 결론이다. 그렇지만 장석주의 말대로라면 김현이 프랑스 유학 자체를 굳이 갈 필요가 있었을까? 바슐라르에 대한 공부라면 서적을 통해서도 가능했고, 방학을 활용해 잠시 프랑스에 갈 수도 있었다. 이런 사항을 고려한다면 김현은 프랑스에서 박사학위도 받을 생각이 있었던 것으로 보여진다. 그런데 현실의 여건이 이러한 욕망의 실현을 방해했던 것이다. 김현을 신화화하려고 작정한 사람들은 김현의 조기 귀국을 박사학위 없는 대학교수라는 전례를 만들려고 한 결단으로 해석한다. 설사 김현 자신이 이와 같은 발언을 했다고 하더라도 문학평론가나 연구자라면 그것을 액면 그대로 믿어서는 곤란하다. 김현이 박사학위 없는 콤플렉스를 그러한 발언을 통해 자기합리화하려고 했던 것으로 생각해 볼 수는 없을까.

김현을 신화화하는 사람들은 다양한 가능성을 원천적으로 봉쇄한 채 김현의 말이나 문지 에콜의 말을 뻐꾸기처럼 동어반복하는 오류를 범한다. 김현을 연구한다면 기본적으로 비판적 텍

---

10) 장석주, 「장석주의 한국문단비사: 문학평론가 '김현'」, ≪한국경제≫, 2003.1.10.

스트 읽기가 선행되어야 한다. 그렇지 못할 때 김현과 관련한 글들은 김현을 신비화·우상화하는 장식품으로 전락할 뿐이다. 김현이 애용하는 분석 방법인 콤플렉스를 김현에게 적용해보는 것도 의미 있는 작업 중의 하나이다. 문제는 김현을 추종하는 사람들은 김현의 콤플렉스에 대해 생각조차 하지 않는다는 점이다. 김현이 숙명의 라이벌로 생각했던 것은 하버드대 영문학과 박사 출신인 문학평론가 백낙청이다. 이에 비해 불문학을 전공한 김현은 박사학위조차 없는 형편이었다. 이런 상황에서 자존심이 강한 김현은 바슐라르 연구만이 아니라, 프랑스 유학을 통해 외국 박사 학위가 없는 콤플렉스(특히 백낙청에 대한 열등콤플렉스)를 나름대로 해소하려고 했던 것은 아니었을까? 그런데 그것이 결과적으로 실패하자 김현은 박사 학위 없는 교수라는 선례를 만들고 싶다고 자기합리화의 발언을 했던 것은 아니었을까. 이처럼 김현 신화의 해체는 다양한 가능성에 대한 적극적 탐색을 통해 가능해진다.

김현의 신화를 형성하는 마지막 여섯 번째 항목은 '반성과 성찰의 비평가'라는 타이틀이다. 김현은 제1회 '팔봉비평문학상'의 수상 소감문인 「뜨거운 상징'을 찾으며」(1990)에서 "문학은 그 어떤 예술보다 더 뜨겁게 인간의 모든 문제를 되돌아보게 됩니다.//그 되돌아 봄을 다시 되돌아 보는 것이 제가 생각하는 비평입니다. 비평은 그런 의미에서 하나의 반성적 행위입니다"라고 말한다. 김현은 자신의 글에서 반복적으로 반성과 성찰을 강조한다. 이러한 비평 전략은 강렬한 주체의식을 통해 타자를 배제하는 비평 전략의 취약성을 보완하려는 것으로 보여진다. 반성과 성찰은 자신의 부족한 한계를 인정하면서 그것을 극복하기 위해 끊임없이 노력한다는 이미지를 독자에게 제공한다. 반성과 성찰이라는 항목은 김현 비평이 지닌 한계점을 은폐시키기는 효과를 발휘한다. 그러나 앞서도 말했듯이 김현의 반성과 성찰은 제한적이었다. 문학 안쪽과 자신의 비평적 당파성에 한해서만 반성과 성찰의 항목이 적용되었던 것이다. 그 결과 반성과 성찰이라는 항목은 수사학적 관념의 차원으로 추락한다. 이것은 김현만이 아니라 김현 비평 정신을 계승하고 추종하는 사람들에 의해서도 동일하게 발생하고 있다. 김현 비평을 계승했다면, 아니 김현 비평을 넘어가고자 했다면 김현 연구에 대한 반성과 성찰을 제대로 했어야 하지 않을까. 김현 비평에 대한 날카로운 비판에 대한 신경질적인 반응보다 정작 필요한 것은 연구자로서의 제대로 된 반성과 성찰이다.

6. 지배세력과 보수언론이 증폭시킨 김현 신화

김현의 신화화는 '문지 에콜'만 참여한 것은 결코 아니다. 지배세력은 체제에 위협적이지 않은 김현의 문학적 정체성을 홍보하여 확대 재생산하고자 했다. 또한 대중매체, 특히 중도와 보수의 중앙 일간지들은 김현을 지속적으로 언급함으로써 김현 신화화의 중심축을 형성한다. 주요 일간지들은 김현 비평의 한계점보다 매력을 지속적으로 홍보함으로써 김현을 신화화하는 핵심 역할을 담당했다. 김현이 20세기의 뛰어난 평론가 중의 한 사람인 것은 분명하다. 그럼에도 불구하고 다른 문인에 비해 김현에 대한 주요 일간지의 호평은 남다르다. 그렇다면 왜 주요 일간지들은 김현의 신화화에 적극 협력할 수 있었던 것일까.

먼저 김현이 지독한 학벌사회인 한국에서 성골인 서울대 출신이자 교수였다는 점이다. 나는 만일 김현이 서울대 출신이 아니었다면 김현의 신화도 대량으로 유통되기 힘들었다고 단언할 수 있다. '김현=일류 서울대 출신=서울대 교수=가장 똑똑함=문학평론가=천재=대가'라는 서열주의와 김현 신화는 불가분의 관계를 형성하고 있다. 철학자 김상봉은 『학벌사회』(2004)에서 서울대의 권력독점을 날카롭게 비판하고 있는데, 김현의 신화에는 서울대 중심주의로 대표되는 주류의 권력 담론이 개입해 있다. 한국사회의 주류인 서울대 출신들은 서울대 출신인 김현의 신화화를 통해 서울대 중심주의를 암묵적으로 자연스럽게 유포하고자 했던 것이다. 김현의 신화는 단순하게 한 개인이 아니라 서울대라는 한국 최고의 학벌을 선전하는 매개체였던 것이다. 비평이 다른 문학 장르를 지도하거나 이끌어 나가는 문단 구조 속에서 주요 매체의 편집위원이었던 서울대 출신 평론가들은 문단권력이라는 피라미드의 꼭짓점에 위치한다. 김현의 신화는 바로 이러한 서울대 중심주의의 반영이자 공고화 작업의 성격을 내포하고 있다.

중도와 보수 언론은 개인을 강조하는 순수문학에 호의적이다. '문지 에콜'은 순수문학 계열의 적자로 성장했기에 이것의 상징적인 존재인 김현에 대한 호의적인 조명을 지속적으로 했던 것이다. 계간 ≪문학과 지성≫은 1970년대 후반에 문단의 주류인 ≪현대문학≫과 어깨를 나란히 했고, 1980년대에 계간 ≪문학과 사회≫는 월간 ≪현대문학≫을 이어 순수문학을 대표하는 주류 문예지로 성장했다. '문지 에콜'과 직간접적으로 관련된 문인들도 김현을 회상하면서 신비화함으로써 김현의 신화를 확대 재생산한다. 예를 들어 고은, 김지하, 오정희, 복거일 등은 과거를 회상하면서 김현을 호의적으로 호평한 바 있다. 순수문학 계열의 많은 문인들도 여러 글에서 김현의 글을 중요하게 인용하면서 김현의 문학적 권위는 지속적으로 상승했다. 월간 ≪현대문학≫으로 대표되는 순수계열의 문인들은 김현을 포스트 조연현으로 인정했던 것이다. 한국전쟁 이후 순수문학 계열은 제도권의 중심세력이었으나 1970~80년대에 들어 세를 급격하게 상실하기 시작한다. 이러한 현실 앞에 순수계열의 문인들은 '문지 에콜'의 대표인 김현을 통해 세력의 약화를 막고 부활을 노렸던 것이다. 김현은 1980년 제20회 '현대문학 평론상'을 수상함으로써 공식적으로 ≪현대문학≫의, 순수문학의 적통을 잇는 존재임을 대내외에 과시한다. 문학상은 안정적으로 문학적 권위를 생성시키는 문학제도이다. 김현의 문학상 수상은 제도권에 확실하게 진입한 김현의 문학적 위치를 말해주는 것이다. 문학상 수상은 김현의 신화를 형성하는 데에 전통이라는 권위를 첨가시키도록 해준다. 이처럼 우파 문단의 적통을 계승한 김현이기에 보수 우파 신문들은 김현의 신화화에 적극 동참했다.

마지막으로 당대 지배세력과 보수 언론은 현실변혁적 투사형 문인보다 문학만을 사랑하고 문학적 틀에서 벗어나지 않는 순종형의 문인을 원했다. 김현은 이 조건에 딱 안성맞춤인 문학평론가였다. 20세기 한국의 진보적 문인들은 현실변혁 운동에 적극적으로 참여한 현실 변혁가이자 운동가였다. 이들 문인들은 지배이데올로기와 지배세력에 대해 비판적 시각을 가졌고, 이것은 언론권력에 대해서도 비슷한 입장을 취했다. 따라서 지배세력과 보수 언론들은 불온한 문인보다 자신들에게 고분고분하는 문인들을 선호했다. 지배세력과 보수언론은 자신들의 기득권을 헤칠 수 있는 불온한 진보를 용납하지 못하지만 전위적 실험성과 개인만을 강조하는 문학적 진보에 대해서는 용인했다. 이런 상황에서 정치 배제를 선언하고 문학이라는 협소한 영역에 갇힌 김현과 같은 존재는 당대 지배층과 보수 신문들이 선호하는 존재일 수밖에 없었다. 다시 말해 당대 지배층과 보수 언론은 김현이라는 문인의 우상화를 통해 순종형의 문인들을 양산하고자 했던 것이다.

김현의 신화는 몇 가지 제도적 장치가 첨가되면서 더 많이 확산된다. 첫째, 중고등 교과서에 김현의 글이 게재된 점이다. 일반 학생들은 교과서에 있는 것을 문학의 정전으로 간주하는 속성이 있다. 따라서 교과서에서 김현의 글을 접한 학생들은 김현을 대단한 평론가라는 인식을 선험적으로 학습하게 된다. 둘째, 김현과 관련한 심포지엄이나 문학축전의 지속적 개최이다. 특히 2007년 12월 1일부터 6일까지 전남 목포문학에서 '제1회 김현 문학축전'이 열린 바 있다. 이 축전은 심포지엄과 달리 매년 개최된다는 점에서 주목을 요한다. 제도적 장치의 완결판은 '김현 문학상'의 제정이다. 1년마다 주기적으로 생산되는 김현 문학상의 이미지는 김현 신화를 완성하기 위한 필요충분조건이다. 2000년에 김현 10주년 기념 심포지엄이 큰 무리없이 끝났다면 아마도 김현문학상은 '문지 에콜'에 의해 벌써 제정되었을 것이다. 그러나 무비판적 신비화의 흐름에 제동을 건 권성우 등이 있었기에 문학상 제정을 한다는 소문은 소문으로 그쳐야 했다. 그러나 이것은 일시적으로 좌절되었을 뿐이다.

이처럼 '문지 에콜'의 후원, 지배세력의 정치적 전략, 중도와 보수 언론의 후원, 순수 계열 문인들의 호응이 지속적으로 상승작용하면서 김현은 절대적 신화가 되었다. 나의 주관적 경험이지만 4·19세대 비평가 중 김현의 글이 언급되는 인용지수가 1위일 것이라고 자체적으로 판단하고 있다. 김현은 문학주의자들에게 자신의 입장을 정당화시키는 주요 논거로 자주 인용되고 있는 것이다. 인용이 인용을 낳는 '눈덩이 효과'는 김현의 신화를 더욱 가속화시킨다.

7. 박제된 문학 영웅을 넘어

나는 앞에서 '4·19세대의 적자론, 첫 번째 한글세대, 아름다운 김현의 평론 문체, 문학의 자율성 강조를 통한 문학의 절대화, 공감의 비평가, 반성과 성찰의 비평가'라는 여섯 개의 항목을 통해 김현 신화를 비판적으로 조명했다. 김현 신화는 김현의 자체적인 문학적인 역량에 지배세력, 중도와 보수의 언론이 만들어낸 주례사 칭찬이 첨가되어 증폭시키면서 확산되었다. 이 과정에서 상당 부분 과잉 거품이 생산되었다. 신화 생성에 있어 약간의 거품은 필요악이다. 문제가 되는 것은 대상과 무관한 과잉 거품이다. 과잉 거품의 신화는 김현의 비평을 죽이는 것이자 동시에 문학 전체를 살해하는 테러 행위이다. 문학이 기만적 사기가 되지 않으려면 진실이 담보된 신화가 유통되어야 한다.

신화는 저절로 탄생한다기보다 다양한 요소가 개입하여 만들어진다. 김현 신화는 그의 뛰어난 비평적 능력에 다양한 이미지 조작 과정이 첨부되어 탄생한 것이다. 이 과정에서 출현한 것이 흠결 없는 완벽체의 이미지이다. 신화화하는 대상에 흠결이 있다면 우상화하는 데에 치명적인 장애물일 수 있다. 따라서 김현 신화를 만들어내는 사람들은 김현 비평의 흉터를 은폐하여 완전 무결한 무오류의 이미지를 만들어낸다. 김현의 완벽한 신화를 창조하기 위해 과거의 흉허물들에 대한 과감한 성형수술도 마다

하지 않는다. 이것은 선택과 배제의 시스템을 통해 김현과 관련한 객관적 자료가 무시되고, 때로 자의적 변형이 수시로 이루어진다는 것을 의미한다. 그 결과 김현 신화가 만들어낸 이미지는 김현의 본질과 다른 박제된 김현의 이미지가 고안 발명된다.

문학평론가 김현의 흠결 없는 완벽체의 이미지는 '최고 학벌의 순결한 문학 영웅'의 이미지로 최종 완성된다. 김현은 문학의 자율성을 억압하는 계몽적 거대담론에 맞서 문학의 순수한 본질을 지켜낸 순결한 문학 영웅으로 호명된다. 문학의 절대화를 통해 사회적 영역을 문학에서 배제한 김현은 문학의, 문학에 의한, 문학을 위한 세계를 구축한 영웅의 이미지로 각인되었던 것이다. 20세기 한국의 정치사는 파행과 굴절의 연속이었기에 정치혐오증이 광범위하게 퍼졌다. 이런 상황에서 문학의 자율성을 주장한 김현은 대중들에게 순결한 성처녀의 존재로 비쳐졌다. 순결한 이미지의 탄생 속에 부패한 사회 현실을 비판하는 문인들이 부정적으로 이미지화되고, 순수문학의 정당성이 무비판적으로 홍보된다. 김현이 원했든 원하지 않았든 간에 순결한 문학영웅의 이미지는 지배세력과 보수 언론의 입맛에 적합한 순종적 문인상이었다. 지배세력과 보수 언론은 사회와 담을 쌓고 개인의 성채에서 순종적 문인상을 보여준 김현을 칭송함으로써 이와 유사한 문인들을 양산하고자 했다.

김현의 신화는 단순하게 김현에 대한 애정의 산물만이 아니다. '문지 에콜', 보수 우파의 지배층, 중도와 보수 일간지, 서울대 등 주류 세력이 김현의 신화를 통해 자신들이 욕망하는 순종적 평론가의 이미지를 만들어냈던 것이다. 김현 신화는 한국 사회의 주류 세력이 합작하여 만들어낸 지배담론의, 이데올로기의 산물이다. 불온한 4·19혁명의 적자임을 끊임없이 강조했던 김현이 순수문학의 틀에 갇혀 지배담론에 순응했고, 자신과 유사한 순종적 문인들을 양산하는 상징적 기호로 전락한 것은 아이러니한 현실이다. 김현은 자신의 의지와 상관없이 사후에 부르주아 지배세력과 문단 주류의 이익을 대변하는 도구로 전락했던 것이다. 물론 그 대가로 김현은 죽었으되 죽지 않는 불사의 몸을 잠시 갖게 된다. 그러나 이러한 신화의 생명력은 오래 가기 힘들다. 진정한 신화는 타자의 비판적 견해를 포용하면서 성립한다. 타자의 정당한 목소리를 용납하지 못하는 신화는 요절할 수밖에 없는 것이다.

김현은 감각적이고 개성적인 문체, 비평의 독자적 장르 확보, 섬세한 텍스트 비평 등을 통해 한국문학의 발전에 지대한 공헌을 한 사람이다. 이것을 부인할 생각은 추호도 없다. 그러나 이것이 김현이 완벽한 평론가라는 의미로 해석되어서는 곤란하다. 김현은 사회적 연관성이 부족한 자신의 문학적 결핍을 자각하고 있었고, 관념적 차원이지만 그것의 극복을 시도했다. 물론 그 시도는 성공하지 못했다. 문학 안쪽과 바깥을 변증법으로 종합하려는 김현의 시도는 이루지 못한 꿈으로만 남게 되었다. 이러한 김현 비평의 결핍 내지 콤플렉스는 내게 오히려 인간적 매력으로 다가온다. 김현을 완벽한 평론가의 전형으로 우상화하려고 성형수술 한 김현 신화는 오히려 김현의 본질과 더욱 멀어지게 할 뿐이다. 김현 비평이 지닌 객관적 한계를 솔직하게 인정하고, 김현만이 보여준 비평의 매력을 인식할 때 김현 신화의 건강한 발전은 이룩될 수 있다. 우상의 파괴는 김현에 대한 다양한 비판과 접근이 이루어졌을 경우에 가능해진다. 우리는 그때야 비로소 '박제된 문학 영웅'을 넘어 살아 있는 '뜨거운 상징'으로서의 김현과 만날 수 있다.

김현. 아, 김현! 나는 김현이 남긴 방대한 텍스트를 읽으며 김현과 뜨겁게 차갑게 대화한다. 매혹과 공감, 그리고 신랄한 비판은 이 지점에서 피어나는 열정의 꽃이다. 나는 그 꽃내음에 한껏 취하고자 한다. 김현이 모차르트였다면 아마 나는 모차르트의 재능을 부러워한 살리에르일지 모른다. 그러나 적어도 살리에르는 자신이 극복할 대상이 있었기에 행복했었는지도 모른다. 나는 김현을 넘어서려는 비평의 도전을 멈출 수 없다. 그것이 내가 문단 선배이자 작고한 김현에게 줄 수 있는 최고의 선물이라고 생각한다. 김현은 여전히 내게 애증이 교차하는 화두인 것이다.

박정희 신화의 무한 증식과 수구 보수의 좀비들

- 고정일의 『불굴혼 박정희』론

1. 고 박정희를 생각하다

어두컴컴한 밤. 피 냄새가 무척 그리워지는 시간이다. 나는 지하실 관에서 잠들어 있다가 눈을 뜬다. 나는 음습한 지하실 계단을 밟고 지상으로 올라간다. 이제 정력적으로 활동할 시간이다. 나는 흡혈귀 드라큘라의 정통 계보를 잇는 적자이다. 흡혈귀는 근대의 이성이 네온사인처럼 세계를 뒤덮자 쫓겨다녀야 했고, 끝내 멸종의 위기에 직면해야 했다. 피를 통한 생존은 갈수록 어려워졌다. 그래서 일부 흡혈귀들은 다른 것을 먹어 생존하는 형태로 진화했다. 진화한 네오 흡혈귀들은 이제 피 대신 '책의 문자'를 먹는다. 나의 날카로운 송곳니는 책의 목아지를 뚫고 문자를 독해하면서 흡혈과 어느 정도 비슷한 효과를 얻는다. 저자의 혼이 담겨 있는 텍스트는 별미의 쾌감을, 오르가즘의 생명력을 선사한다.

오늘 나는 고정일의 장편『불굴혼 박정희』(2012)를 흡혈하기로 했다. 총 6권의 책은 내 허기진 배를 충분히 채워줄 수 있을 것이라는 생각에 흥분된다. 나의 송곳니는『불굴혼 박정희』를 관통해 무섭게 빨아들이기 시작한다. 작가가 누구지? 고산(高山) 고정일. 문단에 해박한 내 머릿속에 고정일의 이름을 찾는 것은 쉬운 일이 아니다. 고정일은 문단에서 주목한 작가의 목록에는 없다. 작가의 명성보다 동서문화사 발행인이라고 떠올리는 것이 좀 더 자연스럽다. 한국출판학술상, 한국출판문화상, 아동문예상을 수상한 작가. 그래도 그의 이름은 내게 여전히 낯설다. 한국에서 근대화의 아버지로 평가되는 박정희 대통령. 그의 삶을 형상화한 소설이 이번이 처음은 아니다. 정영진의 장편『청년 박정희』(1986), 현재훈의 장편『소설 박정희』(1990), 박정진의 장편『왕과 건달』(1997), 주치호의 장편『소설 박정희』(2005), 황천우의 장편『(소년) 박정희』(2005), 이수광의 장편『박정희』(2012), 신용구의 장편『나, 박정희』(2012)가 있다.

박정희를 형상화한 상당수 작가들의 공통점은 문단에서 주목하는 일류 작가가 아니라는 사실이다. 2012년에는 고정일 이외에도 이수광과 신용구도 박정희의 소설화 대열에 동참했다. 박정희 소설이 올해 대풍년을 기록한 것은 박정희의 딸인 박근혜의 대선 출마와 깊은 연관성을 갖는다. 작가들이 박정희를 형상화하는 이유는 박정희가 한국에서 기본적으로 인기 있는 문화 텍스트이기 때문이다. 무명 작가들은 돈과 작가적 명성의 획득, 박정희 신화의 형성 등 다양한 목적을 갖고 박정희 소설을 창작했던 것이다. 노무현을 좋아하는 모임은 '노사모'이고, 박정희와 박근혜를 좋아하는 모임은 '박사모'라고 부를 수 있다. 고정일의 『불굴혼 박정희』는 '박사모'의 필독 텍스트로서 박정희의 위대함을 찬양한 '신용비어천가'이다. 바쁜 독자들은 저자가 1권에 쓴 머리글만 읽어만 봐도 이 소설이 무엇을 말하는지 다 알 수 있다. 박사모가 아닌 사람이 총 6권을 정독할 경우 인내와 고통의 시간을 견뎌내야 한다.

고정일은 『불굴혼 박정희』를 실록대하소설로 규정한다. 실록은 실제의 역사적 사건을 기록한 것이고, 소설은 허구의 사건을 기반으로 전개된다. 따라서 실록과 소설이 기묘하게 합성된 실록소설은 역사적 사건이라는 뼈대 위에 작가의 역사적 상상력이 상호 결합된 것이다. 고정일이 자신의 소설을 실록소설로 규정한 것은 『조선왕조실록』처럼 자신이 형상화한 것을 객관적 역사의 진실이라고 독자에게 인식시키기 위한 수사적 장치이다. 그렇다고 해서 독자들은 오해하지 말기를 바란다. 이 소설은 기본적으로 역사적 사실에 작가의 뻥을 교묘하게 뒤섞은 '허구적 소설'에 불과할 뿐이다. 작가가 소설을 자꾸 객관적 역사라고 우기고 싶으면 책 표지에 '실록대하'만 표기해야 한다.

2. 박정희의 친일, 공산당원, 조국 근대화의 영웅

고정일의 『불굴혼 박정희』는 박정희의 탄생부터 죽음까지 영웅의 일대기를 기록한 일종의 영웅소설이다. 영웅소설은 비범한 탄생, 성장, 위기, 위기의 극복, 영웅적 죽음 내지 비극적 죽음이라는 서사 구조를 보여준다. 고정일은 이 소설에서 박정희의 비범함을 여러 번 강조한다. 비범한 박정희는 일제 식민지 시대에 민족과 국가를 위해 교사직을 그만두고 일본 군대에 투신한다. 고정일은 박정희가 일본군에 입대한 것이 적을 알아야만 적을 이길 수 있다는 식의 논리로 설명한다. 따라서 다카기 마사오로 창씨개명한 박정희는 친일이 아니라, 오히려 반일이라는 점을 강조한다. 박정희의 일본군 복무는 인간을 도와주려고 제우스에게 사기를 친 '프로메테우스의 결단'과 같다고 말한다. 고정일은 이러한 주장을 통해 박정희를 비판하는 첫 번째 핵심인 친일의 문제를 무력화시키려고 한다.

박정희는 해방 이후 남한 경찰의 저격으로 사망한 형의 죽음에 충격을 받아 남로당 공산당원이 된다. 1948년 여수순천 반란 사건 이후, 한국군 장교였던 박정희는 공산당을 색출하는 숙군 과정에서 체포되어 고문을 받고 사형을 당할 처지에 직면한다. 고정일은 박정희가 진정한 공산주의자가 아니었기에 자기 반성 속에 군 당국에 동료 공산당원이 누구인지 알려줬다고 말한다. 숙군 과정에서 박정희처럼 중형이 선고되었다가 살아남은 사람은 박정희뿐이었다. 고정일은 이것을 군 상관들이 박정희의 뛰어남을 인정해 살아남게 해주었다는 식으로 서사를 전개한다. 그렇다면 당시에 박정희 이외에 체포된 사람들은 하나같이 천치였던 것인가. 박정희의 뛰어남을 그 당시에 무엇으로 객관화시켜 증명할 수 있을까. 비범함이 있다면 무슨 죄가 있더라도 사면되어야 하는가?

박정희가 살아남은 것은 비범함보다 동료 공산당원을 적극적으로 밀고했기에 배신의 대가로 살아남을 수 있었던 것이다. 공산당원이었다는 레드카드 경력은 박정희의 근원적 콤플렉스로 자리한다. 박정희는 공산당원에서 반공주의 투사로 극단적 변신을 통해 자신의 콤플렉스를 극복하고자 했다. 반공은 그의 삶을 지탱하는 지상 명제가 되었던 것이다. 박정희는 대통령으로 집권 당시에 자신이 생각하는 조국과 민족의 번영을 위협하는 모든 존재를 공산주의자로 낙인 찍어 탄압했다. 반공은 그의 생존 욕망이 낳은 최고의 변신술이었던 것이다.

한국전쟁 덕분에 군대 장교로 다시 복귀한 박정희. 그는 한국 전쟁 이후 별을 달고 1961년 5·16쿠데타를 감행했다. 고정일은 5·16을 '쿠데타'가 아닌 '혁명'으로 명명한다. 고정일은 교과서에도 나와 있는 객관적 사실을 거부한다. 이렇게 객관적 사실마저도 거부하는 작가가 무슨 염치로 자신의 소설에 '실록대하소설'이라는 거창한 이름을 붙였는지 알다가도 모를 일이다. 작가는 4·19혁명을 계기로 집권한 민주당이 무능 부패했기에 박정희의 5·16혁명은 필연적으로 나타날 수밖에 없었다는 식으로 서술한다. 고정일에 따르면, 박정희는 군사쿠데타의 성공 속에 삶의 위기를 극복하고 진정한 영웅의 길에 들어서게 된다. 고정일은 이것을 보여주기 위해 새마을운동, 경부고속도로 건설, 포항제철 준공, 울산공업단지 조성, 중화학공업 육성, 핵개발 등 다양한 업적을 자랑하듯 나열해 전시한다. 고정일은 이렇게 위대한 업적을 남긴 박정희에게 친일과 독재의 올가미를 씌우는 이들이 오히려 역사를 왜곡하는 자라고 주장한다. 박정희에 대한 평가를 둘러싼 역사 전쟁이 『불굴혼 박정희』에서 다시 재연되고 있는 셈이다.

박정희는 가장 어려운 시대에 태어나 가장 괴로운 세월을 이겨내고 마침내 떨쳐 일어나 겨레를 가난에서 구하고 조국이 미래지향 선진대국으로 발돋움하는 튼튼한 기반을 마련했습니다. 그는 1인당 GNP 78달러였던 세계 최빈국 한국을 굶주림과 혼돈에서 건져내기 위해 강력한 카리스마로 목숨걸고 앞장서 5·16혁명을 일으켰습니다. 그런데 대한민국에는 참으로 이상한 사람들이 있습니다. 근대화와 산업화를 이루고 자유자본주의를 누릴 수 있는 바탕을 다져준 박정희에게 친일과 독재의 올가미를 씌운 이들은 '역사 바로 세우기'라는 명목을 내세워 오히려 역사를 거꾸로 세웠습니다.[1]

고정일은 박정희를 "스러져가는 국운을 되살려 세운, 질곡의 5천 년 '우리 역사가 낳은 지도자'"라고 말한다. 그의 어법에 따르면, 박정희는 한국사에서 높게 평가받는 광개토대왕, 세종대왕, 이순신 등의 역사적 영웅보다도 더 뛰어난 존재이다. 박정희는 강력한 정치력으로 혼란스러운 현실을 이겨낸 진정한 지도자의 본보기이다. 고정희는 박정희를 "초인적 의지와 천재적 역량으로 범상한 인간의 한계를 뛰어넘는 사람"이라면서 '초인'으로 신비화한다. 이 소설에서 박정희는 거의 흠결이 없는 완벽무결한 지도자의 표상 그 자체이다. 박정희는 민족과 조국, 그리고 국민을 위해 하루도 쉬지 않고 열심히 일했다. 이러한 헌신적 노력과 위대한 업적을 제대로 평가하지 않은 채 일부의 국민, 지식인들, 정치인들이 박정희 대통령을 헐뜯었다는 것이 이 소설의 핵심 요지이다.

고정일은 일반 독자들이 가난과 혼란 속에서 조국 근대화와 민족 중흥의 과제를 성취해낸 박정희와의 동일시 속에 박정희를 우상화할 수 있도록 서사를 전개했다. 북한은 1972년에 '불멸의 역사' 총서를 발행하기 시작했다. '불멸의 역사'는 1972년에 권정웅의 장편 『1932년』을 시작으로 1991년 천세봉의 장편 『조선의 봄』으로 마무리 된 총서이다. 무려 19년간 발간된 이 총서는

---

1) 고정일, 「박정희 그 불굴혼을 찾아서」, 『불굴혼 박정희』 1권, 동서문화사, 2012, 5쪽.

김일성 일가의 영웅적 일대기와 혁명적 삶을 찬양한 책이다. 고정일의 『불굴혼 박정희』는 김일성 일가를 무조건 찬양한 '불멸의 역사' 총서와 쌍생아이다. 남한의 박정희와 북한의 김일성은 상호 적대적 갈등과 대립을 통해 자신의 독재체제를 유지해 왔다. 그런데 소설책에서도 비슷한 양상이 나타났던 것이다. '불멸의 역사' 총서를 낸 북한의 편집자와 작가들이 고정일의 『불굴혼 박정희』를 읽고 자신들의 소설을 표절했다고 고소할지도 모르겠다. '불멸의 역사'는 『불굴혼 박정희』보다 무려 40년 앞서서 펴낸 선구자적인 우상화 책이기 때문이다. 박정희와 김일성은 죽어서까지도 신화적 우상화 경쟁을 벌이고 있다는 점에서 '영원한 라이벌'인 셈이다. 물론 우상화 경쟁에 있어 챔피언은 언제나 위대한 김일성 수령을 외치는 북한 독재체제이다.

3. 친일 매국과 반민주 독재자

고정일은 박정희 대통령을 민족과 국가의 영웅으로 떠받들고 있지만, 다른 한편에 서 있는 사람들에게 박정희는 악의 축이다. 박정희와 같은 시대를 살았던 함세웅 신부는 다음과 같은 발언을 통해 박정희 시대를 신랄하게 비판한다. 함세웅에 따르면, 현재 한국사회의 구조적 모순의 상당 부분이 박정희가 한국 사회에 남긴 부정적 유산이다.

오늘의 심각한 사회문제인 양극화와 재벌의 문제점 그리고 경제의 불평등은 바로 박정희 개발독재의 산물이라는 사실입니다. 독재는 늘 자신을 지지하고 협력하는 세력만을 구축합니다. 박정희는 오로지 권력과 돈으로 자신의 지지 세력을 확보했습니다. 그에게 민주주의와 시민은 거북한 존재였습니다. 불의에 저항하거나 반대하는 양심인들을 그는 국가안보와 남북대결을 조장하여 모두 처단하거나 제거했습니다. (…중략…) 지금도 우리 사회는 여전히 '박정희'와 '친일' 문제의 갈등과 대립 속에 살도록 조종받기도 합니다. 친일매국행위와 반민주 독재가 저지른 비인간적·야만적 행위들을 옹호하기 위해 지극히 단순한 사실을 왜곡하면서 좌우의 이념 논쟁으로 문제의 핵심을 호도하고 있습니다. 이들은 모두 박정희의 아류이며 친일매국노이기 때문입니다.[2]

고정일과 함세웅의 입장은 극과 극에 서 있다. 양자의 역사 인식은 결코 소통할 수 없는 양극단에 존재한다. 과연 역사적 진실은 무엇일까? 고정일은 소설에서 조국의 근대화와 선진화, 민족의 중흥, 김일성 공산주의 북한의 침략을 막기 위해 민주주의는 유보될 수밖에 없었다는 식으로 논리를 전개한다. 후진국 한국이 빠른 시간 내에 압축적 근대화를 이룩하기 위해 일사불란한 단결이 요구되었고, 이것을 위해 박정희는 법 위에 초월적 권위자로 불가피하게 군림할 수밖에 없었다는 것이다. 고정일이 내세우는 불가피한 상황 논리는 유사한 상황이 다시 발생하면 민주주의가 언제든 유보될 수 있다는 반민주주의적 사고의 산물이다. 이것은 코에 걸면 코걸이, 귀에 걸면 귀걸이 식의 자의적 논리이다. 1970년대에 박정희는 '나 아니면 안 된다'는 배타적 자기중심주의에 빠진 과대망상증의 환자였다. 이러한 환자에 대한

---

2) 함세웅, 「역사적 바른 평가를 지향하며」, 유종일 엮음, 『박정희의 맨얼굴』, 시사인북, 2011, 7쪽.

적절한 치료책의 필요성을 제시하지 않고, 오히려 그것을 정당화 합리화하는 고정일의 역사 인식은 대단히 우려스럽다. 『불굴혼 박정희』는 영웅주의, 전체주의의 악취를 풍기며 민주주의를 파괴하는 테러범이라는 사실을 소설가 고정일은 왜 모를까? 손바닥으로 하늘을 가리지 말자. 그런다고 손바닥으로 하늘을 가릴 수가 있나.

박정희는 경제성장 없는, 산업화 없는 민주주의는 껍데기에 불과하다고 생각했다. 생계가 곤란하고 안전이 보장되지 않는 상황에서 민주주의란 말 그대로 이상적인 하나의 관념일 뿐임을 잘 알기에 그는 어리석은 사람들의 비난에 귀를 닫아버렸다. 한국의 산업, 사회간접자본, 국민의식 등 모든 분야에서 총체적인 선진화가 이루어져야 비로소 온갖 수단방법을 가리지 않고 붙들고 늘어지는 북한을 떨쳐내고 세계에 우뚝 설 수 있기 때문이다. (5권, 299쪽)

고정일은 박정희가 민주주의적 가치를 외면했던 것이 아니라 뒤처진 조국과 민족을 발전시키기 위해 민주주의를 불가피하게 유보할 수밖에 없었다는 식으로 상황 논리를 전개한다. 박정희 시대는 언제나 비상사태였고, 이 비상사태는 박정희의 월권과 초월적 지위를 강화시키는 수단으로 활용했다. 고정일은 박정희의 비합법적 행동을 정당화시키기 위해 무능한 민주당 정권, 정치꾼인 김영삼과 김대중의 무능력, 남한을 호시탐탐 노리는 김일성과 북한 공산주의 집단이라는 '타자'를 적대적 구도에 끊임없이 배치시켰다. 이 타자들은 바로 박정희의 쿠데타와 독재를 합리화하고 정당화하는 논리적 근거로 작동했다. 이러한 적대적 타자가 없었다면 박정희의 헌정 파괴인 쿠데타와 독재는 그 정당성과 합리성을 어디에서도 찾을 수 없다. 그래서 고정일은 반복적으로 적대적 타자에 대한 위협을 과대 포장한다. 적대적 타자가 악당이나 무능력자가 되어야만 박정희의 모든 행동은 불가피한 조처였다고 변명할 수 있기 때문이다. 고정일은 박정희의 쿠데타와 유신독재를 합리화시키기 위해 보수 진영의 인사만이 아니라 좌파 인사인 외국의 브루스 커밍스, 한국의 좌파 지도자인 백기완이 했던 말을 일부 인용하여 제시한다. 고정일은 조·중·동이라는 보수의 주류 언론이 흔히 사용하는 사실(fact)의 왜곡을 이 소설에서도 그대로 모방해 적용했던 것이다.

영웅은 사리사욕을 위해 움직이는 이기적 존재가 아니라 민족과 국가라는 집단을 위해 자신을 기꺼이 희생하는 존재이다. 고정일은 국민을 위해 헌신했던 육영수 여사가 1974년에 문세광의 저격에 의해 숨지는 사건, 조국과 민족을 위해 온몸을 바쳤던 박정희의 비참한 죽음을 통해 박정희의 영웅적 신화를 각인시킨다. 그러나 박정희가 생각한 '위대한 민족과 국가'에는 자신의 말에 순종하는 사람들만 마음 놓고 살 수 있는 반쪽짜리 '배타적 민족과 국가'였다. 박정희는 군인답게 적 아니면 아군이라는 이분법의 논리를 숭상했고, 이것을 자신의 지배 방식에도 그대로 적용했다. 그래서 박정희가 지배했던 시대에는 감옥이 항상 만원이 될 수밖에 없었다.

4. 영웅 판타지와 신화의 완성

고정일이 『불굴혼 박정희』를 통해 생산하는 것은 조국과 민족의 번영을 위해 자신의 한몸을 기꺼이 희생하는 완벽무결한 영웅의 판타지이다. 영웅은 민족과 조국의 위기를 구원하는 메시아 같은 존재였다. 이러한 메시아 같은 존재는 예수의 죽음처럼 비극적 죽음을 통해 자신의 신화를 완성한다. 박정희가 고정일이 주장하는 것처럼 대통령 욕망(?)에 사로잡힌 측근 김재규에 의해 비참한 죽음을 당하는 것은 신화의 파괴가 아니라 신화의 완성이다. 영웅은 자신의 비극적 죽음을 통해 후대에서 신성불가침의 신화가 될 수 있기 때문이다.

인간은 양면성의 존재이다. 빛이 있으면 어둠이 존재한다. 박정희도 분명 빛과 어둠이 공존한다.『불굴혼 박정희』에서 등장하는 박정희는 빛만 존재한다. 인간은 태양 아래에 있으면 반드시 그림자가 생긴다. 그런데 박정희에게만 이러한 그림자가 존재하지 않는다. 이상하지 않은가? 고정일이 했던 소설 작업은 박정희의 그림자를 인위적으로 제거하는 것이었다. 그래서『불굴혼 박정희』는 '인간'이 아니라 '유령'이 되었다. 그림자가 없는 인간은 더 이상 인간일 수 없다.『불굴혼 박정희』는 역사적 허구가 아니라 '역사적 신화'가 되었다. 고정일은 박정희의 최후를 다음과 같은 장면으로 멋지게(?) 형상화해 신화의 대미를 마무리한다.

대통령 취임부터 오늘에 이르기까지 잠시도 그는 사납게 달리는 호랑이 등에서 내려본 적이 없었다. 살기 위해, 가난에 허덕이는 국민들을 먹여 살리기 위해 오로지 앞만 보고 달리지 않았던가. 아내를 잃었을 때도 멈출 수가 없었다. 오직 국가의 대의만을 바라보며 앞으로 나아가야 했다. 근대화의 시대정신으로 끊임없이 세상과 싸우느라 외롭고 고달프고 지쳐 언제나 힘들었다. (6권, 369쪽)

이 장면에서 박정희에게 매혹된 독자들은 울컥 솟아오르는 눈물을 멈출 수 없을 것이다. 이에 비해 박정희에게 매혹되지 않은 독자들은 이 장면을 보고 반대로 울컥 구역질을 할 가능성이 높다. 박정희를 비판하는 사람들은 유신독재로 귀결된 박정희의 최종 귀결점에서 역으로 추적해 박정희를 바라본다. 이런 시각에서 보면 박정희는 자신의 사적 권력 욕망을 채우기 위해 배신, 아부, 쿠데타를 감행한 위선자로 평가된다. 반면에 박정희를 지지하는 사람들은 조국 근대화와 민족 중흥을 이룬 박정희의 업적을 높게 평가해 과거 그의 친일, 공산당원, 쿠데타, 독재 등을 모두 불가피한 상황 논리로 설명하고자 한다. 18년 장기집권한 박정희와 박정희 시대에는 분명 공과가 공존한다. 마찬가지로 박정희를 악의 축으로, 민족의 영웅으로만 바라보는 것은 시대적 진실을 놓치는 결과를 빚을 수 있다.

나는 박정희를 부정적 시각으로만 보는 것은 아니다. 1960년대까지 박정희는 긍정적 측면이 분명 존재한다. 박정희는 신이 아니라 인간이다. 인간은 상황이 달라지면 변화한다. 박정희는 1969년에 대통령의 3선 연임을 가능하게 하는 3선 개헌 때부터 초심을 잃고 권력 욕망에 사로잡힌 괴물로 변신하는 징후를 보였다. 박정희는 1972년 10월 17일에 위헌적 계엄, 국회 해산, 헌법 정지의 비상 조치를 하고 유신독재체제를 개막시킨다. 유신체제의 등장은 1961년 5·16쿠데타에 이은 또 다른 쿠데타였다. 이때부터 박정희는 남의 말을 듣지 않는 마이동풍의 괴물로 완벽하게 변신했다. 자신만이 조국 근대화와 민족 중흥의 역사적 과업을 유일하게 이룩할 수 있다는 독선적 자세와 과대망상증은 1970년대를 암울한 중세시대로 몰아간 가장 큰 원인이었다. 1960년대와 1970년대의 박정희는 동일 인물이면서도 전혀 다른 인물이다.

1970년대 이전과 이후의 박정희를 분리해 역사적으로 평가하는
것이 양 극단의 생각을 좁힐 수 있는 계기가 될 것이다.

고정일은 이 소설에서 박정희 대통령을 한민족 5천년 역사에
서 제일 위대한 '초인'으로 찬양한다. 과연 이 초인은 누구를 위
해 존재했던가? 박정희와 그 지지자들은 민족과 조국이라고 대
답할 것이다. 하지만 상당수의 다른 사람들은 그 물음에 박정희
자신이라고 대답할 사람도 많다. 박정희는 자신의 독재가 낳은
각종 모순이 폭발적으로 분출하는 시기에 김재규의 총을 맞고
숨졌다. 이러한 비극적 죽음은 박정희가 저지른 각종 실책과 부
조리한 모순을 일순간 뒤덮어버렸다. 박정희는 한국인들이 가장
존경하는 역대 대통령 1위에 올라섰다. 박정희가 김재규에게 의
해 사살되지 않았다면 그의 운명은 이승만 대통령이나 리비아의
최고지도자였던 무아마르 카다피와 같은 길을 걸었을 가능성이
높다. 그러나 그는 김재규에 의해 사살됨으로써 '현실'에서 '신
화'로 자리 이동할 수 있었다. 이것은 개인적으로 불행한 것이겠
지만 박정희 본인의 명성을 증폭시키는 결과를 빚었다는 점에서
는 행운이었다.

무려 10년간 걸쳐 집필한 고정일의 『불굴혼 박정희』는 편파적
시각으로 역사를 왜곡한 재앙 그 자체이다. 꼼꼼한 자료는 박정
희에 대해 몰랐던 독자에게 많은 정보를 주기도 했지만 상당 부
분이 바이러스에 감염된 상태로 제시되었다. 한쪽만의 진실을
과대 포장하여 박정희를 민족과 국가의 영웅으로 만든 그의 작
업에서 전체주의의 망령을 발견하는 것은 어렵지 않다. 다원성
과 차이를 강조하는 21세기에 국가와 민족이라는 단일 코드로
모든 것을 수렴시키는 배타적 논리에 기반한 문학적 형상화는
시대의 퇴행이다. 박정희 사후에 역사를 엄정히 보지 못하고 역

사를 사유화하여 역사적 상상력을 발휘한 고정일의 『불굴혼 박정희』는 또 한 번 박정희 대통령을 죽이는 부관참시(剖棺斬屍)의 자충수였다. 박빠의 편협한 맹신이 어디까지 역사를 왜곡시킬 수 있을지 한껏 보여준 소설. 바로 이것이 『불굴혼 박정희』의 정체이다. 박정희의 빛과 어둠을 함께 보려고 했던 독자들에게 고정일이 보여준 텍스트는 실망 그 자체였다. 『불굴혼 박정희』를 졸작으로 만든 것은 바로 작가 자신의 편파적 시각이 만들어낸 필연적 산물이었다.

5. 대선과 프레임 전쟁

대선 후보 박근혜와 문재인이 벌이는 2012년 18대 대통령 선거. 공식 선거일이 시작되면서 프레임 전쟁이 벌어졌다. 문재인 측은 박근혜를 유신독재 잔당의 딸로 명명했고, 박근혜 측은 문재인을 친노 폐족의 실패한 정권의 비서실장으로 규정했다. 그 결과 선거는 박근혜 대 문재인의 싸움이 아니라, 죽은 박정희 대 죽은 노무현의 싸움이 되었다. 박정희가 사망한 이후 33년이 흘렀고, 노무현은 불과 3년밖에 흐르지 않았다. 오래 전에 사망한 박정희는 망각과 조작 속에 33년의 숙성 기간을 통해 박정희 신화로 부활했다. 보수 언론과 일련의 책들은 박정희의 신화를 생산하는 장작불이었다. 이에 비해 불과 3년밖에 안 된 노무현의 신화는 제대로 생성되지 않았다. 노무현 시대의 혼란과 갈등을 기억하는 사람들에게 노무현은 신화가 아니라 여전한 현실이다. 신화 대 현실의 싸움은 현실이 필패하는 구조이다. 신화는 신성불가침의 존재로 비판을 허용하지 않기 때문이다. 이에 비해 신화가 되지 않은 기억은 현실을 떠돌며 비판의 대상으로 전락한다.

2012년 12월, 박근혜의 측근 보좌관 이춘삼이 유세 이동 중 교통사고로 사망한 사건이 있었다. 박근혜는 자신을 충실하게 보좌했던 영정 앞에 눈물을 보였다. 이 장면은 문세광과 김재규에 의해 육영수 여사와 박정희 대통령을 잃고 졸지에 고아가 된 박근혜의 불행했던 처지를 상기시켰다. 반면에 문재인은 자신의 지도자인 노무현을 자살하게 만든 죄인이었다는 이미지를 다시 한 번 국민들에게 상기시키는 효과를 불러왔다. 박근혜에 대한 동정표. 이것은 '박정희 대 노무현의 프레임 효과'에서 생성된 열매이다.

문재인 측이 선거 초반에 박정희 대 노무현 싸움으로 프레임을 운용한 것은 크나큰 실책이었다. 뒤늦게 이것을 깨닫고 정권 교체라는 프레임으로 새롭게 교체했지만 늦은 감이 있다. 박정희의 신화는 박정희의 신화만 있는 것이 아니다. 박정희의 부족한 부분을 메우면서 당대 국민들에게 칭송받았던 육영수의 신화가 보조적으로 존재한다. 박근혜 대선 후보는 박정희 신화와 육영수 신화가 동시에 작동하는 이중적 존재이다. 채 숙성되지도 않는 노무현 신화로 조국 근대화와 민족 중흥의 이미지를 생산하는 박정희 신화와 자애로운 국모의 이미지를 지닌 육영수 신화를 한꺼번에 상대하겠다는 것은 만용이다. 만일 이번 대선에서 문재인이 패한다면 그 원인 중의 하나가 프레임 설정의 미숙일 것이다. 이번 대선은 '박정희 대 노무현'이 아니라 처음부터 '신자유주의 대 반신자유주의'라는 프레임으로 일관했어야 했다.

고정일은 『불굴혼 박정희』를 통해 결코 죽지 않는 수구 보수의 모습을 한껏 보여주었다. 박근혜가 대통령에 당선된다면 박정희의 신화는 좀 더 확대 재생산 될 가능성이 높다. 박정희의 신화가 무한 증식해 수구 보수의 좀비가 날뛰는 전성시대가 계속 지속된다면 그것은 역사의 불행이다. 수구 보수의 좀비들이 생산하는 박정희의 신화는 적대적 반공주의, 갈등과 증오의 담론을 대량 생산한다. 이러한 적대적 이분법의 논리는 새로운 미래를 가져오기 힘들다. 『불굴혼 박정희』와 같은 편파적 용비어천가들이 생산하는 박정희의 신화는 한국을 미래가 아닌 과거에 고착화시킬 것이다. 반성하지 않는, 성찰하지 않는 박정희의 신화는 박정희가 그렇게 중요하게 생각했던 민족과 국가를 병들게 하는 뇌종양의 암이다. 죽은 박정희 대통령의 영혼을 편하게 하는 길은 우상화된 신화의 해체와 반성적 성찰이다. 그것이 빛과 어둠이 공존하는 인간 박정희를 만나는 길이기도 하다.

고정일의 『불굴혼 박정희』에 깊게 박혀 있던 내 송곳니를 빼낸다. 총 6권을 먹었음에도 불구하고 내 시장기는 전혀 해소되지 못했다. 신선한 피라고 생각했던 『불굴혼 박정희』는 유통 기한이 엄청 지난 부패한 유령의 피를 제공했을 뿐이다. 포식을 전혀 못했다. 오히려 잘못 먹었는지 배가 아프다. 나는 앞으로 박정희라는 상표가 들어 있는 문학 텍스트는 가급적 흡혈 대상에서 제외하고자 한다. 맛이 없다. 맛이 없어도, 너무 없다. 나는 까다로운 식성을 지닌 흡혈귀 드라큘라이다. 나는 신선한 피 대신에 신선한 텍스트의 문자를 사랑해 흡혈하는 네오 흡혈귀이다. 부패한 텍스트를 생산하는 존재들은 바로 나의 적이다. 그들을 향해 나의 송곳니를 작동하지 않도록 부디 신선한 텍스트를 제공해주기 바란다.

제3부
part Ⅲ

우리 시대,
다양한 삶의 표정들

철거민의 절규와 계급전쟁,
그리고 문학적 대응

1. 용산참사 사건과 악순환의 도시 재개발

2009년 1월 20일. 경찰특공대가 강제 진압하는 과정에서 망루가 화재로 무너지면서 철거민 다섯 명과 경찰특공대 한 명이 사망했다. 우리는 그것을 '용산참사 사건'이라 부른다. 6명의 목숨을 빼앗아간 용산참사 사건은 사회에 큰 반향을 일으켰다. 하지만 만약 사람들이 그렇게 희생되지 않았다면 용산참사 사건이 그렇게 큰 사회적 울림을 주었을까. 비록 용산참사 사건처럼 철거 과정에서 사람들이 대거 사망하지 않았지만 용산참사 사건과 유사한 강제진압과 망루를 기반으로 한 철거민의 저항은 계속되고 있다. 이것은 언제든지 제2의 용산참사 사건이 재발할 수 있음을 의미한다. 천하의 바보가 아니라면 살아있는 자들은 이 죽음의 행진을 멈춰야 할 의무가 있다. 그것이 죽은 이들의 넋을 위로할 수 있는 유일한 분향이다.

한국이 도시 재개발을 본격적으로 시작한 시기는 1970년대이다. 해방과 한국전쟁을 거치면서 무허가로 지어졌던 시설에 대한 철거가 근대화의 도정 속에 이루어졌던 것이다. 도시 재개발은 기존의 시설을 철거하고 주택 개량, 도로의 확장, 근대적 문화시설 조성 등을 목표로 한다. 이것에서 보듯 도시 재개발 사업 자체가 문제가 있는 것은 아니다. 재개발의 문제는 도시 재개발이 가진 자 중심으로 이루어지면서 못 가진 자의 생존권을 위협하는 차원으로 진행되었다는 것이다. 1971년 광주대단지 사건은 도시 빈민들이 자신의 생존권을 수호하기 위해 벌인 자연발생적 민중의 저항 운동이었다. 국가 주도의 도시 재개발은 1970년대 말부터 민간 주도의 형태로 변화한다. 민간 주도의 합동재개발 방식은 세입자를 제외한 토지 및 가옥 소유자가 일정한 계약조건 하에 주택건설업체를 참여시켜 사업을 추진하는 형태이다. 민간 사업자에 의해 도시 재개발이 진행될 때 무엇보다 중요한 것은 사업의 수익성이다. 도시 재개발이 진행되면서 건설 자본은 도시 재개발을 통해 막대한 이윤을 얻었고, 토지 및 건물 소유주들도 보상금 내지 아파트의 가격 상승 등을 통해 부를 획득했다. 반면에 못 가진 자들은 살던 곳에서 쫓겨나 또 다른 지역으로 이전해야 하는 도시 난민으로 전락했다. 이주한 철거민들은 도시 재개발의 진행 속에 또 다시 철거민이 되는 악순환에 시달려야 했다. 어디에도 기댈 곳이 없는 철거민들은 생존하기 위해 악착같이 싸울 수밖에 없었다. 이 과정에서 도시 빈민들은 용역깡패의 폭력과 경찰의 강제진압 속에 부상을 당하거나 심지어 목숨을 잃는 사태가 발생하기도 했다.

인권 운동가, 진보적 지식인, 철거민들은 지속적으로 도시 재개발의 문제점과 철거민의 절박한 현실을 대중들에게 알리고자 노력했다. 문학에서 조세희는 연작장편『난장이가 쏘아올린 작은 공』(1978)을 통해 철거민의 문제를 대중적으로 전파시켰다. 조세희의 소설 이후로도 도시 재개발 속에 수많은 난쟁이들이 탄생해야 했다. 이들 난쟁이들은 국가와 자본이라는 거인의 일방적 토끼몰이식 폭력 속에 끊임없이 주변으로 내몰렸다. 그렇다면 조세희 이후 후배 작가들은『난장이가 쏘아올린 작은 공』을 뛰어넘는 문학적 상상력을 제대로 보여주었을까. 나는 이 질문에 대해 자신 있는 답변을 할 수 없다. 과연 오늘의 소설이 철거민의 절박한 문제를 지속적으로 치열하게 형상화했는지 의문이 아닐 수 없기 때문이다. 당대 소설은 칙릿소설, 가족소설, 애정소설, 역사소설 등에 애정을 쏟으면서 정작 당면한 현실의 절박한 아픔을 형상화하는 데에 상대적으로 무관심 했던 것이 사실이다.

한국소설에서 2009년 용산참사 사건을 계기로 철거민의 현실을 그린 작품이 일부 등장하고 있다. 2010년에 발간된 주원규의『망루』, 손아람의『소수의견』, 한수영의『플루토의 지붕』, 황정은의『백의 그림자』등은 재개발의 문학적 상상력이 낳은 최근의 성과물이다. 도시 재개발의 문제점과 철거민의 절박한 현실을 말하는 것은 문학만이 아니다. 만화가들이 모여 만든『내가 살던 용산』(2010), 르포 모음의『여기 사람이 있다』(2009), 영화로는 양윤호의 〈홀리데이〉(2005)·박철웅의 〈특별시 사람들〉·윤제균의 〈1번가의 기적〉·정영배의 〈방울토마토〉(이상 2007)·양익준의 〈똥파리〉(2008) 등이 있다. 도시 재개발은 더 이상 사회 양극화 현상을 증폭시키고, 철거민을 배제하는 가진 자들만의 축제가 되어서는 안 된다. 도시 재개발은 어느 일방만 혜택 받는 로또당첨이 아니라, 더불어 살아가는 공존의 재개발이 되어야 한다. 내 글은 이 소망을 이루기 위한 작은 투쟁이다. 이 글은 르포『여기 사람이 있다』, 장편『망루』와『소수의견』을 중심으로 도시 재개발과 철거민의 문제를 집중 조명할 것이다.

2. 도시 개발 잔혹사와 철거민의 저항 -르포『여기 사람이 있다』(2009)

나는 문인이다. 한 마디로 글을 써서 일정한 돈을 원고료로 받는 사람이다. 그렇다면 적어도 일반 사람들보다 글을 잘 써야 한다. 하지만 요즘 느끼는 것은 글에 대한 자괴감이다. 나는 전문적으로 글을 쓰는 문인들보다 일반인들의 말에서 오히려 더 진한 감동을 체험한다. 화려한 수식 어구와 서구의 이론을 현란하게 구사하지 않음에도 불구하고 그들이 전하는 진실된 언어들은 큰 울림을 생산한다. 많은 문인들이 이것에 대해 각성해야 하는 것은 아닐까? 수사적 언어의 늪에 빠져 정작 중요한 삶의 진실을 외면하거나 망각하고 있었던 것은 아닌지. 나는 철거민들이 직접 등장하여 자신의 이야기를 한 르포『여기 사람이 있다』(2009)라는 책을 읽고 반성과 성찰의 시간을 가졌다. 물론 이들의 목소리는 전문적인 채록자에 의해 구어체에서 문어체로 변신했다. 하지만 이것이 철거민들의 직접적 목소리를 왜곡시켰다고 보기는 힘들다.

이 책의 첫 번째 글은 인권운동가인 박래군의 「'용산'에서 확인하는 지독하게 불편한 진실」이다. 그는 도시 재개발과 철거의 과정을 완벽한 폭력의 체계와 지독한 '계급전쟁'으로 규정한다. 국가는 국민을 보호할 의무를 지니고 있다. 물론 국민들도 국가를 위해 법을 지키며 자신의 의무를 수행해야 한다. 그런데 국가가 자본을 일방적으로 옹호하면서 가난한 자들을 불법이라는 미명 아래에 배제와 척결의 대상으로 삼는다면 어떻게 될까. 국가권력이 한쪽의 이익만을 대변한 채 일방적으로 행사된다면 과연 그런 국가는 민주공화국인가. 적어도 민주공화국이라고 한다면 중간적, 객관적 입장에서 문제를 처리해야 한다. 불행하게도 대한민국 정부는 도시 재개발과 철거의 문제에 있어 약한 자를 보호하는 정의의 사도가 아니라 가진 자의 편에 서서 행동해 왔다. 그 결과 박래군의 말처럼 도시 재개발과 철거의 문제는 계급전쟁으로 변질했다고 볼 수 있다. 철거 이전에 국가의 '성실한 국민'이었던 철거 지역의 사람들은 철거 과정의 진행 속에 졸지에 불법을 자행하는 '비국민'으로 추락한다. 건설회사와 재개발 조합이 사주한 용역깡패들이 비국민으로 분류된 힘없는 철거민들을 향해 불법적으로 폭행하는 야만적 상황에서 국가가 이것을 그대로 방치한다면 더 이상 국가로 존립할 근거를 상실한다. 불법을 자행한 철거민이 진압의 대상이라면 폭력을 불법적으로 행사한 용역깡패도 똑같이 진압의 대상이 되어야 한다. 그것이 '공정한 사회'가 아닌가. 그러나 이 땅의 현실은 철거 현장에서 벌어지는 용역깡패들의 폭력 등을 외면한 채 오히려 철거민들을 반사회적인 비국민이라는 주홍글씨를 새겼다. 조·중·동의 메이저 신문들은 자본의 편에서 대개 철거민들을 불법성과 철거 대박을 노리는 파렴치한으로 내몰면서 자본의 폭력성을 은폐해 왔다. 신문이 민중의 지팡이로 불리길 원한다면 적어도 어느 한쪽의 이익을 대변하는 조폭이 되어서는 곤란하다. 박래군은 시민권을 박탈당한 채 폭력의 대상이 되는 철거민의 현실을 다음과 같이 말한다.

칠순 노인이 젊은 깡패들에게 욕먹고 얻어맞을 때에도, 나이든 여성이 건장한 남성들에게 머리채를 휘둘리고 죽도록 맞아도 오히려 이들 철거민들만이 업무방해와 공무집행방해로 입건될 뿐이다. 상가 세입자들이 평생을 벌어 자신들의 가게를 운영하기 위해 투자한 돈도 무시되었고, 폭력을 앞세운 깡패들에게 인간적인 모독을 당해야 했던 그때 공권력은 자본과 깡패들의 편에 서 있었다. 철거민들이 혹독한 깡패들의 폭력 앞에 피눈물을 흘리며 호소할 때 경찰은 출동하지 않았으며, 오히려 방어적인 폭력을 휘두른 철거민들은 쉽게 구속되거나 수배되었으며 벌금형을 받아야 했다. 여기서 전철연과 철거민들은 애초부터 진압의 대상일 뿐이었다. 국민이기를 거부당한, 시민권을 박탈당한 국외자일 뿐이었다. 가난한 사람들의 저항은 이처럼 국가로부터 철저하게 폭력의 대상이 될 뿐이다.[1]

철거민들은 도시 재개발 과정에서 등장하는 공권력과 용역깡패의 폭력성을 어떻게 생각하고 있을까. 성낙경(고양시 풍동 거주)은 용역과 경찰의 불륜적 관계를 다음과 같이 폭로한다. "경찰 비호 받으며 싸우는 게 용역이죠. 용역한테 맞더라도 경찰이 공정하게 처리만 해주면 문제가 안 생길 텐데 어느 순간 한 사람만(철거민) 가해자가 돼버려요." 유순복(광명시 광명6동 거주)은 약자인 철거민을 전혀 보호하지 않는 법에 대해 다음과 같이 의문을 던진다. "재건축에 대해서는 어느 누구도 우리 편에 서 있지 않다는 거죠. 법도 전혀 공정하지가 않고. 사진 있어서 첨부하면 혐의 없음, 증거 불충분인데 사진 없으면 말할 것도 없죠. 법도

---

1) 박래군, 「'용산'에서 확인하는 지독하게 불편한 진실」, 『여기 사람이 있다』, 삶이보이는창, 2009, 14~15쪽.

불신하게 돼요." 조명희(서울시 천왕동 거주)도 가진 자 위주로 운영되는 법의 불공정성을 다음과 같이 지적한다. "법이라는 것은요, 진짜, 코에 걸면 코걸이고 귀에 걸면 귀걸이라고, 가진 자들은 어떻게든 빠져나가더라고요." 경찰과 법이 제 역할을 하지 못할 때 국가의 정체성은 근본적으로 의심 받을 수밖에 없다. 이명희(서울시 용산동 5가 거주)는 국가의 존재 방식에 대해 다음과 같이 신랄하게 비판한다. "정말 국가가, 이러는 게 맞나 싶어요. 이렇게 사람을 폭도로 몰고, 이러는 게 맞는지. (…중략…) 대체 국가가 왜 존재하는 건가, 이게 무슨 난린가 싶어요." 지석준(서울시 순화동 거주)도 "우리나라 정부는 누구 하나 죽어야만 귀를 기울여요. 이렇게 해서라도 법을 뜯어 고쳐야지, 계속 이렇게 없는 사람들만 착취하고, 없는 사람 것 뺏어다가 잘 사는 사람 도와주는 게 무슨 나라예요."라고 의문을 표시한다. 민주주의 국가의 주인은 자본가도 권력층도 아니다. 바로 국민들이다. 그런데 철거 현장에서 국민이기도 한 철거민의 권리는 철저하게 무시된다. 이렇게 본말전도 된 현실은 반체제적, 반자본주의적 움직임을 증폭시킬 수밖에 없다. 남경남(전국철거민연합 의장)은 "용역들이 그렇게 일반 시민들이 살고 있는 동네에 들어와서 차마 눈뜨고 볼 수 없는 행동들을 함에도 불구하고 언론과 경찰이 봐주고 눈감아 주고 그래요. 왜 그런가, 무엇을 위해서, 누구를 위해서 그러는가, 자본을 위해서 그러는 겁니다. 자본주의 모순은 폭력입니다."라고 말한다. 그는 도시 재개발의 문제와 부딪치면서 우리가 살고 있는 자본주의의 근본적 문제점을 깨닫게 되었던 것이다. 성찰하지 않는 자본주의 시스템은 현실사회주의권이 몰락한 것처럼 붕괴될 수밖에 없음을 알아야 한다.

바람직한 도시 재개발의 방식은 무엇일까? 김중기(용인 어정상가 거주)는 도시 재개발의 방식에 대해 "지금 개발은 기존에 살고 있는 사람을 위한 개발이 아니라 가난한 사람 몰아버리고 돈 많은 부자들을 들어앉히는 거예요. 기존에 살던 사람들도 살 수 있는 개발을 하라는 거예요."라고 말한다. 김창수(성남시 단대동 거주)도 기존의 주민들을 대다수 쫓아내는 식의 철거가 지양돼야 한다고 다음과 같이 비판한다. "없는 사람들은 완전히 내보내는 형식이 되고, 있는 사람들도 굉장히 힘겹게 사는 게 되는 거죠. 집주인들마저도 들어오지 못하고 외지 사람들이 들어와 살게 되죠." 박명순(성남시 단대동 거주)은 도시 재개발 자체를 반대하는 것이 아니라 더불어 살아가는 재개발이 되어야 한다고 주장한다. "개발은 되는 건데, 우리 철거민들이 아예 하지 말라는 건 아니거든요. 살기 좋게 만든다는 데 누가 반대를 해요. 하지만 너무 터무니없이 지네들 마음대로 하고 나가라는 식으로 해버리니까 다 여기서 울고불고 하는 거죠."

철거민들의 소망은 단순하다. 자기가 살던 곳에서 살 수 있도록 저렴한 임대주택을 지어달라는 것이다. 문제는 개발 자본이 더 많은 이윤을 얻기 위해 이러한 철거민의 욕망을 철저하게 무시한다는 데에 있다. 개발 자본에 있어 도시 재개발은 일종의 로또복권이다. 이것은 기존의 가옥 및 토지 소유자인 중산층도 비슷하다. 그들은 도시 재개발을 통해 자신들의 자산 가치가 오를 것이라고만 생각해 세입자 철거민의 절박한 처지를 외면한다. 인태순(전국철거민연합 연대사업위원)은 "앞으로 이사 올 사람들도 자기 앞에 떨어질 이익분만 생각해요. 거기서 살고 있는 원주민들 생각은 안 하는 거죠. 경찰이나 용역이 폭력적인 진압을 하는 데는 이런 사람들의 욕구가 숨어 있다고 봅니다. 일반 시민들이 자기도 모르게 그런 폭력을 지지하는 꼴이 되는 것이죠." 라고 말하며 중산층 이상의 사람들을 비판한다. 경찰이라는 공권력이 강제진압의 방식으로, 건설자본과 재개발 조합이 용역깡패를 동원할 수 있었던 것도 중산층의 이해타산적 욕망이 개입해 있었기에 가능한 것이다. 따라서 도시 재개발의 문제에 있어 건설 자본만이 아니라 중산층의 의식 개혁도 꼭 필요하다.

용산참사 사건의 진실은 무엇일까. 최순경(서울시 용산4구역 거주)은 다음과 같이 말한다. "용산은 시공 업체가 삼성건설이에요. 용산은 거의 다 삼성건설이 하는 것 같아요. 멀쩡한 집들을 다 부수고 주상복합을 짓는다는데, 거기는 웬만큼 돈 있는 사람들도 못 들어가요. 원주민들은 어림도 없죠." 정영신(고 이상림 씨막내 며느리)은 용산참사 사건과 관련해 "처음부터 경찰은 대화를 이끌어내지 않았고, 처음부터 개입을 했어요. 철거민과 조합의 얘기인데 진압을 하면서부터 조합이 먼저 나서는 게 아니고, 경찰이 들어와서 진압을 했어요."라고 말한다. 정삼례(서울시 흑석동거주)는 용산참사 사건에서 경찰이라는 공권력의 폭력성을 다음과 같이 비판한다. "경찰이 완전히 시공사나 조합이 할 일을 대행해준 거잖아요. 그것도 폭력으로. 죽거나 말거나, 어쨌든 그 상황만 끝내면 된다는 거였잖아요. 그 안에 몇 명이 있든, 그런건 상관 안 했잖아요." 양종민(고 양회성 씨 차남)도 평범했던 아버지가 용산철거 현장에서 투쟁을 할 수밖에 없었던 부분에 대해 다음과 같은 말을 한다. "살려고 올라간 거죠. 아무리 얘기를 해도 들어주는 데가 없으니까." 이 책에서 등장한 평범한 철거민들도 자신들이 직면한 절박한 현실을 망루가 아닌 책을 통해 알리기 위해 동참한 것이다. 도시 재개발이 서민을 아우르는 것이 아니라 배제하는 방식으로 계속되는 한 잔혹한 도시 재개발에 맞선 철거민들의 저항은 계속될 것이다.

3. 종교, 자본, 국가의 삼위 일체 -주원규의 『망루』

주원규의 장편 『망루』(문학의 문학, 2010)는 특이하게 종교권력을 통해 도시 재개발과 철거민의 문제를 다룬 작품이다. 이 소설은 현재의 서사(세명교회 대 미래시장촌)와 과거의 서사(로마제국 대 예루살렘 사람들)가 교차되어 등장하는 액자소설이기도 하다. 현재의 이야기가 세명교회와 미래시장촌 사이에서 벌어지는 갈등을 다루고 있다면, 성경을 떠올리게 하는 과거의 이야기는 로마제국과 예루살렘을 배경으로 하여 서사가 전개된다. 양자의 서사는 시간적, 공간적 배경이 다르지만 재림 예수와 심판이라는 동일한 구조를 지닌 일란성 쌍생아이다. 철거민을 이끌고 있는 김윤서는 타락한 이 세계를 심판할 재림 예수와 새로운 유토피아를 꿈꾼다. 벤야살은 로마제국의 폭력적 탄압과 광기에 저항하면서 자신들을 구원해줄 재림 예수를 기다린다. 양자의 서사는 서로가 서로를 비춰주는 거울 역할을 하면서 서사의 긴장감과 극적 갈등을 고조시키는 역할을 수행한다. 『망루』에는 다양한 갈등 구조가 등장한다. '가진 자/못 가진 자, 세명교회/미래시장촌, 경찰과 용역깡패/철거민, 조정인/정민우, 조정인/김윤서, 김윤서/정민우, 김윤서/재림 예수, 벤야살/재림 예수' 등이 상호 부딪치면서 서사의 긴장감을 증폭시킨다.

도시 재개발의 주체로 등장한 세명교회는 2만여 명의 신도를 거느린 초대형 교회로 지역사회에 막강한 영향력을 지닌 존재이다. 세명교회는 처음에는 가난한 영세상인들이 주로 모였다가, 재개발의 붐 속에 소위 엘리트로 대변되는 교인들로 물갈이가 되면서 변질되기 시작한다. 교회를 세운 담임목사 조창석은 부의 대물림처럼 아들 조정인에게 담임목사 자리를 넘겨주려고 한다. 조정인은 미국에서 횡령 혐의로 교도소에 투옥되기도 했지만, 신학 학력을 위조해 한국에 돌아와 아버지의 종교권력을 배경 삼아 부목사가 된다. 조정인은 예배에서 사용하는 연설문조차 작성할 능력이 없어 전도사인 정우에게 대필을 시키는 위선적 인물이다. 그가 교회에서 전하는 말은 민우에게서 빌려온 가짜의 언어에 불과하다. 이 가짜의 언어를 빌려와 마치 자신의 언어인양 설교하는 정인은 기본적으로 반성적 성찰과 종교적 신념이 존재하지 않는다. 가짜가 진짜가 되고, 진짜가 가짜가 되는 시뮬라르크한 현실. 복제품이 원본을 복제품으로 규정하면서 오히려 큰소리치는 세명교회의 모습은 진실 대신 화려한 수사적 언어가 지배하는 세속 그 자체이다. 이 소설에서 조정인을 앞세운 세명교회의 타락은 신자유주의 체제가 지배하는 타락한 한국 사회를 상기시키는 알레르기이다.

조정인은 자신의 치졸한 세속적 욕망을 거룩한 종교의 사명으로 호도하는 위선과 기만의 사기술을 펼친다. 그의 사기술에 의해 철거에 저항하는 주민들은 빨갱이이자 악마의 사도로 호명된다. 조정인은 목사임에도 불구하고 세명교회를 매머드급 종합 레저 쇼핑몰로 확장하려는 세속적 욕망에 사로잡힌 타락한 존재이다. 세명교회와 이권을 노리는 건설 자본과의 차별성은 이 소설에서 존재하지 않는다. 종교권력은 정치권력, 자본권력과 분리되지 않은 채 한몸으로 결합되어 있다. 교회는 본래 세속적 욕망과 일정한 거리를 유지한 채 인간의 구원을 향해 노력하는 영혼들이 모인 공동체이다. 그러나 조정인을 앞세운 세명교회는 영혼의 구원보다 탐욕스러운 물질적 욕망이 지배한다. 세명교회와 조정인은 미래시장촌의 철거민을 악마, 빨갱이집단 등으로 매도하지만 정작 자신들이 자행하고 있는 폭력에 대해 성찰하지 않는 장님이다.

『망루』에서 종교권력, 자본권력, 정치권력은 삼위일체처럼 상호 결합되어 못 가진 자들을 착취하여 이윤을 극대화한다. 이 개별 주체들을 연결하는 핵심 고리는 '자본'이다. 이 소설에서는 자본주의 시스템에서 가장 멀리 있어야 할 종교 단체인 교회가 가장 주도적으로 자본주의적 이윤의 욕망을 노골적으로 드러낸다. 작가는 이것을 통해 현존 세계의 타락성과 종말론적 심판의 필요성을 강조한다. 기독교의 시각에서 보면 세상의 타락은 곧 이것을 심판할 재림 예수가 출현하고 심판의 날이 가까이 왔음을 의미한다. 조정인과 세명교회의 대척점에 존재하는 작중인물은 철거민의 저항을 이끌고 있는 한철연(한국철거민연합회) 소속의 김윤서이다. 그는 "철거 세입자들의 피를 말리는 악마의 교회, 세명교회, 하나님의 이름을 빙자해 거리의 영혼들을 압살하는 짐승 목사 조창석과 조정인 부자는 물러가라!"며 주장하며 세명교회와 대립한다. 김윤서는 복합 레저 타운 건설을 하나님의 참된 소명이라고 주장하는 조정인의 주장을 반박하면서 재림 예수를 통해 타락한 세계를 심판하고자 했던 것이다.

재림 예수를 기다리는 김윤서(선을 상징함)와 자본주의적 이윤의 욕망을 표출하는 조정인(악을 상징함) 사이에서 방황하는 중도적 인물은 정민우 전도사이다. 정민우는 종교적 사명감과 어머니의 욕망에 의해 목사가 되기를 열망한다. 그는 담임목사 조창석의 딸과 결혼이 예정되어 있는 등 출세가 보장된 엘리트 코스를 밟고 있었다. 하지만 그는 세명교회와 부목사인 조정인의 추악함을 보고, 고통 받고 있는 미래시장의 철거민들을 보면서 방황한다. 그는 루시앙 골드만이 언급한 타락한 사회(정인이 지배하는 세명교회)에서 타락한 방식으로(정인에게 연설문을 써줌) 삶을 살

아가지만 자신의 문제점을 깨닫고 진정한 삶을 찾기 위한 고난
의 여정에 들어선다. 그는 루카치와 골드만이 언급한 문제적 개
인인 것이다. 정민우는 조정인의 추악한 진실을 목격하고 안정
적인 성공의 길인 목사 안수를 거부하고, 철거민이 있는 망루에
간다. 망루란 어떤 곳인가? 망루의 세계는 세상에서 버림받고
외면 받은 소수자들이 모인 곳이다. 미래시장의 세입자들은 턱
없는 보상에 살 길이 막막해져 생존권을 보장하라며 망루를 건
설했던 것이다. 철거민들에게 망루는 자신을 철거시키려는 세력
에 맞서 싸울 수 있는 최후의 보루이자 그들의 지친 육신과 영
혼을 쉴 수 있는 마지막 쉼터이기도 하다. 이런 망루는 경찰이라
는 공권력과 용역 깡패에 둘러싸여 있을 때 세상과 고립된다는
점에서 섬이기도 하다. 지상의 방 한 칸 얻을 수 있는 권리를 얻
지 못해 공중에 누각인 망루를 지을 수밖에 없는 철거민들.

　지상의 공간엔 불법과 파괴의 면죄부를 받은 용역 깡패들과 중무
장한 경찰 병력들이 함께 공존하고 있다. 그들은 서로를 묵인하며
오직 하나의 대상, 지상으로부터 밀려나 타의에 의한 유배를 감행한,
억지로 땅 위에 내몰려진 존재들을 박멸하려는 목적에만 혈안이 되
어 있는 것이다. 과연 그들의 눈에 성문당 4층, 그리고 곧 최후의 항
전을 위해 마련된 푸르른 망루에 오르게 될 철거민들은 무엇으로 보
일까. 그들은 철거민들을 자신과 같은 사람으로 보고 있을까. (『망루』,
276쪽)

자본의 극대화를 위해 철거를 강행하려는 자본과 자본의 이익
을 옹호하며 공권력을 행사하는 경찰력 앞에 어디에도 기댈 곳
이 없는 못 가진 자들은 망루를 기반으로 처절한 저항을 전개한

다. 여기에서 죽음과 같은 비극적 사건은 언제든지 발생할 수 있는 개연적 사건일 뿐이다. 이렇게 절망적 상황에서 철거민을 대변하는 김윤서는 타락한 세계의 종말과 새로운 세계의 탄생을 꿈꾼다. 악의 세력을 심판하고 새로운 유토피아를 꿈꿨던 현재의 김윤서와 과거의 벤야살은 각각 미래시장에서 잡일을 하던 한경태와 넝마의 사제를 재림 예수라고 생각한다. 그런데 재림 예수는 타락한 세계를 심판하지도 않을뿐더러 적과 아군을 구분하지 않고 사랑을 베푼다. 신의 응징을 기대했던 김윤서와 벤야살은 자신이 만난 재림 예수를 모두 부정하며, 끝내 칼로 재림 예수를 살해함으로써 또 다른 재림 예수를 기다리는 비극적 아이러니를 보여준다. 이들이 재림 예수를 죽인 것은 자신들이 욕망하는 심판과 해방의 재림 예수가 아니었기 때문이다. 그래서 재림 예수는 십자가에 못 박혀 죽은 예수처럼 또 다시 죽을 수밖에 없었다. 여기에서 우리는 묻지 않을 수 없다. 과연 재림 예수란 무엇인가? 그것은 현재의 인간적 욕망이 만들어낸 허구적 상징은 아니었을까. 교회에서 목사는 유일신이요 절대자로서 전도사 위에 군림한다. 민우가 정인을 배신한 것은 교회에서 유일신이자 절대자인 목사를 부정한 것이다. 이러한 행위는 재림 예수를 부정하고 함께 죽음을 택한 김윤서의 삶과 맥락은 다르지만 일정 정도 닮아 있다. 민우가 정인에게 보낸 빈 공백의 연설문은 사이비 언어를 넘어 진정한 언어가 여전히 이 땅에 살아 있음을 보여준다.

주원규의 『망루』에서 드러나는 현실은 전도된 현실이다. 종교적 구원을 설파해야 할 목사는 자신의 직분을 망각하고 자본주의적 욕망에 사로잡힌 포로이다. 교회는 더 이상 버림받은 자들의 망루가 아니라 가진 자들의 기득권 성곽으로 변질되어 있다.

신도들은 교회 지배층의 비리를 암묵적으로 묵인한 채 세속적 욕망에만 관심을 둔다. 국민을 보호해야 할 경찰은 용역깡패가 철거민에게 자행하는 사적 폭력을 외면하고, 자신들의 공권력을 이용해 철거민을 탄압하는 폭력의 전사들이다. 작가는 소설 속에서 전도된 현실을 통해 현존 세계의 타락과 심판의 필요성을, 새로운 세계의 건설이라는 카니발적 전복의 욕망을 드러낸다. 종교의 타락과 공권력의 비공정성, 그리고 건설자본의 탐욕스러운 욕망의 삼위일체 속에 파국이 닥친다. "경찰의 무리한 진압과 용역 업체와의 불미스럽고 석연찮은 결탁, 전례를 찾아볼 수 없는 밀어붙이기식 망루 진압으로 인한 성문당 망루화재 사건. 그로 인한 사망자는 일곱 명에 달했다."라는 지문에서 보듯 경찰의 강제진압은 비극적 사건으로 종결된다. 용산참사 사건을 연상시키는 이러한 비극적 사건은 자본주의 시스템의 개혁 없이는 또다시 반복될 수밖에 없다.

작가 주원규는 이 소설을 통해 작금의 신자유주의 체제의 후기 자본주의가 계속되면 재림 예수가 출현해 심판하는 날이 닥칠 것이라는 섬뜩한 경고의 메시지를 보낸다. 도시 곳곳에 늘어만 가는 망루는 신자유주의로 무장한 자본주의 체제의 붕괴를 예고하는 강력한 징후인 것이다. 자본주의는 완벽한 시스템이 아니다. 자본주의는 일방적 독주가 아니라 소외된 자의 목소리를 끊임없이 반영하는 성찰을 통해서만 비로소 건강성을 유지할 수 있다. 망루는 철거민의 망루만 있는 것은 아니다. 공권력과 자본의 탄압 속에 주변부로 내몰린 열악한 처지의 모든 존재가 비명을 지르는 곳이 바로 망루이다.

주원규의 『망루』는 종교권력인 교회를 중심으로 가진 자들의 이윤적 욕망과 위선을 신랄하게 폭로하고 있다. 이 소설은 '가진 자/못 가진 자'라는 기존의 대립 구조에 세계의 심판과 구원이라는 종교적 세계관이 덧붙여져 있다. 작품의 결론까지 이어지는 팽팽한 미학적 긴장감은 독자의 감동을 이끌어내기에 충분하다. 목사였다는 작가의 경력은 이 소설의 철학적 깊이와 구체성을 확보하는 데에 도움을 준다. 다만 이 작품에서 아쉬웠던 것은 작중인물의 생동감 있는 형상화보다 작가의 직접 진술에 의한 형상화가 많다는 것이다. 종교적 인물이 중심이 되다 보니 철거민의 생생한 계급적, 계층적 형상화도 미흡하다. 철거민을 강제 진압 하는 경찰이라는 공권력과 건설 자본에 대해 좀 더 깊이 있는 천착이 이루어졌으면 철거민의 절박한 현실이 입체적으로 드러났을 것이다.

4. 소수자를 존중하라! -손아람의 『소수의견』

손아람의 장편 『소수의견』(들녘, 2010)은 철거 현장에서 발생한 사망 사건의 일심 판결을 중심으로 한 법정소설이다. 이 소설에 등장하는 검찰과 변호인단의 치열한 법정 공방을 읽다보면 용산 참사 사건과 관련한 법정 공방이 자연스럽게 떠오르게 된다. 이 것은 이 소설이 당대 현실과의 긴밀한 상호 관련 속에 쓰였음을 말해주는 것이다. 작가는 법률과 관련한 전문적 지식을 자유자재로 활용해 현장감 있는 연출을 보여준다. 이것은 작가가 이 소설을 쓰기 위해 많이 준비해 왔다는 것을 보여준다. 법률 전문가에 못지않은 작가의 법정 묘사와 서술은 이 작품의 사실적 개연성을 높여주면서 독자에게 신뢰감을 안겨준다.

소설은 마포구 아현동 철거 현장에서 철거민 박신우와 전경

김희택이 사망한 사건에서부터 출발한다. 오성건설은 재개발조합의 계약해제라는 경고에 쫓겨 청와대에 로비를 하고, 청와대는 경찰을 통해 강제진압을 통해 재개발의 문제를 해결하려고 한다. 철거민 진압 과정에서 열여섯 살 박신우가 경찰의 폭력에 쓰러지자, 아버지 박재호는 아들을 구하기 위해 자위적 폭력을 휘두른 끝에 경찰 한명을 죽이게 된다. 철거 지역의 세계는 법의 보호망이 닿지 않는 사각지대이다. 박재호의 변론을 맡게 된 윤 변호사는 비철거 지역에 소속되어 있기에 철거 지역이 낯설다. 철거 지역과 비철거 지역을 함께 지배하는 것은 동일한 법률이다. 이 소설은 이 공통 요소인 법률을 통해 공권력의 폭력성과 피고인의 정당방위를 증명하려는 변호인단과 철거민의 폭력성을 단죄하려는 검찰의 날선 공방이 핵심적 서사이다. 특수공무방해치사로 구속된 박재호의 정당방위를 주장하는 변호인단과 불법적 폭행치사를 주장하는 검찰의 팽팽한 논전은 이 소설의 중심축이다.

『소수의견』에서 변호인단은 소수자를, 검찰은 다수자를 각각 대표한다. '다수자/소수자'의 대립 구조는 서사의 전개 속에 '폭력의 가해자/폭력의 피해자, 공권력/철거민, 자본가/철거민, 토지 및 가옥 소유주/세입자 및 영세 소유주, 재개발조합/철거민연합, 명문대 학벌/비명문대 학벌, 남성/여성' 등으로 다양하게 변주되어 나타난다. 이 소설에서 다수자를 대표하는 작중인물은 홍재덕 검사와 이민정 검사이다. 공안 사건 담당의 홍재덕 검사는 명문대를 나와 고속승진을 통해 승승장구하는 인물이다. 이민정 검사는 수려한 외모에 지성마저 겸비한 재녀로서 유성그룹의 셋째 며느리이자 대한민국 검찰에서 총망받고 있는 인물이다. 여기에서 보듯 다수자는 명문대 학벌, 검사라는 공권력, 자본 등을 함께 소유하고 있는 지배계층이다. 반면에 박재호를 변호하는 윤 변호사와 장대석 변호사는 비명문대 출신으로 검사와 판사 경력이 없는 변호사이다. 그래서 이들은 법조계에서 소수자이다.

윤 변호사 팀을 뒷받침 하는 염만수와 이주민이라는 서울대 법대교수, 진보적인 일간지 사회부 여기자 준형 등은 소수의견을 지지하는 진보적 지식인들이다. 소수자인 윤 변호사 팀은 법관기피 신청, 국민참여재판 신청, 국가배상청구소송 등 다방면에서 전방위적으로 검찰을 압박해간다. 무모한 일방적 싸움으로 종결될 것이라는 당초의 예상과 달리 서사의 진행 속에 골리앗인 다수자는 소수자인 다윗의 치밀한 공격 앞에 수세에 몰린다. 서사의 진행 속에 도시 재개발 사업은 겉으로 내세운 생활환경 개선보다 이권을 둘러싼 추악한 욕망의 투기장이었다는 사실이 드러난다. 도시 재개발은 세입자들에게 축복이 아니라 철거 명령서라는 저주였던 것이다. 축복과 저주라는 양극단의 갈등은 언제든지 살인 사건과 같은 비극의 탄생을 예고한다.

재개발조합은 소유권 행사의 정당성을 주장했다. 세입자들은 생존의 권리를 주장했다. 구청은 세입자들에게 보상 계획을 공고했다. 세입자들은 보상이 아닌 생존을 외쳤다. 건설사는 재개발 시공을 경축했다. 그 모든 골목 어귀마다 머릿돌처럼 새긴 철거용역들의 섬뜩한 메시지는 죽음의 임박을 경고하고 있었다. (77~78쪽)

국가를 움직이는 것은 다수자들이다. 이때 다수자를 대표하는 것은 다수자가 아니라 소수의 지배계층이다. 지배계층은 선거라는 제도를 통해 국민에게 권력을 위임받는 절차를 거쳐 자신의 합법성과 정당성을 확보한다. 우리는 소수의 지배계층이 행사하는 권력을 통해 추상적인 국가의 육체와 만난다. 지배계층인 검사 홍재덕은 국가를 자신의 종교로 삼고 있다. 그에게 있어 '국가=검찰=경찰=공권력'은 신성불가침의 초월적 존재이다. 따라서 홍재덕은 이 초월적 존재의 권위를 훼손시키는 어떤 것이라도 용납하지 못한다. 여기에서 보듯 검찰, 경찰, 국가는 분리된 존재가 아니라 분리 불가능한 동일체이다. 이런 까닭에 홍재덕은 철거민을 진압하는 과정에서 경찰이라는 공권력에 의해 무고한 철거민이 사망한 사실을 공표할 수 없다고 판단한다. 그때부터 진실의 조작이 시작된다. 경찰과 검찰의 협동 작전에 의해 증거는 철저하게 은폐된다. 검찰은 변호사가 정당하게 제기한 수사자료의 열람등사 신청도 거부한다. 홍재덕은 증거 인멸만이 아니라 국가를 위해 희생양을 만든다. 그는 철거용역 김수만을 살해 용의자로 만들고, 철거민 박재호를 전경 살인자로 규정한다. 이러한 자의적인 법 적용은 민주주의의 근본 원칙을 훼손시키는 자해 행위이다. 법을 수호할 검사가 자의적인 법 적용 속에 편파적 행위를 일삼는다면 무고한 희생자가 나올 수밖에 없다. 홍재덕 검사의 행동은 전체인 국가를 위해서라면 개인은 언제든 희생되어도 좋다는 극우적 전체주의에서 나온 것이다. 전체주의에서 개인이나 일부분은 항상 전체를 위해 희생당해야 하는 희생양이다. 마르크스는 자본주의 체제에서 국가를 폭력의 근원이라고 말한 바 있다. 국가가 폭력의 주체가 되어 국민을 폭력의 대상으로 삼는 것을 합법이라는 이름 아래 호도할 때, 민주주의를 표방한 근대 국민국가의 존립 근거는 무너진다.

"검사는 단지 피고인의 죄를 증명하려고 거짓말을 한 게 아니었습니다. 검사는 국가의 죄를 감추려고 거짓말을 했습니다. 그걸 위해 박신우 군을 희생양으로 삼았고, 그의 아버지 피고인 박재호 씨를 희생양으로 삼았고, 철거용역 김수만을 희생양으로 삼았습니다. 저희 변론이 파렴치하다고요? 그 단어를 지금 사용하겠습니다. 검찰의 기소행위는 파렴치했습니다. 거기에는 음모가 있었습니다. 검찰이 적극적으로 그 음모에 가담했습니다. 공권력의 남용을 숨기기 위해서요. 정도를 벗어난 그 힘이 통제되지 않는다면 앞으로 배심원 여러분과 여러분의 가족이 또 다른 피해자가 될 수도 있습니다." (394~395쪽)

윤 변호사팀은 다양한 소수자의 연대와 도움 속에 법정 공방에서 우위를 차지한다. 검사는 박재호에게 무기징역을 구형했지만, 국민 배심원들은 박재호의 폭행치사를 정당방위로 인정해 처벌을 면하기로 판결한다. 하지만 재판장은 배심평결을 뒤엎고 특수공무방해치사죄를 적용해 징역 실형 3년의 형을 선고한다. 항소심에서는 징역 1년 6개월의 선고를 받는다. 대법원의 판결이 나오지 않은 상황에서 소설은 종결되지만, 독자들은 박재호의 점점 줄어만 가는 형량에서 승리를 예감하게 된다. 독자들은 '원고인 검사/피고인인 박재호'가 서사의 전개 속에 '원고인 박재호/피고인 검사'로 역전되는 상황을 보며 카니발적 카타르시스를 순간적으로 체험한다. 작가는 철거민 박재호를 도와주는 다양한 사람들을 등장시켜 정의가 승리할 것이라는 메시지를 보낸다. 물론 작가는 정당방위로 인한 무죄로 귀결되는 결론을 피하고 있다. 손아람은 이것을 통해 현실이 만만치 않다는 것을 암시한다. 하지만 이 소설의 강조점은 절망적 서사가 아니라 희망의 서사이다. 작가가 결론의 마지막 부분에서 "봄이 온다. 태양이 창궐하고 계절이 마땅한 권리를 나눈다."라는 언급에서 보듯 낙관적 미래를 전망한다. 그러나 과연 현실에서도 그렇게 될까?

『소수의견』은 한국소설에서 법정소설의 새로운 지평을 열었다고 해도 과언이 아니다. 하지만 아쉬움도 있다. 주요 사건이 법정을 중심으로 이야기 되다 보니 민중인 철거민의 현실이 구체적으로 드러나는 데에 한계점을 노출하고 있다. 또한 박재호의 변호에 초점을 맞추다 보니 소수자를 대변하는 진보적 지식인 집단의 비중이 과도하게 표출된다. 상대적으로 국가 공권력과 건설자본에 대항하는 주체인 철거민의 역할이 미흡하다. 새로운 세상은 진보적 지식인의 활동만이 아니라 다양한 계층들의 주체적 의지와 연대 속에 가능한 것이다. 전문적인 법률 지식이 법정소설의 개연성을 높여주었지만 지나치게 많이 등장함으로써 인물의 내면적 형상화에 소홀했다는 점도 지적하지 않을 수 없다. 시점의 일관성에서도 문제점을 드러낸다. 이런 약점에도 불구하고 법정을 통해 철거민의 진실을 알리고, 법의 정의를 실현시키는 이 작품의 감동적인 미덕은 결코 손상되지 않는다. 나는 이 소설을 통해 2010년대를 열어갈 새로운 문학 기대주를 발견하는 기쁨을 얻을 수 있었다.

앞의 작품인 『망루』와 『소수의견』이 소설적 깊이와 미학적 성과를 어느 정도 내고 있다면 황정은과 한수영의 소설은 철거민의 현실을 구체적으로 깊이 있게 형상화하지 못하면서 미학적 파탄을 드러낸다. 먼저 황정은의 장편 『백의 그림자』(민음사, 2010)는 철거를 앞둔 상가에서 일하는 두 젊은 남녀의 순수한 사랑을 그리고 있다. 이 소설에 철거와 관련한 이야기는 지속적으로 등장한다. 하지만 철거민의 현실은 피상적 수준을 벗어나지 못한 채 정적 이미지로 고착화되어 있다. 이 소설의 주요 테마인 남녀 간의 사랑도 깊게 들어가지 못한 채 환상적 이미지만을 산출한다. 시적 상징이나 시적 어법을 적극 동원시킨 황정은의 첫 장편소설은 산문정신의 미흡 속에 수채화 같은 소품에 머물렀던 것이다. 황정은이 소설가로서 한 획을 긋는 작가로 성장하고 싶다면 치열한 산문정신과 구체적 언어의 습득이 무엇보다 요구된다. 문학평론가 신형철은 함량 미달의 황정은 소설을 과도하게 칭찬하는 주례사 해설을 써 독자를 오도하게 만든다. 그의 주례사 해설은 오히려 작가의 성장을 죽이는 독이다.

한수영의 장편 『플루토의 지붕』(문학동네, 2010)도 도시 재개발을 배경으로 서민의 일상사가 재미있게 등장한다. 여덟 살 혼혈아인 소년의 시점을 통해 전개되는 재개발을 앞둔 동네의 풍경은 드라마 세트장 같은 이미지를 발산한다. 학교에 가지 않고 지붕에서 놀기를 좋아하고, 청진기를 들고 마을의 갖가지 이야기를 듣고자 하는 소년. 이 소년의 시선을 통해 드러나는 마을의 풍경은 현실적 개연성을 띠지 못한 채 시트콤 같은 에피소드만 보여준다. 작가 한수영은 이 작품을 통해 도시 재개발과 그 속에서 살고 있는 서민들의 다양한 모습을 제대로 그리고 싶었는지 모른다. 하지만 이 작품은 소설의 화자를 여덟 살 소년으로 설정해 놓고, 정작 소년이 파악할 수 없는 부분까지 말하는 시점의 실패 속에 미학적으로 균열하기 시작한다. 결코 신뢰할 수 없는 화자인 소년이 말하는 마을의 이야기들은 철거민의 현실을 제대로 그려낼 수 없는 작가의 곤궁함에서 비롯한 것이다. 『플루토의 지붕』은 작가의 의욕만 앞섰을 뿐 철거민의 현실을 제대로 담아내지 못한 채 서사가 종결한다.

황정은과 한수영의 소설은 철거민의 현실 속으로 깊이 들어가 구체적으로 형상화할 수 있는 생동감 있는 언어를 보여주지 못했다. 철거민의 눈높이에서 철거민의 현실을 그릴 수 없는 작가들의 곤궁한 처지 속에 소설에서 등장하는 철거민의 현실은 배경 이상의 역할을 하지 못한다. 시대의 환부를 생생하게 증언하지 않는 배경은 낯익은 매너리즘의 향연이자 수박 겉핥기의 수사학일 뿐이다.

5. 아직도 끝나지 않은 싸움

2010년 11월 11일. 서로의 사랑을 확인하는 일명 **빼빼로데이**에 대법원은 용산참사 사건과 관련한 최종 판결을 내렸다. 2009년 2월 용산철거대책위원장 이충연 씨 등 9명의 철거민 농성자는 농성장에 불을 질러 경찰관을 숨지게 한 혐의(특수공무집행방해치사) 등으로 재판에 넘겨져 그동안 치열한 법정 공방을 벌여 왔었다. 검찰은 수사기록 공개를 거부하며 버티다가 대법원의 결정에 의해 마지못해 수사기록을 공개했다. 재판 결과는 1심, 2심 모두 철거민만 유죄로 판결되었다. 결국 3심인 대법원 항소심에서도 철거민의 유죄를 선고하면서 형량만 1년 낮추었다. 이러한 결론은 '유전무죄 무전유죄, 유권무죄 무권유죄'라는 세간의 통념을 그대로 확인시켜 준 결과이다. 손아람의 장편 『소수의견』에서 말하고자 했던 공권력의 폭력성에 대해 법원의 판결은 제대로 답변하지 못했다. 판결을 듣고 절망에 빠진 철거민 가족 중의 한 명인 전재숙(68세)은 "사는 건 하나도 힘든 게 아니에요. 우린 살고 싶어 그랬어요. 그런데 검찰도 법원도 다 똑같아요. 대법원도 똑같아요. 나라고 뭐고 이젠 우리 식구 말곤 의지할 데가 없어요. 더는 믿고 의지할 데가 없어요."(≪한겨레신문≫)라고 말한다. 우리는 그녀의 절망적 탄식 앞에서 어떤 위로의 말을 던질 수 있을까.

나는 철거민에게도 일부 책임이 있겠지만 경찰의 무리한 강제

진압 작전에 책임을 묻지 않는 법의 형평성과 공정성에 의문을 제기하지 않을 수 없다. 경찰을 무조건 옹호하는 식의 판결은 역설적으로 체제 안정이 아니라 체제 불안을 더욱 가중시킨다. 군사정권 시절에 유행했던 언어가 '법대로'이다. 과연 법대로 해서 우리 국민들의 삶은 행복해졌는가. 그 법을 정하는 것은 대개 지배층이고, 지배층은 민중의 의사보다 자신의 계급 이익을 챙기는 방향으로 법을 정한다. 그리고 지배층은 국민들에게, 민중들에게 말한다. 법은 만인에게 공평하기에 지켜져야 한다고. 법이 국민 전체가 아니라 지배층의 배만 불리게 할 때, 우리는 그 법을 '악법'이라고 칭한다. '법대로'는 만병통치약이 아니다. 정부와 사법부는 법의 단죄 이전에, 왜 철거민들이 망루를 세울 수밖에 없었는지 진정으로 이해할 필요가 있다. 그래야만 국민들이 법을 외면하지 않고 철거민의 문제를 해결할 수 있는 길이 열릴 수 있다. 국가와 자본의 권력이 철거민들을 불법과격시위, 폭력단체, 폭도, 도심 게릴라, 테러단체로 호명하는 한 망루는 계속 건설될 것이고 용산참사와 같은 사건은 언제든지 재발할 수 있다. 박수정의 다음 글은 철거민이 자본주의 세계에서 처한 열악한 상황을 절박하게 전달한다.

저항하는 이에게 한 번도 빠지지 않고 붙여진 불법과격시위, 폭력단체, 폭도, 도심게릴라전, 테러단체⋯⋯. 낯설지 않다. 세계 어디든 학살이 벌어진 곳, 국가 폭력에 죽어간 이들한테 붙여지던 꼬리표들. 한국에선 상가 세입자였던 상인들이 테러리스트로 몰린다. 여기저기 개발이 이루어지는 곳에서 쫓겨나는 운명에 처했던 이들이 테러 집단의 조직원들로 조작된다. 그 죽음을 가슴아파하는 당신도 혹시 테러리스트로 몰리지는 않을지. 테러리스트라고 이름 불린 이에게

밥, 잠자리, 옷, 소식을 준 자 모두 테러리스트로 몰려 죽임 당한 일 숱하니, 비록 죽은 자들이어도 마음 아파하고 눈물 흘린 당신도 그렇게 내몰릴지도. 할 수만 있다면 '촛불'도 불법무기로 몰아세우고 싶었던 입들이 '망루, 새총, 골프공, 시너, 화염병, 염산병'을 증거물로 내세우며 폭도를 만들어낸다.[2]

철거민들은 용산참사 사건에서도 정부와 사법부에 의해 공권력에 저항한 폭도로 규정되었다. 그것으로 모든 문제는 해결된 것인가. 아니다. 문제는 해결되지 못한 채 새로운 불씨를 안고 유보되었을 뿐이다. 신자유주의의 자본주의 시스템이 가동된 이후 세계는 지배층의 이익을 더욱 극대화하는 방향으로 나아가고 있다. 1등만이 살아남고 다수가 죽어나갈 수밖에 없는 승자독식 사회, 명문대 학벌사회, 부의 대물림으로 이어지는 신계급사회에서 주거가 불안정한 철거민들은 부실한 교육, 비명문대 학벌, 가난의 대물림이라는 구조적 양극화 현상의 피해자이다. 오늘은 비록 당신이 철거민이 아니지만, 언제든 도시 재개발 계획이 나의 집을 통과하는 순간 당신도 철거민이 된다. 지배층에 편승해 이익을 도모했던 중산층도 더 이상 장밋빛 미래를 기약하기 힘들다. 주민 물갈이 대상은 하류층만이 아니라 중산층에게도 어김없이 적용된다. 곳곳에 뉴타운이 건설되면서 중산층도 빚을 내야만 새 아파트로 이주할 수 있고, 그렇지 않으면 보상금을 받고 다른 곳으로 이주해야 한다. 그러나 그들이 가야 할 곳은 중심부가 아니라 주변부일 수밖에 없다. 부자인 거인들을 피해 빈민인 난쟁이들은 도시 난민이 되어 좀 더 집값이 싼 서울 외곽

---

2) 박수정, 「이 선을 넘으면 위험하다」, 『여기 사람이 있다』, 삶창, 2009, 286~287쪽.

지역으로 철새처럼 이동해야만 한다. 이러한 철거민의 아픔은 더 이상 남의 이야기가 아니라 바로 미래에 우리가 겪어야 할 불행일 수 있다.

용산참사 사건 이후 도시 재개발과 관련한 문학적 대응은 간헐적으로 이어져 오고 있다. 작가 주원규의『망루』와 손아람의『소수의견』은 용산참사 사건을 알레고리화 한 문학적 상상력을 통해 도시 재개발과 철거민의 절박한 현실을 우리에게 알려준다. 그러나 아직까지 철거민과 관련한 문학적 형상화 작업은 미흡한 실정이다. 특히 한국의 작가들은 당면한 사회 현실을 적극적으로 형상화하는 치열한 산문정신이 전반적으로 부족하다. 베스트셀러의 신봉, 문학주의의 중독, 주례사비평의 양산, 출판 자본의 과도한 개입은 문학계 전반을 당대 현실과 긴밀하게 연관시키지 못하도록 한다. 따라서 작가들과 문학평론가들은 철저한 반성과 성찰 속에 문학판을 새로 짜야 한다. 재개발과 철거민의 문제는 철거민만의 문제가 아니다. 그것은 비정규직, 열악한 노동현실, 사회 양극화 현상, 신자유주의 체제의 구조적 모순 등이 집약되어 있다.

나는 이 글이 가진 자의 폭력에 의해 상처 받았던 철거민들의 고통을 위로하는 데에 작은 도움이 되기를 바란다. 비록 용산참사의 철거민들은 법정에서 최종적으로 패했지만, 역사적으로 승리할 날이 분명 올 것이다. 철거민들이 소수자의 권리를 찾는 싸움은 아직 끝나지 않았다. 지금은 철거민의 진실이 소수의견이지만 언젠가 소수의견이 다수의견이 될 것임을 믿어 의심치 않는다. 사회 정의를 향한 진정성의 싸움은 패배하는 그 순간부터 다시 시작되고 있는 것이다. 이것을 위해 교묘한 후기 자본주의 시스템에 의해 갈가리 분열된 소수자들의 연대가 재결성되어야 한다. 중산층도 자본주의 욕망의 포로가 되어 빈민층을 외면해서는 당면한 문제를 해결할 수 없다. 아무리 열심히 일해도 부유하게 될 수 없는 워킹푸어는 도시 빈민층만이 아니라 중산층에게도 적용되는 정글의 법칙이다. 이제 고립된 이기주의를 넘어 공동체 전반의 이익을 생각하는 방향으로 다양한 연대가 이루어져야 한다. 그것이 바로 새로운 시대를 알리는 출발이 될 것이다. 용산참사 사건에서 대법원이 철거민에게만 유죄 판결을 내린 편파적 판결은 훗날에 사법부의 가장 치욕스러운 기억 중의 하나가 될 것이다. 우리는 그 날을 기다리며 투쟁의 깃발을 들어야 한다.

한국인과 외국인의 본격 동거시대

- 2000년대 다문화 소설에 대해

1. 아시아 노동자는 왜 '알리'일까?

한국은 20세기에 일제의 식민 지배, 강대국의 냉전체제 속에 한국전쟁을 경험했다. 이러한 격동의 역사적 사건은 한민족에게 힘이 없는 나라와 민족은 끊임없는 차별과 배제를 받는다는 역사적 교훈을 주었다. 적자생존의 세계에서 역사의 희생양으로 전락했던 한민족은 서구에 대한 동경 속에 강자를 꿈꾸었다. 부국강병의 조국근대화는 강자가 되기 위한 필수 입문 코스였다. 한국인들은 20세기에 약자와 피지배자라는 이름으로 오랫동안 살아오면서 강자와 지배자에게 약하고, 약자와 피지배자에게 강한 천박한 서열주의를 내면화했다. 1990년을 전후해서 현실 사회주의권과 계몽적 거대담론의 몰락, 전 지구적 자본주의화는 군사력보다 자본의 유무를 통해 강자와 약자가 결정되는 새로운 질서의 탄생을 의미했다. 그 후 한국인들은 모든 것을 돈으로 환산해 '강자/약자, 지배자/피지배자'를 나눠 차별 대우했다. 1988년 서울 올림픽과 1996년 OECD 가입은 그 동안 강자와 지배자로 올라서기를 뜨겁게 염원했던 한민족의 욕망이 객관적으로 인정받는 증거로 활용되었다. 한국의 개별 민족 구성원들은 자유화된 해외여행을 통해 자신들의 강자와 지배자의 위치를 확인할 수 있었다.

1990년대 이후 아시아 출신 이주 노동자들이 한국에 대거 몰려오기 시작했다. 전 지구적 자본주의화, 국제분업 체계 속에 한국은 아시아의 이주 노동자들을 저임금의 고리로 받아들여 경제 발전을 계속 유지하려고 했던 것이다. 한국에 온 이주 노동자들은 한국인들이 싫어하는 3D 직종에 주로 취직했고, 한국인보다 낮은 저임금을 받고 장시간 노동을 해야 했다. 한국에 온 아시아 이주 노동자들의 모습은 과거 한국인들이 돈 벌기 위해 서구나 중동으로 나갔던 자신들의 서글픈 자화상이기도 했다. 하지만 한국인들은 이주 노동자들을 동격의 존재로 대우하지 않고 자신들이 과거 외국에서 받았던 차별과 트라우마를 그대로 투사했다. 한국은 아시아 이주 노동자를 선진국의 국민으로 승격한 자신의 신분 상승을 확인시켜 주는 새로운 노예로 취급했다. 한국은 과거의 아픈 역사에서 성찰적 교훈 대신에 강자의 지배적 욕망을 모방했던 것이다.

한국에서 제3세계 외국인에 대한 정책이 일부 변하기 시작한 것은 국제결혼을 통한 아시아 여성이 본격 유입되면서부터이다. 한국의 농촌 노총각과 도시의 빈곤층 남성은 남녀 성비율의 불균형 속에 결혼을 제때 하지 못하는 경우가 많이 발생했다. 특히 농촌 총각들은 자신보다 못 사는 아시아의 여성과 국제결혼함으로써 이 문제를 해결하고자 했다. 이주 노동자와 달리 결혼 이민자는 한국에 영구 거주할 뿐만 아니라 혼혈이라는 자식을 낳아 기존의 민족 구성비에 변화를 준다. 단일민족의 신화에 기반한 기존 정책만으로는 결혼 이민자의 문제를 해결하기 곤란했다. 그래서 한국 정부는 2005년부터 결혼 이민자를 중심으로 한 다문화 정책을 본격 시행했다. 2013년 기준으로 한국에는 157만 명이 넘는 국내 체류 외국인이 살고 있다.

법무부 출입국외국인정책본부에 따르면 지난해 국내 체류 외국인 수는 157만6천34명을 기록하며 연간 기준으로는 처음으로 150만명을 넘어섰습니다.

지난 2004년 체류 외국인 수가 71만8천명이었던 것을 감안하면 불과 10년 사이에 외국인 수가 2배 이상으로 급증했습니다.

체류 외국인은 또 전체 인구의 3.08%를 차지해 주민 100명 가운데 3명꼴로 외국인 셈입니다.

체류 외국인은 지난 1990년대말까지만 해도 38만여명에 불과했으나 국제화가 빠르게 진행된 2000년대 들어서면서 꾸준히 늘었고, 재외동포를 위한 방문취업제가 도입된 직후인 2008년 106만2천명을 기록하며 체류 외국인 100만명 시대를 열었습니다.

체류 외국인을 국적별로 보면 중국이 77만8천여명(49.3%)으로 가장 많고, 이어 미국 13만4천여명(8.5%), 베트남 12만여명(7.6%), 일본 5만6천여명(3.6%) 순입니다. (SBS 뉴스, 2014.01.20)

한국은 단일민족 국가에서 다민족, 다인종 국가로 변하는 와중에 있다. 2000년대 이후 한국의 작가들은 다민족, 다인종 사회로 변하는 한국사회의 변화를 소설 텍스트에 반영했다. 다문화 소설은 탈북자, 연변 조선족, 혼혈인, 아시아 출신 이주 노동자, 결혼 이민자를 소재나 주제로 채택해 이질적 문화의 접촉과 충돌이라는 다양한 문제를 형상화한다. 이러한 다문화 소설은 다문화주의와 깊은 연관성이 있다. 다문화주의는 한 사회 내부의 다양한 민족·언어·문화· 계층 등이 하나의 문화로 강제 통합되지 않고, 다원적 입장에서 각자의 독자성을 존중하면서 상호 공존하는 것을 말한다.

한국의 다문화 소설에 자주 등장하는 이주 노동자들은 종교적으로 이슬람교도였고, 이름이 '알리'인 경우가 많았다. 과거 한국의 초등학교 학생의 이름이 철수와 영희로 불렸듯이 아시아 이주 노동자들의 이름은 알리라는 기호로 흔히 유통되었다. 아시아 이주 노동자들은 다양한 이름을 가지고 있다. 그런데 한국의 작가들은 알리라는 이름을 유독 선호했다. 과거에 유명했던 무하마드 알리라는 권투 선수에게서 영향 받은 것도 있겠지만 아시아 이주 노동자를 자세하게 알지 못하는 상황이 낳은 부산물이다. 최근에 창작된 다문화 소설에서 알리라는 이름 대신에 좀 더 다양한 이름들이 등장하는 것은 한국 작가가 다른 문화에 대해 좀 더 진전된 이해가 있었음을 말해준다. 이제 아시아 이주 노동자들은 알리 이외에 고유한 이름으로 불려지기를 욕망한다. 알리, 알리! 우리 다문화에 대해 함께 이야기해볼까? 나, 알리 아닌데……. 그럼, 뭐지? 독자들이 이렇게 의문을 품은 데에서 다문화 소설의 여행은 비로소 시작된다.

2. 혼혈인과 단일민족의 신화

한국은 1945년 해방과 함께 진주한 미군과의 만남을 통해 이질적인 서구문화와 대규모적으로 키스했다. 한국전쟁과 종전,

그리고 이어지는 미군의 장기 주둔은 서구문화가 홍수처럼 밀려오는 결정적 계기를 제공했다. 양키문화로 대변되는 서구문화의 유입은 전통적 질서의 동요와 서구문화의 본격 유통을 의미했다. 한국문화와 미국문화의 급작스러운 동거 시대를 육체적으로 각인시켜 보여준 것은 바로 혼혈인의 출현이다. 한국은 혼혈인을 차별하고 배제하는 전략을 통해 단일민족의 신화를 사수하고자 했다. 그 결과 한국 여성과 미군 사이에서 태어난 혼혈인은 한국사회에서 존재하면서도 존재하지 않는 유령이 되었다.

그런데 1990년대 이후 한국의 농촌 노총각은 결혼할 여성이 부족해 제때에 결혼하지 못하는 경우가 많아졌다. 이것은 남녀 성별 불균형과 도시 여성의 농촌 총각 기피 현상이 빚어낸 현상이다. 농촌 노총각들은 어쩔 수 없이 조선족 여성이나 아시아 여성과 국제결혼을 할 수밖에 없었다. 특히 아시아 여성 사이에서 태어난 혼혈인의 경우 과거 양공주와 미군 사이에서 태어난 혼혈인에 비해 배제와 차별의 강도가 상대적으로 약하다. 그럼에도 불구하고 한국 남성과 아시아 여성 사이에서 태어난 혼혈인도 정도의 차이는 있지만 배제와 차별의 대상이 된다. 이것은 혼혈인의 문제가 과거형이 아니라 현재 진행형임을 여전히 말해준다. 다문화 소설에서 혼혈인들이 주로 주거하는 공간은 기지촌인 동두천(『거대한 뿌리』), 철거지역인 빈민촌(『플루토의 지붕』, 『이슬람 정육점』), 변두리 공장지대(「코끼리」)로 등장한다. 혼혈인의 주거 공간은 혼혈인의 문제가 사회적 현상만이 아니라 경제적 문제와도 깊게 결부되어 있음을 보여준다.

김중미의 장편 『거대한 뿌리』(2006)는 현재의 이주 노동자 문제와 혼혈인 문제를 함께 다룬 문제작이다. 소설의 주인공 김정원은 인천 변두리 지역에서 놀이방을 하며 이주 노동자의 문제와 접하게 된다. 김정원은 이웃에서 살던 빈곤층의 정아가 네팔 노동자 자히드와 사랑해서 아기를 가지는 사건을 상담하면서 과거의 기억과 조우하게 된다. 김정원은 중학교 2학년 때까지 살았던 동두천을 회상하면서 소설의 서사가 본격적으로 진행된다. 미군 부대가 주둔해 있는 동두천은 한국문화와 이질적인 미국문화가 뒤섞인 짬뽕 지대이다. 한국전쟁 이후 동두천 사람들은 미군을 상대로 몸을 팔거나 상품을 팔아 생계를 유지했다. 기지촌인 동두천은 한국이 지배하는 영토였음에도 불구하고 한국의 권력보다 미군의 권력이 지배하는 공간이다. 김정원은 미군의 양녀가 되어 미국으로 떠난 초등학생 반 짝꿍 임경숙, 미군 흑인 병사와 결혼해 혼혈아 제이콥을 낳은 육촌 언니 윤희, 정원의 첫사랑 상대인 혼혈아 이재민, 다양한 양공주와 미군의 폭행 등의 사건을 떠올린다. 특히 동두천의 상징인 양공주와 혼혈아들은 한국사회의 차별과 냉대 속에 빈곤층을 벗어나지 못한 채 대개 불행한 삶을 살았다. 동두천의 혼혈인은 한국인의 피가 섞였음에도 불구하고 한국인으로 제대로 인정 받지 못한 채 주변부의 삶을 살아야 했던 것이다.

김재영의 단편 「코끼리」(2004)에서 13살의 주인공 소년 아카스는 네팔 아버지와 조선족 어머니 사이에서 태어난 혼혈인이다. 아카스는 한국사회에서 인정받는 혼혈인의 경우가 아니다. 아카스는 가부장적 순혈주의에 따르면 한국인이 아니라 네팔인이다. 네팔 아버지와 아카스는 십여 년 전까지 돼지축사로 쓰였다는 낡은 건물에서 살고 있다. 이들의 주거지가 과거 돼지축사였던 곳으로 설정된 것은 한국사회에서 이주 노동자와 혼혈인이 인간 대접을 못 받고 짐승처럼 차별받으며 살고 있다는 것을 상징적으로 암시한다. 소년은 한국에 네팔 대사관이 없어 아버지가 혼인 신고를 못했다. 그래서 소년은 호적도 없고 국적도 없다. 한국의 초등학교에 다니지만 정식 학생이 아니라 청강생 신분이다. 아카스는 초등학교 짝인 소영이의 손등에 우연히 손을 접촉했다고 소영이 오빠에게 폭행을 당한다. 소년의 아버지는 한국 아이가 때리거든 피하지 말고 맞아주라고 이야기한다. 아버지는 다수자가 강압적 지배를 하는 한국사회에서 맞서 싸우는 것이 오히려 손해라고 생각했던 것이다. 하지만 소년은 아버지의 말을 거부하고 부당한 처사에 맞서 싸우겠다고 말한다. 까무잡잡한 피부를 가진 아카스는 백인처럼 피부가 하얘지기를, 최소한 한국인 사람처럼 되기를 열망하면서 탈색제로 매일 세수를 하기도 했다. 그 결과 아카스의 얼굴은 하얘지기는커녕 하얀 각질만 생겼다. 아카스는 백인이라고 하면 한국인들이 차별하지 않고 동경의 시선을 보낼 것이라고 생각했던 것이다. 한국사회에서 작동하는 인종적 차별주의는 어린 아카스에게 지울 수 없는 마음의 상처를 주었던 것이다. 아카스가 슈퍼에서 물건을 훔치면서 죄의식을 전혀 느끼지 못하는 것은 배타적 한국사회가 혼혈인을 반사회적 타자로 만들고 있음을 보여주는 사례이다.

"한국 사람들은 단일민족이라 외국인한테 거부감을 갖는다고? 그래서 이주 노동자들한테 불친절한 거라고? 웃기는 소리 마. 미국 사람 앞에서는 안 그래. 친절하다 못해 비굴할 정도지. 너도 얼굴만 좀 하얗다면 미국 사람처럼 보일 텐데⋯⋯."
그 뒤로 나는 저녁마다 물에 탈색제 한 알을 풀어 세수했고 저녁이면 내가 얼마나 하얘졌나 보려고 거울 앞으로 달려갔다. 푸른 새벽 공기 속에서 하얗게 각질이 일어난 내 얼굴을 볼 때면 가슴이 설레었다.[1]

김려령의 장편 『완득이』(2008)에서 주인공인 고등학생 완득이는 난쟁이 한국인 아버지와 베트남 여성 사이에서 태어난 혼혈인이다. 엄마의 가출 속에 난쟁이 아버지는 카바레에서 춤추는 쇼를 하며 완득이를 어렵게 키운다. 완득이는 한국인과 비슷한 외모를 지녔지만 주변 사람들과 제대로 소통하지 못한 채 자폐적 세계에 갇혀버린다. 고등학교 1학년 담임을 맡은 동주는 시니컬한 언어를 통해 자폐적 세계에 머물러 있는 완득이를 세상 밖으로 나오게 한다. 난쟁이 아버지가 완득에게 육체적 생명을 주었다면, 욕쟁이 동주 선생은 완득이에게 사회적 생명을 주는 역할을 했던 것이다. 동주의 부추김 속에 완득이는 베트남 친엄마를 만나고, 여자친구를 사귀고, 킥복싱을 배우면서 사회적 질서를 받아들인다. 완득이와 완득이 아버지는 서사의 전개 속에 각자가 좋아하는 킥복싱과 춤을 인정하는 다양성의 공존을 보여준다.

아버지와 완득이는 열등콤플렉스를 지녔다는 점에서 상호 닮은 존재이다. 완득이 주변에는 사회의 기준으로 보면 결핍된 존재들이 모여 있다. 이 결핍된 존재들은 서사의 진행 속에 상대방을 배려하면서 다름을 인정하는 다문화주의 단계로 나아간다. 혼혈인을 형상화한 기존의 소설에서 혼혈인들은 차별과 배제의 고통 속에 불행한 삶을 고통스럽게 살아갔다. 그런데 완득이는 교사인 동주와 주변 사람들의 도움을 통해 희망을 꿈꾸며 성장한다. 『완득이』는 이주 노동자와 혼혈인에게 절망보다 희망을 떠올리게 하는 텍스트이다. 이것은 그만큼 다문화적인 생각이 한국사회에 퍼져나가고 있음을 말해주는 것이다.

---

1) 김재영, 「코끼리」, 『코끼리』, 실천문학사, 2005, 17쪽.

그동안 한국소설에서 혼혈인들은 성장한 '어른'보다 '혼혈아'
의 형태로 대개 등장했다. 김재영의 「코끼리」에서 아카스, 한수
영의 『플루토의 지붕』에서 민수, 김중미의 『거대한 뿌리』에서
조재민, 김려령의 『완득이』에서 완득이는 초등학생이거나 중고
등학생의 연령대로 등장한다. 이들 혼혈인들은 아직 다 성장하
지 못했기에 당대 한국사회의 구조적 모순을 객관적으로 파악해
구체적으로 투쟁하기 곤란하다. 현재의 다문화소설이 좀 더 풍
성해지려면 '혼혈아'가 아니라 다 큰 '혼혈인 어른'이 중심적으
로 활동하는 소설이 나와야 한다. 소설의 시점에 있어서도 주변
사람의 눈에 비친 혼혈인이 아니라 혼혈인이 주인공인 1인칭 주
인공 시점이나 사회를 총체적으로 형상화하는 3인칭 전지적 시
점이 채택되어야 한다.

3. 국제결혼, 결핍된 사랑의 판타지

  현대인의 사랑은 국경과 계급을 초월한다는 낭만적 판타지를
신봉한다. 우리는 영화나 소설에서 쉽게 이루어질 수 없는 남녀
가 만나 애절한 사랑을 나눌 때 감동하면서 눈물을 흘린다. 제임
스 캐머런 감독의 〈타이타닉〉(1997)은 이러한 사랑의 판타지를
탁월하게 보여주었다. 하지만 현실에서 국경과 계급을 초월한
사랑은 쉽지 않다. 낭만적 사랑은 현실적 입장에서 위험한 사랑
이다. 우리는 현실에서 안전한 사랑을 대개 선호한다. 같은 민족
구성원과 비슷한 계층의 배우자가 선택되는 것도 이러한 이유에
서이다. 그런데 한국 여성의 농촌 기피 현상과 결혼 적령기 여성
의 부족은 농촌 노총각의 국제결혼을 부추겼다. 황병국 감독의

〈나의 결혼 원정기〉(2005)는 38살의 노총각 홍만택이 우즈베키스탄 색시를 맞이하기 위해 우즈베키스탄으로 결혼 원정을 떠나 겪는 다양한 사건을 그린 영화이다. 이 영화에서 노총각 홍만택은 맞선 대상보다 통역관인 북한 출신의 김라라에게 사랑을 느낀다. 이 둘의 사랑은 탈북자 대열에 김라라가 동참하여 한국으로 넘어오면서 행복한 결실을 맺는다. 하지만 현실에서 이처럼 애절한 사연의 사랑은 쉽게 발생하지 않는다.

자본주의 사회에서 한 남성과 여성의 운명적 만남과 연애, 그리고 결혼은 현대판 사랑의 로맨스 매뉴얼이다. 하지만 한국의 노총각과 아시아 여성 사이에서의 결혼은 이런 낭만적 사랑의 공식을 따르지 않는다. 이들 남녀의 결혼은 사랑이 아닌 조건 대 조건의 만남이다. 한국의 노총각들은 아시아 여성을 배우자로 삼기 위해 중매비로 일정한 돈을 지불한다. 아시아 여성들은 자국보다 잘 사는 한국에 시집가기 위해 배우자 남편이 자신보다 나이가 상당히 많음에도 불구하고 결혼한다. 이러한 국제결혼은 남녀 간의 애정이 전제된 것이 아니기에 결혼 이후에 많은 갈등을 겪을 가능성이 높다. 문화적 차이, 원활하지 않은 언어 소통, 연령 차이 등은 국제 결혼한 부부를 위기로 빠뜨리게 하는 대표적 함정들이다. 다문화 소설에서 2000년대 전반까지는 주로 조선족 여성과의 결혼이, 2000년대 후반부터는 베트남과 필리핀 여성으로 대표되는 아시아 여성들과의 결혼이 많이 등장했다. 이것은 조선족 여성보다 아시아 여성과 결혼하는 한국인들이 점차 많이 늘게 된 현실을 반영한 것이다.

한국인이 국제결혼의 배우자로서 먼저 선호했던 것은 같은 한국어를 쓰는 조선족이었다. 피의 동질성과 의사소통의 자유로움이 조선족 선호 현상을 낳았던 것이다. 한국의 남성과 조선족 여성의 국제결혼이 등장하는 소설은 김인숙의 「바다와 나비」, 천운영의 장편 『잘 가라, 서커스』, 공선옥의 장편 『유랑가족』이다. 김인숙의 「바다와 나비」(2002)에서 25살의 조선족 이채금은 마흔 살이 넘는 한국인 야채업자와 중매를 통해 결혼해 한국으로 온다. 15살 이상의 연령 차이가 발생하는 이들 부부가 제대로 된 의사소통을 하며 행복한 결혼생활을 할 수 있을까. 한국에서 식당의 종업원으로 일하는 이채금의 엄마가 자신의 딸을 중년 남자와 결혼시켰던 것은 딸에게 한국 국적을 취득시켜 자신이 불법 체류자라는 신분에서 벗어나기 위해서이다. 이 소설에서 결혼의 조건은 민족적 동질성이 아니라 돈의 유무이다. 천운영의 장편 『잘가라, 서커스』(2005)에서 중국 조선족 림해화는 발해를 연구하는 자신의 남자 친구가 한국으로 떠나서 오랫동안 소식이 없자 그와 좀 더 가까워지고 싶다는 이유로 중매를 통해 낯선 한국 남성과 결혼한다. 림해화의 배우자인 한국 남성 이인호는 젊은 시절에 서커스 연습을 하다가 사고를 당해 목소리를 잃고 정신지체아가 된 장애인이다. 림해화는 조선족이기에 한국인들과 의사소통 하는 데에 큰 어려움을 겪지 않았다. 문제는 남편이 정신지체아이기에 림해화와 제대로 된 의사소통을 하기 어려웠다는 것이다. 당뇨병을 앓던 시어미가 죽고, 정신지체아 남편은 림해화에게 더욱 집착하는 행태를 보인다. 림해화는 이 폭력적인 집착을 견디지 못하고 가출을 하고 만다. 이인호의 자살과 림해화의 유산은 불행한 결혼의 결과물이다. 공선옥의 연작소설인 『유랑가족』(2005)에서 중국 조선인족 장명화는 바람을 피운 남편 용철이에 대한 배신감과 간암에 걸린 오빠 치료비 때문에 한국의 농촌 노총각 기석과 사기 결혼한다. 장명화는 돈을 더 벌기 위해 가출을 하고, 가리봉동에서 노래방 가수로 일하다가 강도에게 타살된다.

서성란의 단편 「파프리카」(2007)와 이시백의 연작소설인 『누가 말을 죽였을까』(2008)는 조선족 여성이 아니라 아시아 여성과 결혼한 부부를 등장시킨다. 이시백의 「새끼야 슈퍼」(『누가 말을 죽였을까』)에서 동산슈퍼의 주인인 평식은 가구공장에 근무하는 이주 노동자들이 가게에 올 때마다 '새끼야'라는 욕을 썼다. 농촌에 사는 평식은 외국인 이주 노동자 때문에 가게도 잘 되고 필리핀인 안젤라를 아내로 맞이하기도 한다. 평식은 아시아 이주 노동자들에게 일상적으로 욕을 하는 근거 없는 우월주의에 빠진 존재이다. 아내 안젤라는 정신적, 물질적 폭력을 행사하는 평식에게 염증을 느끼고 도망간다. 서성란의 단편 「파프리카」는 베트남 여성인 츄옌(한국명 수연)과 40살이 넘은 한국의 농촌 노총각 중일이 국제결혼을 하여 사는 모습을 리얼리티 있게 보여준다. 츄옌은 한국의 농촌에 온지 1년 반이나 되었지만 아직도 한국문화에 서투르다. 작가 서성란은 온실 안에서 정성을 들여 키워야만 잘 자랄 수 있는 파프리카라는 작물을 일종에 베트남 여성 츄옌과 등가물로 만든다. 츄옌은 아는 사람도 많지 않고, 한국 음식도 잘 못하고, 시어머니와의 관계도 여전히 원만하지 않다. 중일은 츄옌이 다리를 다친 것을 알고 지극 정성으로 간호하는 모습을 통해 다름을 넘어 소통하려는 진정성을 보여준다. 그렇지만 이 소설에서 츄옌의 임신이 늦어지는 것은 이 부부가 아직 제대로 소통하지 못한 절름발이 관계임을 알려주는 복선이다. 츄옌은 한국어를 배우면서 한국문화의 동일성을 학습했다. 하지만 반면에 중일은 베트남 언어와 문화를 공부한 적이 없다. 여기에서 중일의 사랑은 민족적 동일성에 기반한 가부장적 틀을 벗어나지 못했음을 보여준다.

한국의 국제결혼에서 나이 많은 한국 남성과 나이 어린 아시아 여성의 중매 결혼이 일반적이었다. 그런데 박범신의 장편『나마스테』(2005)는 이것과 반대로 전개된다. 이 소설에서 한국 여성인 30살의 신우는 실연을 당해 앓아 누운 25살의 네팔 청년 카밀을 간호하면서 사랑을 느끼게 된다. 기존의 다문화 소설이 조건 대 조건의 만남에서 성립되었다면『나마스테』에서는 남녀 간의 열정적 사랑에 기초해 있다. 신우와 카밀의 만남과 사랑의 전개는 현실적 개연성보다 이주 노동자의 문제를 국제결혼과 결부시켜 이야기하려는 작가 박범신의 서사 개입 속에 이루어진다.『나마스테』는 이주 노동자의 문제를 미국의 인종차별주의, 한국의 단일민족주의와 연관시켜 서사를 총체적으로 전개한다. 신우 집안은 예전에 미국으로 이민을 가 흑인 거주 지역인 사우스 센트럴에서 살았다. 1992년 로드니 킹 사건에 의해 촉발된 흑인 폭동 속에 아버지는 마켓을 지키기 위해 총을 들었고, 막내 오빠는 총을 맞아 즉사했고, 둘째 오빠는 중상을 입었다. 살아난 둘째 오빠는 "흑인, 백인, 멕시칸, 중남미계뿐만 아니라 타민족에 대해 무조건적인 증오감과 불신"을 갖게 된다. 신우네 가족은 백인 중심의 미국 사회에서 폭력의 희생양이 되었던 것이다. 신우가 카밀에 대해 친밀감을 가졌던 것도 같은 소수자로서의 체험을 공유한 동병상련의 존재이기 때문이다. 김중미의 장편『거대한 뿌리』에서 아버지에게 폭행을 당하며 성장한 한국 여성 정아와 한국에서 부당한 대우를 받으며 손가락마저 잘린 네팔 청년 자히드가 서로 사랑하게 된 것도 유사한 처지라는 동질감에서 기인한다.

『나마스테』에서 신우는 카밀의 아기를 우연히 임신하게 되고, 카밀은 신우와 함께 살게 된다. 카밀은 불법 체류 노동자를 탄압하는 한국정부에 맞서 투쟁하게 되고, 신우의 집은 불법 체류노동자의 임시 대피소가 된다. 카밀은 이주 노동자의 권리를 주장하지만 한국 정부는 이것을 제대로 받아들이지 않고 농성중인 이주 노동자들을 탄압한다. 카밀은 소설의 결말 부분에서 옥상 위에서 분신해 투신함으로써 자신이 말한 말의 무게를 지키려고 한다. 이 장면은 노동자 전태일의 분신사건을 연상시킨다. 신우는 옥상에서 불꽃이 되어 떨어지는 남편 카밀을 붙잡으려고 하다가 뇌에 손상을 입고 10년 동안 식물인간의 상태였다가 숨진다. 옥상에서 분신해 떨어지는 남편과 이것을 잡으려고 온몸을 던진 아내 신우의 모습은 극적인 사랑의 장면이다.

이처럼 이 소설에서 극적인 장면은 여러 번 나온다. 작가 박범신은 극적 사건의 연속을 통해 이주 노동자의 문제를 환기시키는 서사 전략을 보여주었다. 신우와 카밀은 비록 죽었지만 이들의 피를 이어받은 자식인 애린이 성장하는 장면의 삽입은 통속소설에서 흔히 보여주는 패턴이다. 박범신은『나마스테』에서 기존의 다문화 소설에서 보여주지 못한 낭만적 사랑의 판타지를 보여주었다. 하지만 사랑의 운명적인 판타지를 위해 카밀을 지나치게 신비화하거나 극적 사건을 연이어 배치한 것은 소설의 리얼리티를 손상시켰다. 카밀이 분신해 투신하는 장면에서 미학적 감동이 약화된 것도 소설적 리얼리티와 자연스러운 형상화가 미흡했기 때문이다.

4. 이주 노동자와 배타적 차별

다문화 소설에서 이주 노동자는 한국인에 의해 일방적으로 피해를 받는 약자로 자주 등장한다. 이주 노동자를 탄압하거나 차별하는 한국인은 단일민족 신화의 맹신자이거나 근거 없는 우월감에 사로잡힌 폭력적 가해자이자 지배자이다. 한국은 1990년대 이후 제3세계 아시아 노동자들을 대거 받아들였다. 일부 한국의 중소기업주들은 자신보다 못 사는 나라에서 온 이주 노동자를 인간 대접을 제대로 해주지 않았고, 부당 해고와 임금 체불 등을 공공연하게 했다. 이주 노동자가 불법 체류자의 신분일 경우 이것을 악용하여 이주 노동자를 착취한 한국인 악덕 기업주도 있었다. 악덕 기업주들은 아시아 노동자를 착취하여 발생한 잉여를 통해 더욱 많은 이윤을 획득했다. 육상효 감독의 〈방가? 방가!〉(2010)에서 주인공 방태식은 취업에 연속으로 실패하고 난 이후 부탄인으로 변신해 취업에 성공한다. 한국인이면서 부탄인 행세를 하는 방가의 눈에 이주 노동자가 처한 열악한 현실이 코믹하게 펼쳐진다. 이 영화는 88만원 세대의 실업과 이주 노동자의 문제를 함께 제시한 문제작이었다.

한국은 이주 노동자를 인간이라기보다 교환가치의 기계 부품으로 생각했다. 한국은 아시아 이주 노동자를 단기간에 부려먹고 용도가 다하면 방출할 생각이었다. 한국 정부는 아시아의 다른 인종과 국민이 한국에 장기간 근무하면서 생길 수 있는 다양한 문제를 떠안기 싫어했던 것이다. 한국에 온 이주 노동자들은 코리안드림을 꿈꾸고 많은 돈을 들여서 왔기에 단기간만 일하고 떠나기 힘들었다. 여기에서 불법 체류 노동자가 필연적으로 생겼다. 한국의 중소기업 입장에서도 저임금의 숙련된 노동자가 얼마 못가 자국으로 돌아가는 것은 이윤의 마이너스였다. 그래서 한국의 중소기업들은 불법 체류 노동자를 고용했다. 이주 노동자가 한국에 장기간 체류하면서 본국보다 한국에 정착하려는 이주 노동자도 자연스럽게 생겼다. 이것은 아시아 노동자를 단기간 활용하여 귀국시키려는 한국의 정책과 정면 배치되는 것이었다. 불법 체류자의 양산, 단속과 추방은 연례적인 행사가 되었다.

2000년대 다문화 소설은 이주 노동자를 서사에 부분적으로 등장시켜 탐문하는 것에서 출발했다. 강영숙의 단편 「갈색 눈물 방울」(2004)에서는 실연한 젊은 한국 여성이 치질을 앓고 있는 이웃집 스리랑카 출신의 외국인 여성을 도와주는 장면이 나온다. 이 소설의 시점은 젊은 한국인 여성의 눈에 비친 이야기를 그리는 1인칭 주인공 시점이다. 1인칭 주인공 시점은 주인공이 경험한 것만 알 수 있다. 1인칭 주인공 시점의 애용은 작가가 한국인을 중심으로 서사를 전개한 탓도 있지만 아시아 노동자에 대해 자세히 알지 못하기 때문이다. 3인칭 전지적 시점의 경우 작가가 외국인에 대해 자세히 알지 못하면 쓰기 어렵다.

박범신의 『나마스테』는 한국 여성의 1인칭 주인공 시점으로 서사가 전개된다. 이 소설은 한국 여성과 네팔 남성의 사랑만이 아니라 이주 노동자의 문제를 집중적으로 다루고 있다. 카밀은 이주 노동자인 애인 사비나를 찾으러 한국에 왔다가 이주 노동자가 된다. 아시아 이주 노동자들은 임금 체불, 성폭행, 불법 체류자로 내몰린 채 한국사회의 차별과 배제를 체험한다. 『나마스테』는 기존의 다문화 소설에 비해 이주 노동자들의 열악한 상황을 상당 부분 전달하고 있다. 이것이 가능했던 것은 중요 등장인물인 카밀이 20대의 성인으로 자신이 직면한 현실을 깨닫고, 이것과 맞서 구체적으로 싸울 수 있는 연령대이기 때문이다. 카밀은 다양한 한국의 공장을 전전하면서 외국인 노동자가 처한 열악한 현실을 직접 체험한 존재이다. 그래서 그는 한국사회의 구조적 모순을 발견할 수 있었고, 시위와 농성 더 나아 분신과 투신으로 맞서 싸울 수 있었던 것이다. 카밀이 말하는 다음과 같은 모순은 한국이 이주 노동자를 어떻게 대우했는지 적나라하게 보여준다.

한국에는 법, 없어요.

한국 사람 지켜주는 법만 있어요. 미국 사람, 불란서 사람, 영국 사람, 지켜주는 법 있어요. 그러나 네팔 사람, 스리랑카 사람, 필리핀 사람, 방글라데시 사람 지켜주는 법 없어요. 관리회사도 마찬가지고 중기협도 마찬가지고 노동부도 마찬가지예요. 자기들도 아시아 사람인데 왜 그러는지 모르겠다고, 학바가 울면서 하던 말이 생각나요. 개나 고양이만도 못하다면서요. 학바의 아버지는 공무원이고 학바는 2년짜리 대학에서 컴퓨터 배웠어요. 영어도 잘하고 자격증 두 개나 있어요. 그렇지만 한국 사람들, 학바를 사람이 아니라 짐승이라고 생각해요. 왜냐하면 네팔 사람이니까요. 자기들하고 다른 종자니까요. 다른 종자를 보면 괜히 화가 난대요. 학바 회사 관리 부장이 한 말이에요.[2]

김려령의 장편 『완득이』에서 중심인물은 완득이와 고등학교 선생인 동주이다. 동주는 이 소설에서 외국인 이주 노동자들을 인간 취급하지 않고 짐승처럼 취급하는 한국을 부끄럽다고 생각하는 진보적 지식인이다. 동주의 아버지는 중소기업을 운영하는 사장이다. 한국에서 동주는 남부럽지 않게 살 수 있는 계층에 속한다. 그런데 동주는 베트남에서 온 티로 누나에 대한 아버지의 부당한 처사를 보고 분노한다. 공장 노동자였던 티로 누나는 판

---

2) 박범신, 『나마스테』, 한겨레출판, 2005, 84쪽.

금하다가 절단기에 손가락이 잘려 귀국을 당했다. 동주의 아버지는 티로를 제대로 치료도 하지 않았을 뿐만 아니라 월급도 안 주고 쫓아버렸다. 동주는 성장기에 악덕 기업주인 아버지를 목격하고 어른이 된 후 이주 노동자의 권익을 보호하는 데에 앞장선다. 교사인 동주는 혼혈아 학생인 완득이가 올바른 삶을 살도록 유도하고, 외국인 이주 노동자를 위한 쉼터를 마련한다.『완득이』가 기존의 다문화 소설과 차이가 나는 것은 이주 노동자를 위해 헌신적으로 노력하는 양심적 한국인이 중심인물로 등장해 있다는 것이다. 동주는 2000년대 후반 이주 노동자의 문제를 해결하려고 노력하는 한국의 진보적 지식인을 상징한다. 동주는 파격적인 행동을 통해 기존의 틀을 깨부수고 이주 노동자와 한국인이 연대하는 모습을 구체적으로 보여준다. 박범신의『나마스테』에서는 한국인과 이주 노동자의 연대가 추상적 형태로 제시되었는데,『완득이』는 좀 더 진전된 형태로 나타난 것이다.

다문화 소설에서 이주 노동자들은 한국인에게서 일방적으로 피해를 받는 선량한 약자로 대개 등장한다. 그렇다면 아시아 외국인들은 모두 착한 마음만을 지닌 천사표들일까. 손홍규는 「이무기 사냥꾼」(2005)에서 기존의 아시아 외국인 노동자와 다른 알리라는 외국인을 등장시킨다. 알리는 죽은 척을 기가 막히게 잘하는 특기(일종의 사기술)를 갖고 있다. 알리가 이런 특기를 갖게 된 것은 할아버지와 아버지가 죽은 척을 해서 죽을 위기에서 벗어난 전력이 있었기 때문이다. 알리는 이런 특기를 활용해 한국인 용태와 함께 임금 체불한 업주나 한국인에게 사기를 쳐 보상비를 뜯어낸다. 용태는 알리가 병원에 입원해 있는 동안 함께 번 돈을 혼자 독식하려고 계획한다. 하지만 영리한 알리는 용태 몰래 돈을 먼저 가져가 도망친다. 이런 알리의 약삭빠름은 약자의 생존전략이다. 이 소설에서 알리는 더 이상 천사표가 아니다. 김재영의 「코끼리」도 이주 노동자를 천사형 인물로 설정하는 도식적 패턴을 거부한다. 이 소설에서는 선인형 인물만이 아니라 돈때문에 같은 이주 노동자의 돈을 훔치거나 강도질을 하는 악인형의 인물도 등장한다. 선인형만이 아니라 악인형 이주 노동자도 등장하는 것은 이주 노동자에 대한 한국 작가의 인식의 폭과깊이가 좀 더 확보된 결과물이다. 소설가들이 이주 노동자를 지나치게 낭만적 신비화 대상으로 삼아 선인형 인물로 선험적으로형상화하는 것도 문제이지만, 광신적 국수주의인 쇼비니즘에 입각해 외국인 이주 노동자를 무조건 악인형 인물로 형상화하는것도 문제이다. 한국의 작가들은 이주 노동자들을 다양하게 형상화할 필요가 있다.

5. 다문화 소설과 공존의 윤리

1990년대 이후 아시아 이주 노동자와 결혼 이민자가 한국에많이 들어오면서 다문화 소설이 창작되기 시작했다. 2000년대초반까지 창작된 다문화 소설은 한국인인 주인공을 보조하는 조선족이나 이주 노동자가 주변인물로 등장했다. 이 시기의 다문화 소설은 이웃 사람이나 구경꾼의 입장에서 바라본 조선족이나이주 노동자의 모습을 단편적으로 형상화했다. 이 소설들의 시점은 작중 주인공인 한국인의 눈을 통해 본 1인칭 주인공 시점이 대부분이었다. 소설의 내용을 보면 김인숙의 「바다와 나비」와 강영숙의 「갈색 눈물방울」처럼 잘 사는 한국인이 못 사는 아시아 외국인을 동정과 연민으로 도와주는 형태였다. 따라서 한국인과 외국인의 관계는 수평적 관계가 아니라 수직적 관계에 가까웠다. 이것은 다문화주의에 입각한 진정한 다문화 소설이라고 볼 수 없다.

제대로 된 다문화 소설이 나오기 시작한 것은 2000년대 중반부터이다. 김재영의 「코끼리」, 손홍규의 「이무기 사냥꾼」, 박범신의 『나마스테』, 김중미의 『거대한 뿌리』는 피상적 수준을 넘어 외국인의 문화를 심층적으로 보여주거나 외국인의 보편적 권리를 옹호하고 있다. 이들 소설에서 이주 노동자나 혼혈인은 주변인물이 아니라 중심인물로 등장해 구체적인 진실을 보여준다. 그런데 이 소설들은 이주 노동자 등을 긍정적으로 그리려는 작가의 입장이 지나치게 강하다 보니 작중인물을 지나치게 신비화하거나 천사형 인물을 등장시키는 도식성을 노출하기도 했다. 물론 김재영의 「코끼리」와 손홍규의 「이무기 사냥꾼」은 이분법적 구도에서 탈피해 좀 더 다양한 다문화 소설의 세계를 보여준다. 2000년대 중반에 나타난 다문화 소설은 다문화주의 시각에서 대상 텍스트를 그리려는 의도를 보였지만 단편의 파편적 한계, 작가의 과도한 서사 개입이라는 문제점을 보여주었다. 2000년대 후반에 나온 김려령의 『완득이』는 기존의 다문화 소설이 보여준 한계를 뛰어넘어 연대와 다양성을 말하면서 미학적 완성도도 높다. 요즘의 다문화 소설은 한국인을 넘어 혼혈인의 시점에서 다문화적 환경을 바라보는 시선의 확장을 보여주고 있다.

다문화에서 중심 대상은 아시아 이주 노동자, 탈북자인 새터민, 조선족, 결혼 이민자, 혼혈인이다. 한국 정부는 탈북자인 새터민, 조선족, 아시아 출신 결혼 이민자, 혼혈인은 같은 피를 일정 부분 공유하고 있다면서 기존의 민족 공동체로 수용하고자 한다. 한국어와 전통적 한국문화의 교육은 민족 동일성의 자장으로 이들을 포섭하려는 용광로 문화 전략이다. 하지만 이것은 진정한 다문화주의라고 보기 어렵다. 다문화주의는 민족의 단일한 동일성으로 수렴시키는 것이 아니라 각자 고유의 문화를 인정하면서 공존하는 샐러드볼 문화이다. 다문화 연구자 김희정에 따르면 "한국 정부는 결혼 이민자와 혼혈인 등 한국인과 혈족 관계에 있는 외국인에 대해서는 다문화 정책이라는 이름하에 적극적인 사회 통합 정책을 펼치면서, 화교와 이주 노동자 등에 대해서는 차별 혹은 무관심의 이중적 태도를 보이고 있다"고 지적한 바 있다. 한국 정부는 결혼 이민자에 있어서도 한국 남성과 아시아 여성의 결혼은 따스하게 감싸 안으려 하지만, 한국 여성과 아시아 남성 이주 노동자의 결혼은 무관심하게 방치한다. 이것은 기존의 다문화 정책이 순혈주의에 기반한 가부장제와 결탁해 있음을 보여준다. 기존의 다문화 소설에서도 박범신의 『나마스테』와 김재영의 「코끼리」 등을 제외하고는 한국 남성 대 외국인 여성이라는 기존 구도를 반복해 왔다. 이러한 구도의 재생산은 민족 동일성의 해체가 아니라 확대 강화에 기여할 가능성이 높다.

다문화 소설은 아직 갈 길이 멀다. 소설의 시점, 작중인물의 연령대, 총체적 현실의 구현 등 다문화 소설이 해결하고 극복해야 할 과제가 많다. 한국의 작가들은 조금 미흡하지만 진정한 다문화 소설의 창작을 위해 오늘도 고투하고 있다. 그들의 작업은 개별 작가의 책임이기도 하지만 다문화주의의 확산이라는 공통된 목표를 향해 시민단체와 연대할 필요성도 있다. 다문화주의는 보편적 민주주의의 인권 의식이 신장될 때 화려하게 꽃필 수 있다. 결국 다문화주의의 확산은 한 사회의 민주주의 정도를 측정하는 리트머스 시험지이기도 하다. 다문화 소설은 우리에게 외국인들과 어떻게 공존해 살아가야 할지를 질문한다. 이 질문은 오늘만이 아니라 미래에도 계속될 질문일 것이다. 한국은 다민족, 다인종 국가로 변신하고 있기 때문이다.

알리! 이주 노동자들은 알리만 있는 것이 아니다. 우리는 다문화 소설을 읽으면서 그 사실을, 그 진실을 확인할 수 있다. 나마스테, 나마스테! 네팔 말인 '나마스테'는 '안녕하세요.'라는 말이다. 우리는 다문화 사회에서 영어를 공부할 열정의 일부분을 아시아 이웃 나라의 간단한 인사말을 배우는데 조금만 할애해 보자. 그러면 아시아 사람을 이해할 수 있는 소통의 장을 미흡하지만 생성시킬 수 있다.

장편의 강세와 가족서사의 대성공

- 2009년 소설로 본 한국문학의 현주소

1. 장편소설의 강세와 2009년 베스트셀러

2009년도 모닥불의 잔불처럼 사그라지고 있다. 2008년 미국발 금융 위기 속에 전 세계적인 경제 침체가 사람들을 짓누르던 상황에서 2009년은 우울하게 시작되었다. 사람들은 움츠러들었고, 일자리는 축소되었고, 비정규직은 더욱 확대되었다. 이제 비명은 일상적인 풍경이 되었다. 사람들은 올해를 과연 대망의 해로 기억할까? 아마 아닐 것이다. 2009년은 큰 희망인 대망(大望)이 아니라 작은 희망인 소망(小望)이 지배했다. 취직과 실직의 공포와 불안에서 해방시켜 달라는 작은 소망은 소망이 아니라 대망으로 취급되었다. 신자유주의 체제는 사망했음에도 불구하고 관성의 법칙 속에 이 땅에서 무소불위의 위력을 발휘하고 있다. 합리적 효율성이라는 미명 아래에 인간을 교환가치의 극단으로 내모는 후기 자본주의의 포식성. 나는 두렵다. 이 끝에 대체 무엇이 기다리고 있을지. 이러한 시대에 오늘의 소설가는 지면을 통해 무슨 말을 했을까?

2007년 장편소설 대망론 내지 활성화론이 제기된 이후, 각종 문예지에서 이를 뒷받침하는 실천이 있었다. 극단적으로 계간 ≪자음과 모음≫은 장편소설을 끌어 모으기 위해 창간되었다고 해도 과언이 아니다. 이처럼 문예지나 출판사에서 목을 매고 있는 것은 시도, 단편도 아닌 장편소설이다. 한때 출판상업주의에 편승한 무분별한 장편 생산을 비판한 일각의 목소리도 있었으나 자본의 질주 속에 그러한 것들은 한낱 소음이 되어 사라졌다. 이 시대의 출판사와 문예지는 장편을 좋아한다, 애모한다, 사랑한다. 2009년 한국문학을 이끌어가고 있는 것도 이러한 장편들이다. 장편의 범람 속에 올해 문예지나 출판사의 기대치를 100퍼센트 만족시켜 준 작가는 신경숙과 공지영이다.

신경숙은 2008년 말 장편 『엄마를 부탁해』를 발간했다. 이 소설은 문학계의 불황 속에 '문학 내지 창비를 부탁해'로 변신해 2009년 11월에 발행부수 120만을 돌파하는 최고의 문학 상품으로 등극했다. 대체 어떤 소설이기에 이런 대박을 터뜨렸을까? 일반 독자들이 좋아하는 것은 낯선 것이 아니라 낯익은 풍경의 서사이다. 신경숙의 『엄마를 부탁해』는 낯익은 가족서사의 공식과 신경숙의 섬세한 문체, 그리고 시대적 환경이 함께 맞물리면서 올해 최고의 문학 베스트셀러가 됐다. 가족서사는 서하진의 창작집 『착한 가족』에서도 주요하게 다루어진다.

『엄마를 부탁해』의 서사는 시골집에서 아버지와 함께 올라온 어머니가 지하철 서울역에서 길을 잃고 행방불명이 되는 지점에서 출발한다. 소설은 '딸-아들 형철-아버지이자 남편-어머니이자 아내'의 시점으로 차례로 서사가 전개되면서 엄마의 숨겨진이면의 모습이 드러난다. 가족들은 어머니의 부재 속에 가족을 위해 묵묵히 희생했던 어머니의 소중함을 깨닫게 된다. 이러한 서사는 새로운 이야기는 아니다. 그렇다면 독자들은 왜 이 소설에 열띤 반응을 보였을까. 무엇보다 이 소설은 '한국적 모성의 신화'를 확대 재생산하고 있다. '여성은 약할지 모르지만 어머니는 강하다'라는 모성의 신화는 이 소설의 전체를 관통하는 핵심적 메시지이다. 이 소설에 등장하는 '어머니상'은 현실적 모습이라기보다 당대인들, 특히 가부장적 사회가 요구하는 전통적 욕망이 적극 반영된 현모양처의 판타지이다. 전통적 가족의 해체 속에 모성도 약해져 가는 상황에서 『엄마를 부탁해』는 모성의 신화를 화려하게 부활시킨다. 저평가되었던 어머니는 새롭게 재평가되면서 '모성의 신화'는 새로운 희망의 유토피아로 자리매김한다. 신자유주의 체제의 무한질주 속에 삶의 안식처를 상실한 현대인들에게 모성의 신화는 사막에서 발견한 일종의 오아시스 쉼터이다.

그런데 신경숙의 『엄마를 부탁해』는 이전 작품인 「풍금이 있던 자리」 등에서 출현한 어머니의 이미지를 재배열하고 몇 개의 에피소드를 첨가했을 뿐이다. 좀 심하게 말하면 이 소설은 기존 신경숙 소설의 재탕 삼탕이라고 해도 과언이 아니다. 더욱이 가족을 위해 온갖 희생을 하는 어머니의 모습은 이미 대중문화에서 지겨울 정도로 반복했던 품목들이다. 결국 이 소설은 '창비' 쪽 평론가들은 부정하고 있지만 기존의 가부장적 질서를 재생산하는 보수적 이데올로기를 생산하고 있다. 물론 엄마의 소중함을 일깨워주는 가족서사의 소설은 필요하다. 문제는 그 가족서사가 이 시대에 걸맞은 지향점을 제대로 보여주었느냐 하는 점이다. 이 질문에 『엄마를 부탁해』는 초라할 수밖에 없다. 이 소설은 모성의 신화라는 이데올로기 생산을 통해 시대적 보수화와 일정 부분 공모하고 있다. 또한 이 소설이 표방하는 모성의 신화 속에 여성 해방이라는 페미니즘의 주체는 억압당할 가능성이 높다. 작가는 이 소설에서 딸에게 하고 싶은 것을 마음껏 하라는 엄마의 말을 통해 기존 가부장적 질서와 다른 풍경을 욕망한 것은 사실이다. 하지만 안타깝게도 이것들은 소설 전체를 두고 보면 지엽적 차원으로 격하되어 있다. 나는 『엄마를 부탁해』를 읽고 작가 신경숙에게서 『외딴 방』 이상의 소설이 나오기 힘들 것이라는 강력한 암시를 받았다. 이 소설에서 고생하는 엄마의 모습은 등장하지만 엄마를 둘러싼 현실과의 연계성은 지리멸렬하다. 엄마는 현실과 고립된 채 작가 신경숙의 관념적 글쓰기에서만 시민권을 획득한다. 이처럼 신경숙은 대중적으로 인기를 끌고 있지만 문제의식의 지속적 약화 속에 문학적으로 퇴행을 거듭하고 있다. 이 소설에서 정작 부탁해야 할 것은 '신경숙' 본인이 아니었을까?

또 다른 베스트셀러인 공지영의 장편 『도가니』(2009)는 광주의 장애인학교에서 발생한 성폭력 사건을 소설로 형상화한 것이다. 작품의 공간적 배경은 한 치 앞도 보기 힘든 안개가 자주 자욱하게 끼는 무진이다. 이 소설에 등장하는 무진은 김승옥의 「무진기행」에서 차용한 것이다. 『도가니』에서 안개는 장애인학교에서 발생한 성폭력과 그 진실을 은폐하는 온갖 부정적인 것들을 상징한다. 공지영은 이 소설에서 허구적 공간인 무진을 차용해 '진실/은폐, 지배층/피지배층, 주체/타자'의 문제를 적나라하게 드러낸다. 장애인학교에 교사로 새로 부임한 강인호는 학생인 연두와 유리를 통해 자애학원 교장, 행정실장, 박 선생이 저지른 인면수심의 성폭력 사건을 알게 된다. 소설은 이 진실을 밝히고 응징하기 위한 기나긴 투쟁과 재판의 과정을 꼼꼼하게 담아내고 있다. 독자들은 공판이 진행되면서 성폭력의 피해자가 가해자로, 성폭력의 가해자가 피해자로 뒤바뀌는 재판의 진행 과정을 보며 분노한다. 이 분노는 성폭행 사실을 은폐하는 모든 세력들에 대한 비판을 유도한다.

올해 어린 나영이를 잔인하게 성폭행한 충격적인 '조두순 사건'이 있었다. 공지영의 『도가니』는 이 사건에 앞서 소외된 타자인 장애아의 성폭력 문제를 시의적절하게 제기하고 있다. 대중들의 욕망을 발 빠르게 반영하는 공지영의 동물적 감각과 문제의식은 『도가니』에서도 강렬하게 빛난다. 피해자 부모들은 교장으로 대변되는 우익 지배층 등의 회유 정책에 넘어가 합의서를 제출하고, 강인호는 학교에서 해임된 후 아내의 회유에 넘어가 공동 투쟁 전선에서 이탈해 개인 사업에 전념한다. 이에 비해 인권단체의 직원인 서유진은 그곳을 떠나지 않고 꿋꿋하게 투쟁의 길을 지속한다. 이러한 서사의 전개는 상당 부분 독자의 예측 범위에서 작동한다. 공지영의 특징인 통속적 서사와 신파성은 어김없이 등장한다. 그럼에도 불구하고 독자들이 『도가니』에 열광하는 것은 광란의 도가니라고 할 수 있는 이 시대의 문제점을 예리하게 지적하면서 변혁의 필요성을 정서적으로 환기시키고 있기 때문이다. 공지영의 소설이 지닌 계몽적 목적성에도 불구하고 한국사회의 구조적 문제점을 시정하려는 작가의 뜨거운 열정은 독자의 공감대를 쉽게 이끌어낸다.

2. 약육강식의 현실과 세태 비판

신자유주의 체제 속에서 적자생존, 약육강식은 부인할 수 없는 냉혹한 현실이다. 일부 소수의 사람들은 자본주의가 제공하는 화려한 상품들을 마음껏 소비하지만, 대다수의 서민들은 그 혜택에서 제외되어 있다. 20 대 80의 사회 양극화는 승자독식사회인 것이다. 대다수의 사람들은 승자보다 패배자에 가깝다. 시대의 패배자들은 전후인 1950년대에 '잉여인간과 오발탄'으로 표현되기도 했다. 그렇다면 2000년대에 패배자들을 호명하는 상징적 기호는 무엇일까?

제14회 한겨레문학상 수상작인 주원규의 『열외인종 잔혹사』(2009)는 신자유주의 체제에서 소외된 노인, 노숙자, 백수, 비정규직, 불량 청소년이라는 패배자를 '열외인종'으로 호명한다. 60이 넘은 극우파 퇴역군인 장영달, 고등학교 중퇴의 열일곱 살 기무, 외국계 제약회사 비정규직인 윤마리아, 노숙자 김중혁은 대표적인 열외인종들이다. 열외인종들은 또 있다. 바로 양머리를 뒤집어쓴 테러리스트들이다. 이들은 삼성역 코엑스몰에서 전기를 정전시키고 사람들에게 무차별적인 총질을 가한다. 이 사건은 입장에 따라 테러리스트의 난동을 좌익 빨갱이 집단의 준동으로, 십헤드 카니발로, 가상현실의 컴퓨터 게임으로, 메시아의 출현으로 해석된다. 양머리 테러리스트들은 서울의 평범한 소시민이었던 사람들로서 어느 날 카프카의 『변신』처럼 양머리로 변태된다. 이들은 분노에 휩싸여 다른 서울 소시민도 조만간에 양머리로 바뀔 것이라는 사실을 경고하기 위해, 자신들을 인도해 줄 메시아인 목자를 찾기 위해 테러를 저지른다. 많은 사람이 죽게 된 이 테러 사건은 우여곡절 끝에 진압되지만 뉴스 어디에서도 이와 관련된 소식은 전해지지 않는다.

『열외인종 잔혹사』는 '가상현실의 게임/실제의 테러, 현실/비현실, 우상화된 지도자/무력한 개인, 억압/자유, 우상/진실'이 마구 뒤섞여 있다. 독자들은 영화에서나 본 듯한 스펙터클한 충격 장면과 기이한 양머리를 한 테러리스트를 보면서 기존 소설과 차별화된 색다른 느낌을 받는다. 신자유주의 체제가 양산하는 사회 양극화는 이러한 열외인간들을 대량 번식시킨다. 이 소설에서 테러사건과 양머리 열외인간들의 상호 관련성이 미흡하다. 그래서 양머리 인간들의 테러사건은 알레고리적 현실 비판이 상당 부분 약화된 채 일과성의 해프닝 같은 느낌마저 준다. 작가는 '혁명-테러-양머리 인간'이라는 항목들의 상호 관련성을 좀 더 치밀하게 구성했어야 했다. 『열외인종 잔혹사』는 소설에서 액션 영화 같은 스펙터클을 삽입시켜 독자들에게 읽을거리와 볼거리를 만족시켰지만 정작 스펙터클을 뛰어넘는 신랄한 비판과 성찰은 부족하다. 『열외인종 잔혹사』는 스펙터클한 액션은 있었지만 액션을 넘어 세계에 대한 작가의 진지한 고민이 부족하다는 아쉬움을 준다.

화려한 액션이 등장하는 또 하나의 소설은 이응준의 『국가의 사생활』(2009)이다. 이 소설은 한국이 북한을 2011년에 흡수통일했다는 설정 아래, 2016년 서울을 배경으로 하여 서사가 전개된다. 한국과 북한이 통일되면 과연 그 모습은 어떻게 전개될까? 이러한 궁금증은 누구라도 갖고 있을 것이다. 작가 이응준은 한국이 아닌 북한의 인물들을 중요 인물로 설정하여 폭력조직을 통해 통일 한국의 미래상을 우울하게 보여준다. 이 소설은 통일 한국의 미래상을 궁금해하는 독자들의 욕망을 자극하지만 완성도 면에서 미흡하다. 이 소설은 폭력과 액션이 등장하지만 통일이라는 역사적 사건을 구체적으로 진지하게 다루는 모습을 찾기 어렵다.

2009년에 젊은 작가들만 있었던 것은 아니다. 중견작가 현기영은 10년 만에 장편 『누란』(2009)을 통해 늙지 않는 노익장을 보여주었다. 이 소설은 군사정권 시절에 고문을 받고 친구를 팔아야 했던 허무성의 파란만장한 삶을 그리고 있다. 허무성은 고문의 후유증 속에 이름 그대로 깊은 허무주의에 빠져 있다. 군사정권이 바뀌고 새로운 민간정부가 들어섰지만 과거 군사정권 시절에 고문을 했던 이들은 오히려 국회의원으로 출세를 한다. 세월은 바뀌었으나 한국을 지배하는 우익들의 냉전적 사고와 반공주의는 박정희에 대한 향수로 나타난다. 1990년대 이후 사회적 연대로서의 민중은 사라진 대신, 물신적 자본주의는 천박한 포식성을 드러내면서 한국을 지배한다. 이 소설에서 작가 현기영의 원숙한 시선은 1980년대와 그 이후의 세상 변화에 대한 날카로운 통찰과 신랄한 비판을 던진다. 세상의 변화를 걱정하는 작가의 생각들이 토론과 대화의 형태로 작품에 많이 등장한다. 이것은 인물의 구체적 형상화와 다양한 사건의 등장을 위축시키는 효과를 낸다.

김훈은 그 동안 역사소설을 통해 명성을 쌓아왔다. 이번에 쓴 장편 『공무도하』(2009)는 과거의 역사가 아닌 오늘의 시점에서 서사가 전개된다. 이 소설에서 김훈은 다양한 작중인물을 등장시켜 다채로운 현실 풍경을 간결하게 보여준다. 김훈이 역사소설이 아닌 당대소설에서 어떤 모습을 보여줄 수 있을까? 이 소설은 그 의문을 풀어준다. 역사소설에서 보여주었던 김훈의 강렬한 카리스마는 현대물에 들어와서는 상당 부분 무력화되어 있다. 김훈의 간결한 문체는 다채로운 일상의 현실을 그려내고 있지만 그렇게 예리하지도 심층적이지도 못하다. 이 소설에서 김훈은 독자들이 기대했던 만큼의 서사를 보여주지 못했다. 2009년 소설계에서 주목할 점은 작년까지 인기를 끌었던 역사소설이 침체를 보였다는 점이다. 한동안 역사소설의 최강자로 군림했던 김훈이 역사소설을 창작하지 않아서일까.

3. 방황하는 청춘의 자화상과 성장통

20대, 30대 초반의 청춘은 무엇을 고민할까? 아무래도 남녀 간의 사랑과 자신이 과연 이 사회에서 무엇을 할 것인가 하는 정체성의 고민일 것이다. 사랑과 자아정체성은 개별적으로 다룰 수 있지만 이것은 보통 함께 어깨동무하고 나아간다. 이때 애정소설과 성장소설은 방황하는 청춘의 자화상을 흔히 보여주는 방식으로 애용되었다. 소설가 장은진·박민규·정유정·한재호는 여행, 사랑, 정신병원과 감금, 취업의 문제를 통해 20대, 30대 청춘의 현주소를 묻는다.

제14회 문학동네작가상 수상작인 장은진의 장편 『아무도 편지 하지 않다』(2009)는 한 젊은 남자가 눈먼 개 '와조'를 데리고 3년 동안 다양한 지역을 자유롭게 여행하면서 자아정체성을 깨달아 가는 일종의 여행소설이자 성장소설이다. 맹인안내견인 와조가 사고로 눈먼 장님이 된 것은 작중 주인공이 처한 암담한 현실과 지향점 상실의 방황을 상징적으로 보여주는 미학적 장치이다. 주인공인 '나(지훈)'는 여행에서 만난 사람들과 대화하고 임시 숙소인 모텔에 돌아와 그들에게 편지를 쓴다. 하지만 답장은 전혀 오지 않는다. 나는 한 번이라도 답장이 온다면 여행을 종결하고 말 것이라고 생각한다. 하지만 여전히 답장은 오지 않는다. 나는 한곳에 머무르는 것이 아니라 끊임없이 이동한다. 따라서 내게 고정된 주소는 없다. 그래서 내 편지에 대한 답장이 씌어졌다고 하더라도 답장은 내게 전달될 수 없다. 그래서 내 여행은 계속된다. 결국 답장을 받으면 여행을 그만두겠다는 나의 말은 여행을 계속하기 위한 핑계일 뿐이다. 그렇다면 나는 왜 여행을 떠나게 되었을까.

소설의 서사가 진행되면서 내가 여행을 떠날 수밖에 없었던 숨겨진 비밀들이 드러난다. 조부가 사망하고, 가족들이 장지로 떠나는 날, 나는 애인에게서 결별의 편지를 받고 충격에 휩싸여 장지에도 못 가고 애인을 찾는다. 그런데 조모로부터 뜻밖의 전화를 받는다. 장지에서 돌아오던 중 가족들이 교통사고로 전원 사망했다는 소식을. 나를 빼고 모든 가족들이 죽은 것이다. 그때부터 나는 집에만 있으면 발작을 하기 시작한다. 그래서 나는 우편배달부라는 직업도 때려치우고, 눈먼 개 와조와 함께 정처 없는 여행을 떠난다. 끝없이 계속될 것 같았던 나의 여행은 와조가 병에 걸리면서 중단된다. 3년 만에 집에 돌아온 나는 내 집 주소로 배달되어 온 수많은 답장 편지들을 발견한다. 나의 발작 증세는 여전히 치료되지 않았지만 그 편지들을 읽으면서 발작 증세가 사라진다. 이 소설은 편지가 암시하듯 전반적으로 낭만적 체취를 강하게 풍긴다.

그러나 이 소설에는 낭만적 환상이 없다. 낭만적 환상이라는 것은 희망을 가진 사람에게나 존재하는 것이다. 모든 것을 잃어버린 나는 그 희망조차 삭제되어 있다. 이런 나에게 여행은 과거의 아픈 기억을 망각하는 행위이자 상처를 치유하는 행위이다. 이 소설은 여행을 통한 자아성장이라는 여행소설의 공식을 그대로 따르고 있다. 하지만 기존의 여행소설과 달리 주인공은 과격한 일탈 행위나 멋진 여성과의 방탕한 섹스도 없다. 전면화된 것은 여행하는 나와 눈먼 개의 쓸쓸한 이동이다. 이 소설은 점차 고립되어 가는 현대인의 우울한 고독을 효과적으로 드러낸다.

제5회 세계문학상 수상작인 정유정의 장편『내 심장을 쏴라』(2009)는 스물다섯 살의 동갑내기 이수명과 류승민이라는 두 명의 정신병원 환자들이 감옥 같은 병원을 탈출하는 과정을 그린 성장소설이다. 정신병원에서 나온 지 얼마 안 된 이수명은 공황장애와 적응장애로, 류승민은 재산 싸움에 휘말려 강제로 정신병원에 감금된다. 영화 〈뻐꾸기 둥지 위로 날아간 새〉(1975)에서 보듯 이 소설은 정신병자가 아님에도 불구하고 정신병원에 갇힌 두 남자의 탈출을 중심으로 서사가 전개된다. 전문적 지식에 바탕을 둔 의학소설이 별로 없는 상황에서 정유정의『내 심장을 쏴라』는 꼼꼼한 현장 조사를 바탕으로 한국형 의학소설의 새로운 장을 열었다고 해도 과언이 아니다. 이수명과 류승민이 감금된 '수리희망병원'은 단순히 정신병원만을 의미하지 않는다. '수리희망병원'은 자본과 권력이 지배하는 이 세계의 축소판이다. 이곳을 지배하는 것은 치료보다 통제와 억압이다. 작가 정유정은 이러한 병원을 통해 현실세계를 우회적으로 비판한다.

그 동안 풍자적 웃음의 미학을 선보였던 박민규는 이번에는 장편『죽은 왕녀를 위한 파반느』(2009)에서 감성적 문장으로 청춘남녀의 순애보적 사랑을 그린다. 과거는 있어도 용서할 수 있지만, 못생긴 것은 용서할 수 없다는 말이 있다. 이것은 여자에게 그만큼 미모가 중요하다는 말이다. 나의 추녀 엄마는 남편이 유명 배우로 출세하면서 끝내 버려진다. 어머니와 함께 버려진 열아홉 살의 '나'는 백화점 아르바이트를 하면서 직장 상사이자 인생 선배인 요한과 추녀인 '그녀'를 만나다. 요한의 어머니는 일본인으로서 한국인 사업가의 애처였고, 나이가 들어 아름다운 외모를 상실하자 버려진다. '나'와 '요한'은 상황은 조금 다르지만 아버지에게서 버려졌다는 점에서 동일한 쌍생아이다. 나는 운명적으로 엄마와 비슷한 추녀인 그녀를 사랑한다. 작가 박민규는 1980년대의 복고풍 분위기 속에 가슴 떨리는 20대 전후의 순수하고 애틋한 사랑을 낭만적으로 그려낸다. 진한 육체적 접촉이 삭제된 이 소설은 상대방에 대한 애틋한 그리움과 순수함이 전면을 가득 메운다. 소설의 서사는 내가 그녀를 만나러 가다가 교통사고를 당하고, 겨우 다시 회복해 13년 만에 독일에서 그녀를 만나는 식으로 이어진다. 아니다. 지금까지 써 내려간 모든 서사는 내가 쓴 것이 아니라 요한이 작성한 소설에 불과하다. 교통사고로 인해 '나'는 세상을 떠났고, 요한이 나와 그녀를 떠올리며 과거의 풍경을 상상력의 소설로 복원한 것이다.

『죽은 왕녀를 위한 파반느』는 사회에서 소외된 타자인 꼴찌, 백수, 낙오자 등에 대해 관심을 보여준 박민규의 지속적 작업의 일환이다. 작가는 이 소설에서 외모지상주의의 문제점을 형상화하면서 '로미오와 줄리엣'에 버금갈 정도의 순수한 사랑과 비극을 그리고 있다. 문제는 이 소설이 보여주는 낭만적 소녀 취향의 감상성과 사랑의 판타지이다. 두 남녀의 애절한 사랑은 현실에서 존재하지 않고 작가의 관념 속에서만 생존할 수 있다는 느낌을 준다. 나는 현실적 리얼리티가 거세된 이번 장편에서 박민규가 몰락하는 징후를 얼핏 발견한다. 신경숙표 감성적 사랑은 풍자적 웃음이 주요 무기였던 박민규에게 어딘가 모르게 어색하다.

이외에도 창비장편소설상의 제2회 수상작인 한재호의 『부코스키가 간다』(2009)는 88만원 세대인 20대 청년 백수를 등장시켜

2000년대 청년실업의 다양한 일상적 풍경을 보여준다.

4. 청소년소설의 상승세와 다양한 창작집의 등장

소설 독자층이 어린이와 성인만 있는 것은 아니다. 10대 청소
년들은 입시교육에 찌들어 마음껏 책을 읽지 못하고 있지만 이
들도 분명 소설책을 읽을 수 있는 당당한 권리를 지닌 존재이다.
작년에 청소년소설인 김려령의 『완득이』와 김해원의 『열일곱
살의 털』 등이 인기를 끌면서 2009년에도 일부 작가들이 청소년
문학을 선보여 인기를 끌었다. 제2회 창비청소년문학상 수상작
인 구병모의 장편 『위저드 베이커리』(2009)는 여섯 살 때 친엄마
에게서 청량리역에 버려지고 계모에게서 학대를 받고 가출한 소
년이 마법의 빵집에 숨어들면서 겪게 되는 이야기를 담고 있다.
소년이 부모의 손길을 피해 숨은 빵집은 마법의 빵을 만들어 파
는 위저드 베이커리이다. 오현종의 장편 『외국어를 공부하는 시
간』(2009)은 외국어 고등학교에 다니는 여학생의 일상을 통해 오
늘날 고등학생이 고민하고 있는 다양한 문제를 경쾌하게 짚어
나간다. 이러한 청소년소설은 2010년에도 더욱 성장세를 이어갈
전망이다. 문제는 청소년소설의 단순한 창작이 아니라 질적 수
준을 끌어올려 독자들의 기대 수준을 충족시키느냐일 것이다.
1980년대까지만 해도 단편은 찬밥 신세가 아니었다. 하지만
1990년대 이후 상업주의의 발흥 속에 소설 창작집은 지속적으
로 위축되어 왔다. 이러한 경향은 올해만이 아니라 2010년에도
계속될 전망이다. 창작집이 안 팔리고 문학적 주목도 덜 받는 상
황에서도 작가들은 끊임없이 창작집을 발간해 왔다. 이 중에서

전성태의 소설집 『늑대』(2009)는 월경적 상상력을 통해 탈국가적, 탈민족적 지향점을 보여준다. 전성태는 타자인 몽골을 통해 주체인 한국의 모습을 간접적으로 성찰하거나 여행자의 시선이 아닌 내부자의 시선과 유사한 지점에서 몽골의 풍경을 포착한다. 낯설고 이질적이었던 몽골은 전성태의 소설을 통해 낯익고 친근한 타자로 변한다. 특히 몽골의 초원이 상징하는 야생적 생명력을 통한 자본주의 세계를 비판하는 작가의 생태학적 상상력은 주목할 만하다.

김유진의 소설집 『늑대의 문장』(2009)은 편혜영의 소설과 비슷한 분위기를 풍긴다. 우화적, 알레고리적 상상력에 기반한 김유진의 소설은 그로테스크한 현실을 보여준다. 김이은의 소설집 『코끼리가 떴다』는 다양한 풍경을 통해 현대인의 고독과 실존, 그리고 현대문명의 위기를 보여준다. 이외에도 2009년에 주목할 만한 소설집으로 김연수의 『세계의 끝 여자친구』, 정한아의 『나를 위해 웃다』 등이 있다.

결론적으로 2009년 소설계의 주요 흐름은 장편소설의 강세 속에 가족서사(신경숙, 서하진), 현실 내지 사회 비판(공지영, 현기영, 주원규, 이응준), 성장소설(장은진, 정유정), 애정소설(박민규), 청소년소설(구병모, 오현종), 다양한 창작집 등이 소설 시장을 주도해 나갔다고 할 수 있다.

2000년대 빈곤문학과 승자독식사회

1. 확산되는 빈곤층과 2000년대 문학

한국사회는 1997년 금융 위기 이후 외부의 개입에 의해 적자생존이라는 신자유주의 체제에 강제적으로 편입된다. 후기 자본주의의 또 다른 이름인 신자유주의 체제는 현실 사회주의권의 몰락 속에 자본주의의 끝없는 이윤 추구와 세계를 계속 지배하려는 미국의 패권 전략이 합작해 만든 산물이다. 강자가 더 많은 것을 탐욕스럽게 가져가는 신자유주의 체제는 소득 분배에 있어 사회적 양극화 현상을 필연적으로 초래한다. 더 많은 이윤을 창출하기 위한 자본주의의 합리적 효율성 추구는 적자생존의 구조를 정착화시킨다. 사회 구성원의 생존경쟁 속에 이윤은 단기적으로 극대화된다. 1997년 이후 한국사회에서 평생직장의 신화는 붕괴되었고, 노동시장의 유연성은 곧 실직이라는 공포와 불안을 대량 양산했다. 2000년대에 실업자인 백수는 더 이상 남의 이야기가 아니라 바로 우리 자신들의 이야기였다. 신자유주의 체제에서 살아남기 위한 스펙 열풍은 삶의 여유를 쓰레기통에 던져버리게 했다. 새마을운동의 신버전인 아침형 인간이 다시 각광을 받은 것은 일찍 일어나 더 많은 것을 생산하도록 하는 후기 자본주의 시스템의 무한경쟁이 만들어낸 유행이다. 이 과정에서 삶과 세계를 성찰하는 인문학적 가치도 동반 폐기되었다. 돈이되지 못하는 모든 것은 존재의 의미를 상실해 갔다. 일등만이 살아남는 세상이기에 학벌주의는 더욱 강화되고, 강자가 모든 것을 차지하는 승자독식사회는 정당화된다.

1960~1970년대 박정희 군사정권은 누구든지 열심히 일하면 성공할 수 있다는 개발주의 시대의 신화를 탄생시켰다. 하지만 1997년 이후 아무리 열심히 일해도 성공하기는 힘들어졌다. 열심히 일해도 빈곤을 벗어날 수 없는 '일하는 빈곤층(워킹 푸어, working poor)'은 신자유주의 체제를 대변하는 새로운 빈곤층을 상징한다. 일하는 빈곤층은 고용의 불안정과 저임금에서 비롯한 것이다. 일하는 빈곤층의 확대는 누구든지 열심히 일하면 성공할 수 있다는 개발주의 시대의 신화가 최종적으로 파산했음을 뜻한다. 노동자라고 해도 모두 같은 노동자가 아니다. 능력별, 직종별, 성별에 따른 차등 임금 지급 속에 노동자들은 다시 정규직과 비정규직으로 계급 분열이 이루어졌다. 자본가들은 노동의 유연성 강조를 통해 노동자 상호간에 계급 차별을 발생시켜 궁극적으로 계급 내의 상호 연대를 차단시켰다. 그 결과 막강한 자본가를 상대할 노동자들의 역량은 예전보다 턱없이 약해졌다. 노동조합의 와해 내지 축소 속에 노동자들의 고용 환경은 더욱 악화되었다. 2008년에 이명박 정권이 등장할 수 있었던 것도 일자리와 부의 창출이라는 개발시대의 환상을 국민들에게 다시 제공했기 때문

이다. 불행히도 그 환상은 얼마 못가 산산조각 났다. 2009년에 한국개발연구원(KDI)은 2008년 도시가구의 상대빈곤율이 14.3%로 늘었다고 밝혔다. 이에 비해 상류층은 22.4%로 증가했고, 중산층은 63.3%로 오히려 줄었다고 밝혔다. 한국개발연구원이 아닌 경제협력개발기구(OECD)가 회원국을 조사한 바에 따르면 한국의 빈곤율이 0.15로 회원국 중 6번째로 높다고 발표했다. 한국은 7명중 1명이 상대적 빈곤층이라는 것이다.

　문학은 당대 현실을 일정 부분 반영한다. 1997년 이후 한국의 문인들은 정도의 차이는 있지만 빈곤이 점차 확대되고 있는 한국의 현실을 형상화했다. 절대적 빈곤과 상대적 빈곤, 실업과 백수, 빈곤과 공간의 상관성, 이주 노동자와 빈곤 등 다양한 문제들이 작품화되었다. 빈곤은 나라 임금님도 해결하지 못한다는 말이 있다. 이것은 빈곤이 일시적 현상이 아니라 구조적 문제임을 뜻한다. 20세기 초반 러시아와 중국에서 사회주의 혁명이 일어난 것도 지배세력이 당대 사회의 빈곤 문제를 제대로 처리하지 못했기 때문이다. 이처럼 빈곤의 문제는 단순한 사회 문제가 아니라 체제 존립과 긴밀하게 연관되어 있다. 일등만이 대개 살아남는 신자유주의 체제는 세계적 차원에서 보면 선진국이나 강대국을, 자국 내에서는 지배층과 부르주아만을 풍요롭게 하는 불공정한 식민성의 체제이다. 이런 상황 속에서 1920년대 중반에 등장했던 신경향파와 카프의 빈곤문학이 21세기에 새로운 형태로 다시 등장하고 있다. 나는 지금 2000년대에 생산한 빈곤문학을 찾아 가파른 여행을 떠난다.

2. 빈곤이라는 저주의 마법?

마녀는 언제부터인가 사람들에게 경원의 대상이다. 마녀의 마법이 자신에게 어떤 해코지를 할지도 모른다는 사람들의 공포와 불안감 때문이다. 동화에서 마녀의 장난에 의해 왕자는 순식간에 개구리가 되거나 백조가 된다. 그리스로마 신화에서 오디세우스의 모험을 보면 부하들이 마녀 키르케의 독초액을 먹고 모두 돼지로 변신해 버린다. 과거에 초자연적 힘인 마법은 매혹의 대상이자 동시에 공포의 대상이었다. 인간의 이지가 발달하고 계몽적 이성을 내세운 근대의 도래 속에 마녀들은 사라졌다, 동시에 마법도 사라졌다. 아니다. 마녀는 사라졌지만 자본주의 시스템이라는 마녀는 여전히 살아 있다. 자본주의는 무한경쟁이라는 적자생존의 마법을 부려 사람들을 끊임없이 움직이게 하는 마법을 사용한다. 자본주의는 로또라는 대박의 마법도 부리지만 그보다 많이 구사하는 것은 빈곤이라는 저주의 흑마법이다. 그런데 신기하게도 사람들은 이 후기 자본주의가 행사하는 마법의 독성을 알아차리지 못하는 경우가 많다. 사람들은 빈곤의 흑마법에 점령당했을 때에야 비로소 후기 자본주의의 위험성을 깨닫는다.

이재웅은 장편 『그런데, 소년은 눈물을 그쳤나요』(2005)에서 빈곤 계층이 직면할 수 있는 다양한 비극적 장면을 등장시킨다. 빈농 출신의 아빠는 농촌을 떠나 도시로 이주해 도시 빈민이 된다. 공사장 인부였던 아빠는 빈곤의 악순환을 벗어나려고 발버둥쳤으나 결코 벗어나지 못한다. 빈곤은 유전자처럼 대물림 되었던 것이다. 소년 이준태의 엄마는 빈곤을 견디지 못해 가출을 하고, 몇 년 후 이복누이도 가출을 한다. 엄마의 가출 후 방황하던 아빠 이달식은 서른다섯의 나이로 가난과 외로움, 그리고 병마에 점령 당한 채 숨지고 만다. 부모가 없어진 소년은 할머니 품에서 외롭게 성장한다. "가난은 나를 늙게 했다. 나를 떠돌게도 했다. 할머니는 언제나 방세에 밀려 더 추한 곳, 더 어두운 곳, 세상의 빛이 미치지 못하는 곳으로 갔다." 빈곤은 소년에게 세상을 빨리 알도록 채찍질 했고, 소년은 졸지에 늙은 소년이 되었다. 소년은 학교 아이들에게 자신의 가난을 들키지 않기 위해 거짓말을 한다. 소년은 빈곤이라는 저주의 마법에 걸려 거짓말쟁이로 변신했던 것이다. 소년은 부모의 부재 속에 제대로 먹지 못해 영양실조 속에 손바닥의 껍질이 하얗게 벗겨지기도 했다. 할머니는 아빠가 죽고 난지 3년 후에 세상을 떠나고, 소년은 12살에 혼자가 되었다. 그때 소년의 앞에 나타난 이복 누나. 그녀도 가출한 이후 생존하기 위해 청소년임에도 불구하고 어른 행세를 해야 했다. 빈곤은 이복누이를 19살에 스트립댄서가 되도록 했고, 끝내 고급 창녀로 변신시켰다. 이 소설에서 악덕 부르주아를 상징하는 포주인 문곽호는 이복누나를 착취하는 폭력적 존재이다. 이처럼 빈곤은 주체가 원하지 않는 모습으로 변신시키는 마법을 부렸던 것이다. 소년의 학교 친구인 못 생긴 완주도 집 빚을 갚기 위해 초등학생임에도 불구하고 창녀가 되기를 꿈꾼다.

빈곤이 지배하는 세상에서 출구는 부재하다. 늙은 소년은 이러한 세계에 대해 증오를 하면서 문곽호가 유일하게 두려워하는 '칼막써'로 변신하기를 욕망한다. '칼막써'는 계급 혁명을 통해 사회전복을 꿈꿨던 카를 마르크스를 상징한다. 늙은 소년은 이복누나를 괴롭히는 포주 문곽호를 죽이기로 결심하고 칼을 휘두르는 연습을 한다. 기존 지배질서를 부정하는 소년은 고아원 소년인 친구 태호를 위해 가게에서 인라인 스케이트를 훔친다. 이러한 소년에게 어떠한 죄의식도 없다. 아무리 열심히 일해도 빈곤의 덫을 벗어날 수 없는 구조적 불합리 속에 지켜야 할 도덕적, 윤리적 원칙은 소년에게 존재하지 않는다. 소년이 파악하는 인간은 우는 인간과 울지 않는 인간 단 두 종류이다. 불행하게도 소년의 주변 사람은 우는 인간이 많았다. 이 소설에서 우는 인간은 '하류층=빈곤=프롤레타리아'이고, 울지 않는 인간은 '상류층=풍요=자본가'이다. 한국은 경제적 성장 속에서 절대적 빈곤층은 사라졌다고 말하고 싶을지 모르겠다. 하지만 이재웅의 소설에서 보듯 경제적 빈곤으로 고통받고 있는 절대적 빈곤층은 엄연하게 존재하고 있다. 신자유주의 체제는 '절대적 빈곤층=무능력'이라는 사고의 틀 속에 빈곤을 사회보다 개인의 무능력으로 돌린다. 이것은 빈곤의 문제를 해결하는 것이 아니라 방치할 뿐이다. 이 과정에서 칼을 든 아이들이 무수하게 성장해 체제 전복의 폭탄을 던질지 모른다. 빈곤은 반사회적, 반체제적 범죄를 대량 생산하는 자궁인 것이다.

의식주(衣食住)는 인간이 생존하기 위해 곡 필요한 것들이다. 2000년대 작가들이 당대의 빈곤을 보여주기 위해 흔히 집중했던 것은 의식주 중에서 주거 공간인 '주'이다. 공간적 상상력을 통해 빈곤을 드러내는 방식은 2000년대만의 특징은 아니다. 1950년대에 손창섭은 단칸방으로, 1960년대에 박태순은 비좁은 서울의 방으로, 1970년대에 조세희는 철거로 빈곤을 이야기했다. 그렇다면 2000년대 문학에서 빈곤을 드러내기 위해 자주 등장했던 공간은 무엇일까. 이 시기에 자주 등장하는 것은 지하방, 옥탑방, 고시원이다. 이 중에서 고시원은 집단적 가족의 성격보다 개인적 밀실의 성격이 강하다. 박민규의 「갑을고시원 체류기」, 김미월의 「서울 동굴 가이드」, 김영하의 『퀴즈 쇼』에서 등장하는 고시원은 후기 자본주의 사회에서 점점 개인화, 왜소화되어 가는 존재의 상태를 효과적으로 드러내는 상징적 공간이다. 고시원은 고시 준비를 위한 사람들을 위해 마련된 공간이었다. 하지만 1990년대부터 고시원은 도시 빈민들이 주거하는 일종의 쪽방으로 변질되기 시작했다. 서울의 대표적인 5대 쪽방촌은 영등포구 영등포동, 종로구 돈의동, 종로구 창신동, 중구 남대문, 용산구 동자동이다. 이곳은 저소득층, 장애인, 독거노인 등이 주로 거주하는 대표적인 빈민촌이라고 할 수 있다. 이러한 쪽방촌이 특정 지역을 중심으로 집중되어 있다면, 고시원은 이러한 쪽방촌이 형태를 바꾸어 서울 곳곳에 포진했다고 볼 수 있다. 1인이 거주하는 형태의 고시원은 개인주의와 빈곤한 경제 상황이 만들어낸 합작품이다.

박민규의 「갑을고시원 체류기」(2004)에서 주인공 남자 대학생은 아버지의 사업 부도로 한동안 친구 집에 빈대처럼 살다가 어쩔 수 없이 고시원에 들어가게 된다. 고시원은 "방(房)이라고 하기보다는, 관(棺)이라고 불러야 할 사이즈의 공간"이다. 관이라는 비유에서 보듯 고시원의 생활은 제대로 된 인간적 삶을 누릴 수 없게 한다. 이곳에서 그는 타인에게 피해를 주지 않기 위해 소리 나지 않는 인간으로 변신한다. 이것은 그가 방에 있어도 있지 않은 듯한 마법의 효과를 준다. 그는 고시원에 분명 존재함에도 불구하고 존재하지 않는 인간이 된 것이다. 비존재의 고시원 사람들은 자신의 처지를 부끄러워하기에 가급적 이웃과 소통하지 않는 것을 에티켓으로 삼는다. 이러한 고시원의 생활 모습은 대도시 생활의 축소판이기도 하다.

도저히 다리를 뻗을 수 없는 공간에 책상과 의자가 놓여 있다. 그곳에서 공부를 한다. 그러다 졸음이 온다. 자야겠다. 그러면 의자를 빼서 책상 위에 올려놓는다. 앗, 책상 아래에 이토록 드넓은 공간이 (방의 면적을 고려할 때 참으로 드넓은 공간이라 말 할 수 있다)! 그 속으로 다리를 뻗고 눕는다. 잔다 - 였다.[1]

고시원에 사는 사람들은 다른 어느 누구보다도 이웃과 가까이 지내지만 역으로 이들은 가장 멀리 떨어져 있는 낯선 타인이다. 김미월의 「서울 동굴 가이드」(2004)에서 주인공인 젊은 여자도 203호 고시원에 산다. 이 5층의 고시원은 좁다란 방과 어두운 복도, 마흔 여덟 개의 방, 세탁기 두 대, 건조대 세 개가 있다. 상호 고립된 고시원 사람들은 서로 소통을 피한다. 그렇기 때문에 그들은 옆집 소음을 통해서 옆집 사람을 파악한다. 203호의 젊은 여자는 우연한 계기로 옆방인 204호 여자를 알게 된다. 그녀의 방에서 밤마다 자주 들렸던 성적인 신음 소리. 그 신음 소리로 인해 204호 여자는 남자에게 미친 화냥년으로 고시원 사람들에게 알려져 있었다. 그렇지만 그것은 실제 섹스 행위가 아니라 그녀가 즐겨 보던 비디오에서 나온 신음 소리이다. 하지만 대다수의 고시원 사람들은 204호 여자를 모르기에 들려진 진실만을 진실의 전부라고 생각한다. 이처럼 후기 자본주의 사회에서 빈곤은 약자들끼리의 상호 소통을 촉진시키는 것이 아니라, 오히려 상대방에 대한 오해와 무지를 키운다. 이런 상황에서 약자들끼리 상호 연대하여 난국을 헤쳐나갈 가능성은 그만큼 줄어들 수밖에 없다. 과거 어려운 사람들끼리 상부상조했던 풍경은 이제

---

1) 박민규, 「갑을고시원 체류기」, 『카스테라』, 2005, 문학동네, 280쪽.

낯선 추억일 뿐이다. 박민규의 「갑을고시원 체류기」의 남자 주인공은 2년 6개월 만에 고시원 생활을 끝내고 좀 더 넓은 공간으로 이사한다. 그는 대학 졸업 후 취직하고, 고생 끝에 작은 임대아파트를 마련했던 것이다. 그는 고시원을 벗어났지만 인생 그 자체가 하나의 고시(考試) 같다는 생각을 한다. 계속 주어지는 시험에 통과하지 못한 자들은 다시 추락해 고시원 같은 비좁은 공간에 거주하게 된다. 한 평 남짓한 고시원마저도 없는 이들은 길거리를 헤매는 노숙인이 될 수밖에 없다. 고시원은 노숙자와 비노숙자를 가르는 마지막 경계 지점이다.

빈곤은 자본주의 사회에서 일상인의 모든 삶을 지배한다. 김애란의 「성탄 특선」(2006)에서 도시로 상경한 두 남매는 빈곤으로 인해 사생활을 보장받지 못한다. 이들은 두 남매였기에 1인 거주의 고시원보다 다른 형태의 빈곤한 공간을 전전해야 했다. 두 남매는 반지하, 조립식 건물의 옥탑방, 셋방, 원룸 등을 옮겨 다니면서 모든 것을 조심해야 했다. 걷는 것, 씻는 것, 애인과의 섹스도 조심스러워야 했다. 오빠인 사내는 현재 무리를 해서 욕실이 딸린 원룸으로 이사를 했지만 자신만의 방을 여전히 갖지 못했다. 사내가 방을 갖고 싶다는 소박한 욕망은 사내만이 아니라 사내의 여동생도 마찬가지이다. 사내의 여동생은 자기가 사귀고 싶은 남자에게 예뻐 보이고 싶었다. 하지만 가난한 집안 형편 때문에 멋진 옷이나 가방 등을 제때에 살 수 없었다. 그녀의 패션은 늘 결핍이라는 촌스러움을 벗어버리지 못했던 것이다. "세련됨이란 한순간에 완성되는 것이 아니며, 오랜 소비 경험과 안목, 소품의 자연스러운 조화"에서 나온다. 하지만 생활의 여유가 없는 여자에게 그것은 결코 누릴 수 없는 사치이다.

자본주의 사회에서 계급적, 계층적 지위는 대개 경제적 자본에 의해 결정된다. 이러한 경제적 자본은 문화적 자본으로 이어지면서 계층 간을 가르는 구별짓기 욕망으로 노출된다. 프랑스 사회학자 피에르 부르디외가 언급한 것처럼 자본주의 사회에서 취향은 계급적 차이에서 발생한다. 따라서 자신이 소속된 계급적 지위보다 높은 취향의 문화를 갑자기 익숙하게 사용하기 힘들다. 여자와 그 여자의 애인은 다소 무리를 해서 성탄절에 고급 레스토랑과 고급 바에 간다. 그리고 섹스를 하기 위해 자신들만의 방인 멋진 모텔을 찾아 헤맨다. 하지만 크리스마스 성수기를 맞은 모텔은 너무 비쌌다. 그들은 고민 끝에 2만 5천원의 허름한 여인숙에 들어간다. '성탄 특선'에 특별한 삶을 영위하고 싶은 두 남녀의 욕망은 그들의 경제적 상황과 맞물려 허름한 여인숙이라는 공간으로 행동을 제약시켰던 것이다.

이처럼 빈곤은 일상인의 욕망과 행동을 통제하며 규율한다. 자본주의 사회에서 인간은 자유라고 주장할 수 없다. 자본주의 사회에서 일상인은 자본의 범위에서 움직이도록 규율되는 구속된 존재이기 때문이다. 자신이 욕망하는 것을 마음 놓고 할 수 있다는 자본주의의 선전은 일종의 환상에 가깝다. 자본주의 사회에서 자신만의 방을 소유하려면 자본이 있어야 한다. 자본이 부재한 빈곤한 가정은 특정 공간을 소유하는 집주인이 결코 될 수 없다. 그래서 사람들은 돈을 벌기 위해 일상의 질서에 순종한다. 사람들은 자본을 축적하여 비로소 집주인이 될 자격을 얻는다. 하지만 집 주인이라고 모두 같은 것은 아니다. 자본의 많고 적음에 따라 집 주인의 등급은 다시 세분화된다. 자본주의 사회가 보여주는 환상 같은 집을 소유하기 위해서는 또 다시 자본의 노예가 되어야 한다. 자본주의 사회에서 자유는 소비의 자유일 뿐이다. 김애란의 「성탄 특선」에 등장하는 작중인물들은 모두 고유명사인 이름이 없다. 그들은 남자와 여자, 사내라는 보통명사로서 호명되는 교환가치적 존재일 뿐이다. 자본주의 사회에서 교환가치의 존재는 교환가치의 소비를 통해서만 자신을 증명할 수 있다. 문제는 빈곤층의 경제적 수준은 소비의 자유마저도 제약시키고 있다는 점이다.

3. 실업과 백수들의 행진

자본주의 사회에서 구성원들은 특정 직업을 통해 자기실현을 하고, 자본을 획득한다. 자본주의 사회에서 대다수는 고용주인 자본가보다 임금을 받는 고용인이다. 직업에는 귀천은 없지만 사회적 인식과 임금의 고저에 따라 선호하는 직업과 그렇지 못한 직업으로 나누어진다. 선호하는 직업은 한정되었기에 그것을 얻기 위한 사회 구성원의 경쟁은 치열해진다. 한국사회에서 좋은 직업을 얻기 위해서는 좋은 학벌이 필수적이다. 좋은 학벌을 얻기 위해서는 공부를 열심히 해야 한다. 따라서 이것을 위해 어린이들은 유년 시절부터 공부의 노예가 되어야 한다. 이런 환경에서 1등만이 살아남고 그 이외의 존재는 대부분 사회의 높은 인정을 받지 못한다. 그렇다면 공부를 잘해서 좋은 대학교를 졸업하고 일류 재벌 기업에 취업하는 것이 행복의 필수 조건일까? 많은 사람들이 이 질문에 대해서는 아니라고 대답할 것이다. 그렇지만 실제 현실에서는 많은 사람들이 좋은 직업을 얻기 위해 공부의 노예가 되고, 좋은 학벌을 따기 위해 발버둥친다.

작가 박민규는 장편 『삼미 슈퍼스타즈의 마지막 팬클럽』(2003)에서 과연 1등의 삶이 행복한 것인지 야구를 통해 질문한다. 이 소설의 주인공은 평범한 어린 시절을 보냈다. 별볼일없는 그의 삶은 프로야구 창단과 함께 대부분 꼴찌를 전전했던 '삼미 슈퍼스타즈'와 닮은꼴이다. 프로야구 순위인 '1위 OB 베어스-결국 허리가 부러져 못 일어날 만큼 노력한 삶'이고, '6위 삼미 슈퍼스타즈-평범한 삶'이라는 깨달음 속에 주인공 소년의 삶은 변한다. 삼미 슈퍼스타즈의 삶 대신에 OB 베어스의 삶을 살겠다는 생각에서이다. 그는 평범했던 성적이 수직 상승하면서 일류대 경영학과에 입학했고, 졸업 후 국내 최대의 대기업에 입사했다. 입사 후 그는 착한 여자와 결혼했고, 새벽 5시에 집을 나가 자정 전후에 집에 퇴근할 정도로 열심히 일했다. 하지만 그는 아내와의 대화 부족 속에 이혼을 했고, 얼마 후 IMF 금융 위기 속에 실직하고 만다. 실직의 고통은 "교통사고의 후유증처럼, 퇴출의 상처는 천천히, 그리고 집요하게 나를 찾아왔다. 그때의 고통에 대해선 긴 말을 할 수 없다. 마취는 없고, 마비만이 있는 고통— 그리고 그 마비가 가져오는 무력감과 분노"였다.

실직 속에 주인공 사내는 졸업 후 생존하기 위해 정신없이 살았던 지난 5년의 삶이 무의미했음을 깨닫는다. 그는 친구의 도움 속에 자신이 자본주의의 헛된 환상의 포로였음을 깨달았던 것이다. 누구나 열심히 일하면 성공할 수 있다는 자본주의의 신화는 어린이에게 꿈을, 젊은이에게 낭만이라는 구호 속에 출발한 프로야구의 신화와 닮아 있다. 작가가 보여주는 발상의 전환 속에 꼴찌를 전전했던 삼미 슈퍼스타즈 야구단은 프로의 세계에, 자본주의의 세계에 적응하지 못한 모든 사람들을 대표해 핍박과 박해를 받았던 예수와 같은 긍정적 존재로 탈바꿈한다. '삼미 슈퍼스타즈의 팬클럽'을 만드는 이들의 행동은 신자유주의 체제가 요구하는 생존경쟁의 시스템에 대한 유쾌한 거부이다.

자본주의 시스템은 "필요 이상으로 바쁘고, 필요 이상으로 일하고, 필요 이상으로 크고, 필요 이상으로 빠르고, 필요 이상으로 모으고, 필요 이상으로 몰려 있는 세계"이다. 작가 박민규는 삼미 슈퍼스타즈의 야구를 "치기 힘든 공은 치지 않고, 잡기 힘든 공은 잡지 않는다"라고 규정한다. 이것은 자본주의가 요구하는, 아니 끊임없이 불어넣는 물질적 욕망을 배제하는 반자본주의적 자세이다. 그렇지만 누구도 치기 힘든 공은 치지 않고, 잡기 힘든 공은 잡지 않는다는 반자본주의적 무위의 삶은 자본주의 체제에서 살아남기 어렵다. 자본주의 체제에 중독된 사람들은 자본주의의 바깥을 상상하지 못한다. 그래서 삼미 슈퍼스타즈의 팬클럽이 마지막 팬클럽이 될 수밖에 없는 것이다.

자본주의 사회에서 실직은 직업의 상실 속에 새로운 직업을, 회사를 찾아다니게 한다. 새로운 직업이나 회사를 손쉽게 찾으면 문제는 크게 발생하지 않는다. 하지만 한국사회에서 기존의 직장을 잃고 비슷한 조건이나 더 좋은 조건의 직장을 찾는 것은 결코 쉬운 일이 아니다. 실직에 있어서도 계급적, 계층적 기반에 따라 상호 다른 대응이 나타난다. 서유미의 장편『쿨하게 한걸음』(2008)에서 주인공인 33살의 노처녀 연수는 회사가 구조조정을 당할 정도로 위기에 빠지자 반강제적으로 퇴사해 새로운 직장을 찾기 위한 공부를 시작한다. 이것이 가능했던 것은 그녀가 중산층으로서 새로운 직장을 찾기 위한 과도기 시간을 견디어낼 물적 토대가 있었기 때문이다. 더욱이 가부장제 사회에서 여성은 남성보다 새로운 일자리를 찾기 위한 사회적 압박이 덜하다. 하지만 남성들의 경우 실직과 구직 활동은 좀 더 다급한 의미로 다가온다.

중산층과 달리 빈곤층의 실직은 한 가족의 생존을 위협하는 존재이다. 조영아의 장편 『여우야 여우야 뭐하니』(2006)는 아버지의 실직 속에 위기에 처한 초등학교 6학년 상진네 가족을 그린 성장소설이다. 이 소설에서 공사장 건설 노동자였던 상진의 아버지는 사고 속에 다리병신이 되어 실직하면서 가정의 암담한 절망을 만들어낸다. 백수인 아버지는 바깥에 나가지 못한 채 주로 집에서 TV드라마나 보면서 술을 먹는 무기력한 가장이 되었던 것이다. 가장의 실직 속에 집안의 경제적 상황은 급락하고, 엄마는 생계를 위해 포장마차를 한다. 무기력한 가장인 아버지와 경제적 책임을 도맡아야 했던 엄마는 점차 대립적 관계로 변질된다. 불행은 한꺼번에 몰려온다고 했던가. 상진네가 사는 청운연립 건물 주인이 부도가 나면서 소유권이 다른 이에게 넘어가는 비상사태가 발생한다. 상진네가 거주하는 옥탑방은 무허가 건물이었기에 아무런 법적 보호도 받지 못한다. 돈 한 푼 보상받지 못하고 졸지에 쫓겨날 신세가 된 상진네 가족. 이들 가족의 불행은 아버지의 실직과 그로 인한 빈곤이 초래한 절망적 풍경이다. 도시 빈민인 상진네 가족이 마음 놓고 쉴 수 있는 안식처가 과연 있을까? 작가는 은빛여우를 발견한 상진과 지배질서를 상징하는 64빌딩의 해체를 통해 새로운 희망을 이야기한다. 상진네 가족은 가족 간의 사랑을 통해 고단한 현실을 극복하겠다는 의지를 보여준다. 하지만 작가의 소망대로 상진네 가족이 희망을 발견할 수 있을까.

공선옥은 장편 『유랑 가족』(2005)에서 사회의 가장 기초적 단위인 가족이 경제적 위기 속에 해체되는 현상을 보여준다. 이 소설에서 "가난은 사람을 황폐하게 만들기도 하고 난폭하게 만들기도 하고 무기력하게 만들기도 했다. 가난은 다양한 형태로 사람들의 삶을 무너뜨렸다. 가난한 사람들이 그들의 가정을 지켜낼 수 있는 마지막 무기는 사랑뿐이었다"라는 언급이 나온다. 하지만 자본주의 사회에서 사랑도 어느 정도 자본이 뒷받침되어야 유지될 수 있다. 자본주의 사회에는 거의 모든 것이 돈을 매개로 행위가 이루어지기 때문이다. 자본이 뒷받침되지 않는 사랑은 낭만적 공상에서만 가능하다. 『유랑가족』에서 농촌 사람들 일부는 곡물가 하락, 소값 등의 하락 속에 음독자살한다. 시골에서 살기 어려워 도시로 상경한 농민들은 도시 빈민으로 편입되어 고단한 일상을 보낸다. 연변 출신의 명화는 남편과의 불화 속에 간암에 걸린 오빠의 치료비를 벌기 위해 처녀로 행세하여 한국 농촌에 시집온다. 사기 결혼을 통해 한국에 온 명화는 돈을 벌기 위해 남편을 버리고 유흥업소를 전전하다가 칼에 찔려 비극적 최후를 맞이한다.

이처럼 『유랑가족』에 등장하는 중요 작중인물들은 빈곤 속에 가족 해체 현상을 겪고 있다. 빈곤은 단란한 가정을 파괴하면서 가족 구성원들을 뿔뿔이 흩어지게 하는 원심력으로 작동하고 있다. 유랑 가족은 빈곤이 만들어낸 이산의 풍경이다. 유랑하는 가족의 풍경은 삶의 안식처가 없는 현대인의 서글픈 자화상이기도 하다. 모든 것이 교환가치로 환산되는 자본주의 세계에서 사랑의 마지막 보루인 가족마저도 해체될 때, 인간들은 어디에서도 안식을 찾기 힘들다.

실업과 백수는 이제 드문 현상이 아니다. 우리 주변에서 흔히 볼 수 있는 풍경이다. 실업은 인간의 실존적 근거를 박탈하는 반인간적 행위이다. 김윤영의 「산책하는 남자」(2005)는 실업이 한 인간을 어떻게 황폐화시켰지 섬뜩하게 보여주고 있다. 이 소설에서 오랫동안 실업자 신세를 벗어나지 못한 30대의 남자는 거지를 향해 "정신병자나 살인자보다도 더 못한 인간이 누군지 알아? 바로 실업자야. 아무것도 못하는 무지렁이들! 실업자! 실업자!"라고 언급하면서 구타한다. 거지는 바로 실업의 끝에 남자가 도달할 종착역이다. 그러한 진실을 정면으로 마주대하기 싫은 남자는 거지에 대한 분노를 통해 실업에 대한 자신의 공포와 불안을 은폐시킨다. 남자가 파악한 이 사회는 '정글자본주의'이다. 서울 소재 경영학과를 나와 쉽게 취직을 했던 남자는 정리해고의 열풍 속에 실직을 했고, 다시 취업을 했다. 하지만 2년전 또 직장을 그만둬야 했다. 실직 속에 그 남자는 2백 통까지 이력서를 썼지만 취직이 되지 않았다. 그는 아무도 자신을 써주지 않으면 자신을 스스로 고용하면 된다는 발상의 전환을 한다. 열심히 성실하게 일하고 그에 대한 정당한 대가를 직업을 통해 받겠다는 남자의 생각은 한국사회에서 받아들여지지 않았던 것이다.

실직의 좌절감은 컸다. 수십 군데 이력서를 넣고 두달 동안 면접오라는 데가 단 세 군데밖에 없었을 때, 남자는 정말 돌아버리는 줄 알았다. 조울증 초기까지 갔다. 생전 처음으로 빽 없는 부모, 돌아가신 부모를 욕했고 처음으로 자살을 생각했다. 그때 머릿속에서 불쑥 튀어나온 생각이 바로 밀입북이었다. 남자는 대학 재학 시절, 운동권 근처에도 안 갔었다. …… 미친놈들, 빨갱이가 뭐가 좋길래. …… 그런 무식한 수준은 아니었지만 그들에게 동조하기 힘들었다. 특히 조국통일 운운하는 친구들과는 같이 밥도 먹은 적이 없다.
그러나 그제서야 남자에게 의문이 들기 시작했다. 그래, 이건 나 개인의 문제가 아니야. 이건 시스템의 문제야.2)

2) 김윤영, 「산책하는 남자」, 『타잔』, 실천문학사, 2006, 171~172쪽.

사회에서 버림받았다는 상처는 작중인물에게 반체제적 생각을 갖게 한다. 그는 대학 시절 사회체제에 대해 한 번의 의문도 품은 적이 없었다. 하지만 그 남자는 장기간의 실직 속에 밀입북이라는 반체제적인 생각을 떠올린다. 그가 밀입북을 감행하기 전 어떤 남자가 먼저 그 일을 실행했고, 북한에서도 추방되었다는 소식을 듣고 밀입북을 단념한다. 밀입북은 국가보안법에서 제 일급으로 금하는 이적 행위이다. 그런데 장기간의 실직은 남자에게 이적 행위로 낙인찍힐 생각을 낳게 했던 것이다. 이것만으로 끝나는 것이 아니라 그의 정신세계는 뒤틀리기 시작해 폭력성으로 분출된다. 그 남자가 사는 아파트의 위쪽 남자와 그 남자가 자주 갔던 곳의 빌딩 관리인들은 어느 날 갑자기 의문의 실종을 당한다. 소설에서는 명확하게 이야기하고 있지 않지만 실업자인 그 남자의 자존심을 상하게 하는 행동이나 발언이 그에게 우발적 범행을 저지르게 했던 것이다. 실업이 실업으로 끝나는 것이 아니라 반사회적 범행으로까지 연결된 것이다. 작가 김윤영은 이 소설에서 실업의 극단적 모습을 형상화시켜 당대 실업의 문제를 조속하게 해결하지 못하면 사회의 위기가 닥쳐올 것이라는 것을 환기시키고 있다.

　실업이 초래한 경제적 궁핍은 사람들을 반윤리적 행위마저도 서슴없이 행하게 한다. 이상운의 장편『내 머릿속의 개들』(2006)에서 주인공인 실업자 고달수는 대학 동창 마동수에게서 자신의 뚱뚱한 부인을 꼬셔 이혼을 성사시키는 대가로 돈을 받는다. 고달수가 이러한 반윤리적 행위를 수락한 것은 바로 실업이라는 경제적 궁핍에서 기인한다. 이 소설은 실업이 인간을 타락시킬 수 있음을 충격적으로 보여준다.

4. 이주 노동자의 빈곤과 창조적 저항

2000년대 소설에서 새롭게 등장한 사회적 타자는 이주 노동자이다. 신자유주의 체제는 더 높은 이윤을 창출하기 위해 자본과 노동이 국경을 자유롭게 넘나든다. 노동자들은 더 많은 임금을 받기 위해 국경을 넘고, 자본은 더 싼 생산비용으로 고수익을 창출할 수 있는 지역으로 자본을 이동시킨다. 탈국경의 자본과 노동은 바로 이러한 신자유주의 체제가 만들어낸 새로운 풍경이다. 한국은 1990년대부터 아시아의 노동자들을 통해 자국의 부족한 노동력을 메우고자 했다. 한국에서 주로 3D 업종에 종사한 외국인 이주 노동자들은 대부분 한국보다 못 사는 국가에서 왔다. 그렇다 보니 한국인들은 서구 출신의 선진국 이주 노동자에게 보냈던 호의적 시선 대신에 차별과 배제라는 우월적 시선으로 이들을 바라보았다. 한국에 온 이주 노동자들은 한국사회에서 또 다른 최하층의 계급이 되었던 것이다. 이들은 각종 분야에서 힘든 노동을 했음에도 불구하고 국가가 국민에게 제공하는 각종 혜택에서 제외되었다. 그들은 장시간의 노동과 저임금 속에 제대로 된 인권을 보장받지 못한 한국의 대표적 타자였던 것이다. 그들은 좀 더 돈을 벌기 위해 한국에 왔지만 체불 임금, 각종 인권 탄압 속에 침묵하는 타자로 규정된 것이다.

김재영의 「코끼리」(2004)는 이주 노동자에게서 태어난 소년의 눈을 통해 이주 노동자의 삶을 조명한 작품이다. 주인공인 13살 소년은 네팔인 아버지와 조선족 어머니에게서 태어난 혼혈인이다. 소년은 학교에서 인종 차별을 당한다. 아버지는 그럴 경우 맞서 싸우지 말고 적당히 맞아주라는 말을 한다. 그러나 소년은 자신을 업신여기고 괴롭히는 나쁜 놈들은 때려눕혀줄 것이라고 말한다. 식사동 가구공단에 사는 소년은 저녁마다 물에 탈색제한 알을 풀고 세수하며 자신의 피부가 하얗게 아니 노랗게 되기를 열망했다. 그 결과 그의 얼굴은 하얗게도 노랗게도 되지 않고 껍질이 벗겨졌다. 소년은 한국에 네팔 대사관이 없어 아버지는 혼인 신고를 못했고, 그래서 소년에게 호적도 국적도 없다. 소년의 아버지는 네팔에서 천문학을 공부하다가 돈 벌기 위해 한국에 별을 연구하는 대신 전구를 만들었다. 열악한 노동 환경 속에서 소년의 아버지는 기침을 얻었고, 할 수 없이 상자를 만드는 곳으로 이직했다. 소년의 아버지는 아내의 생일 선물을 사기 위해 아들과 함께 백화점에 들어가려고 했다가 거부당해 쫓겨나야 했다. 소년의 어머니는 바람기와 가난 때문에 결국 집을 나가버린다. 현재 소년과 소년의 아버지는 십여 년 전 돼지축사로 쓰였다는 낡은 베니어판 문 다섯 개가 나란히 붙어 있는 허름한 건물에서 사는 빈민이다.

한국인들이 동남아시아인들을 차별하는 것은 같은 민족 구성원이 아니라는 문제보다 한국보다 못 사는 나라의 국민이기 때문이다. 천박한 자본주의에 포섭된 한국인들은 다른 나라 사람들을 평가할 때 그 나라의 고유한 문화적 가치나 인간 존엄성이라는 보편적 인문학적 기준이 아니다. 한국인들은 자신보다 잘 사느냐 못 사느냐에 따라 서열적 인종 차별을 가한다. 「코끼리」의 주인공 소년은 네팔인과 조선족 사이에서 태어난 혼혈인이다. 한국인과 다르게 생긴 외모는 다양성으로 존중받지 못한 채 우리와 다른 것이라는 차별적 인종으로 취급된다. 동남아시아인들을 천대시하는 한국인의 오만한 인종차별주의는 경제적 가치로 모든 것을 평가하는 자본주의적 천박함의 극치이다. 강대국과 선진국에는 약한 모습으로, 약소국과 빈국에는 강한 모습으로 대하는 한국인들의 이중성은 과거 파란만장했던 현대사의 왜곡된 모습이기도 하다. 일그러진 현대사의 상처를 제대로 성찰하지 못한 채 다른 존재에게 그대로 차별과 배제의 시스템을 작동하는 것은 과거 역사에서 제대로 교훈을 받지 못했음을 뜻한다. 피해자였던 한국이 어느 새 가해자의 모습을 띠고 있다는 작가 김재영의 날카로운 현실 인식은 「코끼리」에서 이주 노동자의 가족을 통해 적나라하게 드러나고 있는 것이다.

자본주의 사회에서 빈곤은 자랑스러운 훈장이 결코 아니다. 빈곤은 무능력의 상징이자 부끄러움의 대상으로 인식된다. 이런 사회에서 부를 얻기 위한 무한경쟁만이 지상과제일 수밖에 없다. 작가들은 자신이 원하는 것을 하기 위해 필요한 최소한의 돈만 벌기 위해 아르바이트를 하는 프리터와 노는 인간을 통해 이러한 자본주의 시스템에 도전장을 내민다. 자본주의 사회는 더 많은 이윤을 창출하기 위해, 남들과의 생존경쟁에서 살아남기 위해 정신없이 움직이는 빠른 속도와 대량생산을 권장한다. 이 과정에서 인간은 균질화·표준화·익명화된다. 맥도날드 햄버거로 대변되는 패스트푸드는 자본주의적 균질화·표준화를 통해 소비자의 빠른 회전율이라는 속도를 획득했다. 프리터와 노는 인간은 합리적 효율성을 강조하며 생산의 극대화를 권장하는 자본주의적 질서를 거부한다. 자본주의적 시스템에서 보면 프리터와 노는 인간은 자본주의적 가치에 저항하는 게릴라들이다. 자본주의는 이들을 인생의 낙오자 내지 게으름뱅이로 규정해 탄압한다.

김영하의 장편 『퀴즈 쇼』(2007)에서 27살의 주인공 이민수는 외할머니의 갑작스러운 죽음과 그녀가 유산으로 남긴 빚 때문에 집에서 쫓겨나 1.5평 고시원으로 이사 간다. 연남동 단독주택에서 1.5평 고시원으로 옮기는 공간 이동은 단순한 공간 이동이 아니라 자신이 소속된 계급의 추락을 의미한다. 생계 문제는 무엇보다 앞서 이민수가 해결해야 할 당면 과제이다. 하지만 고학력 백수인 이민수는 '그냥 좀 무의미한 일'을 하고 싶어 직업을 갖지 않고 아르바이트로 생활을 이어나간다. 박주영의 장편 『백수생활 백서』(2006)에 등장하는 28살의 주인공 서연도 책을 읽고 싶어 취직을 하지 않는 자발적 백수이다. 서연의 행동은 식당을 하는 아버지가 있다는 경제적 여유에서 비롯한 것이다. 구경미의 「노는 인간」에서 주인공인 젊은 여성은 특별한 직업을 갖지 않고 소설을 쓴다면서 방안에서 주로 칩거한다. 그녀가 주로 하는 일은 소설 쓰기 이외에는 대부분 산책, 맥주 먹기, 방안에서 놀기 등 주로 비생산적으로 간주되는 행위를 하면서 일상을 보낸다.

김영하, 박주영, 구경미의 소설에서 생산적인 직업과 비생산적인 노는 것은 분리되어 있었다. 그런데 김중혁은 「유리 방패」에서 노는 것과 생산적인 직업을 결합시킨다. 이 소설의 주인공인 나와 M은 취업 준비생이다. 이들의 구직 활동은 취업 그 자체의 목적보다 새로운 면접을 보여주기 위한 일종의 창조적 놀이다. 이들은 면접시험의 새로운 역사를 쓰기 위해 다양한 창조적 시도를 하지만 면접관들의 반응은 냉담했기에 취업에 실패했다. 이들은 지하철에서 실로 퍼포먼스를 하고, 이것이 인터넷에 올려져 많은 사람들에게 주목을 받는다. 이것이 인연이 되어 취업관으로 여기저기에 불려 나가게 된다. 하지만 이들에게 취업관도 하나의 직업이 아니라 재미있는 놀이에 불과하다.

"저희는 평범한 진실을 밝혀 세상을 돕는다고 생각하는데요."
"평범한 진실이란 게 어떤 겁니까?"
"재미있게 노는 거요."

대충 이런 식의 인터뷰였다.

우리는 농담으로 모든 답변을 대신했다.[3]

생계를 위해 최소한의 노동만 하고 노는 것에 집중하는 노는 인간. 이것은 자본주의 무한경쟁의 시스템 속에서 쳇바퀴를 굴리는 다람쥐처럼 갇혀 있는 인간들에게 꿈같은 이야기이다. 소설 속에서 프리터와 노는 인간으로 등장하는 작중인물의 연령대는 대개 20대이다. 20대는 아직 결혼도 하지 않았기에 가족을 부양할 책임에서 상당 부분 자유롭다. 다시 말해 이들이 선택한 프리터와 노는 인간 때문에 가족 전체가 고통스러운 처지에 봉착하지 않는다는 것을 의미한다. 이것은 프리터와 노는 인간이 가족의 부양 의무를 지지 않는 주로 20대에서만 할 수 있다는 연령적 한계성을 뜻한다. 결혼을 하고 자식을 가진 기성세대들은 프리터와 노는 인간으로 존재하기 어렵다. 한국에서 30대 이상의 프리터는 대개 특정 직업을 원했지만 가지지 못한 것에서 오는 비자발적 프리터가 많은 것도 이러한 현실의 반영이다. 결국 프리터와 노는 인간을 통한 신자유주의 체제에 대한 저항은 뚜렷한 한계를 갖고 있다. 제한적 성격의 저항은 자본주의의 시스템을 근본적으로 위협하는 불안 요인이 될 수 없다. 더욱이 노동의 유연성을 강조하는 신자유주의 체제 아래에서 프리터는 노동의 유연성을 보조하는 역할을 일정 부분 수행한다. 프리터와 노는 인간만으로 신자유주의 체제를 붕괴시키기는 힘들다. 그러나 프리터와 노는 인간은 무소불위의 권력을 휘두르는 신자유주의 체제를 교란시키는 게릴라일 수 있다. 그들의 불온한 게으름(?)

---

3) 김중혁, 「유리 방패」, 『악기들의 도서관』, 문학동네, 2008, 173쪽.

과 놀이를 기대해본다.

5. 사회적 배제와 창조적 저항문학

적자생존의 무한경쟁을 조장하는 신자유주의 체제는 인간들을 성찰 없는 이윤의 중독자로 만들었다. 교환가치만이 절대화되고 사용가치는 폐기처분되는 사회는 분명 문제가 있는 사회이다. 신자유주의 체제의 문제점에 대한 광범위한 인식의 확산 속에 부조리한 사회 모순을 타도하기 위한 다양한 연대가 생성된다. 인간들은 궁극적으로 행복을 지향한다. 그런데 신자유주의 체제는 '강자=소수의 행복=부유'와 '약자=다수의 불행=빈곤'을 생산하는 불합리한 체제이다. 이렇게 사회적 양극화 현상을 초래하는 신자유주의 체제는 하루속히 붕괴되어야 한다. 신자유주의 체제는 다수의 약자를 사회적으로 배제하는 폭력적 시스템이기 때문이다. 사회적 배제는 빈부, 종교, 지역, 인종, 성별 등에 따라 다양하게 발생한다. 자본주의 사회에서 사회적 배제는 흔히 경제적 빈곤에서 초래된다. 2008년 미국의 금융위기에서 드러나듯 신자유주의 체제는 이미 파산의 레퀴엠을 들려주었다. 의식 있는 시민들이라면 다양한 비판 활동을 통해 신자유주의 체제의 문제점을 홍보하면서 선거를 통해 기존 체제를 바꿔야 한다. 신자유주의 체제가 양산하는 사회 양극화 현상을 그대로 방치한다면 다수의 불만 세력이 형성되어 사회를 불안하게 할 것이다. 사회 불안을 잠재우기 위해서도 신자유주의 체제에 대한 대폭적인 수술은 불가피하다.

2000년대 빈곤문학은 실업, 백수, 이주 노동자의 빈곤, 노는 인간, 프리터 등의 형상화를 통해 신자유주의 체제의 폭력성에 맞서는 창조적 저항을 실천했다. 자본주의 시스템이 권장하는 인간형은 부지런히 생산하고 소비하는 인간이다. 이것은 필연적으로 교환가치와 속도를 강조하고, 대량생산과 대량소비를 요구한다. 이러한 자본주의 시스템은 환경파괴와 자원의 낭비를 초래해 지구를 병들게 했다. 21세기를 뒤덮고 있는 현재와 미래의 환경 재앙은 자본주의 시스템이 만들어낸 합작품이다. 따라서 무한경쟁과 무한이윤 추구는 적정한 선에서 제어되어야 한다. 그렇지 못할 때 미래의 삶은 보장받기 어렵다. 소설가 박민규·김영하·구경미 같은 작가들이 프리터와 게으러 보이는 노는 인간을 집중적으로 조명한 것도 신자유주의 체제를 비판하는 창조적 저항을 위해서이다. 다만 이러한 방식은 연령대가 20대와 30대 초중반에서 주로 보여줄 수 있는 저항의 형태이다.

2000년대 빈곤문학에서 또 하나의 특징은 체제 저항의 강도가, 빈곤의 절박함이 그렇게 강렬하지 않다는 것이다. 이것은 작가들이 대개 자신이 소속된 중산층의 계급적, 계층적 기반을 넘어서지 못하면서 생긴 현상이다. 작가들의 빈곤 체험이 상대적으로 빈약하다 보니 이것이 구체적 작품의 형상화까지 이어지지 못하고 있는 것이다. 물론 이 와중에도 소설가 이재웅, 공선옥, 김윤영은 빈곤의 절박함을 생생하게 전달하려고 노력했다. 그렇지만 전반적으로 보면 2000년대의 빈곤문학은 절박함의 정도에 있어 미흡한 것이 사실이다. 빈곤은 개별적 자아의 실존을 파괴하면서 더 나아가 가족을 해체시키는 고성능 폭탄이다. 가족의 해체는 곧 당대 사회에 대한 체제 불안이라는 연쇄반응으로 이어진다. 결국 빈곤의 문제가 해결되지 않는 한 개인의, 한 사회의 밝은 미래는 기약할 수 없다.

빈곤은 더 이상 일국의 문제만이 아니다. 소설가 김재영의 「코끼리」에서 보듯 자본과 노동이 자유롭게 넘나드는 탈국가적 시대에 빈곤은 전 지구적 문제이기도 하다. 신자유주의 체제가 '부유한 나라=강자/못 사는 나라=약자'라는 이항대립적 대립 관계를 심화시킬 때 필연적으로 사회적 양극화 현상도 더욱 심해진다. 그것은 부자나 빈자 모두에게 불행을 초래할 뿐이다. 빈곤은 어떤 특정 계층이나 특정 국가의 문제가 아니라 우리 모두의 문제라는 것을 공유하는 데에서 실마리를 풀어갈 수 있다. 신자유주의 체제가 무한경쟁과 적자생존의 논리를 앞세우면서 일방으로 흐를 때 그것은 미래의 비극을 예고한다. 2000년대 빈곤문학은 미흡한 점이 많다. 하지만 적어도 빈곤이 더 이상 남의 이야기가 아니라 우리 자신들의 이야기라는 사실을 부각시키는 역할을 했다. 이 시대의 문학은 빈부의 갈등이 줄어들어 더불어 살아가는 사회가 될 수 있도록 창조적 저항을 계속해야 한다. 그것이 당대의 문학에 주어진 당면 과제이다. 빈곤문학은 빈곤의 구조적 모순이 어느 정도 해결되지 않는 한 2010년대에도 멸종하지 않고 번성할 것이다. 일등만 살아남는 더러운 세상! 그것은 나와 너, 그리고 우리 모두의 비극이다.

제4부

문예지 제도의 균열과
새로운 가능성

독립 문예지의 의미와 가능성

1. 용두사미형의 문예지

1919년 3월 1일. 이 날은 한민족이 대동단결하여 자주 독립을 외친 삼일만세운동이 발생한 역사적 시간이다. 나는 왜 갑자기 뜬금없이 삼일만세운동을 언급했을까? 계간 ≪오늘의 문예비평≫에서 청탁한 것이 '독립 문예지의 의미와 가능성'이기 때문이다. 1919년 순수 문예지이자 동인지인 ≪창조≫가 김동인, 주요한, 전영택을 중심으로 창간한 이래 수많은 문예지들이 명멸했다. 개중에 장수만세에 성공한 문예지도 있었지만 많은 문예지들이 요절이라는 불치병의 저주에 시달려야 했다. ≪68문학≫처럼 창간호가 종간호가 된 비극형의 문예지도 여러 있었다. 용두사미(龍頭蛇尾)는 한국의 문예지가 흔히 보여준 상투적 포즈였던 셈이다. 이것은 이 땅에서 문예지의 생존 조건이 그만큼 열악했다는 반증이기도 하다. 이렇게 적자투성이의 문예지는 오늘날에도 끊이지 않고 창간되고 있다. 신기할 따름이다. 문예지는 마치 불사의 육체를 가진 흡혈귀라도 되는 것일까.

개화기 이후 탄생한 문예지들은 창작자 중심의 동인지 형태로 발간되었다. 그 이후 1950~60년대는 문협 정통파 출신이 주도하는 월간지의 시대였고, 1970년대는 4·19세대가 주도하는 계간지의 시대였고, 1980년대는 무크지의 시대였다. 1990년대부터 현재까지 문예지를 주도하는 형식은 계간지이다. 하지만 계간지가 주도하는 문예지 시장은 침체의 늪에 빠져 허덕이고 있다. 현재 문인들과 문예지의 숫자는 이전에 비해 대폭 증가했다. 하지만 대사회적 영향력의 상실 속에 문예지들은 문화계의 중심에서 밀려나 소수만이 읽고 소비하는 희귀종이 되었다. 이렇게 일반 독자라는 강물이 메말랐음에도 불구하고 문예지라는 물고기들이 다수 생존하고 있다면 그것은 분명 비정상적인 일이다. 적자생존과 도태의 법칙이 문예지에는 적용되지 않는 것일까. 몇 개의 특집 꼭지, 소설과 시 작품, 작가론이나 작품론, 인터뷰나 대담, 서평이나 계간평 등의 형식으로 운영되고 있는 기존 문예지의 전통적 형식은 더 이상 새로운 독자를 창출하는 유인력을 제공하지 못하고 있다. 달리 말한다면 현재의 문예지 형식은 새로운 시대를 선도하지 못한 채 시대의 흐름에 끌려 나가고 있다고 해도 과언이 아니다. 이런 상황에서 인터넷의 웹진을 통해 새로운 타개책을 시도하려는 움직임도 있다. 그러나 아직까지 종이를 매개로 한 문예지의 형식이 대세라고 할 수 있다.

1990년대 이후 문예지의 운명을 결정짓는 핵심적 요인은 편집진들의 문학적 내공이나 독특한 문학적 정체성이 아니다. 그것은 출판 자본, 언론 권력, 학벌이다. 이 중에서 가장 강력한 힘은 출판 자본이다. 현실 사회주의권의 몰락과 무한경쟁을 조장하는 신자유주의 체제의 성립은 출판 자본이라는 무소불위의 권력을 탄생시켰다. 출판사들이 적자인 문예지를 발간하는 것은 문학 단행본 시장을 확보하기 위한 마케팅 전략이다. 출판사 입장에서 보면 문예지는 스타작가를 발굴해 베스트셀러를 생산하기 위한 일종의 미끼이다. 이런 상황에서 문학의 진정성이라는 화두는 문인들의 무기력한 자기 위안의 판타지로 전락한다. 문학의, 비평의 윤리라는 수사학은 문예지 지면을 장식하지만 그것은 오히려 출판 자본의 치부를 은폐시키는 위장술로 작동한다. 뜻이 맞는 문인들이 모여 문예지를 출간하는 전통적 행태는 여전히 한시적으로 가능하지만 출판 자본의 뒷받침 없이 지속적으로 유통되기는 어렵다. 그렇다면 출판 자본의 도움 없이 문학적 정체성을 생산하는 '독립 문예지'의 출현과 성공은 과연 불가능한 것일까?

이 글은 이 난감한 시대에 과연 독립 문예지는 가능한 것인지, 그것이 어떤 의미를 지니고 있는지 탐색하는 짧은 보고서이다. 이 보고서를 ≪오늘의 문예비평≫ 독자만이 아니라, 다른 일반 독자도 많이 읽기를 희망한다. 하지만 나는 이러한 희망이 얼마나 헛된 것인지 누구보다도 잘 알고 있다. ≪오늘의 문예비평≫ 또한 위기에 처한 문예지 중의 하나이기 때문이다. 높은 주가를 올리고 있는 계간 ≪창작과 비평≫과 ≪문학동네≫도 이 재앙에서 예외일 수 없다. 물론 시간적 차이는 존재한다. 그러나 손바닥으로 하늘을 가린다고 해서 하늘이 없는 것이 아니다. 문예지의 위기는 현재 진행형이다.

2. 편집진의 구성과 학벌 중심주의

문예지 창간의 시작은 사람에서부터 출발한다. 이때 문예지를
발간하고 싶은 인적 주체의 소속이 출판사냐 문인이냐에 따라
문예지의 창간 과정은 조금 다르게 나타난다. 유사한 문학적 정
체성을 지닌 사람들이 모여 문예지 창간을 준비할 경우 대개 편
집동인이라는 형태로 나타난다. 이들은 기존 문예지에 대한 불
만과 결핍감 속에 새로운 색깔 내지 담론 생산이라는 공통분모
로 하나 둘 모인다. 편집동인 체제는 열악한 자본과 부실한 인적
네트워크의 상황에서 구성원 내부의 결속력으로 각종 어려움을
헤쳐 나가는데 효과적이다. 편집동인 체제는 에콜의 정체성을
표출하는 데에 장점이 있지만 구성원의 장기 집권 속에 새로운
변화를 창출하는 데에 다소 취약하다. 편집동인이 구성되면 그
때부터 문예지 창간 움직임이 본격적으로 가동되기 시작한다.
술집이나 카페에서 해당 문예지의 정체성과 관련한 다양한 토론
들이 뜨겁게 이루어지면서 그에 비례해 술과 커피의 소비가 늘
어난다. 창간호와 관련한 특집과 필자 선정 등이 논의되거나 마
무리되는 시점에서 편집동인들은 자신들의 문예지를 출간할 수
있는 출판사를 섭외하게 된다. 이 과정이 순탄하게 전개되는 경
우는 많지 않다. 적자의 문예지를 발간할 수 있는 출판사를 찾기
란 쉬운 일이 아니다. 적당한 출판사를 찾지 못하면 최악의 경우
동인들의 자비 출연으로 창간호가 나오기도 한다.
편집위원 체제는 문인들의 자발적 결합보다 출판 자본이라는
외적 요소에 의해 편집진이 구성되는 것이 일반적이다. 출판 자
본은 자신의 덩치에 걸맞은 한두 명의 편집위원을 선임하고, 선
정된 편집위원의 추천과 출판사의 동의 속에 또 다른 편집위원을

선출한다. 편집위원의 선정 기준은 문학적 능력, 전공 분야, 출신 학교, 유명세, 지역 등이다. 출판 자본은 이것들을 종합적으로 고려해 선정한다. 편집위원의 임기는 보통 임기제이다. 출판 자본에 의해 선임된 편집위원 체제는 편집동인 체제보다 출판 자본의 영향에 더 많이 노출되어 있다. 편집위원 체제는 편집동인 체제보다 새로운 경향을 잘 받아들이고, 문예지 운영에 있어서도 편집동인 체제보다 풍족한 물적 토대를 갖고 있다. 출판사에 소속된 편집위원의 경우 문예지만이 아니라 단행본 발간에도 관여하게 된다. 출판 자본은 이것에 대한 대가로 편집위원들에게 일정 정도 수고비를 고정적으로 지급한다. 편집위원은 문예지의 필자와 단행본 출간을 연결시키는 고리 역할을 수행하는 것이다. 결국 편집위원 체제는 유사한 문학적 정체성이 아니라 출판 자본이라는 연결 고리를 통해 모든 것이 시작되고 이루어진다. 반면에 편집동인 체제는 대개 열악한 자본으로 인해 편집동인들이 수고비를 받기는커녕 무상으로 봉사하는 경우가 많다. 많은 독자들에게 잘 알려지지 않은 신생 문예지의 경우 편집진의 구성은 무엇보다 중요하다. 독자들은 편집진의 얼굴을 통해 해당 문예지의 성장 잠재력과 정체성을 짐작할 수 있기 때문이다.

　문예지의 편집진(편집위원 내지 편집동인)들은 대체적으로 문학평론가들이다. 서구에서 출판사 편집인들이 특집 기획과 필자 선정 등에 관여한다. 한국에서 이 역할을 하는 것은 대학에서 문학을 체계적으로 공부한 문학평론가들이다. 1960년대 이후 4·19세대 문학평론가가 전면에 나서 계몽적 거대담론이나 근대성의 문학 담론을 통해 작가를 이끌어가거나 후원하는 시스템을 만든다. 1966년에 탄생한 계간 ≪창작과 비평≫과 1970년에 창간한 계간 ≪문학과 지성≫의 성공 이후 문학평론가가 편집진이 되어 문예지를 이끌어나가는 것이 문학적 전통으로 자리하게 된다. 그렇다면 문학평론가들은 어떤 기준에 의해 문예지의 편집진이 될까. 문예지의 얼굴인 편집진의 선정은 기본적으로 개별 문인의 문학적 내공과 지향성이 해당 문예지의 정체성과 적합해야 한다. 그렇지 못할 경우 시너지 효과가 없게 된다. 1990년대 이후 문예지 편집진의 선정은 개별 문인의 문학적 내공과 정체성도 중요시 되었지만 결정적 요인은 외적 요소인 학벌이 개입되었다. 문학적 내공이 충분히 있는 문학평론가가 해당 문예지의 지향성과 유사한 평론 활동을 하고 있다고 하더라도 학벌이 신통찮으면 메이저 문예지의 편집위원이 되기는 어려운 것이 현실이다. 이러한 학벌주의의 정점에 바로 서울대 출신 문학평론가들이 존재한다. 1970년대 이후 4·19세대 문학평론가가 주도하는 계간지 시대가 열리면서 서울대 출신 문학평론가들은 메이저 문예지를, 문단을 장악하기 시작한다. 그 이후 메이저 문예지에서 서울대 출신 문학평론가의 선호는 지배적인 현상이 된다.

현재 한국에서 발간되고 있는 메이저 계간지의 편집진이 어떤 학벌로 구성되었는지 잠시 살펴보자. 2010년을 기준으로, 계간 ≪창작과 비평≫의 경우 상임 편집위원 중 백낙청·백영서·한기욱·김종엽·유희석·이남주가 범서울대 계열이고, 백지연과 이장욱이 비서울대 출신이다. 퍼센트로 보면 75% 대 25%이다. 계간 ≪문학동네≫의 편집위원은 류보선·서영채·김홍중·신수정·신형철·차미령이 서울대 출신이고, 황종연·남진우·이문재가 비서울대 출신이다. 퍼센트로 보면 67% 대 33%이다. 1, 2위인 문예지에서 모두 서울대 출신이 압도적 비율을 차지하고 있다. 이것은 이들 문예지가 학벌주의의 진앙지임을 보여주는 통계 수치이다. 계간 ≪문학과 사회≫의 경우 1990년대까지 서울대 출신 편집동인의 비율이 높았다가 2000년대 들어 낮아졌다. 하지만 여전히 메이저 대학의 비율이 압도적으로 높다. 계간 ≪세계의 문학≫의 편집위원은 박성창과 정영훈이 서울대 출신이고, 서동욱·김미현·김행숙·강유정이 비서울대 출신이다. 퍼센트로 보면 33% 대 77%이다. 하지만 이곳도 여전히 메이저 대학의 비율이 압도적으로 높다.

이처럼 한국의 메이저 문예지 편집위원들은 서울대 출신의 우위 구도 속에 외국 대학 내지 고려대와 연세대 등의 상위권 대학 출신이 일종의 카르텔처럼 결합되어 있다. 다시 말해 메이저 문예지의 편집진이 되려면 문학적 내공 이외에도 학벌이라는 스펙을 필수적으로 갖추어야만 한다. 특정 대학과 결합된 편집진 시스템은 배타적 엘리트주의와 문학권력을 양산하면서 문인들 위에 군림하는 구조를 탄생시킨다.

편집진 구성에 학벌 중심주의가 작동하면서 특히 서울대 출신 문학평론가들은 각종 문예지에서 러브콜을 받는 귀하신 몸이 된다. 서울대 출신 평론가의 숫자가 한정된 상황에서 수요가 공급을 초과하면서 그들의 몸값은 더욱 치솟게 된다. 더 많은 이윤을 창출하고자 하는 출판 자본은 한국사회의 주류와 같은 혈통을 지닌 메이저 대학 출신을 선호한다. 출판 자본의 서울대 출신 문학평론가 선호 현상 속에 편집진에 서울대 출신 평론가의 유무로 해당 문예지의 등급을 평가하는 경향도 생긴다. 한 마디로 서울대 출신 문학평론가가 문예지 편집진으로 있으면 메이저 문예지이고, 없으면 비메이저 문예지라는 이분법적 도식이 작동한다. 1980년대 이후 서울대 출신 문학평론가들은 자신의 주가를 잘 알고 있기에 영세한 문예지에 편집위원으로 참여하지 않는다. 그들은 화려한 문학적 전통이나 넉넉한 출판 자본이 갖춰진 문예지에만 귀하게 참여해 자신들의 값어치를 한껏 드러낸다. 한국사회의 주류인 그들은 밑바닥에서부터 출발하는 어리석음을 결코 보이지 않는다. 메이저 대학 출신의 문학평론가 선호 현상 속에 비메이저 대학 출신의 문학평론가들은 메이저 문예지의 편집위원으로 참여할 가능성이 거의 없다. 비메이저 대학 출신 문학평론가들은 기껏해야 문예지의 기획위원이거나 청탁을 받고 원고나 써주는 들러리 역할로 만족해야 한다. 학벌주의와 결합된 메이저 문예지의 편집위원 시스템은 순혈주의가 지배하고 있는 것이다.

출판 자본이 출자하여 창간한 편집위원 체제의 문예지 경우 비주류적 모험보다 안정적인 주류의 길을 선호한다. 그래서 문학시장에 새롭게 들어온 출판 자본도 편집진에 메이저 대학 출신을 선호한다. 출판 자본이 지속적으로 신경 쓰는 대표적 권력 중의 하나는 언론 권력이다. 출판사에서 발간한 책을 소개해주는 역할을 하는 언론 권력에 밉보일 경우 해당 출판사의 성공은 기대하기 힘들다. 흔히 언론고시로 비유되는 언론사의 구성원들은 메이저 대학 출신들이 많다. 따라서 출판 자본은 같은 값이면 메이저 대학 출신을 편집진에 선발해 학연이라는 고리를 통해 언론 권력과 밀월 관계를 유지하고자 한다. 선후배 사이로 엮어진 언론 권력과 편집진, 그리고 이것을 활용해 이윤을 극대화하려는 출판 자본의 묵시적 카르텔 속에 문예지는 기존 현실과 재빠르게 타협한다. 편집진의 문학적 내공, 출판 자본, 학벌, 언론 권력의 상호 결합은 메이저 문예지로 생존할 수 있는 기초적 조건이다. 문제는 기존 주류 문예지에 이의를 제기하며 문학시장에 새롭게 등장한 비주류 문예지의 경우 출판 자본, 학벌, 언론 권력 등 모든 면에서 메이저 문예지에 비해 부족하다고 볼 수 있다. 그 결과 주목도 받지 못한 비주류 문예지는 폐간되거나 초기의 비판적 색깔을 유지하지 못한 채 적당하게 타협하는 길을 간다. 출판 자본, 학벌, 언론 권력 등 모든 요소에서 자유로운 독립 문예지는 이론적으로 가능할지 모르겠으나 현실의 문학장에서는 실현되기 힘든 공상에 가깝다.

3. 양질의 필자 부족과 당파적 정체성의 상실

문예지가 출판 자본의 든든한 후원 아래 거창하게 창간된 경우 고액의 문학상 제공, 높은 원고료, 광고 등을 통해 자신의 문학적 입지를 화려하게 드러낸다. 하지만 이런 경우는 희귀하다. 대다수의 문예지는 출판 자본이 열악한 상태에서 출발한다. 출판 자본의 열악함은 낮은 원고료를 의미하고 편집위원의 좀 더 많은 자발적 희생을 요구한다. 문예지의 글 청탁은 대개 편집진이 해당 필자에게 전화를 거는 행위를 통해 이루어진다. 신생 문예지가 거대 출판사나 유명 문학평론가를 배경으로 하여 창간되었다면 문예지의 인지도가 낮아도 청탁은 비교적 수월하게 이루어진다. 그러나 그렇지 못한 신생 문예지의 경우 청탁에서부터 난항을 겪게 된다. 자본주의 사회에서 높은 원고료는 문인들의 몸값을 의미한다. 프로들을 대상으로 청탁을 하는 문예지의 입장에서 낮은 원고료의 책정은 높은 몸값을 보이는 유명 문인들의 글을 청탁하기 어렵다는 것을 의미한다. 그래서 출판 자본이 열악한 문예지의 경우 유명 필자보다 무명 필자에게 청탁하는 경우가 많다. 이것은 문예지의 인지도를 높이지 못하는 악순환으로 내몬다.

문인들과 언론사들은 대개 문예지에 동원된 필자들의 얼굴을 통해 신생 문예지의 등급을 매기는 경우가 많다. 이런 까닭에 무명의 필자가 많은 문예지는 낮은 등급을 받을 가능성이 많다. 물론 무명의 필자를 쓸 경우 문예지의 통일된 정체성을 드러내는 데에 유리할 수도 있다. 하지만 낮은 원고료는 좋은 글을 지속적으로 유치하기 어렵게 만든다. 문인들은 문학적으로 순수할지 모르지만 그들도 먹고 살아야 하는 생활인이다. 그래서 그들은 나름대로 생존하기 위해 글쓰기에도 일정한 노하우를 갖고 있다. 영악한(?) 문인들은 메이저 문예지와 비메이저 문예지에 똑같은 품질의 작품을 공급하지 않는다. 주류를 비판하는 비주류 문예지의 경우 해당 문예지에 글을 실으면 주류에 찍힐지도 모른다는 문인들의 자기검열과 보신주의는 원고 청탁을 더욱 어렵게 만든다. 낮은 원고료, 유명 문인의 필자 부족, 원고 품질의 저하라는 삼중고(三重苦) 속에 비주류 문예지가 자신의 등급을 높이는 작업은 갈수록 힘든 난관이 된다.

　1980년대까지 문학적 당파성을 통해 주류와 다른 문학적 대안을 제시하며 메이저 문예지를 뛰어넘어 자신들의 존재를 드러내는 독립 문예지들이 존재했다. 하지만 이러한 문예지들은 1990년대 들어 거대담론의 몰락 속에 침몰해야 했고, 출판 자본을 앞세운 메이저 문예지들이 문학판을 지배하는 시대가 되어버렸다. 문학운동으로서의 문학이, 문학적 이념이 중요하지 않게 된 상황에서 작가들은 특정 문예지에 종속될 필요가 없었다. 문인들은 문예지와 함께 하는 문학 동지가 아니라 출판 자본의 호명에 따라 자신들의 글을 보내주는 하청 생산업자로 전락했다. 탈경계와 다원성을 주장한 포스트모더니즘의 유행은 이러한 흐름들에 정당성을 부여했다. 그러나 그것은 문학적 당파성 대신에 출판 자본이라는 새로운 늑대를 섬기는 결과를 낳았다. 문학적 당파성의 약화 속에 진보적 문예지에서 맏형 역할을 했던 ≪창작과 비평≫은 ≪문학동네≫나 ≪문학과 사회≫에서 중심적으로 활약하고 있는 스타작가를 빼돌리는 '회통론'을 앞세워 좌파상업주의의 성공 사례를 보여주었다. 신예 문학평론가 조영일은 문학적 당파성이 사라진 문예지들을 지배하는 것은 문학 권력이라는 사실을 다음처럼 언급한다.

　당파성의 상실(작가의 공유)이란 사실상 동인체제의 와해를 의미하다 하겠는데, 그럼에도 불구하고 동인체제는 여전히 건재할 뿐만 아니라 어떻게 보면 도리어 강화되고 있다는 느낌마저 든다는 점이다. 이는 '문학잡지=동인지'라는 등식이 한국문학시스템의 중요한 요소로서 자리를 잡게 되었다는 것을 뜻 한다. 그렇다면 당파성이 사라진 문예지에 동인체제만 남는다는 것이 의미하는 것은 무엇일까? 그것은 어떤 대의명분도 가지고 있지 않으면서 막대한 권한만을 가진 비평가들이 등장할 위험이 있다는 것을 뜻한다.[1]

문학적 당파성의 약화는 문예지만의 문제가 아니라 문예지에서 중심 역할을 했던 문학평론가의 역할 변화와 맞물려 있다. 문학평론가들은 대개 대학의 박사과정에 재학 중이거나 박사 학위를 가지고 대학에서 밥을 벌어먹고 있다. 문학평론가들은 문단만이 아니라 학계에도 연고를 둔 이중의 주소를 갖고 있다. 비주류 독립 문예지에서 주로 활동하는 후배 평론가가 동료나 선배

---

1) 조영일, 「비평과 반복: 한국문학과 그 적들 1」, 『한국문학과 그 적들』, 도서출판b, 2009, 97~98쪽.

문인들을 비판할 경우 그것은 문단만이 아니라 학계에까지 그 영향이 파급된다. 이런 상황에서 독립 문예지의 지면에서 문학 평론가들이 주류를 신랄하게 비판하는 글을 쓰기가 쉽지 않다. 자칫 잘못하면 문단만이 아니라 학계에서도 발을 붙이기 힘든 어려운 상황이 초래될 수 있다. 결국 강심장을 소유하지 못한 문학평론가라면 주례사비평이나 적당주의와 타협하게 된다. 이것은 비평적 당파성의 약화를, 더 나아가 독립 문예지의 당파성 약화를 의미한다. 2000년대 초 문학평론가 이명원이 원로 문학평론가 김윤식의 표절을 지적한 결과 끝내 소속된 대학을 떠나야 했던 사건은 후배 평론가들이 문단 주류를 비판해서는 안 된다는 반면교사(反面教師)의 교훈(?)을 주었던 것이다. 2000년대 초반 '문학권력 논쟁' 당시 문단 주류들이 보여주었던 조폭식 응징 전략과 왕따 전술은 이후에 비주류의 비판적 목소리를 원천봉쇄시키는 효과를 낳았다. 문학적 이념과 당파성을 상실한 문학평론가들에게 남아 있는 것은 보신주의, 무사안일주의와 같은 보수적 반동의 포즈였다.

비평의, 문예지의 당파성 약화는 학계의 논문중심주의와 현장 평론에 대한 홀대도 중요한 요인으로 작용했다. 2000년대 들어 대학의 제도가 학진(한국학술진흥재단. 현재는 명칭이 한국연구재단으로 바뀌었음.) 중심으로 재편되면서 현장의 문학평론가는 더욱 어려운 처지에 봉착했다. 1990년대 후반서부터 작동하기 시작한 학진체제는 등재지나 등재후보에 게재된 논문에 점수를 부여하고 문예지에 실린 평론은 0점 처리했다. 문학평론가들은 대개 문단과 학계에서 동시에 활동하고 있는 상황에서 논문을 소홀히 한 채 문학평론에 주력하기 힘든 상황에 봉착한 것이다. 이것은 현장평론의 침체와 논문의 비대한 생산으로 이어졌다. 규격화된 틀을 요구하는 논문적 글쓰기는 자유분방한 현장평론의 글쓰기를 억제하는 일종의 족쇄로 작용했다. 문학평론가가 논문적 글쓰기에 중독되면 현장평론의 역동적 비평을 제대로 쓰지 못하게 된다. 논문적 글쓰기는 현장평론에 바이러스처럼 침투하여 아카데믹한 서구 이론의 범람과 난해한 비평을 양산하는 데에 일조한다. 아카데미 비평이 범람하면서 일부의 문학평론가들은 일반 독자들이 이해하기 힘든 난해한 글쓰기를 오히려 자신들의 비평적 능력으로 호도하는 일까지 벌어졌다. 이것은 필연적으로 문예지와 독자의 수평적 교감을 소멸시켜 버렸다. 시대를 관통하는 비평의 직관성과 예리한 비판 정신이 사라지면서 각주와 서구이론의 인용으로 가득한 2000년대의 현장평론은 독립 문예지의 위기를 더욱 증폭시켰다.

논문중심주의의 강화는 현장평론에서 정력적으로 활동해야 할 30대 중반에서 40대의 문학평론가들을 일선에서 물러나게 하는 물갈이 효과를 낳았다. 논문중심주의의 강화 속에 기존의 문학평론가들이 현장평론보다 논문에 더 매진하게 되면서 현장평론에서 활동할 문학평론가가 부족하게 되었다. 이것은 신예 평론가들의 견습 수련 기간을 대폭 줄이게 만들었고, 신예 평론가들은 등단하자마자 문예지의 중요한 글들을 쓰게 되었다. 신예 평론가들은 자신들의 글을 쓸 지면이 넘쳐나는 상황에서 문학적 당파성이 있는 독립 문예지에 대한 필요성을 느끼지 못했고, 비평과 문학에 대한 반성적 고민도 할 여유가 없었다. 이것은 곧 문학평론가의 자의식 부족과 출판 자본의 독주 현상을 가속화시켰다. 이제 대다수의 신예 평론가들은 비주류 독립 문예지에서 고생하면서 자신의 문학적 정체성을 키워가기보다 메이저 문예지에 소속되어 세속적 영광을 얻는 길을 선택한다. 이러

한 신예 문학평론가의 이해타산적 행동은 사회의 전반적인 보수
화와 황금만능주의의 확산과 무관하지 않다. 문학이, 비평이 더
이상 삶을 비춰주는 등불이 되지 못하는 상황에서 문학은, 비평
은 출세와 치부의 수단으로 전락했던 것이다. 신예 평론가들마
저 출판 자본과 문학 권력에 종속되어 가는 상황에서 비주류 독
립 문예지의 미래는 더욱 암울할 수밖에 없다.

4. 출판 자본의 독주와 문예지 무용론

1980년대 이후 공룡으로 성장한 출판 자본의 질주 속에 일부
문예지의 편집진들은 출판 자본의 상업주의와 암묵적 결탁 속에
자신의 문학적 지분을 확대했다. 이것은 문예지의 편집진들이
출판 자본의 욕망과 배치되는 비판적 언사를 꺼리게 된다는 것
을 의미한다. 문예지의 편집위원과 출판 자본의 행복한 밀월 속
에 비평의 진정성은, 문예지의 당파성은 희미해질 수밖에 없다.
더욱이 이들 편집진들은 해당 출판사의 주주인 경우도 있다. 결
국 출판 자본과 한 몸이 된 편집진들은 출판 자본의 욕망을 자
신의 욕망으로 오인한다. 출판 자본의 후원 속에 문학판에서 누
리는 문단적 영향력은 자신이 괴물로 변했다는 사실을 망각시키
는 효과를 발산한다. 과연 이런 상황에서 문학의, 비평의 진정성
은 무슨 가치가 있을까? 2000년대 초반에 벌어진 '문학권력과
주례사비평 논쟁'은 비평의 타락과 출판 자본의 상업주의를 비
판하는 의미 있는 작업이었지만 흐름을 바꾸는 데에 실패하고
말았다. 그 이후 문단 내부의 자정 노력은 실종되고 만다.
  ≪문학과 사회≫ 편집동인이었던 문학평론가 이광호는 1999년

에 경제적 효율성의 잣대로 문학을 다루어서는 안 된다는 입장을 표명한 바 있다. 그는 계간지가 출판 자본의 이윤 추구 수단으로 전락하지 않는 시스템을 만들어야 한다고 주장한다. 그러나 중요한 것은 이러한 입장 표명이 아니라 실제로 출판 자본의 이익과 문학평론가 이광호의 문학적 입장이 충돌할 때 그가 어떠한 선택을 했느냐는 진실일 것이다. 2000년대에 이광호는 '문학과 지성사'에서 발간되는 단행본 소설에 주례사 해설을 정기적으로 써주었다는 사실을 고려해보면, 이광호의 주장은 말과 행동이 일치하지 않은 공허한 수사학이라는 의구심을 지울 수 없다. 그의 말이 진실이 되려면 '문학과 지성사'에서 발간하는 책들에 대해서도 공정한 비평의 잣대를 적용해야 한다. 하지만 이광호는 다원성을 옹호하는 텍스트 중심주의를 내세워 텍스트에 대한 공정한 평가를 생략해 왔다. 이런 까닭에 다음 지문에서 보듯 문화산업의 논리 속에서 출판 자본의 이윤 추구 수단으로 전락하지 않는 시스템을 만들어야 한다는 이광호의 발언은 공허한 울림만 생산한다.

저는 물론 경제적 효율성이라는 척도에서 문학을 바라볼 수 없다고 생각합니다. 문학의 논리는 그것과는 다른 차원에 있을 뿐만 아니라, 그것에 미적으로 저항하는 것이 문학의 반성적인 기능일 것입니다. 경제적인 합리성의 신화가 가진 폭력성에 의문을 제기하면서 문학은 스스로 〈거품이다〉라고 선언하면서 지배이데올로기에 저항할 수 있어야 합니다. 그러기 위해서는 문화산업의 논리 속에서 계간지가 단지 출판 자본의 이윤추구 수단으로 전락하지 않는 시스템을 만들어야 하겠지요.[2]

---

2) 이광호, 「21세기 문학과 문예지의 좌표」, 《작가세계》, 1999년 여름호, 139~140쪽.

대부분의 문학평론가들은 출판 상업주의를 비판하고, 문학의 진정성을 지켜야 한다는 데에 일차적으로 동의한다. 문제는 그 것이 자신들의 사적 이익과 관련되면 상당수의 문학평론가들이 갑자기 심한 건망증에 걸려 이것을 망각한다는 사실이다. 대상 작가의 지명도에 따라 텍스트의 비판 수준을 조절하는 경우, 우 리는 그러한 고무줄 비평을 신뢰할 수 없다. 유명문인이나 대가 의 글을 주례사비평 하면서 신인급 작가들에게 날선 비판의 칼 을 휘두를 경우 그것은 위선의 비평이다. 모든 대상 텍스트를 동 등하게 바라보면서 자신의 문학적 양심을 걸고 비판적으로 텍스 트와 수평적으로 교감해야 한다. 1990년대 이후 문학평론가들은 거대담론의 몰락과 포스트모더니즘의 우산 속에 다원성을 강조 하며 대상 텍스트에 대한 평가를 유보했다. 그러면서 넘쳐났던 것은 주례사비평이었고, 상업주의라는 망령이었다. 비평이 독자 들에게 외면 받을 수밖에 없었던 것은 그동안 비평이 보여준 자 충수의 업보이다. 작가들도 문학 권력과 출판 자본을 핑계로 자 신의 문학적 정체성을 훼손하는 글쓰기를 삼가야 한다.

문예지는 이전에 비해 더 많은 종수가 발행되고 있다. 하지만 이것이 문예지의 황금기를 말하는 것은 아니다. 대다수의 문예지 는 일반 독자에게 전달되지 못한 채 문예지 내부의 시장에서만 유통된 채 사망한다. 초판도 제대로 소화되지 못한 문예지가 대 다수인 상황에서 문예지의 위기는 결코 남의 일이 아니다. 문예 지 무용론은 더 이상 다른 나라의 이야기가 아니다. ≪현대문학≫ 과 ≪문학사상≫ 등 아직까지 몇 개의 월간지가 남아 있지만 독 자들은 더 이상 월간지 체제에 매력을 못 느끼고 있다. 메이저 문예지 중심으로 계간지 형식이 아직까지 유효하게 작동하고 있 지만 대다수의 계간지들은 독자의 관심 대상에서 제외되어 있다.

젊은 세대의 독자들은 문예지를 보기보다 단행본이나 인터넷 웹진의 형식을 선호한다. 독자들이 단편 위주의 창작집보다 장편으로 몰려가는 것도 달라진 시대의 환경을 반영하고 있다. 이제 문예지는 시대에 걸맞은 변화가 필요하다. 문제는 그 변화의 내용이다. 계간 ≪자음과 모음≫처럼 소설 단행본을 출판하기 위한 징검다리 성격의 문예지 발간이라면 문예지 자체로서의 매력은 거의 없다고 보면 된다. 단행본을 내기 위해 잠시 거치는 중간역으로서의 문예지는 독자에게 읽혀진다기보다 소비되어 사라진다. 문예지가 단행본 출판을 위한 계약의 장이자 일종의 일차적 테스트 장으로만 머문다면 문예지의 미래는 없다고 해도 과언이 아니다.

독자의 문예지 외면은 문예지 내부의 구조적 모순만이 아니라 인문학적 가치를 폄하하고 경제적 가치만을 중시하는 천박한 신자유주의 체제의 패러다임에서 상당 부분 기인한다. 이윤만을 중시하는 풍토 속에서 문학의 진정성을 지키는 독립 문예지의 존립은 기대하기 힘들다. 문예지는 문학 전문지와 문학 대중지라는 갈림길에서 어느 한쪽을 선택할 수도 있다. 시대의 변화 속에 문예지가 모든 독자를 포용했던 시대는 사라졌다. 이제 오늘날의 독자들은 다양한 관심사 속에서 다양한 지점의 읽기를 욕망한다. 이러한 다원성의 시대에서 무엇보다 필요한 것은 개성 있는 문예지의 당파성이다. 다른 문예지와는 차별되는 문예지의 당파성은 오히려 권장되어야 할 사항이다. 두루뭉술한 색깔의 문예지는 개성 없음을, 굳이 읽을 필요성이 없음을 뜻한다. 문예지의 위기 속에서 개성 있는 독립 문예지의 필요성은 더욱 요구된다. 여기에서 주의할 점은 당대 독자와 소통하려는 문예지의 적극적 의지와 개별 문인들의 노력이다. 그렇지 못하면 독립 문예지의 당파성과 선구자적 실험성은 자칫 잘못하면 외통수의 처지가 될 수 있다.

5. 독립 문예지의 탄생을 염원하며

2010년 3월에 한국문화예술위원회는 '한국작가회의'에 공문을 보내 기금 지원 조건으로 '시위 불참 확인서'를 요구했다. 한국작가회의는 이러한 조처에 반발하여 문예지 발간 지원금을 포기하고 기관지인 계간 ≪내일을 여는 작가≫를 정간시켰다. 이 사건은 문예지의 자율성을 공적 기관이 침해한 상징적 사건이다. ≪내일을 여는 작가≫의 정간은 정부 지원금이 없으면 발행하기 어려울 정도로 궁색한 처지에 빠진 문예지의 형편을 보여준 것이기도 하다. 현재 거의 대부분의 문예지가 외부의 지원금 없이는 자체적으로 발간하기 힘든 상황이다. 이런 상황에서 주류를 비판하고 대안적 정체성을 제시하는 독립 문예지의 필요성은 더욱 요구된다. 그렇지만 거의 모든 면에서 메이저 문예지에 비해 열악한 처지에 있는 독립 문예지의 순항 가능성은 높지 않다. 내가 관계하는 비평전문지 ≪작가와비평≫은 계속 발간하기 위해 출판사를 5년 동안 다섯 번이나 바뀌는 아픔을 겪어야 했다. 그 중에서 한 번은 편집동인들이 돈을 출연해 자비로 출판하는 곤경을 겪기도 했다. 이렇게 독립 문예지를 운영하는 것이 어렵다고 기존 현실을 방치한다면 새로운 희망을 찾기 힘들다.

기존과 차별화된 독립 문예지라면 문학적 담론만이 아니라 형식에서도 차별화를 확보해야 한다. 시, 소설, 작가론, 작품론, 서평 등으로 이루어진 기존의 문예지 형식도 전면적으로 재검토해봐야 한다. 다채로운 음식을 제공하는 뷔페보다 때로는 특색 있는 전문점 요리가 인기 있는 것을 떠올려 보라! 문예지들이 사전 기획을 하여 공통의 주제로 작품을 창작하는 것도 장기적으로 생각해볼 수 있다. 문학만이 아니라 인접한 다른 예술 장르와 교섭하는 탈장르의 잡종성도 고려해봐야 한다. 텍스트에 대한 주례사비평으로 머물고 만 비평이 과연 유용한 것인지에 대한 철저한 자기반성도 요구된다. 주례사비평과 논문화된 비평은 문학 장르에서 비평의 존재 가치를 스스로 부인하는 자해 행위이다. 비평이 부활해 독립 문예지의 앞길을 제대로 비추려면 무엇보다 현장성과 사회적 실천성의 회복이 필요하다. 오늘날의 독자들은 비슷비슷한 문예지보다 차별성 있는 문예지를 욕망한다. 21세기에 걸맞은 다양한 형식과 내용에 대한 고민은 문예지의 위기를 극복하는 원동력이다. 기존의 현실에 안주해 문예지를 단행본 출판이나 문학권력을 위한 지렛대로 이용만 한다면 문예지 무용론은 대세가 될 수밖에 없다.

출판 자본, 학벌, 언론 권력 등 제반 요소에서 자유로운 독립 문예지는 현실에서 존재하기 힘들다. 그렇다고 해서 독립 문예지의 이상을 실현하는 노력들이 무의미한 것은 아니다. 문학에 대한 열정으로 뜨거운 가슴이 있는 한 주류의 문제점을 비판하고 대안을 제시하려는 독립 문예지의 실험은 계속될 것이다. 안타깝게도 현재 주변의 상황들은 독립 문예지를 창간하고 운영하는 데에 좋은 조건이 아니다. 문학적 진정성이라는 수사학은 난무하지만 자신의 불이익을 기꺼이 감수하고 행동하는 독립 문예지인 돈키호테들이 별로 없다. 비판적 독립 문예지의 부재는 역으로 현존 문예지의 위기를 해결 불가능한 난제로 만든다. 메이저 문예지는 대마불사(大馬不死)라는 관성의 법칙에 의존해 계속 발간될 것이지만 시간이 가면 갈수록 문학 독자들은 멸종할 것이다. 그때 우리는 비로소 대안을 제시하는 독립 문예지를 애타게 부를지도 모르겠다. 그러나 그때는 너무 늦다. 지금 바로 이 시점에서 독립 문예지의 심장 소리가 크게 들려야 한다.

계간 ≪문학과 사회≫,
아니 계간 ≪문학과 개인≫ 100호 발간을 축하한다

1. 만년 3등 계간 ≪문학과 사회≫

먼저 계간 ≪문학과 사회≫ 100호 발간을 축하합니다.

새로운 것을 시작하는 창업도 어렵지만 장기간의 수성은 더
더욱 어려운 난관의 연속이다. 저도 비평전문지 ≪작가와 비평≫
을 2004년에 만들었다가 8년 만에 잡지를 폐간한 아픈 과거가
있다. 이런 이유로 1988년에 재창간하여 25년 동안 결호 없이
문예지를 발간한 ≪문학과 사회≫의 역대 편집동인과 관계자들
에게 먼저 축하의 인사를 전한다. 나는 2006년에 '문학과 지성
사' 창립 30주년을 축하 비판하는 글을 쓴 전력이 있다. 그래서
이번에는 이러한 악연을 맺고 싶지 않았다. 하지만 ≪문학과 사
회≫를 향해 신랄한 고언을 펼칠 필자가 별로 없는 문단적 상황
이 나를 다시 이런 글을 쓰게 만드는 비극을 연출했다. 악역을
맡아야 하는 잡놈 평론가의 숙명이다.

100호 발간은 축하할 일이지만 ≪문학과 사회≫의 처지가 축하만 하기에는 그렇게 편해 보이지 않는다. ≪문학과 사회≫의 전신은 계간 ≪문학과 지성≫이다. 인문학적 지식인의 지성을 강조한 ≪문학과 지성≫은 1970년대에 ≪창작과 비평≫과 함께 양대 계간지 시대를 열었다. ≪문학과 지성≫은 1980년 군사정권에 의해 강제 폐간되고, 1988년 제호를 바꿔 계간 ≪문학과 사회≫로 새 출발했다. 사회과학의 세례를 받은 ≪문학과 사회≫ 편집동인들은 의욕을 갖고 잡지를 창간했지만, 1990년을 전후한 현실사회주의권의 몰락 속에 전환기적 위기를 맞는다. 이때 ≪문학과 사회≫는 프랑크푸르트학파의 비판이론과 포스트구조주의 담론을 내세우며 우파 문단의 좌장으로 등극해 화려한 전성기를 보냈다. 그러나 그 전성기는 오래가지 못했다. 1990년대 후반부터 쪼그라들기 시작한 ≪문학과 사회≫는 2000년대 들어 전통적 경쟁자였던 계간 ≪창작과 비평≫과의 경쟁에서 완전하게 패배했고, 신흥 강자인 계간 ≪문학동네≫에도 뒤처지는 만년 3등으로 전락했다.

현재 ≪문학과 사회≫는 과거 화려했던 시절에 쌓아놓은 명성이라는 고대 유물로 3위 자리를 지키고 있다고 해도 과언이 아니다. 이 3위도 양강인 ≪창작과 비평≫과 ≪문학동네≫에 비해 격차가 상당히 벌어져 있다. 현재 고착화된 만년 3등이지만 미래에 그 이상의 추락도 나타날 가능성은 충분하다. ≪문학과 사회≫는 위기이다. 문제는 이 위기를 편집동인들이 그렇게 심각하게 받아들이고 있지 않다는 것. 가장 큰 위기는 이 지점에서 출발한다. ≪문학과 사회≫ 왕국이 붕괴되고 있는데 구조적 혁신의 움직임을 찾기 힘들다. ≪한겨레신문≫의 최재봉 기자는 ≪문학과 사회≫가 "상업주의 및 문학 대중화가 하나의 적이라면, 문학의 사회·

정치적 쓰임을 강조하는 쪽이 또다른 싸움 상대였다."고 언급한
다. 그렇지만 내가 보기에 ≪문학과 사회≫의 최대 적은 기득권
에 안주한 그들 자신이다.

2. 100호 발행과 철저한 반성의 미흡

왜 이렇게 ≪문학과 사회≫는 비루한 처지로 추락했을까. 제
대로 된 100호 기획이라면 과거 찬란했던 ≪문학과 사회≫ 왕국
이 왜 이렇게 비루한 처지에 빠지게 되었는지 원인을 철저하게
분석해 성찰해야 한다. 안타깝게도 ≪문학과 사회≫ 100호는 추
락 원인에 대한 철저한 분석과 반성이 미흡하다. 미흡해도 한참
미흡하다. ≪문학과 사회≫는 100호 발간사인 '겨울호를 엮으며'
에서 그동안 걸어온 흔적들을 압축적으로 말한다. 노회한 음모
의 시대와 피로 사회에서 ≪문학과 사회≫가 미적 전위로서 소
명을 다했지만 미흡한 점도 많았다는 것이 이 글의 핵심 요지이다.

노회한 음모의 시대였고, 교묘한 '피로 사회'였다. 열정적인 전위
적 충동마저 훼절시키는 이 문화적 피로 사회에서도 『문학과사회』
는 여전히 미적 전위로서의 소명을 위해 헌신하고자 했지만, 여러모
로 미치지 못한 부분도 많았을 것이다. 어떤 이는 『문학과사회』에서
문학적 자율성을 읽고 가고, 어떤 이는 문학 권력을 읽고 갔다. 어떤
이는 실험성을 읽고, 어떤 이는 줄어드는 비루한 소수문학을 읽었다.
모두가 밝은 눈으로 읽었을 것이고, 그 어떤 독법에도 『문학과사회』
는 겸허하게 구리 거울을 닦아야 한다고 생각했다.[1]

≪문학과 사회≫는 이 글에서 구리거울을 언급하며 겸허하게 반성하는 모습을 잠시 보여준다. 하지만 이 정도의 반성만으로 그 동안 누적된 ≪문학과 사회≫의 구조적 문제점을 해소할 수 있을까. 의문이다. 극히 의문이다. 자기 자신에게 회초리를 내리치는 철저한 반성은 결코 쉬운 일이 아니다. 하지만 좀 더 나은 미래를 열고자 한다면 이것은 반드시 거쳐야 할 통과제의적 의례이다. 100호 발간사에서 언급한 반성은 본론의 글에서 충분하게 나타나야 반성의 진실을 확보할 수 있다. 그렇지 않으면 그 반성은 의례적인 수사일 뿐이다. 의례적 수사는 독자를 졸리게 한다. 나도 모르게 하품이 나온다. ≪문학과 사회≫ 100호 기념을 보도한 일간지의 기사는 마치 ≪문학과 사회≫의 보도자료를 그대로 베낀 듯한 느낌마저 주었다. 자체의 반성이 미흡하면 외부에서 따끔한 비판을 통해 새로운 길의 모색을 촉구해야 한다. 그렇지만 문학권력을 지닌 ≪문학과 사회≫에 대한 비판은 문단 내부에서나 외부에서나 쉬운 일이 아닌 것 같다. 학벌, 인맥, 전통, 출판 자본의 결합체인 ≪문학과 사회≫는 쇠퇴했지만 아직도 엘리트 사회에서 영향력이 있는 공룡이다. 물론 이 공룡은 현재 암세포에 잠식된 채 급격한 노화 현상에 시달리고 있다.

≪문학과 사회≫ 100호 특집은 '1988년 이후의 한국 문학'과 '문학과사회 100호 기념 좌담: 도전과 응전-세기 전환기의 한국 문학'이다. 이 중에서 ≪문학과 사회≫의 과거, 현재, 미래를 압축적으로 보여줄 수 있는 것은 편집동인들이 다수 참여한 100호 기념 좌담이다. 이 좌담에 참여한 사람은 2세대 '문학과 지성' 편집동인인 정과리, 3세대인 우찬제, 4세대인 김형중·강계숙·이수

---

1) 계간 ≪문학과 사회≫, 2012년 겨울호, 28쪽.

형·강동호이다. ≪문학과 사회≫ 측면에서 보면 1세대 정과리, 2세대 우찬제, 현 편집동인 3세대 전원이 참여한 형태이다. 100호 기념 좌담은 문학계 전반의 문제를 진단하는 일반적인 좌담이었다면 성공적이었다고 평가할 수 있다. 독자들이 좌담을 읽어보고 공감할 부분도 있었다. 그러나 이 글이 100호 기념 좌담이었기에 ≪문학과 사회≫의 과거, 현재, 미래와 분리시켜 말할 수 없다. 100호 기념 좌담이라면 ≪문학과 사회≫가 과거 어떻게 해 왔는지에 대한 분석과 반성이 반드시 필요하다. 하지만 이 좌담은 문학계 일반의 문제점을 지적했지만 정작 ≪문학과 사회≫의 문제점에 대한 언급은 구렁이가 담 넘어가듯이 슬쩍 넘어갔고, 어려운 과정에서 편집동인들이 고투하면서 ≪문학과 사회≫를 발간해 왔다는 자화자찬의 언어가 꽃을 피운다.

3. 정과리의 과잉 수사학과 편집동인들의 자기 합리화

100호 기념 좌담의 좌장인 정과리는 "최대한도로 우리의 문학적 이념을 지키려고 애를 쓰면서 버티려고 했던 것은 사실이다. 그 버팀의 실제적인 결과는 매년 조금씩 적자를 내면서 망해가는 그런 회사를 만들었다는 것이다.(웃음) 그리고 실제로 '문학과지성사'가 거의 문을 닫아야 할 지경에까지 갔었다. 결국 격렬한 논쟁을 거쳐 재편이 이루어졌고, 그 이후에 어떻게 어떻게 살아남아서 여기까지 왔다. 우리가 문화 산업에게 굴복을 한 것인지 아니면 문화 산업과의 싸움에서 요령을 터득한 것인지는 잘 모르겠으나 어쨌든 우리는 간신히 살아남았다." 이 좌담에서 편집동인들이 말할 것은 간신히 살아남았다는 것에 안도감이 아니라

'어떻게 어떻게' 살아남았는지에 대한 신랄한 반성이다. 하지만 정과리는 이 문제를 슬쩍 덮어버렸다. 다른 편집동인들도 입에 자물쇠를 잠갔는지 이 부분에 대해서는 침묵한다.

이 좌담에서 ≪문학과 사회≫ 편집동인들은 문화산업의 팽창, 거대담론의 몰락, 인문학의 위축, 출판상업주의와 문화산업 등을 통해 문학의, ≪문학과 사회≫의 침체가 외부적 요인이라는 점을 부각시키려고 했다. ≪문학과 사회≫ 편집동인들은 문학주의로 대변되는 자신의 문학적 이념을 지키려고 많은 노력을 해왔지만 불가피한 시대적 변화에 의해 ≪문학과 사회≫의 영향력이 축소될 수밖에 없었다는 것이다. 물론 ≪문학과 사회≫의 침체의 원인은 일정 부분 외부적 변화에 의한 것이다. 나는 이 사실을 부정하지 않는다. 내가 말하고 싶은 것은 열악한 상황 속에서 난국을 타개하고 진화하려는 편집동인들의 노력과 시도가 제대로 이루어졌나 하는 부분이다. 현재의 ≪문학과 사회≫는 진화형이 아니라 퇴행형이다.

정과리는 자신의 문학적 이념에 따라 ≪문학과 사회≫를 하다 보니 적자가 쌓였다는 과오를 인정했지만, 자신의 문학적 이념이 지닌 자체적 문제점에 대해서는 전혀 언급하지 않았다. 자신의 문학적 신념에 대한 무오류의 입장이다. 정과리는 "잡지들이 그 본래의 역할을 상실했다는 이야기는 소위 제도 바깥에서 제도를 비판적으로 성찰하는 기능을 상실했다는 뜻이다."라고 말한다. 하지만 이 문장은 ≪문학과 사회≫가 이것에 해당하지 않는다는 전제가 깔려 있다. 정과리는 이 좌담에서 상당 부분 반성하는 포즈를 취한다. 그러나 어디까지나 포즈에 머문다. 정과리는 "완전을 꿈꾸는 자는 그것을 꿈꾸는 대가로 가난해야 한다"고 말하면서 작가들에게 가난해야 한다고 말한다.

하지만 정과리 자신도 솔직하게 말했듯이 그는 현재 잘 먹고 잘 살고 있다. ≪문학과 사회≫ 편집동인들은 유명 대학 출신이거나 대학 교수여서 먹고 사는데 큰 지장이 없다. 이런 분들이 말하는 진정성의 문학, 소수문학은 과연 무엇일까. 문학의 진정성을 지키기 위해 목숨까지 걸어야 한다는 정과리의 수사적 언어에서 나는 일종의 분노마저 느낀다. 그의 수사적 언어의 행진은 진정성 있게 자신이 살지 못하는 현재의 결핍이 만들어낸 과잉의 포즈여서 안쓰럽기는 하다. 그렇지만 그것이 자신의 수사적 발언을 정당화, 합리화시켜 주지는 못한다. 정과리가 말하는 립서비스에 불과한 관념적 언어들은 현재 ≪문학과 사회≫가 보여주는 자기기만적 관념성의 알몸을 적나라하게 노출한다. 정과리나 ≪문학과 사회≫ 편집동인들이 언어의 수사를 넘어서고자 했다면 ≪문학과 사회≫를 향한, 자신을 향한 신랄한 자아비판과 혁신적 실천을 했어야 했다. 그렇다면 나는 ≪문학과 사회≫에서 새로운 희망을 엿보았을 것이다.

4. 타락한 문학주의와 위선적 출판상업주의

우찬제는 ≪문학과 사회≫가 2000년대에 "다른 방식으로 더 미세하게 증후를 들추어내고 혁신적 문법을 발견하여 담론의 실천성으로서 정치적 의미를 확보하고자" 했다고 말하면서 자신들을 합리화한다. 과연 우찬제는 자신이 말한 바를 제대로 실현시켰는지 의문이다. 더 중요한 것은 미시적 텍스트를 중시하는 텍스트 중심주의는 문학주의의 지원 속에 정당한 비판의 칼날을 무력화시키는 데에 동원되었다는 점이다. 문학을 중심으로 모든 것을 판단하는 문학주의는 1990년대 이후 사회와의 연관성을 급격하게 상실하면서 미시담론의 문학을 양산했다. ≪문학과 사회≫의 문학주의는 미시적 텍스트를 옹호했고, 결과적으로 출판 자본에 종속된 주례사비평을 낳는 이데올로기를 제공했다. '문학주의=텍스트 중심주의'가 문학평론가의 주례사비평을 다양성이라는 이름 아래에 합리화시키는 부실채권의 시스템을 낳았던 것이다. 이것은 문학주의와 비평이 공모한 타락이었다. 문학주의의 타락은 총체적 시각의 확보를 더욱 어렵게 만들었고, 결과적으로 출판 자본에 문학의 자율성을 종속시키는 아이러니한 결과를 만들어냈다. 미시적 텍스트에 갇힌 장님 비평은 문학계와 문예지의 위기를 제대로 포착하지 못했다. 그 결과 문학계의 위기는 중증의 고질병으로 발전했다. 한국에 문학주의를 살포한 ≪문학과 사회≫는 문학주의의 타락과 한국문학의 침체에 상당 부분 원인을 제공한 책임 당사자인 것이다.

문학주의의 본산지인 ≪문학과 사회≫는 자신들의 문학적 순수성을 주장했지만 문학권력과 출판상업주의라는 비판에서 자유롭지 못하다. ≪문학과 사회≫는 좌파상업주의를 보인 ≪창작과 비평≫, 문학주의와 대중성을 결합해 상품화한 ≪문학동네≫에 비해 출판상업주의가 약했다. 이 점에서는 나는 전적으로 동의한다. 그러나 ≪문학과 사회≫가 출판상업주의를 보여주지 않았다고 말한다면 손바닥으로 하늘을 가리는 행위이다. 정도의 차이가 있을 뿐 ≪문학과 사회≫는 '문학과 지성사'라는 출판사를 보조하면서 출판상업주의에 복무했다. 계간 ≪문학과 사회≫와 '문학과 지성사' 출판사는 별도의 존재가 아니라 한몸이다. '문학과 지성사'는 ≪문학과 사회≫를 보조하고, 확대 재생산하기 위해 만들어진 출판사이다. ≪문학과 사회≫가 선택한 작가를 '문학과 지성사'가 책으로 출판하고, '문학과 지성사'가 출판한 책을 ≪문학과 사회≫가 문학적 권위를 부여하는 방식은 대다수 문예지의 생존 공식이다. 이런 순환 구조 속에서 2000년대에 ≪문학과 사회≫가 키운 대표적인 문학 스타는 정이현이다. ≪문학과 사회≫는 정이현에 대한 문학적 과잉 조명, 상업적 광고 등을 통해 출판상업주의의 한 축을 형성했다. 현재 '문학과 지성사'에서 발간되는 한국문학전집도 중고등학생 논술 대비용으로 상업적 이익을 얻기 위한 기획의 산물이다. 이런 행태는 ≪창작과 비평≫도 보여준 바 있다. 결국 출판상업주의는 오십보 백보라는 이야기이다.

물론 오십보와 백보는 분명 차이가 있다. 하지만 ≪문학과 사회≫가 출판상업주의와 결탁하지 않았다고 선언하면서 실제로는 출판상업주의 관계하는 것은 위선의 극치이다. 자본주의 국가에서 출판 자본이 상업주의적 성격을 벗어나기는 어렵다. 나는 이것을 부정하는 것이 아니다. 출판상업주의를 보였으면서도 전혀 그러한 적이 없다는 위선적 발언. 나는 이것을 문제 삼는 것이다. 자신이 하면 로맨스고, 남이 하면 추문인가. ≪문학과 사회≫는 문학 대중화와 싸웠다고 하지만 이것은 거짓이다. 선별적으로 싸웠을 뿐이다. 자신의 출판사에서 나온 대중소설에는 비평적 조명을 통해 문학적 명성을 키웠고, 자신의 출판사에서 나오지 않은 대중문학에는 비판의 칼날을 들이대거나 무시하는 태도를 보인 것이 ≪문학과 사회≫가 보여준 출판상업주의의 이중적 실체이다. 문학 대중화는 문학 민주화의 산물로도 볼 수 있다. 이런 점에서 문학 대중화를 적으로 삼는 ≪문학과 사회≫의 엘리트주의는 시대착오였다. 그들이 내세운 엘리트적 문학주의가 타락한 상황에서 문화 대중화에 대한 비판은 공허하기까지 하다.

《문학과 사회》가 경쟁지에 비해 출판상업주의가 다소 약했던 것은 경쟁사에 비해 낙후된 마케팅 기법, 유명 작가의 장편 섭외 실패 등 기득권에 안주해 새로운 변화에 제때 대처하지 못해 생긴 현상이기도 하다. 유명 작가나 베스트셀러를 꿈꾸는 작가들은 '문학과 지성사'보다 '창비'와 '문학동네'에서 책을 내고자 했다. '문학과 지성사'에서 나온 책들은 많지만 상대적으로 '창비' '문학동네'에 비해 베스트셀러가 된 책이 적다. 이것은 역으로 《문학과 사회》가 경쟁지에 비해 출판상업주의와 거리를 두고 있다는 가짜의 이미지를 만들어냈다. 《문학과 사회》도 베스트셀러를 욕망했으나 《문학과 사회》의 낡은 시스템이 일반 독자들의 호응을 제대로 이끌어내는 문화 상품을 만들지 못했던 것이다. 한 마디로 경쟁사에 비해 무능했던 것이다. 무능력을 출판상업주의와 결별했다는 식으로 논리를 끌어오는 것은 견강부회(牽強附會)의 오류이다.

5. 계간 《문학과 개인》으로 개명하라!

《문학과 사회》 의 창간사를 보면 문학과 사회의 상호 포괄적 관계를 말하고 있다. 사회과학의 세례를 받은 당시 정과리를 비롯한 《문학과 사회》 1세대는 인문학적 시민 교양을 중심에 둔 《문학과 지성》 1세대인 김현 등과 달리 사회를 강조하는 변모된 모습을 보였다. 《문학과 사회》의 창간사를 읽어보면 '문학=사회'의 결혼 선언이었다. 이러한 《문학과 사회》의 입장은 복간한 1988년 이후 몇 년 정도는 나름대로 유지하려 애썼다고 평가할 수 있다.

우리가 '문학'과 '사회'를 상호 포괄적인 관계로 파악하는 것도 이러한 인식을 기반으로 하여 궁극적으로는 문학의 입장에서, 문학을 통해 사회 변혁의 전망을 획득하고자 하기 때문이다. 문학은 사회 밖에서 사회를 비판적으로 해석하거나, 또는 다른 방식을 통해 작용하는 것이 아니라, 서로가 서로에게 각인되고 인각을 남기는 관계에 있다. 문학은 사회 속에 존재하며 사회는 또한 문학 속에서 스스로의 존재와 구조를 발견해낸다. 문학은 스스로를 반성하면서 사회를 비판하고, 이러한 반성과 비판을 통해 스스로를 변화시켜 나가는 동시에 사회 변혁의 주요한 동인이 된다. 따라서 우리는 문학과 사회의 동시적 포괄 관계를 통해 한국 사회의 진정한 변혁의 전망을 추구하고자 한다.[2]

그러나 신혼 기간은 길지 않았다. 1990년을 전후한 시기에 현실 사회주의권의 붕괴와 거대담론의 몰락 속에 문학과 사회의 결혼은 위기에 봉착한다. ≪문학과 사회≫는 1990년대 초반부터 문학이 중심이 되는 '문학주의'를 전면에 내세운다. 그러면서 문학과 사회의 결혼은 파탄을 맞이한다. 이때 중심 역할을 했던 것이 서구에서 수입한 프랑크푸르트학파의 비판이론과 포스트구조주(poststructutralism)의 담론이었다. ≪문학과 사회≫ 편집동인들은 사회와 직접 접촉하는 것이 아니라, 서구 담론의 안경을 통해서만 사회와 어색하게 만났다. 그러면서 '사회'는 앙상한 뼈만 남긴 채 관념적 담론으로 전락했고, 관념적 담론을 과식한 '문학'은 문학주의의 비호 속에 사회를 주변화시켰다. ≪문학과 사회≫가 '사회'와 별거한 상태에서 새로운 애인으로 맞이한 것은

---

2) ≪문학과 사회≫를 엮으며, ≪문학과 사회≫, 1988년 봄호, 14~15쪽.

다양성의 차이를 내세운 '포스트 개인'이다. ≪문학과 사회≫의 제호는 '문학과 사회'였지만 1990년대 초반부터 전개된 것은 '문학과 개인'이었다. 사회는 개인으로 구성되어 있다. 개인의 문제가 사회의 문제일 수 있다. 하지만 ≪문학과 사회≫는 다양한 개인들이 부딪혀 만들어내는 사회적 문제에 특별한 관심을 보여주지 않았다. ≪문학과 사회≫는 개인주의적 문학과 사회를 등가적 관계로 설정한 것이 아니라, 개인주의적 문학을 독주시키면서 사회를 얼굴 마담으로 활용했을 뿐이다.

창간사와 실제 행보의 불일치는 ≪문학과 사회≫의 기형성과 정체성의 파탄을 말한다. ≪문학과 사회≫는 20년 넘게 자신의 문학적 정체성과 맞지 않는 이름을 쓰는 가식의 행보를 보여왔다. ≪문학과 사회≫는 '문학과 사회'가 아니라 '문학과 개인'과 불륜 관계를 지속해 왔다. 지금이라도 늦지 않으니 ≪문학과 사회≫는 제호를 ≪문학과 개인≫으로 바꾸는 이혼과 새로운 결혼 사실을 선언해야 한다. ≪창작과 비평≫이 '집단'을 강조했다면 ≪문학과 사회≫가 '개인'을 강조했다는 사실은 문학에 관심 있는 독자라면 다 알고 있는 사실이 아닌가? ≪문학과 사회≫는 개인의 강조 속에 문학주의 이데올로기를 생산하면서 문학의 자율성, 작가의 개성, 전위적인 미학 실험을 옹호하고 지원했다. 그런데 왜 자신의 정체성에도 맞지 않는 집단성의 '사회'라는 명사와 동거하는 위선적 결혼 관계를 지속하고 있는지 의문이다. 가식으로 가득한 별거 상태의 형식적 부부 관계를 청산하고 각자의 길을 가는 것이 옳다고 본다.

6. 권위주의적 엘리트주의와 절름발이 소수문학의 옹호

현재 계간 ≪문학과 사회≫를 지배하는 것은 다원적 문학주의와 열린 소통이 아니다. 자폐적 나르시시즘에 기반한 배타적 엘리트주의와 소통 불능의 권위주의이다. ≪문학과 사회≫가 생산하는 문학은 흔히 본격문학으로 분류되는 엘리트문학이다. 이 엘리트문학은 문학주의를 내세우며 '그들만의 리그'를 형성하고, 그 이외의 것은 키치상품으로 판정해 배제한다. ≪문학과 사회≫는 대중적인 것들을 문학의 진정성과 윤리성을 상실한 것으로 흔히 취급하여 저평가한다. 이 권위주의적 엘리트주의는 문학적 자율성을 통해 타자의 비판을 봉쇄했고, 미적 전위를 내세워 자신들의 난해한 문학을 정당화시켰다. 필연적으로 이 권위주의적 엘리트주의는 자폐적, 배타적 엘리트주의로 변질한다. 이러한 엘리트주의의 긍정적 효과는 신자유주의 체제에서 상업주의적 변신을 상대적으로 더디게 만들었다. 시대의 변화에 재빠르게 진화하지 못한 엘리트주의는 자신들의 문학적 영향력 하락을 타락한 외부적 요인으로 돌리는 자기합리화의 덫에 빠지게 된다. 그런 까닭에 철저한 반성은 생략되고, 일반 독자의 외면은 가속화된다. 어느 날 갑자기 ≪문학과 사회≫는 깨달았을 것이다. 자신들의 문예지와 출판사가 더 이상 1등이 아니라는 것을. ≪문학과 사회≫는 자신들이 견지하는 엘리트주의, 엘리트문학에 대한 전반적인 반성과 개혁 없이는 새로운 문학 패러다임을 만들 수 없다. 자신들의 엘리트문학을 고독한 장인 정신으로 이미지화하는 것은 위선이다.

그런데 ≪문학과 사회≫ 편집동인 구성을 보았을 때 자체적인 개혁은 기대난망이다. ≪문학과 사회≫ 편집동인들은 모두 평론가로서 가방끈이 긴 대학교수이자 대학강사이다. 그들은 자신들의 가방끈이 무척 길다는 것을 100호 기념 좌담에서 유감없이 보여주었다. 서구이론과 지식인의 언어로 버무려진 100호 기념 좌담은 일반 독자에게 두통을 유발한다. 100호 기념 좌담을 읽고 제대로 소화하려면 인문학 관련 대학원 이상의 소수 독자만 가능하다. 일반 노동자들은 이 좌담을 읽는 독자에서 원천적으로 배제된다. 그들은 이 좌담을 읽어도 당최 이해하기 힘들 것이다. 편집동인들은 일반 독자들이 이 좌담을 읽고 이해하기 어렵다는 것을 이해하지 못할 것이다. 귀족적 호텔이 아니라 서민의 시장에서 함께 호흡하지 않는 그들이 자신들의 문제점을 스스로 발견하기는 어렵다. 그들은 고급 지식인의 그룹 속에서 생활했기에 자신들의 발언이 자연스럽다고 생각한다. 하지만 그것은 그들만의 착각이다. ≪문학과 사회≫ 편집동인들은 일반 독자에게 '공부 좀 하라'고 계몽할지도 모르겠다. 그렇게 야단을 맞은 일반 독자들이 문학 공부를 열심히 해 ≪문학과 사회≫의 좌담을 과연 읽을 것인가. 그럴 가능성은 거의 제로이다.

문학 평론은 소수의 지식인을 대상으로 하지 않는다. 문학 평론은 일반 대중을 독자로 삼아 소통의 언어를 생산해야 한다. ≪문학과 사회≫는 소수의 지식인들을 대상으로 하여 그들이 이해할 수 있는 구별짓기 취향의 고급 문화를 한껏 보여주었다. 1990년대까지 이러한 전략은 일정 정도 효과적이었으나 2000년대 들어 이러한 전략의 유효성은 상실했다. ≪문학과 사회≫의 편집동인들은 대중들의 언어로 이야기하면 비평적 권위가 손상될지도 모른다는 강박관념을 갖고 있는 것은 아닐까. 예수와 부처는 자신의 진리를 전파하기 위해 민중들의 언어로 말했다. 문학평론가는 지식인의 언어를 넘어 대중들이 함께 호흡할 수 있는 평이한 언어를 생산해야 한다. 하지만 고급문화를 생산하는 ≪문학과 사회≫ 편집동인들은 대중의 언어로 말하는 것을 권위의 상실과 대중에 대한 천박한 영합으로 생각하는 것은 아닐까. 그들은 자신들의 난해한 고급 언어로 미적 전위성을 보여주는 것이 진정한 문학, 윤리적인 문학이라고 생각하고 있는 것은 아닐까. ≪문학과 사회≫의 편집동인은 왜 꼭 평론가로만 구성될까? 문학평론가만 ≪문학과 사회≫ 편집동인이 될 수 있다는 고정관념을 버려라. 권위주의적 엘리트주의가 변화할 수 있는 가능성은 여기에서부터 출발할 수 있다.

100호 기념 좌담에서 ≪문학과 사회≫ 편집동인들은 자신들의 문학적 정당성을 소수문학의 옹호에서 찾는다. 우찬제는 자신이 주장하는 소수문학이 "지금 현재 출판 자본에 의해서 획책되는 상업 자본주의의 논리에 균열을 내면서도 문학장의 바깥이 아니라 문학제도 내에서, 어떤 재생산을 가능케 하는 것"이라고 말한다. 김형중은 "문학장 바깥에서 이루어지는, 문학장을 거의 허물어뜨릴 만큼 파괴적인 양식을 가지고 있다거나 하는 것들"이라고 말한다. 이수형은 소수문학의 가능성은 "대자본의 시장 독점을 막고 소규모 동네 자본이나 소규모 생산자들의 존재 가치를 인정하는 것"이라고 말한다. ≪문학과 사회≫ 편집동인들이 말하는 소수문학은 사회의 소수자인 비정규직, 장애인, 동성애자, 철거민 등을 위한 사회적 약자의 문학이 아니다. 그들이 말하는 소수문학은 미학적 전위의 실험성으로 인해 대중들에게 호응받지 못하는 엘리트 문학을 말한다. 다시 말해 ≪문학과 사회≫가 옹호하는 소수문학은 엘리트 지식인의 엘리트 지식인에 의한 엘리트 지식인을 위한 배타적 엘리트 문학이다. 절름발이 소수문학이라는 것이다.

100호 기념 좌담은 ≪문학과 사회≫를 위한, 엘리트를 위한 나르시시즘의 자위 행위였다. 따라서 이 잡지를 일반 독자들이 구입해 자위 행위를 지켜볼 이유가 전혀 없다. 그들의 자위 행위는 에로틱하지도 반항적이지도 않다. 일반 독자들이 왜 이 책을 읽어보아야 하는지 그 이유를 부디 제시해 달라! 그 이유가 타당하다면 나도 일반 독자에게 이 책을 권할 것이다. ≪문학과 사회≫ 100호 기념 좌담을 읽고, 과거 경쟁자였던 계간 ≪창작과 비평≫과 계간 ≪문학동네≫는 안심하고 편하게 잠을 잤을 것이다. ≪문학과 사회≫가 과거의 영향력을 회복해 자신들의 문학적 지위를 위협할 날이 결코 없을 것이라는 점을 확인하지 않았을까. 100호 기념 좌담은 새로운 혁신을, 새로운 미래를 전혀 보여주지 못한 관성적인 동어반복의 좌담이었을 뿐이다. 게토화된 영토에서 생산 유통되는 ≪문학과 사회≫는 일반 독자만이 아니라 소위 말하는 엘리트 독자들도 찾지 않는 변두리가 되었다. 지식인들이 ≪문학과 사회≫를 꼭 읽어야 하는 이유가 있을까. 아무리 생각해도 그 이유를 찾기 힘들다. 현재 ≪문학과 사회≫는 엘리트 지식인들에게마저도 유명무실한 유령이 되어 가고 있다.

7. ≪문학과 사회≫의 암울한 미래상과 근본적 변화를 촉구한다

나는 궁금하다. ≪문학과 사회≫가 2025년에 150호 기념을 성대하게 과연 치를 수 있을지 현 시점에서는 의문이다. 만약 그렇게 된다면 그것은 '기적'일 것이다. ≪문학과 사회≫ 100호는 현재 ≪문학과 사회≫가 처한 위기의 실체를 적나라하게 보여주었다. 정과리와 우찬제에게서 보듯 ≪문학과 사회≫의 편집동인들은 자신들의 영향력 하락을 속물적인 세상의 변화 때문이라는 남 탓 증후군이 광범위하게 퍼져 있다. 현재의 편집동인들은 이러한 구조를 깨뜨릴 의지도 전망도 가지고 있지 않다. 이런 상황에서 자신들의 문제점을 철저하게 비판하고 새로운 패러다임을 모색할 수 있을 턱이 없다. 발전적인 한국문학을 더 이상 보여주지 못한 채 과거의 관성에만 기댄다면 장수만세의 전통은 더 이상 찬란한 훈장이 아니다. 기득권을 유지하기 위한 문예지 발간은 한국문학의 발전을 저해할 뿐이다. 《문학과 사회》가 참된 장수만세에 성공하려면 근본적인 변화가 필요하다. 필요하다면 《문학과 사회》의 폐간과 새로운 문예지 발간도 고려해봐야 한다. 그것은 개명 작업부터 시작될 것이다. 어차피 폐간하지 않더라도 《문학과 사회》를 읽는, 읽을 독자도 점점 더 별로 없지 않은가. 도서관 납품용으로 전락한 계간지. 이것이 《문학과 사회》의 현주소이다. 문학적 자위가 필요하다면 끼리끼리 돌려보는 것이 오히려 낫다.

계간 《문학과 지성》은 자신들의 문학적 이념을 보좌하기 위해 출판사 '문학과 지성사'를 만들었다. 그런데 《문학과 지성》을 계승한 《문학과 사회》는 유명무실한 유령이 되어 가고 있고, '문학과 지성사'의 명성과 출판 자본은 계간 《문학과 사회》를 뛰어넘었다. 주객이 전도된 것이다. '문학과 지성사'가 상부구조라면, 계간 《문학과 사회》는 하부구조로 전락했다. 이것은 새로운 담론도, 새로운 문학 전망도 보여주지 못하는 《문학과 사회》의 필연적인 몰락의 산물이다. 2025년에 출판사는 살아남을지 모르지만 계간 《문학과 사회》가 살아남을 수 있을지는 물음표이다.

《문학과 사회》는 다양성을 옹호한다고 말해 왔지만 정작 자신이 '엘리트주의/대중주의, 우월한 저자/열등한 독자'라는 이분법을 통해 소통 단절의 문학을 해 왔다는 사실을 모른다. ≪문학과 사회≫는 1990년대에 ≪창작과 비평≫과 ≪실천문학≫의 민족민중문학이 지닌 이분법을 신랄하게 비판했던 과거를 갖고 있다. 하지만 그들 자신이 이분법의 논리로 무장되어 있다는 진실을 고해성사한 적이 없다. 그들은 소수문학을 말하지만, 1980년대 후반부터 문학권력 측면에서 그들이 소수문학이었던 적이 없다. 문단 주류인 ≪문학과 사회≫가 소수문학을 주장하는 것은 아이러니 그 자체이다. ≪문학과 사회≫가 주장하는 소수문학은 엘리트문학이 과거처럼 대접받지 못하는 상황에서 내뱉는 배부른 투정에 가깝다. 진정한 소수문학을 하고 싶다면 미학적 전위로서의 엘리트 문학만을 옹호하는 것이 아니라, 사회적 약자를 옹호하는 소수문학도 포함되어야 한다. 그러한 문학을 할 생각이 없다면 100호 기념을 계기로 잡지 이름을 ≪문학과 개인≫으로 개명해야 한다. 그것이 언행 불일치로 인한 정체성의 혼란을 독자에게 주지 않는 최소한의 문학적 양심일 것이다.

≪문학과 사회≫가 지향하는 문학은 국민문학도, 민족문학도, 대중문학도 아니다. ≪문학과 사회≫는 계급적으로 중산층 이상을, 학력으로 대학원 이상의 소수 지식인층을 대상으로 한다. ≪문학과 사회≫는 문학적 자율성, 미적 전위를 강조하면서 소통이 어려운 소수문학을 생산한다. 그들이 말하는 소수문학은 배타적 엘리트주의가 작동하는 상황에서 무지몽매한 대중과 자신을 차별화하여 위계화한다. 따라서 일반 독자가 ≪문학과 사회≫의 애독자가 되기 쉽지 않다. 대한민국 상위 1%만이 소유할 수 있는 VIP자동차, VIP신용카드 등의 광고를 떠올리면 된다. 계간 ≪문학과 사회≫를 애독하는 지식인 독자는 대한민국 문화적 상위

1%에 해당한다고 기뻐할지 모르겠다. 그러나 적어도 나는 그 무리에 끼고 싶지 않다.

극소수의 독자만이 소비하여 읽는 ≪문학과 사회≫의 귀족문학이 대사회적 영향력이 축소되는 것은 필연적인 귀결이다. ≪문학과 사회≫가 대중적인 영향력을 회복하려면 오만한 배타적 엘리트주의를 폐기하고 새로운 소통의 가능성을 찾는 눈높이 전략이 요구된다. 이러한 눈높이 전략을 문학의 진성성과 윤리성의 파탄으로 간주하는 한 ≪문학과 사회≫의 미래는 없다. 나는 엘리트문학이 필요 없다고 말하는 것이 아니다. 엘리트문학이 열린 소통성을 회복하고 폐쇄적인 개인을 넘어 사회를 아우르는 문학으로 확장해야 한다는 것이다. ≪문학과 사회≫는 변해야 살아남는다. 서구 이론으로 무장한 채 독자 위에서 군림하는 오만한 지식인 중심주의를 폐기해야 한다. '지식인/대중'이라는 위계 서열을 해체하고 '문학=사회'로 나아가야 한다. '문학이 정치다'라는 말로 자신들의 모습을 합리화하지 말자. 소통 불능의 미적 전위성은 자아도취의 나르시시즘에 불과하다. 우리가 왜 ≪문학과 사회≫를 읽어야 하는가? 이 질문에 ≪문학과 사회≫가 당당하게 답변할 수 없다면 ≪문학과 사회≫의 미래는 파산일 수밖에 없다.

문예지의 멸종과 웹진 시대의 개막

1. 20세기 문예지의 부침

1908년 최초의 잡지인 《소년》이 바다의 파도 소리를 들려주며 등장해 잡지 시대의 개막을 알렸다. 이 소년들이 성장해서 20대 청춘들이 활약하는 본격 문예지의 시대를 1920년대에 만들었다. 평양 갑부집 아들이자 일본 유학생인 김동인은 《창조》(1919)를 창간해 문예지 전성시대의 서막을 열었다. 월간종합지 《개벽》(1920)과 순문예지인 《조선문단》(1924)의 창간은 문학의 대사회적 영향력을 한층 증가시켰다. 1930년대에는 동인지 《시문학》·《시원》·《시인부락》·《자오선》이 발행되었다. 또 월간지인 《문예공론》·《문장》·《인문평론》이 발행되었다.

해방과 한국전쟁. 특히 한국전쟁은 남북 문인과 문예지의 재편을 완성시켰다. 1950~60년대는 순문예지인 《현대문학》과 월간종합지인 《사상계》가 한국문학을 양분해 지배했다. 1970년대는 ≪사상계≫의 폐간과 ≪현대문학≫의 퇴조 속에 계간지인 ≪창작과 비평≫과 ≪문학과 지성≫이 문학 담론을 생산하면서 새로운 강자로 떠오르기 시작했다. 1980년대는 군사정권에 의해 ≪창작과 비평≫과 ≪문학과 지성≫이 폐간당하면서 사회과학으로 무장한 무크지의 전성시대가 열렸다. ≪실천문학≫을 비롯한 무크지들은 좌파 담론을 생산하면서 계간 ≪창작과 비평≫의 권위에 도전했고, 좌파 진영의 맹주인 ≪창작과 비평≫의 아성은 곧 무너질 듯이 위태로웠다. 하지만 현실 사회주의권의 몰락이라는 핵폭풍이 몰아치면서 불온한 무크지의 동력도 급격하게 힘이 약해졌다.

1990년대는 복간한 계간 ≪창작과 비평≫, ≪문학과 지성≫에서 제호를 바꾼 ≪문학과 사회≫, 새롭게 등장한 ≪문학동네≫가 문단을 장악한 삼국시대였다. 이 시기는 문학적 이념의 정체성보다 출판 자본의 영향력이 비약적으로 증가되는 징후를 보여주었다. 특히 1994년에 창간한 계간 ≪문학동네≫가 등장해 ≪창작과 비평≫과 ≪문학과 사회≫의 양강 구도를 무너뜨리며 문예지 3강 시대를 정립시켰다.

2. 2000년대 계간 ≪창작과 비평≫과 ≪문학동네≫의 양강 시대

2000년대 문단은 삼국시대가 아닌 양강 시대의 개막이었다. 엄숙한 엘리트주의로 무장한 ≪문학과 사회≫는 시대 변화에 제대로 대응하지 못했다. 우파의 엘리트주의적 상업주의를 세련되게 보여준 ≪문학동네≫는 2위 자리를 새롭게 차지하며 문학판의 강자로 등극했다. 불온한 피가 새롭게 수혈되지 않은 상황에서 계간 ≪창작과 비평≫과 ≪문학동네≫의 양강 시대는 전반적인 문학 독자의 감소 속에 이룩한 빛 좋은 개살구였다.

계간 ≪창작과 비평≫은 1990년대 말에 리얼리즘과 모더니즘의 회통이라는 훼절론을 통해, 2000년대부터 상대방의 스타작가를 대거 초빙하는 불륜의 좌파 상업주의를 선보였다. 비판적 소장파 문학평론가들이 2000년대 초반 계간 ≪문학동네≫를 정조준해서 벌인 문학권력 논쟁은 양강 시대에 대한 비판적 성찰이었다. 하지만 그 반역(?)의 몸부림은 이내 진압되고 말았다. 계간 ≪창작과 비평≫은 침묵과 뒷북이라는 왕따 작전을 통해 계간 ≪문학동네≫를 암묵적으로 후원했다고 볼 수 있다.

계간 ≪창작과 비평≫과 ≪문학동네≫의 상호 적대적(?) 밀월 시대가 지속되는 동안 대다수의 군소 문예지들은 빙하기를 맞았다. 문단은 양강 문예지, 10위권 이내의 문예지, 다수의 기타 군소 문예지로 서열화되었다. 삼각형 모형의 문예지 구도는 신자유주의 체제에서 다국적 기업 내지 재벌이 이윤을 왕창 가져가는 사회 양극화 현상이 문단에도 적용되었음을 뜻한다. 루시앙 골드만은 당대 사회의 구조를 소설의 구조가 닮는다고 말한 바 있다. 당대 사회 구조와 문예지의 서열 구조는 닮은꼴 쌍둥이다.

1997년 경제 위기 이후 독자들은 문예지를 자주 읽지 않게 되었다. 그 충격파의 중금속 독성이 지속적으로 누적되어 2000년대 후반부터 본격적으로 나타나기 시작했다. 1, 2등 문예지도 문예지 발간만으로 수지타산을 맞추기 어려운 시기가 된 것이다. 문화예술위원회는 공적 자금을 공급해 위기를 해결하고자 했다. 우수 문예지, 우수 문학도서의 선정은 공적 자금이 투여되어 만든 가시적 성과물이다. 하지만 그것은 문학 진작이 아니라 식물인간으로 전락한 문학계 전반의 상태를 현상 유지하는 데에 불과했다. 위기는 해소되지 않았고, 다만 파국이 좀 더 연기되었을 뿐이다. 문학 독자들이 문학판에 대거 귀환하지 않는 한 문예지의 멸종시대는 계속될 것이다.

대체 어떻게 하면 떠난 문학 독자들을 다시 불러올 수 있을까? 신자유주의 체제의 종언과 새로운 체제의 등장은 문인들이 직접 만들어낼 수는 없다. 그렇다면 문인들이 할 수 있는 것은 기존의 문예지의 틀을 벗어나 새로운 문학 패러다임을 통해 부활하는 것이다. 문제는 열정과 패기로 무장한 비주류의 문예지가 새로운 변화를 창출하는 것이 극히 어려운 시대가 도래했다는 것이다. 문예지 출판 환경이 바뀌면서, 새로운 문학 담론을 제시하는 열정과 패기만으로 문예지 시장으로 진입하는 것이 더 이상 어렵게 되었다. 계간 ≪창작과 비평≫과 ≪문학동네≫가 독과점하는 문예지 판도는 쉽게 변하지 않을 것이다. 결국 문예지의 양강 시대는 문학판의 구조적 모순을 자체적으로 갱신할 내부적 동력 자체를 말살시켜 버렸다. 이런 점에서 문학의 흐름을 주도한 계간 ≪창작과 비평≫과 ≪문학동네≫는 '유죄'이다.

3. 독자의 급격한 축소와 오프라인 문예지의 멸종 시대

2010년대는 가히 문예지의 멸종시대이다. 아직도 관성 속에 문예지가 지속적으로 발간되고는 있다. 하지만 국문과 학생과 문창과 학생도 1, 2등의 문예지마저 자주 읽지 않는 궁색한 형편으로 변했다. 아이러니하게도 문예지의 사회적 영향력이 축소된 멸종시대에 1, 2위의 문예지는 문인들에 대한 영향력이 더욱 커지는 기현상이 발생했다. 종이라는 물질적 형태로 발간되는 오프라인 문예지의 수명은 다한 것일까? 문인들은, 출판 자본은 아니라고 답변하고 싶을지 모르겠다. 그러나 진실을 외면하지 말자. 독자가 문예지를 지속적으로 사거나 읽지 않는 상황에서 문예지의 멸종은 필연적이다. 위기의 징후는 예전부터 계속 발견되었다. 하지만 주류 문예지들은 그러한 진실을 외면하고 문학 주가의 계속적인 상승을 언급했다. '근대문학의 종언'을 선언한 가라타니 고진의 말은 한국의 특수성을 모르는 발언이라고 치부되어 무시되었다.

그렇게 발언했던 주류의 문학평론가들은 현재 죽어나가고 있는 문예지를 보면서 어떤 말을 할까? 문제는 아무도 이 부분에 대해 책임을 지는 사람이 없다는 것이다. 책임을 진다고 해도 문예지 멸종을 되살릴 힘도 그들에게는 없다. 위기가 닥쳤음에도 불구하고 호황만을 언급하며 위기에 적절하게 대처하지 못하도록 방관한 주류의 문인들. 그들은 문예지 멸종시대를 만들어낸 주범 중의 하나이다.

지금 발행되고 있는 문예지들은 과연 누구를 위해 발행되고 있는 것일까? 정답은 문학 독자이다. 땡! 틀렸다. 정답은 문인들의 발표 지면과 출판 자본 때문이다. 문학 수요는 현재 가뭄 상태인데 발행되는 문예지가 너무 많다. 수요공급의 법칙에 따르면 다수의 문예지는 폐간되어야 한다.

하지만 문인들의 발표 지면과 출판 자본의 욕망 때문에 다수의 문예지가 기형적으로 살아 있다. 죽어 있음에도 살아 움직이는 다수의 문예지들. 이들은 바로 좀비이다. 현재 문예지의 시장은 아직도 살아 있는 소수의 오프라인 문예지와 이미 죽어 있으되 살아 움직이는 좀비 문예지가 포진되어 있는 형국이다. 좀비 문예지들은 현실의 문학장에서 발언하되 발언권이 없다. 좀비 문예지들은 유령인 것이다. 좀비에 둘러싸인 주류 문예지들은 아직 살아남아 무척 행복하십니까?

4. 온라인 웹진 시대의 태동

과거 문예지의 독자들은 문예지를 읽는 행위를 통해 교양과 오락을 함께 누릴 수 있었다. 하지만 다양한 읽을거리와 볼거리의 증대, 인문학적 가치의 하락은 문예지의 독점적 지위를 상실시켰다. 영화는 문학을 대신해 새로운 시대의 총아가 되었다. 문학은 영화에 문화계의 왕좌 자리를 물려줄 수밖에 없었던 것이다. 문학의 지위를 압박한 것은 이것뿐만이 아니다. 물질주의적 자본주의 욕망에 포로가 된 현대인들은 교양으로서의 문학 텍스트보다 실용성의 텍스트에 좀 더 관심을 둔다. 사람들은 무한경쟁의 사회에서 탈락하지 않으려고 실용서를 주로 소비하게 된 것이다. 이런 상황에서 오프라인 형태의 문예지는 독자들에게 어떤 이익도 주지 않은 구시대의 유물로 전락했다.

오프라인 문예지는 일종의 종합선물세트이다. 문예지에는 자신이 관심을 둔 것도 있지만 그 이외의 것들도 다수 섞여 있다. 좀 더 깊이 있는 것을 원하는 사람은 단편이 아니라 장편소설을 구매한다. 우수 단편 모음집인 '이상문학상 수상집'의 인기가 예전만큼 높지 않다는 것을 떠올려보자. 단편은 다수의 작가들을 문예지에 출연시키는 장점이 있지만 스마트폰으로 독자들이 짧은 시간에 읽기에는 분량이 너무 많다. 단편은 상징이나 비유 등을 많이 써 장편보다 상대적으로 어렵기도 하다. 시는 짧아서 디지털혁명에 유효할 것 같지만 시의 난해성은 독자들의 독서 욕망을 배반한다.

최첨단의 정밀 순항미사일이 개발된 이 시대에 소비자들은 잡다한 것이 뒤섞인 것보다 자신이 원하는 것만 구매하고자 한다. 일종의 묶음식 판매인 문예지는 소비자들이 원하지 않은 것을 묶어 파는 강매인 셈이다. 월간지, 계간지, 주간지의 형태가 있지만 실시간 대응과 쌍방향 소통에 있어 기존의 문예지들은 한계점을 노출했다. 그 결과 오프라인 문예지는 새로운 시대 환경에 대응하지 못한 채 멸종의 길로 들어섰다. 극소수의 문예지만 명맥을 상징적으로 이을 것이다. 그 문예지는 수익의 균형을 전혀 맞출 수 없는 적자 문예지일 것이다.

그렇다면 문예지는 망했는가? 오프라인 형태의 문예지는 망했다. 오프라인 문예지의 황혼이라는 대세를 거스를 수는 없다. 그렇다면 문학도 망했는가? 그것은 아니다. 문학은 새로운 매체의 변화에 걸맞게 변화해 생존할 것이다. 이제 오프라인의 문예지가 아니라 온라인 형태의 문예지가 필요한 시점이다. 디지털혁명은 종이 언어에서 전자 스크린 언어를 통해 문자 소비의 시대를 가져왔다. 디지털혁명은 오프라인 문예지의 위기를 재촉했지만, 또 한편으로 온라인 문예지의 가능성을 새롭게 열어준 것이다.

2000년대부터 웹진 등이 창간되었지만 제대로 된 웹진이 나와 성공을 거두지는 못했다. 2010년대는 2000년대의 실패를 교훈 삼아 본격적인 웹진의 시대가 될 것이다. 이 시대의 웹진은 소통성, 속도성, 개방성, 비판성, 오락성 등을 겸비해야 한다. 기존의 계몽주의적 문학관이나 엘리트주의적 미학관을 갖고 웹진을 운영해서는 곤란하다. 웹진에 걸맞은 문학 텍스트의 형식과 내용도 고안되어야 한다. 웹진은 계몽성과 엘리트성을 탈피해 함께 수평적으로 소통하는 난장의 마당이 되어야 한다. 이 시대의 문학은 계몽과 엘리트성보다 공감의 소통성에 방점을 두어야 한다.

온라인 웹진은 오프라인 문예지를 보조하는 형태가 아니라 자족적으로 생존하면서 오프라인 문예지보다 더 광범위하게 독자를 확보할 것이다. 디지털혁명은 웹진의 성공을 지원하는 가장 강력한 지원군이다. 온라인 웹진은 출판 자본과 인맥이 부족한 상황에서 패기와 열정만으로 창간하여 문화계의 혁신을 만들어 낼 수 있는 가능성의 무대이다. 불온한 젊은 문학인과 네티즌들이여! 온라인 웹진의 저자와 독자로 참여해 통해 나를, 문학판을, 세상을 조금 아주 조금이나마 바꿔보자!

웹진 ≪문화 다≫ 창간사

- 잡놈의 언어 탈옥과 놀자 축제

1. 록버전의 탈옥

처음에 읽히지도 않을 엄청 무거운 클래식 음악 버전의 창간사를 썼다. 그런데 이것을 누가 읽지? 이 질문을 하자, 나는 미로의 함수를 헤매이면서 철학자 데카르트를 곰곰이 떠올렸다. 데카르트의 아류인 '나는 쓴다. 그러므로 나는 존재한다.' 이 엄숙주의에 찌든 언어들이 과연 적절한 문장일까. 현재 시점에서 보면 이것은 나르시시즘의 자위 언어에 불과하다.

나는 엄숙한 색깔로 덧칠된 고도 비만형의 창간사를 쓰레기통에 과감하게 버리고, 록버전으로 창간 관련 소감문을 다시 쓰기 시작한다. '(엄숙한 과거의) 나는 없다. 그러므로 나는 존재한다.' 차라리 이 문장이 내 심장에 사정없이 꽂힌다. 청춘 남녀의 만남에서 사랑의 시작은 불과 3초 만에 결정된다. '나는 없다. 그러므로 나는 존재한다.' 이 문장은 불과 3초 만에 뜨겁게 결정되었다.

이 문장을 쓰면서 희열의 오르가즘을 느끼기 시작한다.

우리에게 필요한 것은 엄숙한 언어의 갑옷이 아니다. 세상을, 문화계를, 나를 뒤흔드는 지랄 같은 언어의 축제이다. 언어를 감금하지 말고 탈옥시키자. 일상의 탈옥을 꿈꾸는 이들이여! 다들 웹진 ≪문화 다≫로 오라. 이곳은 젖과 꿀이 흘러넘치는 대신 지랄발광의 언어들이 자유롭게 숨쉬는 유토피아이다.

이 글을 읽는 독자들은 부디 너무 심각해하지 말자. 심각할 필요는 분명 있다. 그런데 제발 '너무 심각하게' ≪문화 다≫의 창간사를 소비하지 말자. 심각이 현존 세상을 구원할 수 있었다면, 나는 심각을 결코 포기하지 않았을 것이다. 심각은 심각을 끝내 벗어나지 못한 것. 심각은 해탈하지 못했다. 그것이 바로 심각을 처참하게 살해했다. 심각은 인면수심의 살인자이다. 록버전의 탈옥이 나의, ≪문화 다≫의 실존이다. 이 말을 하면서 오르가즘의 따발총 향연을 체감하며 전율한다.

2. 지랄발광의 축제

웹진 ≪문화 다≫는 지랄발광의 축제를 처절하게 욕망한다. 지랄발광을 오매불망 사랑한다. 이 지랄발광이 기존의 안정된 체제를 뒤흔드는 강력한 쓰나미가, 화산 폭발이 되기를 죽도록 열망한다. 새로운 문화는 낡은 것을 떠나보내야만 가능하다. 우리 이제 안녕이라는 인사를 열나게 합창하자. 안녕, 안녕, 안녕, 안녕. 낡고 병든 문화들아!

이곳은 꿈과 희망을 자양분 삼아 건설된 ≪문화 다≫의 나라. ≪문화 다≫는 이곳을 클릭해 방문한 모든 사람들을 열나게 환영한다. 21세기, 혹자는 새로운 세기의 도래 속에 꿈과 희망을 떠올렸을 것이다. 나도 바보처럼 그러했다.

　문화계에 종사하는 사람들에게 새로운 세기는 잔혹한 시대의 개막이었다. 어둠을 깨는 발자국 소리, 주먹과 발길질, 그리고 들리는 비명과 신음 소리. 신자유주의 체제로 성형수술한 후기 자본주의라는 초울트라슈퍼 거인은 벌건 대낮에 난쟁이로 변신한 문화계의 영혼과 육체를 마음껏 유린하며 강간했다. 문화계는 오랫동안 고통의 시간을 보내야 했다. 절망과 분노는 이 시대의 실존이었다. 물론 베스트셀러나 할리우드 기법을 차용한 한국형 블록버스터 영화는 이 고통에서 열외였다.

　후기 자본주의는 신자유주의 체제 속에서 무소불위의 거인 괴물이었고, 문화계는 이 괴물의 직접적인 피해자이자 희생양이었다. 모든 것이 자유와 경쟁이라는 이름하에 합리화되었고, 사회 양극화 현상 속에 약자들은 패배자의 낙인이 찍혀 고개를 숙여야 했다. 열등한 그들에게 주어진 것은 찌질한 인생뿐이다. 돈이 되지 않는 문화는 무가치한 식충이로 판정되었다. 승자와 패자를 확연하게 가르는 승자독식사회는 문화계에도 예외가 아니었다. 다양성은 문화계에서 사치로 유통되었다.

　OECD통계로 자살률 1위라는 한국의 불명예는 암담한 현재 상황을 알리는 상징적 광고CF이다. 1997년의 경제 위기에서 벗어났음에도 불구하고 대다수의 사람들은 불안과 공포에서 자유롭지 못하다. IMF 트라우마는 아직도 현재 진행형이다. 사람들은 아프다. 아파도 너—무 아프다.

　이렇게 암담한 시대에 네티즌들이 보여주는 마우스의 미친 클릭질은 타는 듯한 목마름의 증거이다. 유목민처럼 인터넷의 여기저기를 기웃거리며 떠도는 고독한 네티즌들! 웹진 ≪문화 다≫는 삶의, 문화의 갈증을 미치도록 느끼는 모든 존재들을 위한 사막의 오아시스다. 이용료는 무료다. 편히 와서 마음껏 쉬어라. 분탕질을 하라! 불량스럽게, 매우 불량스럽게 언어를 춤추게 하자.

≪문화 다≫는 온갖 편의시설이 완비된 신라 호텔이 아니다. 공터, 개수대, 간이 화장실만 기본적으로 갖추어져 있는 야생 레고 캠핑장이다. 이곳에 어떤 레고 텐트를 칠 것인지는 방문객들이 자율적으로 결정한다. 언어의 레고 부품은 지천으로 널려 있다. 네티즌들이여, 준비됐나? 시작하자. 조금 늦었다고. 늦었다고 말하는 것은 아직 늦지 않았음을 말해주는 투정이다.

글을 야만스럽게 끄적거리자. 미친 말처럼 광분하자. 말 달리자! 말 달리자! 하지만 그렇다고 잡놈의 품격을 잃어서는 안 된다. ≪문화 다≫의 시민인 잡놈은 인신공격성의 언어들, 비합리적 우상에 지배된 쓰레기 같은 언어를 한없이 경멸한다.

2008년 미국은 금융 위기를 통해 신자유주의 체제의 종언을 선언했다. 지금 작동하고 있는 신자유주의 체제는 죽어 있으되 살아 있는 '좀비'이다. 한국 문화계를 지배하는 각종 낡고 병든 제도도 '좀비'이다. 우리 ≪문화 다≫는 무한경쟁의 승자독식주의, 엘리트주의, 학벌주의, 정실주의, 출판 자본주의 등에 중독된 좀비들과 맞서 싸울 것이다. 좀비들이 지배하는 문화계는 밝은 미래를 기대할 수 없다.

막강 전투력을 자랑하는 좀비와 맞서 싸우려면 부족한 힘이라도 보태는 연대가 필수적이다. 각자의 개별적 투쟁만으로 힘들다, 아주 힘들다. ≪문화 다≫의 편집위원들은 전문 분야의 개별적 역량들을 상호 결합해 시너지 효과를 생산할 것이다. 그렇게 해야만 거대한 좀비 세력들과 '황야의 결투'를 벌일 수 있다.

3. 뻥과 개소리들

2012년 10월 15일은 각종 좀비 퇴치를 위해 웹진 ≪문화 다≫
가 봉기한 역사적인 날로 기억될 것이다. 우리는 이 날 ≪문화 다≫
라는 깃발 아래에서 연합군을 결성했다. 아쉽게도 독수리오형제
는 무척 바빠서 참가하지 못했다. 그들은 지구를 지켜야 하기 때
문이다. ≪문화 다≫는 문화를 사랑하는 사람들이 지켜야 한다.

웹진 ≪문화 다≫의 문화생존헌장을 일부 읽어보자. '우리는
잡놈 문화 중흥의 역사적 사명을 띠고 이 땅에 태어났다. 구시대
의 낡은 것들을 오늘에서야 제거하고, 안으로 문화 기득권의 정
체를 까발기고 밖으로 잡놈 문화 공영에 이바지할 때다. 이에,
우리의 나아갈 바를 야생적 문화스타일로 밝혀 잡놈 문화의 지
표로 삼는다.'

≪문화 다≫의 문화생존헌장이 과대망상의 돈키호테를 떠올
리게 한다고? 용두사미의 위험성이 있다고? 당신 말이 맞을지도
모르겠다. 앞에서 한 말은 모두 뻥이다. 뻥이라고? 그렇다. 문제
는 뻥이다. 뻥은 낡고 병든 질서를 차버리고, 기득권에 안주한
문화계의 권위주의를, 좀비의 신자유주의 체제를 뻥 차버릴 것
이다. 뻥이 럭비공처럼 어디로 튈지 모른다는 불확실성. 이 불확
실성이 내가 유일하게 믿고 있는 주기도문이다.

주기도문의 주요 구성 성분은 뻥으로 구성되어 있다. 뻥은 멍
멍 소리를 낸다. 개소리들. 그렇다. ≪문화 다≫가 내뱉은 언어
들은 비판적인 뻥이자 멍멍이의 짖음이다. ≪문화 다≫를 사랑
한다면 당신도 이곳에 와서 '멍멍'을 당당하게 외쳐야 한다. 멍
멍 언어로 글을 쏟아내야 한다.

멍멍 언어는 '거시기'를 지향한다. 거시기는 거시기다. 하나로

정의할 수 없는 것이 거시기의 오리지날 미학이다. 거시기한 거시기가 되기 위해 웹진 ≪문화 다≫는 오늘도 힘껏 부르짖는다. 우리에게 필요한 것은 불온한 뼝과 불온한 멍멍이다. 불온한 뼝과 불온한 멍멍이는 우리를 제대로 놀지 못하게 만드는 모든 것과의 투쟁을 선언한다. 이때 분노는 새로운 시대를 탄생시키는 딴죽걸기이다.

4. ≪문화 다≫의 진정한 이름은? 놀자!

너는 누구냐? 나는 웹진 ≪문화 다≫이다. 너는 누구냐? 나는 웹진 ≪문화 다≫가 아니다. ≪문화 다≫의 고유 이름은 아직 정해져 있지 않다. ≪문화 다≫는 편의적으로 임시적으로 붙인 육체 기호일 뿐이다. ≪문화 다≫를 방문하는 네티즌들이 꿈꾸는, 희망하는 ≪문화 다≫의 이름. 그것이 진정한 ≪문화 다≫의 이름일 것이다. 분노, 저항, 공감, 연대, 자유, 평등, 희망. 이것이 ≪문화 다≫의 이름일지도 모르겠다. 하지만 아무도, 아무도 ≪문화 다≫의 진정한 이름을 알 수도, 명명할 수도 없다. ≪문화 다≫는 불온한 피를 수혈 받아 오늘도, 내일도 성장하며 변화해나갈 것이기 때문이다.

방문객 네티즌들이 ≪문화 다≫에 와서 꼭 할 일이 있다. 놀자! 결판지게 놀자. 그렇게 하다가 놀다 지치면 어떻게 하냐고? 쉬었다가 놀자! 쉬었다가 논 다음에는 무엇을 하냐고? 별 것을 다 걱정한다. 다시 놀자! 놀다 죽은 놈 못 봤다. 한국사회는 노는 것을 죄악시해서 언제 한번 제대로 마음껏 놀아본 적이 있던가. 초등학교 때부터 아니 유치원 때부터 좋은 대학에 가기 위해 공부에 시달린 탓에 놀면서도 죄의식을 느껴야 하지 않았던가. 제발 이곳 ≪문화 다≫에 와서 딴 것 신경 쓰지 말고 놀자. 놀자, 놀자, 놀자!

그런데 대체 어떻게 노냐고? 나, 모르지. 노는 놈이 알지? 내가 그것을 어떻게 알아? 제대로 노는 것이 얼마나 어려운데. 나도 제대로 놀아본 적이 없어. 그러니까 놀자는 거야. 놀자. 미치도록 놀아보자.

편집위원을 대표해(?) 편집주간이자 잡놈 문학평론가인 최강민이 개소리로 도배질한 창간 소감문을 우렁차게 배설했다. 오늘은 웹진 ≪문화 다≫가 잡놈으로서 가져야 할 품격 높은 신생아의 우렁찬 개소리를 토해냈다. 웹진 ≪문화 다≫의 이름이 ≪문화 多≫인 것도 잡것을 지향하기 때문이다.

웹진 ≪문화 다≫는 문화계의 잡놈이고 싶다, 잡놈이다. 잡놈 스타일.

추신: 신나게 놀자는 웹진 ≪문화 다≫의 창간사에도 불구하고, 그동안 웹진 ≪문화 다≫를 찾아준 네티즌들은 사색을 주로 했다. 사색은 적당히 하고 웹진 ≪문화 다≫에 함께 참여해 놀았으면 좋겠다. 물론 이것은 편집동인에게도 해당되는 말이다. 사색(思索)만 계속하다 보면 정말 사색(死色)이 될 수 있다. 웹진 ≪문화 다≫를 은연중에 짓누르고 있는 듯한 고상한 엄숙주의에 신의 축복인 방귀를 배출하자!